# Fluisternetwerk

*Voor iedere vrouw die haar verhaal heeft gedeeld met mij of met de wereld, en die heeft bijgedragen aan de collectieve stem binnen deze bladzijden en aan een beweging die eist dat ze wordt opgemerkt: wij horen je.*

# Proloog

Had je nou maar naar ons geluisterd, dan was dit allemaal niet gebeurd.

## Ooggetuigenverslagen

*12 april*

Ooggetuige 1: Ik was nog maar net de deur uit toen ik een flits zag van, ik weet het niet, iets, beweging, denk ik, aan de overkant van het plein, en eerst dacht ik dat het een enorme vogel was en toen – shít – een terroristische bom of zoiets. Weer een fractie van een seconde later besefte ik dat het een persoon was. Ik kon niet zien of het een man of een vrouw was. De mensen in deze wijk zijn nogal ouderwets. Ze dragen hier nog een pak. Traditioneel. Met zwarte pantalon en een colbert dat wappert in de wind. Hoe dan ook, het is een flinke val van daarboven.

Ooggetuige 2: Het was een uur of halftwee 's middags. Ik kwam net naar buiten nadat ik had geluncht met een klant in Dakota's. Ik kon nog net de steaksalade binnenhouden die ik had gegeten.

Ooggetuige 3: Ik zeg niet dat ik het niet erg vind. Dat vind ik wel. Het is afschuwelijk. Maar ik vind ook dat het best egoïstisch is om zoiets te doen, vind je niet? Er waren mensen op straat. Het was vlak na lunchtijd. Als je dan echt moet, als het echt niet anders kan, doe het dan in je eigen tijd, als er niet zoveel mensen zijn. Dat is alles wat ik zeg.

# 1

## Drie weken daarvoor: de dag waarop het begon

*20 maart*

Vóór die dag raasde ons leven door over een onzichtbare achtbaan, een wagentje dat aan de rails was vastgemaakt door middel van technieken en krachten die we niet helemaal begrepen, ondanks onze in overvloed aanwezige academische titels. We bewogen ons voort met een gevoel van gecontroleerde chaos.

We waren kenners van droogshampoomerken. Het kostte ons vier dagen om een volledige aflevering van *The Bachelor* te kijken. We vielen in slaap terwijl onze te warm geworden laptops onze dijen brandden. We namen pauzes van twee uur om verhaaltjes voor het slapengaan voor te lezen aan peuters en probeerden niet te berekenen hoeveel uur we in totaal hadden gewerkt als moeder en als werknemer, niet goed wetend wat op de eerste plaats kwam. We waren overgekwalificeerd en onderbenut, we waren bazig en we hadden altijd gelijk. Onze handdruk was ferm en de betalingsbalans op onze creditcards was aanzienlijk. We vergaten onze lunch en lieten hem op het aanrecht staan.

Elke dag hetzelfde. Tot het dat niet meer was. Op de ochtend dat onze directeur overleed, keken we op en beseften we plotseling dat een van de wielen van het achtbaankarretje kapot was en dat we elk moment van de rails geworpen konden worden.

Ardie Valdez, een geduldige, stoïcijnse persoon met praktische Italiaanse schoenen van goede kwaliteit, was de eerste die een vermoeden had van de botsing die ons te wachten stond. Ze hoorde het nieuws en besloot dekking te zoeken. 'Grace?' Ze stond in de gang – steriel, maar met onbetaalbare kunst aan de muur – en klopte op een effen kastdeur met een magneet in de vorm van een koe erop. 'Ik ben het, Ardie. Mag ik binnenkomen?'

Ze wachtte en luisterde, totdat ze geruis achter de deur hoorde. Het wettelijk verplichte slot schoof opzij.

Ardie dook het kamertje binnen en deed de deur achter zich weer op slot. Grace was alweer op de leren bank gaan zitten. Haar zijden blouse was scheef omhooggeschoven over twee plastic kegels die aan haar borsten vastzaten.

Ardie keek de kamer rond. Een minikoelkast. De aftandse bank waar Grace op zat. Een kleine televisie waar *Ellen* op te zien was. Buiten hoorde ze stemmen, snelle voetstappen, telefoons die werden opgenomen en kopieën die werden gemaakt. Ze fronste goedkeurend. 'Je hebt een beetje je eigen schuilplek hier.'

Grace stak haar hand uit naar de knop van het kolfapparaat en het begon mechanisch te brommen. 'Of mijn eigen graftombe,' zei ze luchtig.

Grace slaagde er altijd weer in om Ardie te verrassen met haar duistere gevoel voor humor. Vanbuiten leek Grace zo ongecompliceerd. Ze had een bouffantkapsel van geblondeerd blond haar, was een actief lid van de TriDelta Club van oud-leerlingen, en lid van de presbyteriaanse kerk van Preston Hollow, net als haar lange, donkerharige, altijd geruite overhemden dragende echtgenoot Liam. Ze hadden op de lijst van privégenodigden gestaan voor de opening van de George W. Bush-bibliotheek en noemden zichzelf 'meelevend conservatief', een benaming die Ardie interpreteerde als dat ze wel wilden dat homoseksuelen konden trouwen, maar dat ze liefst zo weinig mogelijk belasting betaalden. Ook bezaten ze ten minste één pistool in een kluisje dat op een kledingplank in de inloopkast van Grace stond, en het feit dat Ardie Grace ondanks dat alles mocht, wilde wel iets zeggen.

'Hoeveel moeten baby's eigenlijk drinken? Ik ben áltijd aan het kolven. Ik bedoel, fuck, Ardie, moet je nou kijken. Ik zit overdag naar *Ellen* te kijken.'

Gewoonlijk gebruikte Grace niet het woord 'fuck'.

Ardie herinnerde zich nog hoe lang de dagen hadden geleken toen haar zoon Michael steeds maar een paar uur achter elkaar sliep. Haar hele lijf had zwaar en vies aangevoeld, alsof er een dun laagje vuil over haar hele lichaam zat, net zoals wanneer je je tanden niet hebt gepoetst.

Ze rommelde in haar boodschappentas en haalde er twee bedauwde blikjes gearomatiseerd bronwater uit. Ze gaf er een aan Grace en liet zich voor de bank op de vloer zakken. Ardie kon dingen doen als op het werk op de grond gaan zitten omdat ze – en ze zou de eerste zijn om het toe te geven – had besloten niet meer mee te doen. Jaren geleden al, eigenlijk. Ze sliep 's ochtends uit in plaats van een extra uur te besteden aan haar haar en make-up. Ze ging vrijwel nooit shoppen. Ze bracht geen minuut van haar kostbare tijd door met pilates. Het was het meest bevrijdende wat ze ooit had gedaan.

Ze keek op haar telefoon. Nog stééds niets.

'Dus,' zei Ardie, 'het schijnt dat Bankole overleden is. Thuis, vanochtend, terwijl hij zich klaarmaakte om naar zijn werk te gaan.' Ze bracht het nieuws onbewogen. Ardie wist niet hoe ze nieuws anders moest brengen. Het ging altijd van: *Mijn moeder heeft kanker* of *Tony en ik gaan scheiden.*

'Wat? Hoe?' Grace liet de slangetjes vallen waarmee ze zat te prutsen om ze terug te stoppen in de trechterachtige dingen die uit haar voedingsbeha staken.

'Hij kreeg een hartaanval. Zijn vrouw vond hem in de badkamer.' Ardie zette haar ellebogen op haar knieën en keek omhoog naar Grace. 'Ik heb het net gehoord.'

Ardie had de directeur van het bedrijf, Desmond Bankole, maar één keer ontmoet. Hij had haar de hand geschud in de lift omdat hij erop had gestaan om iedere persoon die in zijn gebouw werkte, tot en met het schoonmaakpersoneel aan toe, ten minste één keer te ontmoeten. Zijn tanden waren heel wit. Hij was kleiner dan ze had verwacht, met vogelachtige polsen die uit zijn colbertje staken.

'Tussen twee haakjes: ik ben me aan het verstoppen,' zei Ardie – en voordat Grace het kon vragen – 'voor Ames. Hij vraagt steeds maar waar Sloane is. Ik zei tegen hem dat ze waarschijnlijk aan het lunchen was. Hij zei dat hij haar geen toestemming had gegeven om vandaag ergens te gaan lunchen. Ik zei dat ze de adjunct-directeur Juridische Zaken voor de afdeling Noord-Amerika was en dat ze zijn toestemming niet nodig had om te gaan lunchen en...'

'Heb je dat tegen hem gezegd?' Grace ging rechtop zitten. Sloane was hun vriendin, maar officieel ook hun baas, wat Ames de baas van hun baas maakte.

'Natuurlijk heb ik dat niet echt tegen hem gezegd. Ben je gek?'

'O,' zei Grace, met haar ogen knipperend. Ze speelde met het diamanten kruisje dat aan haar halsketting hing. Het elektrische gebrom van haar kolfapparaat telde de tijd af.

'Dus verberg ik me hier als een lafaard,' ging Ardie verder. 'Ik wacht totdat Sloane me terugroept.' In de regel hadden mannen als Ames geen belangstelling voor Ardie. Hij had er een hekel aan om te moeten luisteren naar iemand naar wie hij niet graag keek. Toen hij haar had gevraagd waar Sloane was, hadden zijn ogen over en om haar heen gezworven en was hij zo snel mogelijk weer doorgelopen. Dat deel vermeldde ze niet aan Grace.

Ardies gezicht vertrok. De borsten van Grace waren onmogelijk te negeren in deze kleine kamer. 'Het zuigt ze helemaal op, zodat ze eruitzien als torpedo's. Doet dat geen pijn?' Ardies zoon Michael was bijna vier jaar geleden geadopteerd, een gelukkig einde aan jaren van worsteling met onvruchtbaarheid. Ze had zelf nooit borstvoeding gegeven, maar ze had zich altijd sereen gezuig ingebeeld, felbegeerd huid-op-huidcontact, een losjes gedrapeerde, met de hand geweven sjaal om die vrouwen te bedekken die te preuts waren. Niet dit gewelddadige gesjor waar ze nu van dichtbij getuige van was.

'Minder dan Emma Kates mond, eerlijk gezegd.' (Borstvoeding zou píjnloos moeten zijn, hadden ze ons verteld. Borstvoeding was iets móóis, zeiden ze. Nou, we zouden hun tepels weleens over asfalt willen sleuren om te zien hoe pijnloos en mooi ze het vonden.)

'Mijn god, we kunnen slimme tandenborstels uitvinden,' zei Ardie. 'Mijn robotstofzuiger kan zijn basisstation terugvinden en zichzelf in bed stoppen aan het einde van de avond, en dan kunnen we geen handigheidje uitvinden om melk te zuigen dat iets beter werkt dan dát?' De machine was op de een of andere groteske manier hypnotiserend.

'Mannen hebben tanden.' Grace trok haar wenkbrauwen op. 'En het hoogste woord.'

Ardie nam een grote slok bruisend water met grapefruitsmaak terwijl op het scherm Ellen DeGeneres een jonge man op het podium verwelkomde. Hij zag eruit als een tiener en Ardie had geen flauw idee wie hij was. Ze tikte weer op het schermpje van haar telefoon: niks nieuws.

'Ik had net een beangstigende gedachte,' zei ze na een korte stilte. 'Ames zou de nieuwe algemeen directeur kunnen worden.'

'Nee. Denk je?'

'Hij ziet eruit als een algemeen directeur. Hij is lang. Mensen houden van lang.' Ardie spande en ontspande haar vuist om de carpale tunnel te rekken die een voortdurende bedreiging voor haar pols vormde. 'Geloof mij,' zei ze. 'Die klootzak zou de baas kunnen worden over dit bedrijf, en wat gebeurt er dan met ons?'

Het ging niet alleen om de geruchten waarbij een stagiaire betrokken zou zijn. Of om wat er twee jaar geleden op het Byron Nelson-golftoernooi was gebeurd met zijn directiesecretaresse, waarna raad eens wie er werd ontslagen? Spoileralert: niet Ames. Het ging niet eens om het idee dat de bedrijfscultuur begon bij de top en dat een Truviv met Ames aan het roer erop neer zou komen dat het jachtseizoen geopend was.

Het ging erom dat Ames Garrett een hekel had aan Ardie.

'Ik weet niet,' zei Grace. 'Tegen mij is hij altijd aardig geweest.'

Ardie liet het onderwerp rusten. Grace was een paar jaar jonger dan Ardie en Sloane, en hield zich nog steeds vast aan het idee dat iemand een 'goede persoon' kon zijn ondanks zijn of haar handelingen, alsof handelingen niet bij uitstek de aanwijzing vormden voor iemands persoon. En Ardie had Ames Garrett zien handelen.

Maar ja, er waren nou eenmaal dingen waar je het niet over had, zelfs niet onder vrienden: religie, geld, en misschien Ames.

Grace draaide aan de knop op haar kolfapparaat om de intensiteit te verhogen. Een van de slangetjes kwam met een plop los en kronkelde op de vloer. Er viel een witte druppel op Grace' rok. Ze deed haar ogen dicht en legde haar hoofd in haar nek, en haar neusvleugels bogen naar binnen. Toen ze haar ogen weer opendeed, glansden ze. Ze wreef met haar pols over haar neus en raapte het verdwaalde slangetje met doelbewuste kalmte op. Ze miste het gat twee keer toen ze probeerde de onderdelen weer aan elkaar vast te maken. Bij de derde poging had ze succes. Ze liet zich voorzichtig weer op de bank zakken. 'Maar dat van Bankole is wel deprimerend.' Ze richtte haar glazige blik op het tv-scherm. 'Is het verkeerd dat we niet verdrietiger zijn?'

Ardie gaf geen antwoord, want Grace leek eigenlijk wel heel verdrietig.

Ardie keek weer op haar telefoon. Eén enkel streepje.

Waar was Sloane, verdomme?

# 2

*20 maart*

Sloane staarde naar het plafond van een lift en probeerde hem met wilskracht sneller te laten gaan, tot aan het moment dat de deuren van elkaar gingen op de veertiende verdieping, waarop ze er als een renpaard doorheen schoot.

'Ze zitten allemaal in de vergaderruimte...' Haar secretaresse Beatrice leunde over haar balie, met het spiraalkoord van haar telefoon helemaal uitgerekt vanwaar ze de hoorn tegen haar oor gedrukt hield.

'Ik weet het, Beatrice, ik weet het.' Sloane schoot langs haar door de gang. 'En ik zit toch al zwaar in de puree.'

Om duidelijk te zijn: alles was een paar uur geleden nog helemaal in orde toen ze met haar echtgenoot en het hoofd van de school van haar tienjarige dochter Abigail rond de tafel was gaan zitten. Ze had heel verantwoordelijk haar telefoon in haar vuilnisbelt van een handtas gestopt, omdat ze een goede moeder was, wat op die plek betekende dat ze een niet-áfgeleide moeder was. Dat was tenminste de rol die ze wilde spelen bij directeur Clark.

En kijk nu eens!

Ze had na de vergadering haar telefoon er weer uit gevist en toen de berichtjes van Ardie aangetroffen:

*Desmond is vanochtend dood neergevallen.*
*Hartaanval.*
*Ames is op zoek naar je.*

*Oké, serieus, waar ben je??*
*Sloane??*

Ze had niet eens de tijd gehad om afscheid te nemen van haar man.

Eindelijk stond ze bij de noordelijke vergaderruimte, en haar hart bonsde zo hard dat ze bang was dat ook zij misschien een hartaanval zou krijgen. Doodsoorzaak nummer één bij vrouwen boven de veertig! Dat had ze ergens gehoord. Misschien in de ochtendtalkshow *The View*. Ze trok aan de deurkruk om zichzelf binnen te laten.

Zeven advocaten van directieniveau of hoger zaten rond de tafel. Ames, het hoofd Juridische Zaken. Kunal van Communicatie, Mark van Arbeidsrecht, Ardie van Belastingen, Philip deed Risico, Joe Procesvoering en Grace was hoofd Wet- en regelgeving. Plus nog een jongere vrouw met een korte kastanjebruine bob en Sneeuwwitje-wangen die Sloane nooit eerder had ontmoet. Elk gezicht in de kamer keerde zich naar Sloane toe toen ze binnenkwam.

'Het spijt me dat ik zo laat ben.' Ze liet zich op de lege stoel naast Ames glijden. De vrouw met de bob glimlachte beleefd naar haar.

Ames keek op van een stapel papieren. Hij had een witte streep in zijn dikke haar, dat voor de rest de kleur van zwarte koffie had, behalve het zilver dat boven zijn oren greep begon te krijgen. 'Waar was je?'

'Ik was...' Sloane zweeg een fractie van een seconde terwijl ze overwoog hoe ze de zin zou afmaken. (Dit deden we allemaal. Of we nou aan het daten waren of op ons werk waren, we beseften welke impact het had om net te doen of onze kinderen niet bestonden. Een man kon zeggen dat hij een dag vrij nam om te gaan vissen met zijn zoon, terwijl een moeder meestal beter af was als ze het feit dat ze een extra lange lunchpauze nam om met haar kind naar de huisarts te gaan geheimhield. Kinderen maakten van mannen helden en van vrouwen minder goede medewerkers als we het spel niet goed speelden.) 'Ik was even weg.' Ze schraapte haar keel.

'Zonder je telefoon?' Ames likte aan zijn vingertop om beter door de pagina's te kunnen bladeren. De lichamen verschoven ongemakkelijk rond de tafel.

'Ik was tijdelijk niet bereikbaar, ja,' zei ze. 'Slechte ontvangst.' Geen geweldig argument in haar wereld.

Ames maakte een onbestemd geluid en liet een prop Hot Tamales, superhete kaneelsnoepjes, in zijn mond rondgaan.

Ze staarde naar hem en weerstond de drang om de acht paar ogen die rond de ruimte op haar gericht waren aan te kijken.

Toen knipoogde Ames. Altijd het linkeroog. Met de subtiele kraaienpootjes die zich snel uitbreidden naar zijn slapen. Hij was een van de weinige mannen die ze kende die de knipoog nog gebruikten. En hij had er in feite nog succes mee ook. Het betekende 'het zit weer goed tussen ons', maar ook 'ik heb het hier voor het zeggen'.

Hij deed zijn handpalmen van elkaar naar de rest van de ruimte: 'Sloane Glover, mensen.' Alsof hij op het podium een komiek aankondigde. Sloanes nekharen gingen overeind staan, hoewel haar gezicht in de plooi bleef. Werken met Ames was als naast iemand zitten die je voortdurend onder de tafel tegen je scheen schopte. 'Zo fijn dat we eindelijk kunnen beginnen. Zullen we?'

Daarop volgden ongemakkelijke instemmende knikjes. Naast haar duwde Philip zwijgend zijn schrijfblok en pen naar Sloanes deel van de tafel. Ze drukte haar hand op de plek tussen haar ribben en ademde uit. Met haar mond vormde ze de woorden 'dank je wel' en Philip, wiens das altijd scheef zat, haalde alleen maar zijn schouders op. Waren alle mannen op kantoor maar meer als Philip.

'Ik neem aan dat iedereen intussen op de hoogte is van het ongelukkige overlijden van onze algemeen directeur Desmond Bankole,' zei Ames. 'De komende dagen zullen er herdenkingsdiensten worden gehouden. Ik ben ervan overtuigd dat het niet te impertinent is als ik verwacht velen van jullie bij de begrafenis te zien.'

Terwijl Ames sprak over wat Bankole allemaal had bereikt, downloadde Sloane woest van pen naar papier alle actiepunten die ze had geformuleerd toen ze terug naar kantoor reed.

Ames wierp haar een blik toe.

Ze legde haar pen neer.

'Laten we allemaal proberen hetzelfde doel na te streven.' Hij vouwde zijn handen op de tafel. 'Ik heb Grace gevraagd te beginnen en de mogelijke juridische verplichtingen te bespreken die Truviv heeft als beursgenoteerd bedrijf. Grace?'

Grace ging rechtop zitten. Sloane vroeg zich vaak af of haar gezicht hetzelfde transformatieproces onderging als zíj op het werk ergens een gezaghebbend gezicht bij moest opzetten. Ze wist dat dat wel zo was geweest toen ze in de twintig was. Toen kon ze zichzelf het masker van zelfvertrouwen voelen opzetten, haar stem verlagen, de 'zeg maars' weglaten als ze het woord voerde, haar knie stilhouden en zichzelf eraan herinneren dat ze heus wel gekwalificeerd was. Bij Grace waren de tekenen subtieler. Bij Grace zag ze het heffen van de kin. Het rechten van de schouders. Sloane zag, net als de meesten van ons, die tekenen van zelfgeruststelling zelden bij mannelijke collega's. Kwam dat doordat ze er niet waren? Of waren we niet oplettend genoeg om ze te zien?

'Natuurlijk,' zei Grace, en ze begon aan een uiteenzetting over de Securities and Exchange Commission (SEC), over 8-K-formulieren, en dat de bedrijfswebsite geüpdatet moest worden. Als een algemeen directeur onverwacht wegviel, was transparantie, zo legde Grace uit, heel belangrijk. 'Ik stuur wel een memo rond die gemakkelijker te verwerken is,' zei ze ten slotte.

'En we zijn bezig met een verklaring.' Kunal wees en zette zijn vinger op de tafel voor meer nadruk. 'Totdat die beschikbaar is, willen jullie alsjeblieft op alle telefoontjes van de pers antwoorden dat we erg verdrietig zijn over het verlies van

Desmond, zowel persoonlijk als professioneel?' Zijn grote bruine ogen namen iedereen in de ruimte op. 'Wat je ook doet, reageer niet met "geen commentaar". Aandeelhouders hebben er een hekel aan om "geen commentaar" te horen. Begrepen? We streven ernaar om de verklaring morgenochtend rond te hebben. Komt dat jou uit, Sloane?'

Sloane leunde achterover op haar stoel. 'Klinkt haalbaar,' zei ze beslist. Mannen konden ermee wegkomen als ze een slag om de arm hielden. Dat kwam bedachtzaam over. Als Sloane aarzelde, zou het klinken alsof ze geen idee had wat ze aan het doen was. 'We moeten ons richten op het opvolgingsplan van de firma en kijken naar recente voorbeelden van bedrijven die bijzonder goed zijn omgegaan met het overlijden of de ziekte van een algemeen directeur. Er springen er een paar in het oog, zoals Mc...'

'Eigenlijk...' onderbrak Ames haar. Sloanes tenen kromden zich als in een reflex. '... vind ik dat we naar McDonald's zouden moeten kijken. Zij hadden een vergelijkbare situatie. Twee algemeen directeuren die binnen een jaar na elkaar overleden. De eerste was plotseling. En Imation. Dat zijn de twee voorbeelden die ik zou volgen, Kunal.'

Sloane slikte een steek van frustratie weg. Op dit punt in haar loopbaan had ze alle potentiële reacties al gebruikt. Haar favoriet was een beleefd 'Interessant, dat klinkt heel erg als wat ik zojuist heb gezegd', met haar beste zuidelijke accent. Maar hierop zei ze eenvoudig: 'Gewéldig idee, Ames.'

Ames wreef tevreden zijn handpalmen tegen elkaar. 'Oké, we weten allemaal wat we moeten doen. De deur van mijn kantoor is altijd open als jullie me nodig hebben.'

Ze stonden op om te gaan. Sloane klikte de pen dicht. Er zaten overal inktvlekken aan de binnenkant van haar rechtermiddelvinger. Ardie en Grace, die naast elkaar hadden gezeten tegenover haar, liepen om de tafel heen zodat ze langs haar kwamen op weg naar buiten. 'Sorry,' fluisterde Ardie terwijl ze zich naar haar toe boog en langzaam haar hoofd schudde.

Grace perste haar lippen op elkaar en pakte Sloanes hand om er even snel in te knijpen. Sloane zag op de voorkant van Grace' zijden blouse een vochtige plek waarvan ze wist, zonder erover na te denken, dat die er niet meer uit zou gaan. Het had geen enkele zin om iets van zijde te dragen terwijl je borstvoeding gaf. Dat zou ze tegen Grace moeten zeggen.

'Katherine.' Ames stak een vinger op terwijl hij tegen de nieuwe vrouw praatte, die nog was blijven hangen toen iedereen naar buiten was gelopen. 'Jij mag hier binnen nog even wachten. Ik moet heel even het opzetje van de aankondiging van mijn bureau halen voor Sloane.' Hij keek naar Sloane. 'Je vindt het toch niet erg om even bij mijn kantoor langs te gaan, hè?'

Eigenlijk stond de deur van Ames' kantoor niet altijd open, zoals hij zei. Noch letterlijk, noch figuurlijk. Sloane was hem gevolgd terwijl hij twee stappen voor haar door de smalle gang liep.

Hij deed de deur van zijn kantoor open en samen stapten ze Het Heiligdom binnen: een galerij van foto's van Ames met beroemde atleten aan de muur. Truviv, Inc. was 's werelds belangrijkste merk sportkleding en sponsor van de beste atleten van het hele land. Daar zag je hem golf spelen met Tiger Woods. Daar zat hij langs de lijn met een geblesseerde Kevin Durant. Daar – kijk eens! – nog een spontane foto waarop hij de bal overspeelt met Justin Verlander en zijn vrouw Kate Upton. Als Ames al besefte dat de mannen en vrouwen die op zijn muur geëerd werden misschien alleen zijn vrienden waren omdat Truviv een groot deel van hun sponsorcheques uitschreef, kon het hem niet schelen. Hoe het ook zij, Sloane beschouwde Het Heiligdom als een sociaal min of meer acceptabel equivalent van een dickpic.

'Zo,' zei hij terwijl hij zich omdraaide om op zijn bureau te leunen. Hij was zo'n man van middelbare leeftijd bij wie een antracietkleurig pak goed stond en die er alleen maar beter ging uitzien naarmate hij ouder werd. Dat was tenminste iets waarvan Sloane objectief wist dat het waar was, hoewel ze het zelf lastig vond om nog te erkennen dat hij knap was. Het was weer zo'n feit over Ames geworden dat ze niet helemaal geloofde. 'Desmond is dood.' Hij stak zijn duimen diep in zijn oogkassen en wreef ermee over zijn ogen. 'Ik had het niet zien aankomen.'

'Ik, eh... Ja, ik vind het heel erg.' Sloane stond zichzelf toe om over de drempel heen verder naar binnen te stappen. Voor het eerst sinds ze het nieuws had vernomen, bracht ze de dood van de algemeen directeur in verband met condoleances. Het was afschuwelijk. Hij had kinderen, twee, dacht ze, allebei maar iets ouder dan Abigail. Ze was van plan om zijn heengaan vanavond te verwerken met haar echtgenoot Derek, met een glas wijn – de beste chardonnay die hun koelkast te bieden had. Ze zou Desmond herdenken om zijn levendige, attente gezicht terwijl hij in de eerste stoel aan de linkerkant van de conferentietafel zat, waar hij luisterde terwijl ze de kwartaalcijfers aan de leidinggevenden van het bedrijf presenteerde.

'Weet je nog dat hij je altijd juffrouw Sloane noemde?' Ames kruiste zijn armen. Zijn schouders schudden van een rustige, goedaardige lach. 'Alsof je een kleuterjuf was?'

De herinnering riep een vage glimlach op. 'Ja, o god. Ik stoorde me er eigenlijk niet aan. Omdat hij het was die het zei.'

'Hij mocht je.' Ames duwde zich af van zijn bureau en liep naar de andere kant, waar hij zonder te gaan zitten op het toetsenbord begon te tikken. Ze wachtte heel even, niet zeker hoeveel aandacht hij verwachtte voor wat hij ook aan het doen was achter de computer.

'Het spijt me dat ik van onderwerp verander, maar wie was die vrouw?' vroeg Sloane. 'Katherine, toch?'

Hij deed een la open, schudde er een paar Hot Tamales uit – een orale fixatie om zijn rookverslaving in te dammen – en stopte ze in zijn mond. 'Dat was Katherine Bell. Ik stel je wel aan haar voor. Was ik even vergeten met alles wat er gaande was. Wacht heel even, alsjeblieft.' Hij sloeg nog een paar toetsen aan en keek toen weer op naar Sloane.

Ze had het idee dat Ames soms een beetje selectief geheugenverlies had over hun eerste jaren bij de firma. Andere keren leek het het enige wat hij zich überhaupt van haar wist te herinneren. Vandaag was hij duidelijk in de stemming om net te doen alsof het verleden niet bestond. 'Ze is onze nieuwe kracht,' zei hij. 'Heel veel ervaring in het bedrijfsleven. Ze gaat op jouw afdeling werken. Ik denk dat je haar een echt waardevolle aanwinst zult vinden.'

Sloane richtte haar oor naar Ames, alsof ze hem niet goed had verstaan. 'Mijn afdeling?' herhaalde ze als een vraag.

'Dat klopt.'

'En je vond het niet nodig om mij te raadplegen voordat je iemand aannam voor míjn afdeling?' Haar stem was te hoog. Schril, zou hij het misschien noemen. 'Ik ben adjunct-directeur van die afdeling.'

Het was jaren geleden dat Ames haar zoiets had geflikt – jaren! En Sloane deed ze bijna allemaal teniet, al die maanden en maanden dat ze zich had ingehouden, van omgaan met Ames en zijn eersteklas bullshit, met een plotselinge uitbarsting van onversneden woede.

Ames bukte zich om weer op zijn computerscherm te kijken. 'En ik ben het hoofd van de juridische afdeling,' zei hij. 'Zullen we cv's uitwisselen?'

Sloane kon alweer voelen hoe ze dit gesprek vanavond nog eens zou doornemen in de spiegel terwijl ze haar tanden poetste, wensend dat het anders was verlopen.

'Waar is Katherines kantoor?' Ze gooide het over een andere boeg.

'Ik dacht dat jij daar wel voor kon zorgen. Tenslotte' – hij keek haar met een ontwapenende glimlach aan en er verscheen een kuiltje in zijn kin – 'ben jij adjunct-directeur.'

'Juist.' Ze haalde diep adem en zette alles op een rijtje in haar hoofd. Ze konden een advocaat, zelfs een om wie Sloane niet had gevraagd, nou eenmaal niet voor eeuwig in de vergaderruimte laten rondhangen. Ze legde haar schrijfblok op haar onderarm en voegde *kantoor voor Katherine zoeken* toe aan haar lijst met actiepunten, helemaal bovenaan. Wat een ongelukkige dag om te beginnen. En zag ze er niet jong uit, met haar prachtig gehydrateerde huid? De term 'ingénue' was in haar hoofd opgekomen, hoewel dat belachelijk was. Ze moest op zijn minst dertig zijn, ouder dan Sloane was geweest toen ze hier voor het eerst kwam werken.

Sloane keerde zich om om te vertrekken, even de reden vergetend waarom ze überhaupt was binnengekomen.

'Sloane. De opzet.' Ames had eindelijk de beslissing genomen om te gaan zitten en klikte door iets wat ze niet kon zien omdat zijn scherm gekanteld was. Hij knikte naar het gele schrijfblok op zijn bureau. 'Ik heb een eerste opzetje gemaakt. Ik wil het zien voordat het naar buiten gaat.'

Sloane liep terug naar zijn bureau. Er lag een open schaar boven op het schrijfblok. De zilverkleurige helften ervan vormden een agressieve X op de gele bladzijden. Ze voelde het gebrek aan slaap, de stapels ongeopende rekeningen en woede. Haar vingers bleven even hangen op het koele metaal. Soms, wanneer Sloane op heel hoge plekken stond, maakte ze zich zorgen dat ze bevangen zou worden door een drang om te springen en dat ze van de zijkant van een gebouw zou tuimelen. We begrepen dit gevoel allemaal, hoe met slechts een stuiptrekking van de vingers, Sloane – of wie van ons dan ook – de schaar kon pakken en de slagader in Ames' hals kon doorknippen.

Ze pakte het schrijfblok, en haar vingertoppen bleven door lichte transpiratie op de pagina's plakken. 'Ik breng het binnen een uur bij je terug,' zei ze. Er kroop een valse noot in haar stem terwijl ze het kantoor van Ames Garrett ontvluchtte, niet voor de eerste keer.

## Proces-verbaal van verklaring onder ede

*26 april*

Mw. Sharpe: Geef uw naam, alstublieft.
Gedaagde 1: Sloane Glover.
Mw. Sharpe: Wat is uw beroep, mevrouw Glover?
Gedaagde 1: Ik werk bij Truviv als advocaat. Mijn formele titel is adjunct-directeur Juridische Zaken voor de afdeling Noord-Amerika.
Mw. Sharpe: Hoe lang werkt u al bij Truviv?
Gedaagde 1: Ongeveer dertien jaar.
Mw. Sharpe: Dat is een flinke periode. Langer dan de meeste mensen hun baan houden, kan ik me voorstellen. Wat heeft u zoveel jaren aan Truviv gebonden?
Gedaagde 1: Mijn functie is zeer gewild. De functie van intern advocaat bij een bedrijf, in het bijzonder als die functie goed wordt betaald, is moeilijk te krijgen. Truviv is een gevestigde naam. Veel mensen zouden een moord hebben gedaan... Sorry, zo bedoelde ik het niet... Er zijn heel veel mensen die mijn baan hadden willen hebben.
Mw. Sharpe: En hoe hebt u Ames Garrett leren kennen?
Gedaagde 1: Ames maakte deel uit van de sollicitatiecommissie waarmee ik een onderhoud had voordat ik overstapte vanuit Jaxon Brockwell, dus dat zal dan wel de eerste keer zijn dat we elkaar hebben ontmoet.
Mw. Sharpe: Werkte u nauw samen met meneer Garrett?
Gedaagde 1: Pas vanaf het moment dat we aan de verkoop van een partnermerk werkten, denk ik. Ik geloof dat hij op dat moment al vijf

jaar voor het bedrijf werkte. Hij coördineerde het verzamelen van de informatie voor het boekenonderzoek die naar de advocaten van de andere partij gestuurd moest worden en ik assisteerde hem daarbij.
Mw. Sharpe: En hoe zou u uw relatie in die tijd omschrijven?
Gedaagde 1: Die was prima.
Mw. Sharpe: Wat bedoelt u met 'prima', mevrouw Glover?
Gedaagde 1: Ik vond Ames slim en ambitieus. Hij heeft me veel geleerd over hoe een verkoopproces in goede banen geleid werd. We konden het goed met elkaar vinden.
Mw. Sharpe: Ik begrijp het. En wanneer begon uw affaire?

# 3

*20 maart*

We lazen *Lean in*. Neem maar van ons aan: dat boek was zo'n beetje verplichte kost in de vrouwelijke professionele kringen in onze stad. Als een vriendin advies nodig had, was het onze morele plicht om ernstig, wijs en dringend tegen haar te zeggen: leun naar voren en laat bij vergaderingen je stem horen.

Dus lazen we het, alle 256 bladzijden, terwijl we onze highlights lieten bijwerken of luisterden naar de audioversie terwijl we in onze Landrover over de snelweg reden. We hadden behoefte aan iemand die ons vertelde wat we verkeerd deden en wat we daaraan konden doen. Die ons eraan herinnerde dat we niet genoeg geld verdienden, niet snel genoeg promotie maakten of niet bazig genoeg waren. We fantaseerden over onze carrières, we gingen naar netwerkevenementen voor vrouwen, we zochten naar loopbaanrisico's die we zouden kunnen nemen. We hielden ons aan het recept en zetten de timer op achttien maanden en gingen ervan uit dat tegen die tijd het glazen plafond zou zijn gebarsten onder het gewicht van alle naar voren leunende vrouwen in de wereld.

Op welk moment beseften we dat het niet werkte? Waren het de verkiezingen? Daarvoor al? Het is moeilijk om verschillen op te merken in een status quo. Alsof je probeert kleine temperatuurschommelingen te meten zonder thermometer. Maar mevrouw Sandberg had in één ding gelijk: we moesten naar voren leunen.

Dat was de enige manier om het gefluister te kunnen horen.

Elke drie minuten spoot een automatische luchtverfrisser een ontsmettingsmiddel met citrusgeur in de lucht, waardoor Grace met een schok weer werd teruggebracht naar haar omgeving. In een openbaar toilet, zittend op de wc. Gedachteloos door haar Instagram-feed scrollend. Met haar onderbroek als een hangmat tussen haar enkels.

Dit was waar het nieuwe moederschap haar toe had gereduceerd. Het kwam door het gebrek aan slaap. Iedereen beloofde dat het wel over zou gaan. Dat ze zich op een dag, over niet zo lange tijd, weer zou beginnen te voelen als haar oude zelf.

Ze wilde maar dat haar oude zelf verdomme een beetje op zou schieten.

De deur van de toiletten zwaaide open en twee paar hoge hakken kwamen binnen.

Grace had kunnen laten merken dat ze er zat door een velletje toiletpapier af te scheuren of door op te staan zodat het toilet automatisch zou doorspoelen, maar voordat ze in beweging kon komen, bleef één paar hoge hakken voor de spiegel staan en zei: 'Danielle heeft me dat spreadsheetgeval doorgestuurd. Mijn god, wie had er kunnen denken dat er zoveel vunzige kerels waren in Dallas?'

Grace keek behoedzaam op van haar telefoon. Ze kneep haar ogen een beetje dicht. Hield haar hoofd schuin zodat ze de schoenen kon zien die voor de spiegel stonden: roze, mooi, maar ook weer niet zo heel erg chic. Steve Madden, misschien.

De jonge vrouw met de roze hakschoenen was waarschijnlijk bezig haar make-up een beetje bij te werken voor de spiegel. Het andere meisje, op leren hakken, ging een van de hokjes in en schoof de grendel van de deur in het slot. 'Je had het me moeten vertellen. Ik kreeg het iets van drie dagen geleden.'

Grace had moeite de stem te plaatsen. (Onze stemmen waren nauwelijks meer dan een trucje. We waren doelbewust veel lager gaan praten, en maakten stembuigingen aan het einde van de zin waardoor de hele zin als een vraag klonk. En daar haatten we onszelf om.) Praten in de toiletten combineerde twee activiteiten die helemaal niet op hetzelfde moment hoorden plaats te vinden, maar Grace kon zich herinneren hoe het, toen ze jong was, een symbool van intieme vriendschap was om samen een toilet met maar één wc-hokje binnen te gaan, met elkaar kletsend en om de beurt hurkend boven een weerzinwekkende wc-bril. Ze voelde een vaag verlangen naar die tijden.

'Het gekke is,' ging Leren Hakken verder, 'dat een van die kerels op de lijst de beste vriend van mijn vader is.'

Bij de wastafel zei Roze Hakken: 'Woho.' Grace hoorde het klappen van een poederdoosje. 'En hij heeft nooit, zeg maar, eng gedaan tegen jou?'

Grace was zich bewust van haar eigen Ferragamo's met strikjes, waarvan ze zeker wist dat ze onder de deur door zichtbaar waren als een van de meisjes de moeite nam om te kijken. Moest ze ze oppakken? Of ging dat te ver?

Ze kon maar niet beslissen wat ze moest doen, dus deed ze maar niets.

'Nee, hij is altijd heel aardig geweest. Een normale versie van aardig, dat weet ik vrij zeker. We hebben vorige maand nog met ons gezin bij hem gegeten.'

'Maar stel je voor dat je váder erop stond,' zei Roze Hakken. 'Want dat is het hem nou juist. Dat zijn ze. Iemands vader, bedoel ik. Moet je je indenken dat je dat in je inbox krijgt en dat je de naam van je vader ziet met "vroeg me om een vinger in zijn kont te steken" ernaast. Zou je hem ooit nog aan kunnen kijken?' Grace had het idee dat Roze Hakken de juridisch stagiaire was, een eerstejaarsrechtenstudente die een paar dagen per week bij Truviv werkte. Niet van een van de betere scholen, als ze zich goed herinnerde. Heette ze niet Olivia? Sophia? Een van die twee.

'Oké, sorry hoor,' zei Leren Hakken. 'Mark Souls is een fatsoenlijke man. En dat beeld zie ik liever niet voor me.' Juist, die stem behoorde toe aan Alexandra Souls, een van de jonge transactieadvocaten die Sloane vorig jaar had aangenomen.

Grace mocht Alexandra. En Alexandra en Olivia-of-Sophia waren vriendinnen van de universiteit, toch?

Het interessante was: Grace had vandaag niemand over iets anders horen praten dan over het overlijden van Bankole. Misschien waren deze meiden te jong of stonden ze zo laag op de ladder dat het hun niets deed.

Of misschien vonden ze gewoon dat dit belangrijker nieuws was.

Ze zouden écht onder de deuren door moeten kijken of er niemand zat.

'Denk je trouwens dat dat echt waar is? Dat van die... kont?' vroeg Olivia-Sophia. Ze klonk eerder opgewonden dan gechoqueerd.

Alexandra lachte alleen maar.

De neuzen van Olivia-Sophia's schoenen draaiden zodat ze naar de hokjes gericht waren. 'Heb jij er een naam op gezet?' vroeg ze.

Grace hoorde het toilet doorspoelen. 'Nee... ik... nee...' zei Alexandra. De reactie voelde aan als een geladen pistool. De scharnieren piepten toen Alexandra het hokje uit kwam. 'Jij?'

Maar tegen die tijd moest Alexandra haar handen hebben gewassen, want het geluid van de kraan overstemde hen. En vervolgens klonk de luchtdroger.

Grace masseerde haar slapen. Ze probeerde de stukjes in elkaar te passen. Er was een spreadsheet die Alexandra en Olivia-Sophia hadden ontvangen. En die moest de een of andere lijst bevatten. Een lijst van vunzige mannen, hadden ze gezegd. En ze gaven hem aan elkaar door. Bespráken hem onder elkaar. (Grace liep wat achter, maar een aantal van ons had die lijst al gezien. En er ook namen op gezet. We gebruikten valse e-mailadressen, onechte gebruikersnamen, en bcc'den sneller dan jumpsuits en openschouderblouses uit de mode konden raken.)

Het geluid van de droger hield plotseling op.

'Het maakt niet uit,' zei Alexandra. 'Die vent heeft duidelijk iemand pissig gemaakt. Hij zal het dus vast verdiend hebben. Ze zouden allemaal hun baan moeten kwijtraken.'

Grace kromp ineen. En hoe zit het dan met de eerlijke rechtsgang, dacht ze, hoewel ze zich meteen het braafste rechtenstudentje van de klas voelde, wat ze waarschijnlijk ook echt was geweest.

Alexandra en Olivia-Sophia liepen de toiletten uit en Grace kon de rest van hun gesprek niet meer verstaan, alleen het geroezemoes van stemmen, dat werd afgekapt door de deur die achter hen dichtging, zodat Grace met alleen een gevoel van onbehagen achterbleef om haar gezelschap te houden.

Hoewel ze dat, bij nader inzien, misschien daarvoor ook al had gehad.

# 4

*20 maart*

Niemand van ons had tijd. Nergens voor, leek het wel. Als tijd geld was, waren we allemaal platzak. Soms zagen we een boek in de bestsellerlijst van *The New York Times* staan met een veelbelovende titel als *I Know How She Does It* of *Overwhelmed.* Een paar weken lang wisselden we dat onderling uit en probeerden we het advies op te volgen, alsof het een trendy nieuw dieetprogramma was. Maar er lagen allemaal – hoe noemen de deskundigen het? – institutionele wegversperringen voor ons.

Ten eerste hadden we minder tijd tot onze beschikking dan de mannen op ons kantoor. Dat was gewoon een feit. Een halfuur om 's ochtends ons haar te föhnen. Tien minuten om het te straighten en te krullen. Een kwartier voor de make-up. Drie minuten voor sieraden. Zestien minuten om een outfit te kiezen. Drie kwartier cardio 's avonds, zo nu en dan gevolgd door een kwartier buikspieroefeningen. Als je denkt dat we dit verzinnen, stellen we voor dat je de foto's van de stafprofielen op de website van het bedrijf even bekijkt om te zien wat we bedoelen.

Ook waren er schaalvoordelen. Tijd was niet onbeperkt beschikbaar, dus wie hoorde er het meeste van te krijgen? Diegenen onder ons die moeder waren, hadden het beste argument: denk aan de kinderen! Maar de anderen dan? We zaten op ons kantoor te luisteren naar het tikken van onze biologische klok, die elke gemiste date aangaf, elke gemiste toevallige ontmoeting, elke gemiste kans om iemand te ontmoeten met wie we misschien wél moeder wilden worden. En vervolgens bleek dat we erin geluisd waren met een lokkertje. Als we wél echtgenote en moeder werden, werd onze tijd kostbaarder naarmate de hoeveelheid die we ervan hadden, kelderde.

Dit waren geen vaste kosten. Misschien besloten we wel af te zien van de kerstkaartfoto's met daarop in ruitmotief uitgedoste kinderen en maar helemaal geen kinderen te krijgen. Maar dat voelde maar al te vaak als een keuze voor zuiver en alleen een carrière. Een stilzwijgende beslissing om onze vrije tijd bij de deur af te geven alsjeblieft, ja, dank je wel. Iemand zou eens een universitaire cursus moeten geven over de fijne kneepjes van onze tijd. Zou Shonda Rhimes misschien beschikbaar zijn?

Sloane zat al veel te lang naar haar computerscherm te staren. Buiten was de zon ondergegaan. De skyline van Dallas – met die prachtige bol van de Reunion Tower en de schilderachtige hangbruggen – maakte geleidelijk plaats voor het opzichtige elektronische, van het asfalt tot de hemel reikende reclamebord van het Omni Hotel.

Ze wreef in haar ogen; het kon haar niet meer schelen of ze zwarte vegen in haar ooghoeken maakte. Toen ze net klaar was met haar rechtenstudie en bij een advocatenkantoor werkte, zou ze precies hebben geweten hoe lang ze het 8-K-formulier had bekeken voordat ze het indiende. Advocatenfirma's dwongen hun advocaten om hun tijd bij te houden in perioden van zes minuten. Maar dat was ruim tien jaar en twee kantoren geleden. Tegenwoordig merkte Sloane dat ze in gedachten soms nog steeds een tijdregistratie bijhield:

*0,1 uur, pho eten*
*0,2 uur, appen met Derek en Abigail*
*0,1 uur, boulevardbladsites lezen*
*4,5 uur, bewijsstukken voor persberichten en dataoverzichten voor verzending naar* SEC *nakijken*

Haar telefoon trilde op haar computerwerktafel. Het was Derek. Ze nam op bij de tweede keer overgaan.

'Ze leeft nog!' Sloane was dol op de stem van haar echtgenoot. Ze zag hem in gedachten over het eiland in hun keuken staan leunen, zijn koperkleurige haar een beetje te lang bij de oren, een versleten Nirvana-T-shirt – hetzelfde T-shirt dat hij had gedragen op de dag dat ze elkaar hadden ontmoet en dat ze nog steeds graag minstens één keer per week stal om in bed te dragen – strak om zijn schouders gespannen.

Ze had vier gemiste oproepen. 'Het spijt me. Het spijt me. Ik ben vreselijk. Heb je overwogen een nieuwe vrouw te nemen?'

Jaren geleden had Derek een regel opgelegd dat Sloane zich niet meer mocht verontschuldigen voor het feit dat ze haar werk deed. Maar ze vond dat ze zelf mocht weten of ze de regel overtrad.

'Het geeft niet,' zei hij op zijn ontspannen manier. Niet dat zijn baan niet stressvol was. Derek was brugklasleraar en jongens van twaalf waren verschrikkelijk. Maar het was een ander soort stress en ze zaten er niet mee in elkaars vaarwater. 'Ik bel gewoon om te kijken hoe het met je gaat. O, ik heb Abigails formulieren voor de wandelmarathon volgende week ingestuurd en de cheque voor haar pianorecital ingeleverd, dus die twee items kun je van je lijst afvinken.'

'Je weet hoe leuk ik het vind om af te vinken,' zei ze, turend naar een regel in het formulier die ze al drie keer had geprobeerd te lezen. Ze was die formulieren helemaal vergeten. 'Dank je wel.'

Er viel even een stilte, net genoeg ruimte voor hen allebei om zich te herinneren dat ze gisteravond ruzie hadden gemaakt. Hoe langer ze getrouwd waren, hoe gemakkelijker het was om op 'pauze' te drukken bij een intens meningsverschil en dat later weer op te pikken – bij voorkeur op een moment dat niet na Sloanes bedtijd lag. Maar daar was het weer. Als een gemeenschappelijke blauwe plek waarvan ze zich nog maar net had herinnerd hoe ze die ook weer had opgelopen.

'Hoe gaat het met haar?' vroeg Sloane op hetzelfde moment als Derek zei: 'Het lijkt goed met haar te gaan. Ik heb haar in de gaten gehouden sinds ze thuis is gekomen.'

De ruzie was over Abigail gegaan. Het leek tegenwoordig altijd maar over Abigail te gaan. In gedachten kon ze Derek bijna tegen haar horen zeggen: het was geen ruzie, het was een meningsverschil. Prima, maar Sloane hield van overdrijven en als het op haar dochter aankwam, had ze het idee dat ze daar recht op had.

Het was een paar maanden geleden begonnen. Abigail was humeurig geworden. Ze was opgehouden met haar poppen te spelen. Sloane had haar vrij onschuldig gevraagd om ze alsjeblieft op te ruimen en Abigail had geschreeuwd dat – en Sloane citeerde haar niet letterlijk – iedereen misschien gelukkiger zou zijn als Abigail dood was.

Derek vond dat Sloane overtrokken had gereageerd. Hij gaf Engels in de brugklas, wat, als je het hem vroeg, betekende dat hij in huis de expert was op het gebied van de ontwikkeling van jonge kinderen. Maar Sloane was in huis de expert op het gebied van Abigail. Ze nam haar mee naar een psycholoog, die haar verzekerde dat een 'dood en sterven'-fase een volkomen normaal onderdeel was van de ontwikkeling van een kind. 'Dat zei ik toch, Sloane. Volkomen normaal,' had Derek op weg naar huis herhaald, alsof hij ook nog doctor in de psychologie was.

Maar toen, een paar dagen later, zag Sloane de berichtjes die op het scherm van Abigails telefoon verschenen. *Slet. Bitch. Kutwijf.* Elke term voelde als een kogel in haar borst. Niemand had haar dit verteld voordat ze moeder werd. Dat je ijverig opgebouwde immuniteit voor al die dingen, zoals schelden en populariteitswedstrijden, plotseling zou verdwijnen zodra iemand het op je kind had gemunt.

Ze had Abigails telefoon voor Dereks gezicht gehouden en gegild: 'Is dit normaal? Is dit volkóóómen normaal, Derek?'

Natuurlijk was dat niet eerlijk geweest tegenover Derek, de

vader die de namen van alle klasgenootjes van Abigail kende en donuts meebracht voor de andere klassenleraren. Toen hij die berichten las, was hij zo angstaanjagend in de vaderrol geschoten dat het stiekem wel een beetje opwindend was geweest.

Sloane wilde het schooldistrict een proces aandoen voor wat er was gebeurd. Ingrijpende maatregelen. Gepaste bescherming. Juridische consequenties als ze haar niet serieus zouden nemen. Maar het schooldistrict was ook Dereks werkgever, wat betekende dat hij wilde dat ze 'het vriendelijk zou houden'. Die formulering had hij specifiek gebruikt.

Ze hadden een eensgezind front gevormd bij de bespreking en Sloane had Derek het woord laten voeren, precies zoals hij had gevraagd. Hij had er in feite op gestaan. Dat had niet fijn gevoeld.

Over de telefoon hoorde ze hem zijn stoppels krabben. Sloane typte door de stilte heen, omdat ze het zich niet kon veroorloven dat niet te doen. 'Sloane, het spijt me, ik...'

Bij het geluid van zacht geklop aan de deur draaide ze haar stoel. Ardie leunde in de deuropening, haar zwarte blazer en broek meer gekreukt dan gebruikelijk.

'Derek, het spijt me, maar ik moet ophangen.' Ze hoorde hem zuchten en voelde een golf van schuldgevoel. 'Ik hou van je.'

'Werk niet te hard,' zei hij voordat hij ophing, en Sloane wist dat hij het echt meende, op een altruïstische, krijg-alsjeblieft-geen-instorting-manier, de manier waarop hij vaak na elf uur 's avonds haar laptop in beslag nam omdat hij had gelezen dat ze slecht zou slapen van al dat blauwe licht.

Sloane schoof haar telefoon naar de andere kant van haar toetsenbord. 'Sta je daar al lang?'

Ardie nodigde zichzelf binnen en liet haar handen op de rug van Sloanes stoel voor bezoekers rusten. 'Lang genoeg om te zien dat je naar huis moet.' Ze gaf Sloane een bruine harmonicamap. 'Hier zijn de belastingbezwaren voor het fabrieksterrein in Waco. Sorry, weer iets voor je om te proeflezen, ik weet het. Maar misschien geeft het je een beter gevoel als je weet dat ik nog niet eens ben begonnen met het bekijken van de belastingmodellen voor de overname van die abonnementsbox.'

Sloane liet de map op haar bureau vallen. *Bonk*. Ze was nu al een paar weken van plan om met Ardie te praten, al sinds het moment dat duidelijk was geworden dat het piepkleine geheim dat ze voor haar vriendin verborgen hield – iets onbenulligs – een langduriger probleem begon te worden. Maar, nou ja, vandaag was echt geen dag om een beerput open te trekken. Natuurlijk klonk dit ergens wel een beetje als een smoes, maar dat was het niet. Eerder een strategie.

'Ik hoorde dat de afdeling Verkoop de rest van de dag vrij heeft genomen om te rouwen om het overlijden van Bankole, wil je dat wel geloven?' zei Sloane in plaats daarvan.

Ardie zette dramatisch grote ogen op. 'Luister, Sloane, je moet er geen grapjes over maken. Je moet de gevoelens van die twintigers serieus nemen.' Ze drukte haar handpalmen tegen elkaar alsof ze aan het mediteren was. 'Je kunt niet van ze verwachten dat ze werken en tegelijkertijd dingen voelen. Van een goede leider wordt verwacht dat hij empathie toont, oké?'

Een van de mooiste dingen aan Ardie was dat ze een beetje gemeen kon zijn, precies op het moment dat Sloane dat graag van haar wilde. Sloanes dierbaarste motto was dat vrouwen niet echt vriendinnen konden zijn als ze niet bereid waren om met elkaar te roddelen. Wat haar betreft kwam dat nog het dichtste bij een bloedpact zonder dat er sprake was van messen.

'O, ik heb er toch zo vreselijk en oprecht spijt van.' Sloane legde haar hand op haar hart en gaf haar mooiste pruilende frons ten beste, of in elk geval hoopte ze dat ze dat deed. Ze was nog maar net begonnen met een botoxkuur – ze was tenslotte net veertig geworden – en ze wist niet helemaal zeker meer hoe haar gezicht er op een bepaald moment uitzag. 'Als ze slim waren, zouden ze proberen uit te zoeken wie de volgende algemeen directeur wordt.'

'Als ze slim waren, zouden ze zich druk maken over de prijs van hun aandelenopties.'

'Denk je dat ze een buitenstaander zullen aanstellen?' vroeg Sloane.

'Ik zou het niet weten, maar weet je wat ik denk? Als ze een nieuw iemand zouden aannemen, zou dat te lang duren. Bovendien,' verzuchtte ze, 'het kinderdagverblijf van Michael rekent een dollar voor elke minuut die ik te laat kom om hem op te halen, wat betekent dat ik intussen...' Ze keek op haar horloge, 'precies tig miljoen dollar kwijt ben.'

'Ik dacht dat we je betaalden om goed met cijfers te zijn.'

'O, maar dat doe je ook. Dat cijfer klopt, dat verzeker ik je...'

Plotseling zwegen ze.

In de deuropening stond Katherine met haar trui over haar arm gevouwen. Ze keek van de een naar de ander. 'Sloane, als jij het oké vindt, wilde ik het vanavond verder voor gezien houden.'

Ze maakte een zedig gebaar om een lok haar achter haar oor te stoppen. Merkwaardig, dacht Sloane, want Katherines haar was veel te kort om het ergens achter te stoppen. Het was alsof ze een fantoomledemaat wilde vastpakken.

Ondanks al haar terechte verontwaardiging was Sloane Katherine bijna vergeten. Ze had niet geweten wat ze met haar aan moest op haar eerste dag. Katherine was knap op een manier die inhield dat Sloane zichzelf eraan moest herinneren om haar aardig te vinden. Hoe ouder ze werd, hoe meer ze merkte dat ze een hekel wilde hebben aan jonge, knappe vrouwen. Het was een vreselijke neiging, maar een die Sloane ijverig onderdrukte.

Sloane glimlachte uitgeput. 'O, ja, ga alsjeblieft naar huis, kom je morgen maar weer bij me melden en herinner me eraan hoe een huis eruitziet. Is het er lekker warm? Zijn er bedden? Donzen kussens? Is dat de plek waar mensen hun pyja...?' Ze maakte haar zin niet af. Ze had iets gezien, een lange schaduw in de hal. Ze kwam overeind op haar blote voeten en liep op haar tenen dichter naar de deur om om Katherine heen te kijken. 'Heeft iemand zich achter jou verstopt?' vroeg ze.

Ames stak zijn hoofd naar binnen en schraapte zijn keel. 'Nee, nee, ik ben het maar.' Hij zwaaide naar Ardie en knikte naar Sloane. 'Ik heb Katherine beloofd dat ik iets met haar ga drinken, om haar welkom te heten op kantoor, haar te ondervragen over haar ervaring, dat soort dingen.'

Beloofd. Het woord galmde door Sloanes hersenen. Het klonk zo vaderlijk zoals Ames het zei.

Sloane wist dat ze iets zou moeten zeggen. Haar geest werkte langzaam. Er was zoveel gebeurd vandaag. Desmond was vandaag overléden. Minder dan twaalf uur geleden zelfs. Zijn lijk was misschien nog maar net koud en nu nam Ames deze nieuwe vrouw – Katherine – mee om iets te drinken. Dat kon toch niet goed zijn? Maar ze stonden daar naar haar te kijken, wachtend, en ja, ze had Ames goed gehoord. Dat wist ze zeker. Ames ging iets drinken met Katherine. Vanavond.

De herinnering kwam ongevraagd bovendrijven.

Een stille waarschuwing die Sloane van haar mentor, Elizabeth Moretti, had gekregen bij Jaxon Brockwell op de dag dat ze had aangekondigd dat ze de baan bij Truviv had aangenomen. Van de twee jaar die ze bij Jaxon had doorgebracht, had Elizabeth haar precies twee keer terzijde genomen met die blik op haar gezicht, de beoordelende blik met de onderliggende tekst die luidde: ik ben ouder dan jij, ik ben wijzer en ik heb dingen gezien. Op die dag had ze Sloane aangekeken en gezegd 'Kijk uit voor Ames Garrett', en daar had ze het bij gelaten.

Juist. Nou, dat had haar totaal niet geholpen, want op de eerste dag bij Truviv had Sloane zelfverzekerd Ames de hand geschud, en een halfjaar later gingen ze met elkaar naar bed.

Nu keek Ames naar haar. Ardie keek naar haar. En Katherine keek heen en weer tussen hen allemaal, alsof ze nog steeds probeerde uit te zoeken hoe het zat. Sloane staarde naar haar bureau. Mensen die ze moest terugbellen. E-mails die ze moest schrijven. Ze kneep haar ogen dicht, een teken dat ze op het punt stond om een kolossale blunder te begaan.

'Geweldig idee,' zei ze. 'Ik pak mijn tas even.'

Ames en Katherine staarden naar haar. Godsamme, het was nou niet alsof ze had gezegd dat ze bij het circus zou gaan.

Ames keek geamuseerd. 'Ik dacht dat je omkwam in het werk?'

'Die bodemloze put is hier nog wel als ik terugkom.' Ook zij kon zo nu en dan tijdelijk geheugenverlies hebben.

Ames' hoofd ging langzaam op en neer. 'Geweldig,' zei hij. 'Dan zien we je bij de lift.' Hij gaf twee keer een klap op de deurpost terwijl hij en Katherine de deur uit liepen.

Ardie richtte zich tot Sloane. 'Weet je het wel zeker?'

Sloane keek op naar het plafond, met haar handpalmen naar boven gekeerd. 'Nee, natuurlijk weet ik dit niet zeker, Ardie.'

'Wil je me dan vertellen waarom...?'

'Je weet precies waarom.'

Ardie sloeg haar armen over elkaar en trok verwachtingsvol haar wenkbrauwen op.

'Ik weet het niet,' zei Sloane geïrriteerd. Ze wees naar de deur en ging zachter praten: 'Ik denk dat ik deze keer misschien wil voorkomen dat het offerlam wordt geslacht. Misschien heb je haar al rond zien draven. Ongeveer één meter vijfenzestig. Bobje. Lief snoetje. Tevreden?' Ze pakte haar tas op en zwiepte hem over haar rechterschouder. 'Het is maar één drankje.' Ze stak een vinger op voor Ardies sceptische gezicht.

'Eentje dan,' zei Ardie. 'En ik zal karma opbellen om een goed woordje voor je te doen.'

Sloane deed haar ogen dicht, uitgeput. Ze voelde dat de fantoomrimpels zich in de brug van haar neus wilden nestelen. Ze wist dat als ze het zou vragen, zelfs als ze maar een hint gaf, Ardie met haar mee zou gaan, of ze haar zoon nu van het kinderdagverblijf moest ophalen of niet. In dat opzicht had Sloane geluk.

'Als jij dat doet,' zei ze, 'betekent dat nogal wat.' Ze greep haar vriendin heel even bij haar pols, omdat ze wilde blijven. Er lag nog ergens een half opgedronken fles gin in de dossierkast, van de vorige keer dat ze een vrouw van Ames Garrett hadden moeten redden. Maar de vorige keer was die vrouw Sloane geweest.

**Truviv Instant Messenger**

21-04 16.31 uur

**Ontvanger**: Sloane Glover
**Afzender**: [geblokkeerd]

Slet.
Bitch.
Kutwijf.

# 5

*20 maart*

Wat zeiden we weinig tegen elkaar in de lift. We stapten naar binnen, fris naar shampoo en mondwater ruikend. De soepele opwaartse beweging tegen onze voeten die ons mee omhoognam en ons per koeriersdienst naar onze etage bracht. Elke keer dat de deuren opengingen, verscheen er een klein portaal naar een andere wereld.

We werden er bedreven in om elkaar in te delen naargelang onze respectievelijke verdiepingen nog voordat er zelfs maar op de knop was gedrukt. Marketing? Welkom op de zevende verdieping, het kerkhof van voormalige cheerleaders die nog twijfelden of ze verder moesten studeren. Hoofd afdeling Verkoop op de elfde? We konden haar pas gemanicuurde vingers op haar telefoonscherm zien tikken, de designertas over haar schouder gehaakt om uit te stralen dat ze vast een heel goed jaar had. We vroegen misschien zachtjes aan een productontwikkelingscoördinator waar ze haar nieuwe bril had gekocht. Of maakten ruimte voor de vrouw in het zwarte pak die achter ons binnenkwam en resoluut op de knop voor de veertiende verdieping drukte.

Maar wat wisten we werkelijk van elkaar? We werden gescheiden door staal en stellages. Onze werelden leken los van elkaar te bestaan en botsten alleen af en toe op elkaar doordat we zo dicht bij elkaar waren. Of dat dachten we tenminste.

We hadden maar op de deur van elkaars wereld hoeven te kloppen om erachter te komen hoe onze verledens met elkaar verweven waren en hoe de gezamenlijke draden een strop vormden die we zelf hadden geknoopt.

Dit was zo ongeveer wat er gebeurde toen Rosalita en Crystal, het nieuwe meisje, voor de deur van een kantoor op de veertiende verdieping stonden. Geschrokken siste Crystal: 'Er is daar iemand binnen.' Ze sprong bij de deur vandaan alsof ze zich eraan had gebrand. Rosalita blies langzaam haar adem uit op een manier die haar ergernis totaal niet verborg, wat ook de bedoeling was.

Het was halftien 's avonds. Rosalita en Crystal hadden samen de verduisterde verdiepingen afgewerkt. Ze hadden gestofzuigd en vuilnisbakken geleegd, bureaus afgenomen en toiletpapier aangevuld. De kantoorramen waren platte zwarte gaten die uitkeken op de ruimte. Binnen verlichtten de automatische lichten op de gang het vierkante stuk kantoorruimte waarin de vrouwen aan het werk waren. Nadat ze verder waren gegaan, schakelden de lampen knipperend weer uit.

Vroeger vond Rosalita de lampen vervelend. Ze gaven haar het gevoel dat ze in de schijnwerpers stond, alsof ze bekeken werd. Erger nog: soms gingen er flikkerend een paar lichten aan aan het eind van een gang, en dan verstijfde ze, met bonkend hart, en wachtte ze totdat er iemand zou verschijnen. Als er niemand verscheen, moest ze nog steeds haar ronde afmaken, maar nooit zonder om de paar minuten over haar schouder te kijken.

'Motten,' had haar supervisor haar ooit verteld. Dat was jaren geleden, toen Rosalita net was begonnen met schoonmaken, een paar maanden nadat haar oom haar en haar zus in een zweterig bestelbusje uit de Vallei van Mexico hierheen had gereden. Op een gegeven moment hadden andere zorgen de plaats ingenomen van de lampen.

'Dat geeft niet,' zei Rosalita tegen Crystal terwijl ze keurig vinkjes zette op het papier dat aan het klembord vast was gemaakt, om aan te geven welke kantoren ze hadden gedaan. Ze was blij dat ze bij de ploegenbespreking haar gebruikelijke verdiepingen toegewezen had gekregen. Een van de directeuren was overleden en binnenkort zou zijn kantoor ontruimd moeten worden. Rosalita wilde daar niets mee te maken hebben.

'Zal ik kloppen?' vroeg Crystal.

Rosalita zoefde langs Crystal, roffelde twee keer op de open deur en stapte, zonder op een antwoord te wachten, efficiënt het bezette kantoor op de veertiende verdieping binnen. Ze pakte snel de afvalbakken op en droeg ze de gang in.

Zo zou de nieuwe vrouw het leren.

Rosalita had geleerd dat het geheim tot onzichtbaarheid niet was om op je tenen langs de wanden te lopen. Dat trok alleen maar de aandacht en gaf bovendien alle andere mensen een ongemakkelijk gevoel. Nee, het geheim tot onzichtbaarheid was snelheid en doelgerichtheid. Die eigenschappen stelden anderen in staat zich te ontspannen en hun werk te doen alsof je er niet eens was.

Rosalita leegde de afvalbakken in de rijdende afvalcontainer. Ze verving de plastic binnenzakken en liep het kantoor weer in.

De blonde vrouw keek op van haar computerscherm. 'Hoe gaat het vanavond?' vroeg ze vriendelijk aan Rosalita.

Rosalita zette de bakken weer terug in de hoek en veegde haar gehandschoende handen af.

Ze herkende deze veerkrachtige blonde vrouw. SLOANE GLOVER, de naam van de vrouw stond op het zilverkleurige bordje naast haar deur. Ze deed Rosalita denken aan een presentatrice van een praatprogramma, zo glad en sprankelend als ze was. Ze was precies het soort witte vrouw dat een internationale mediastorm zou ontketenen als ze ooit vermist zou raken.

'Goed, mevrouw,' antwoordde Rosalita. 'En met u?'

De vrouw zuchtte en leunde achterover in haar stoel. 'Hoe zeg je "klote" in het Spaans?'

Rosalita lachte wrang, het soort lach dat voortkomt uit gedeelde ellende.

Plotseling tilde Sloane haar hoofd op. 'Sorry. O god.' Ze schudde haar hoofd en duwde haar vingers tegen haar slapen. Vandaag leek ze niet zo veerkrachtig of sprankelend. Haar ogen, zag Rosalita, waren rood. Op haar scherm was niet haar werk maar een webwinkel te zien. 'Ik... Ik wilde niet... Wat ben ik toch dom. Dat was heel lomp van me om te zeggen. Om dat zomaar aan te nemen, bedoel ik.' Sloane keek Rosalita recht aan. 'Het is een lange avond geworden. Wat geen excuus is.' Ze hief een hand op als om te voorkomen dat iemand haar zou slaan.

Rosalita wachtte geduldig tot de vrouw klaar was. Ze had een heleboel woorden en ze leken allemaal tegelijk naar buiten te moeten. *'De mierda,'* zei Rosalita.

'Wat?'

'Klote. *De mierda.*' Rosalita fronste haar voorhoofd en dacht even na. 'Of... *no vale mierda. De pura mierda.* Kies maar.' Ze haalde haar schouders op. Als Rosalita beledigd had moeten zijn over Sloanes aanname, dan wist ze niet waarom. Ze had donker, golvend haar en een bronskleurige huid. Ze sprak met een stevig accent. En bovendien had ze tot haar twaalfde in Guanajuato gewoond. Zeker, er waren momenten dat Rosalita het niet fijn vond als iemand haar vroeg om iets in het Spaans te zeggen – meestal als het verzoek kwam van een man (een fetisj). Maar afgezien daarvan vatte ze het niet zo snel op als een belediging, zoals sommige jongere vrouwen. Het kostte te veel energie.

Sloane glimlachte dankbaar. 'En óf het *de mierda* is. Dank je.' Instinctief schoten Sloanes ogen weer terug naar haar scherm en vervolgens, toen ze eraan dacht, weer naar Rosalita. Haar glimlach stokte. 'Sorry,' verontschuldigde ze zich voor de tweede keer in minder dan vijf minuten.

Rosalita wist dat ze mocht gaan. Ze nam het Sloane niet kwalijk. Die zag er zelf uit alsof ze uren geleden al naar huis had moeten gaan.

Ze liep terug naar de gang en kruiste het vakje naast het kantoor van Sloane Glover aan op haar klembord. 'Haal even een fles water uit de koelkast voor mevrouw Glover,' zei ze tegen Crystal. 'Ik doe de volgende wel.' Crystal gehoorzaamde. Ze was jong en mogelijk zwanger, gokte Rosalita, hoewel ze het goed verborgen had weten te houden onder het flodderige, door het bedrijf verstrekte poloshirt.

Rosalita duwde het karretje met spullen langzaam en methodisch over het tapijt. Wat ze wist met de zekerheid van iemand die het al te vaak had gezien, was dat Sloane Glover vanavond dronken was.

**Ardie Valdez**
En... hoe ging het? Wat heb je gehoord? Wat zegt ze?

**Grace Stanton**
Hoe ging wat? Waar hebben we het over? Wie?

**Ardie Valdez**
Sloane is gisteravond wat gaan drinken met Ames en Katherine. Katherine is die vrouw die gisteren bij de vergadering was. Ze is nieuw, schijnbaar. Is gisteren begonnen. Ames heeft haar aangenomen zonder met Sloane te overleggen. Typisch.

**Grace Stanton**
Sorry, ik hoor er niet meer helemaal bij. Wat gaan drinken... met Ames? Echt waar?

**Sloane Glover**
Sorry! Sorry! Ik ben er. Kom nu pas op kantoor aan. Goed... Ja, wat drinken met Ames. Niet veel gebeurd. Heeft zich keurig gedragen. Katherine is echt het toppunt van verfijning. Denk: Westminster hondenshow. Rechtenstudie aan Harvard. Advocate bij Frost Klein. Komt oorspronkelijk uit Boston. (Vandaar de schoenen?) Niet veel 'zuidelijke hartelijkheid', als je begrijpt wat ik bedoel. Zal misschien een tijdje duren voordat ze ontdooit. Maar fuck, ik verzuip al zowat. Ik dank Tina Fey op mijn blote knieën dat ze intelligent is.

**Ardie Valdez**
Hé, wat doen al die secretaresses om Beatrice' scherm heen? Iets over een spreadsheet. Is er iemand bezig met een groot Excel-project?

**Grace Stanton**
Geen idee, maar gisteren hoorde ik de eerstejaars praten over een spreadsheet. Iets over vunzige zakenmannen in Dallas. Was ik vergeten aan jullie te vertellen. Heeft er iemand een energiereep? Ik verga van de honger.

**Ardie Valdez**
Nee, sorry. Maar ik heb wel chips in mijn bureau. Pak maar wat je wilt.

# 6

*21 maart*

We waren altijd op zoek naar de perfecte man. Zelfs diegenen onder ons die zich niet hadden opgegeven voor de traditionele heteronormatieve ervaring waren desondanks gefascineerd door de antropologische zoektocht ernaar, alsof het een zoektocht naar een eenhoorn was. Of we nu getrouwd of alleenstaand waren, we waren óf op zoek naar hem, óf probeerden hem te kneden uit een man die we al hadden. Dit perfecte exemplaar zou bestaan uit de volgende essentiële eigenschappen: hij deelde zijn eten en bestelde altijd een nagerecht. Als we een boek aanraadden, kocht hij het zonder eerst aan een vriend te vragen of die het ermee eens was. Hij wist hoe hij een luiertas moest inpakken zonder dat hem dat werd verteld. Hij was een zuidelijke gentleman met een moeder van de Oostkust, die zijn stilletjes toenemende gevoeligheden koesterde. Hij zei na tweeënhalve maand 'Ik hou van je'. Hij werd niet dronken. Hij wist hoe hij een belastingaangifte moest invullen. Hij trok onze feministische idealen nooit in twijfel als we weigerden insecten dood te trappen of de olie te verversen. Hij ging nooit zitten om zijn schoenen aan te trekken. Hij had genoeg geld voor zijn pensioen. Hij was een groot voorstander van voorbehoedsmiddelen voor mannen op basis van hormonen. Hij voelde zich enigszins ongemakkelijk bij het concept van geschoren vagina's, maar niet voldoende om een standpunt voor of tegen in te nemen. Hij vond Mindy Kaling grappig. Hij hield van sierkussentjes. Het maakte hem niet uit als wij meer geld verdienden dan hij. Hij hield van vrouwen van zijn eigen leeftijd.

We waren redelijk en irrationeel, cynisch en naïef, maar altijd, altijd op jacht.

Natuurlijk gaat dit verhaal niet over perfecte mannen, maar dat wist Ardie Valdez helaas nog niet toen, op de dag na het voortijdige overlijden van Desmond, haar telefoon oplichtte: een berichtje van haar datingapp.

Jezus, ze schrok zich nog steeds rot van dat ding. Haar telefoon trilde zo vaak dat ze wenste dat ze het geld had uitgespaard van dat seksspeeltje van na de scheiding en gewoon had gewacht tot haar telefoon zoemde.

Ardie keek op haar schermpje:

*Je bent hot. Je hebt een nieuw bericht.*

Er stond zelfs een vuuricoontje naast de tekst, alsof de app juist ontworpen was om Ardie eraan te herinneren dat ze te oud was om te daten. We leefden tegenwoordig in een emojiwereld en Ardie was er net komen wonen.

Ardie was anderhalf jaar vóór Sloane bij Truviv komen werken. Dezelfde sceptische, niet snel onder de indruk zijnde Ardie, maar dan veel beter gekleed. Sloane vertelde mensen altijd graag dat als Sloanes kokerrok niet was gescheurd en Ardie geen noodnaaisetje had gehad, ze misschien wel nooit vriendinnen waren geworden. Maar Ardie wist dat dat niet waar was. Sloane was eigenlijk heel goed in het uitkiezen van vriendinnen en Ardie ontdekte al snel daarna dat Sloane zelf sowieso altijd al een noodnaaiset in haar eigen bureaula bewaarde. Ardie had haar nooit verteld dat ze dat wist.

Het leven was toen veel vrolijker, dat moest ze wel toegeven. Vol mogelijkheden en malle anekdoten. Voordat ze deze nieuwe Ardie werd, een gescheiden vrouw van tweeënveertig.

Vorig jaar, in de afhaalrij bij Starbucks, had Ardie eindelijk de moed gehad om Sloane te vertellen dat ze bij haar echtgenoot Tony wegging. Een andere vrouw is met mijn echtgenoot naar bed geweest, had ze gezegd op haar typisch spottende manier. Dus ik denk dat dat betekent dat hij nu van haar is.

Sloane was namens haar in woede uitgebarsten. In de trant van: Hoe heeft Tony dat nou kunnen doen? En Michael dan? En het huis dan?

Ardie had zich alleen naar haar omgedraaid, haar een vanillelatte overhandigd en twee woorden gezegd: 'Niet doen.'

De onderliggende tekst was duidelijk: Nee, jij niet, jíj mag hier niets over zeggen.

Daarna lagen dingen een poosje gevoelig tussen hen.

Ze had al jaren van Sloane en Ames geweten. Ze was niet zoals Sloane. Beste vriendin was voor Ardie een persoon, geen rang. Ze had geen beste vriendin van de basisschool, geen beste vriendin van de middelbare school, geen beste vriendin van de universiteit en geen beste vriendin van de kleuterschool, alleen een beste vriendin op het werk, wat Sloanes term voor Ardie was als zij met haar andere beste vriendinnen sprak. En dus had Ardie met twee woorden – 'niet doen' – haar enige beste vriendin gezegd: Nee, ze moest ophouden, nee, ze zouden het er niet over hebben, nee, ze mocht haar medeleven niet tonen over wat een vreselijke persoon Ardies echtgenoot bleek te zijn.

Omdat, zoals ze allebei wisten, Sloane ook de andere vrouw was geweest. Met een andere man, natuurlijk, maar wat maakte dat uit? Het was wél een categorie. Een rang, in feite. En er was afgeleide schuld.

Het was wonderbaarlijk dat, zelfs nu nog, zelfs in de beslotenheid van haar eigen hoofd, Ardie haar eigen rol in het verhaal verdoezelde. Het geheim dat zo diep was weggestopt dat ze maar een heel klein piekje in haar hartslag registreerde als ze door de herinnering heen huppelde. Een blinde vlek. Een leugen.

Maar wat deed het er nu nog toe? Ze waren eroverheen. Allemaal verleden tijd. Sterker nog, zes weken geleden had Sloane er nog op aangedrongen dat Ardie zich aanmeldde bij Match.com, en Ardie had haar, zoals zo vaak, haar zin gegeven. Ze had Sloane zelfs op een avond na het werk Ardies profiel laten uittypen, en de volgende ochtend had Sloane dat aan haar gegeven alsof ze een nieuwe auto op de oprit onthulde. 'Derek zei tegen me dat ik te bemoeizuchtig was.' Sloane had te snel gepraat terwijl ze beschreef hoe ze naast haar echtgenoot in bed het profiel had opgesteld. 'Maar wat weet hij er nou van? Hij is zo'n typische man.' (En wat wisten mannen nu helemaal over koppelen? Voor ons was het een olympische sport, terwijl zij alleenstaande vrienden verzamelden alsof ze er een voorraad van aanlegden voor wanneer het einde van de wereld was aangebroken.)

Ardie had het hart niet om Sloane te vertellen dat Match.com door niemand meer werd gebruikt en dat ze op dat moment al regelmatig drie datingapps gebruikte. Maar ze waardeerde Sloanes bemoeienis met haar nieuwe – het voelde nog steeds nieuw, zelfs veertien maanden na de scheiding nog – datingleven veel meer dan ze liet merken. Het was fijn om de mening van een vriendin te horen.

Ardie maakte ruimte voor haar telefoon op haar bureau. De thumbnail van de man die haar e-mailde, zag er veelbelovend uit. Haar hart begon sneller te kloppen. Dit onderdeel vond ze leuk. Het was alsof je een cadeautje openmaakte.

*Hallo. Mijn naam is Colby. Ik ben een eenvoudige vent. Ik hou van vissen en ik heb alleen maar spijkerbroeken, maar ik verzeker je dat ik een baan heb. Ik verkoop graniet, steen en andere soorten materialen voor verbouwingen van huizen. Het klinkt supersaai, dus dan weet je dat ik dat onderdeel niet verzin. In het weekend ga ik wandelen met mijn hond rond White Rock Lake en ik kijk graag naar allerlei programma's op Netflix. Ik ben één keer getrouwd geweest. Geen kinderen helaas.*
*Laat het me weten als je me wilt ontmoeten.*

*Vriendelijke groet, Colby*

*PS: W/E, FFA*

Ardie las het e-mailtje twee keer door. Meestal voelde ze zich niet aangetrokken tot 'plattelandsjongens', maar ze stelde Colby's eerlijke toon op prijs. En zou het zo gek zijn om te leren vissen? Zou Michael dat niet heerlijk vinden?

Ze wist niet wat het postscriptum betekende. Tegenwoordig had online daten bijna zijn eigen taal. Ze tikte de eerste afkorting in in haar zoekbalk. W/E.

Het antwoord kwam al snel: *well-endowed,* fors geschapen.

Ardie liet haar hoofd zakken. Je was er bijna, Colby, bijna. Het gevoel van teleurstelling was maar al te heftig. Hoe graag zij en Sloane ook lachten om millennials, online daten leerde Ardie dat jongere mensen een merkwaardig soort veerkracht hadden: ongevoelig voor sommige dingen, maar volkomen open en kwetsbaar voor vrijwel alle andere.

Ze tikte de tweede afkorting evengoed ook maar in in haar browser. FFA.

*Fat Female Admirer,* oftewel: houdt van dikke vrouwen.

Ardie perste haar lippen op elkaar. Ze keek omlaag naar de bolling van huid die boven de tailleband van haar broek uit puilde en daarna, om te checken, naar haar eigen profielfoto.

Ze vond het niet erg dat ze dik was. Ze vond het wel erg dat ze het niet had geweten, alsof haar eigen lichaam stiekem was veranderd zonder dat ze het had gemerkt, omdat ze, over het algemeen genomen, alleen was en er behalve zijzelf niemand was die dat soort veranderingen bijhield. En wat niet eerlijk leek, wat afschuwelijk wreed voelde, was dat Ardie elk pijnlijk datingritueel al had doorlopen toen ze in de twintig was, dat ze zich al een weg had gebaand door de berg mannen die gekomen en gegaan waren. Ze had er de beste persoon voor haar uit gekozen en hij had haar uitgekozen en dat had moeten betekenen dat ze zich nooit meer zorgen hoefde te maken over de vraag of dingen als dik zijn goed of slecht waren, omdat voor iemand, voor die ene persoon, het oké was. Dat zij oké was. Totdat ze dat niet meer was.

Ardie deed haar ogen dicht. Probeerde het weg te denken.

Maar de gedachten waren er al en ze filterden naar binnen als mist door een raamhor.

Ze miste haar echtgenoot. Of ze miste het om getrouwd te zijn. Ze wist niet zeker of ze nog wist wat het verschil was. Ardie miste het om met hem te praten terwijl hij onder de douche stond. Ze miste het om samen televisie te kijken. Ze miste het om de enige persoon op de wereld die er net zoveel om gaf als zij, te onthalen op een uiterst gedetailleerd verslag van alle kleine, grappige en fantastische dingen die Michael die dag had gedaan. Ze miste het om midden in de nacht wakker te worden naast een bobbel in haar bed.

Ze miste het gewoon.

De keuken van het kantoor had een stijlvolle afwerking, onlangs opnieuw ingericht met matgroene muren en stenen spatwanden, chique gestroomlijnde roestvrijstalen apparaten waar Ardie zich voor haar eigen huis niet aan te buiten zou zijn gegaan. Als bedrijf had Truviv een beetje een psychologisch complex. Het was naar plaatselijke maatstaven een cool bedrijf, maar een dat cooler zou zijn in, bijvoorbeeld, Austin of Portland. Het had een mooi maar niet protserig fitnesscentrum met een flink aanbod aan groepslessen. Het was tenslotte een merk sportkleding. Het cultiveerde een rustgevende uitstraling van gezondheid en beschaving door roken buiten het gebouw niet toe te staan (rokers moesten naar boven naar een van de balkons gaan – er was een reputatie hoog te houden) en door mannen aan te moedigen om het handelsmerk, de nette overhemden van dry-fitmateriaal, onder hun pakken te dragen. Sportief maar gekleed in Dallas, waar niemand ooit hartstochtelijk de tafelvoetbal-en-mueslireeprage van technologiebedrijven met open werkvloeren had omarmd.

Ardie pakte een porseleinen mok uit een van de kastjes. Het afgelopen jaar was het bedrijf ook overgestapt op koffiemachines van het merk Keurig, en dus pakte ze een cupje dat haar een pecannotenaroma beloofde en klemde het erin. (O, wat vonden we gratis dingen als koffiecups en handgels toch heerlijk, en we dankten de goden voor handtassen waar we ze in konden proppen.) Thuis vond Michael het geweldig om de Keurig-machine te bedienen. Over een paar weken werd hij vier en ze had foto's van superheldenverjaardagsfeestjes op Pinterest bij elkaar gezocht en vroeg zich af of ze het soort moeder was dat namaaksteden van kartonnen dozen maakte. De nieuwe vrouw van haar ex-echtgenoot, Braylee, was precies dat soort persoon.

Wat was Braylee nou eigenlijk voor naam? Zo jong was ze niet eens. Negenendertig. Als de versmade echtgenote eigende Ardie zich het recht toe om te spotten met het domme gansje van een nieuwe vrouw van haar ex-echtgenoot. Maar Braylee werkte voor een investeringsbedrijf en ze was niet jong of dom, wat het allemaal nog irritanter maakte.

Braylee zou naar het verjaardagsfeestje komen.

Ardie had nog vaag de hoop gehad dat ze een date zou vinden voor het feestje van Michael voordat de dag aanbrak. Een date! Voor de verjaardag van haar zoontje!

Terwijl de Keurig kreunend tot leven kwam, zag Ardie Katherine de keuken binnenstappen. Ze had een onberispelijke houding. Was een onberispelijke houding een voorwaarde om te kiezen voor een bobkapsel? Ardie zette haar beleefde kantoorglimlach op en zwaaide. 'Begin je al een beetje te wennen?'

Het blauwwitte licht van de koelkast verlichtte Katherines wangen en neus.

'O, eh, ja hoor. Dank je wel.' Katherine pakte een cola light uit de koelkast. 'Het is wel een beetje anders, natuurlijk,' zei ze.

'Vast wel.' Ardie kon zich nauwelijks een tijd voor de geest halen dat ze niet voor Truviv had gewerkt. Al tijdens haar rechtenstudie had ze geweten dat ze zo snel mogelijk de overstap wilde maken van werken voor een advocatenkantoor naar interne advocaat zijn bij een bedrijf. Factureerbare uren waren niet haar ding. 'Verandering kan goed zijn,' zei ze. 'Al was het alleen maar vanwege de tex-mexkeuken.'

'Wie weet.'

'Dus, eh, heb je ook kinderen?' vroeg Ardie. Mensen konden vreselijke zuurpruimen zijn op het werk, maar als je hen ertoe aanzette om over hun kinderen te praten werden ze plotseling mensen.

Katherine begon laden open te trekken in de keuken, op zoek naar iets. Ardie had geen idee waarnaar. Ze zweeg even. 'Mag je me dat wel vragen?'

'Ik... ik denk het wel, ja.'

'O, in dat geval: nee. Die heb ik niet.' Katherine vond een papieren servet, wikkelde het om haar aluminium blikje en duwde de la met haar heup weer dicht. 'Ik ben ook niet getrouwd.' Een zweem van een glimlach.

Ardie schraapte haar keel. 'Ik ook niet,' zei ze. 'Dus dan hoeven we het alleen nog maar over religie en seksuele geaardheid te hebben, toch?'

Katherine kneep haar ogen dicht en lachte subtiel, en drukte vervolgens haar duimen tegen haar hoofd. 'Au. Sorry.' Ze schudde haar hoofd alsof ze zich schaamde.

De deur ging achter haar open, gevolgd door het geluid van mannenschoenen, een *sis-woesj* over de tegels, om de paar stappen afgewisseld door het lichte getik van een hak.

'Dames.' Ames schoot langs Ardie, op weg naar de gezinsverpakking dierenkoekjes op het achterste werkblad. Ardie had altijd de neiging om de triviaalste menselijke aspecten van Ames Garrett op te merken. Zoals de plukjes grijs haar die op de rug van zijn hand ontsproten. Of de slappe huidflap tussen zijn kaak en zijn hals.

'Wat vond je van Savor? Coole tent, hè?' vroeg hij aan Katherine terwijl hij zijn hoofd achteroverhield om een van de tijger-, olifanten- of leeuwenkoekjes in zijn open mond te stoppen. 'Ardie,' zei hij bij wijze van erkenning. 'Ik ben trouwens bevriend met de eigenaar.' Hij kauwde en keek weer naar Katherine.

'Ja, dank je wel dat je dat hebt geregeld,' antwoordde Katherine. 'Het was aardig van je om er tijd voor vrij te maken.'

Het gekauw van Ames klonk veel te hard nu ze daar met z'n drieën stonden.

'Ik ken nog geen coole plekken,' zei ze ten slotte met een beleefd knikje. Sloane had natuurlijk gelijk. Katherine was van nature niet warm of uitgelaten. Ze leek een vrouw te zijn die probeerde serieus genomen te worden. Dit was een probleem dat eigen was aan knappe jonge vrouwen, had Ardie gemerkt, dat streven naar een positie die losstond van hun knappe uiterlijk, terwijl ze er tegelijkertijd voordeel van wilden blijven trekken.

'Blijf dan maar bij mij in de buurt, meisje.' Een uitbarsting van rimpels verspreidde zich vanuit Ames' ooghoeken en deed hem er sympathiek uitzien. 'Aarzel niet om vanmiddag bij mijn kantoor langs te wippen. Dan kunnen we de volgende stappen bespreken. We kunnen het zelfs hebben over dat overnameteam waar je aan mee wilde doen, wat vind je daarvan?' Toen zei hij 'Je koffie is klaar' tegen Ardie terwijl hij een cola uit de koelkast pakte. Hij sis-woesjte weer langs haar en bleef een fractie van een seconde staan. 'Je moet alleen de aardige dingen geloven die deze hier over mij vertelt, Katherine.' En zijn lach bleef een fractie van een seconde hangen nadat de deur achter hem was dichtgegaan.

Ardie keek naar de koffiemachine en gebruikte haar aanzienlijke expertise in de kunst van het er onderkoeld uitzien. Ames liet onzichtbare prikjes achter op Ardies huid, en een vacuüm van stilte in zijn kielzog. 'Nou,' zei ze terwijl ze zich bewust inspande om die op te vullen en weer een gevoel van evenwicht te krijgen. 'Als je iets nodig hebt, aarzel dan niet.'

Ardie draaide zich om om te vertrekken, met een lint van stoom uit haar koffiekopje achter zich aan. Toen ze de deur bereikte, hield Katherine haar tegen.

'Nou, eigenlijk, paracetamol?' vroeg Katherine. 'Sorry, ik denk dat ik een beetje last krijg van migraine. Dat heb ik zo nu en dan. Weet je... of er hier misschien ergens pijnstillers liggen?'

Ardie werd milder. Als tiener had ze ook altijd migraineaanvallen gekregen. Verschrikkelijke ervaringen. Ze kon dan nauwelijks functioneren. Maar was het ook mogelijk, nu ze erbij stilstond, dat het gisteravond niet was gebleven bij dat ene drankje? Sloane had haar geen berichtje gestuurd toen ze op kantoor terugkwam en Ardie was in slaap gevallen voordat ze eraan dacht om het te controleren.

Sloane had beloofd dat het er maar één zou worden.

Ze keek nog eens goed naar Katherine.

'Het kastje linksboven.' Ze wees, en Katherine drukte haar vingers tegen haar voorhoofd en haalde diep en opgelucht adem.

Ardie keek nog even naar haar. Ze had een gepijnigde uitdrukking op haar gezicht terwijl ze het kindveilige deksel van een potje pijnstillers draaide. 'Katherine,' zei ze, omdat ze een plotselinge, dwingende drang voelde om een claim op haar te leggen voordat Ames dat deed. 'Volgend weekend vier ik de verjaardag van mijn zoontje van vier. Sloane en Grace zijn er ook bij. Kom je ook?'

## Proces-verbaal van verklaring onder ede

*26 april*

Mw. Sharpe: Geef alstublieft uw naam.
Gedaagde 2: Adriana Valdez.
Mw. Sharpe: En hoe lang werkt u al voor het bedrijf, mevrouw Valdez?
Gedaagde 2: Ik werk iets minder dan twaalf jaar bij Truviv.
Mw. Sharpe: Indrukwekkend. Hoe lang kende u Katherine Bell voor het incident?
Gedaagde 2: Ongeveer twee maanden, denk ik.
Mw. Sharpe: Wat was uw indruk van mejuffrouw Bell op het moment dat u haar ontmoette?
Gedaagde 2: Ze was best aangenaam. Ze kwam slim, jong en gedreven over. Ze was niet van het superwarme en uitgelaten type, maar dat ben ik zelf ook niet. Ik voelde haar wel aan, dacht ik.
Mw. Sharpe: Zou u zeggen dat u gedurende die twee maanden bevriend raakte met mejuffrouw Bell?
Gedaagde 2: Ik weet niet zeker of ik dat zou zeggen.
Mw. Sharpe: Kunt u daar nog iets meer over vertellen?
Gedaagde 2: Ik dacht dat we op dat moment een vriendschap aan het ontwikkelen waren. Maar sinds die tijd zijn er bepaalde dingen aan het licht gekomen.
Mw. Sharpe: Kunt u specifieker zijn?
Gedaagde 2: Oké. Katherine heeft gelogen.

# 7

*21 maart*

Het was lunchtijd en Sloane was bijna te laat voor haar persoonlijke trainingssessie met Oksana beneden. Ze haastte zich nog even langs haar kantoor om haar sporttas te pakken en de dossiers die ze al de hele ochtend van plan was aan Katherine te geven. Toen ze wat waren gaan drinken, had Katherine heel gretig geleken, alsof ze aan vrijwel niets anders kon denken dan aan werk. Ze wilde de allerkleinste details analyseren van deals waar Sloane aan had gewerkt, wilde weten hoe Sloane haar loopbaan was begonnen, hoe de juridische structuur van het bedrijf in elkaar zat. Katherine had hetzelfde aan Ames gevraagd en hij had maar al te graag de gelegenheid te baat genomen om heldhaftige verhalen te vertellen over gewaagde transacties die pas tegen het einde van de blessuretijd waren gesloten.

Ik wil zoals jij zijn. Had Katherine dat echt gezegd terwijl Sloane een paar pepermuntjes van de gastvrouwbalie had weggegraaid toen ze naar buiten liepen? Ze hadden twee, misschien drie drankjes op. Waarom had ze ermee ingestemd om zoveel te drinken? Ames had dat effect op haar. En op dat moment was Katherines gezicht dicht bij dat van haar geweest, vol verwachting. Misschien had Sloane het verkeerd verstaan; ze wilde haar niet vragen om het compliment te herhalen. En, nou ja...

Katherines kantoor was nu leeg en Sloanes hersenen voelden pijnlijk aan.

Ze bleef staan bij de glazen wand van Grace' kantoor. Het glas, waarvan de hoekkantoortypes gemakshalve vrijgesteld waren, was ontworpen om het gebouw een transparanter gevoel te geven, maar was eigenlijk bedoeld om hun privacy te beperken. De deur van Grace was maar een paar stappen van die van Katherine.

Sloane klopte erop. 'Heb je Katherine gezien?' vroeg ze.

Grace keek op. 'O.'

Grace' huid zag er een beetje grijs uit sinds ze terug was van zwangerschapsverlof, alsof ze ziek was geweest of in een ondergrondse bunker had geleefd. Niet dat Sloane het ooit zou zeggen. Ze had ooit aan Derek moeten uitleggen dat tegen een vrouw zeggen dat ze er moe uitzag hetzelfde was als tegen haar zeggen dat ze er vreselijk uitzag. Gewoon niet doen.

'Ze is bij Ames in zijn kantoor.' Grace ging weer verder met typen. 'Hoe gaat het met Abigail?'

Sloane keek door de gang naar de dichte deur van Ames, met Katherine erachter.

Wat was ze daar aan het doen? Ze schudde haar hoofd, gefrustreerd. Het was niets. Ames was hun baas. Hún baas. Van alle advocaten op de juridische afdeling. Maar aan de andere kant: Sloane wist wat er kon gebeuren met Ames achter gesloten deuren.

Ze dook het kantoor van Grace weer in. 'Sorry, wat zei je?' Sloane draaide zich om.

'Ik vroeg hoe het met Abigail ging.'

Sloane was de laatste tijd een klein beetje onmededeelzaam over Abigail. Nou, Grace, beeldde Sloane zich in dat ze zou zeggen, ze rolde vanochtend voor het eerst met haar ogen naar me. Vanwege een kom havermout nog wel. Naar mij. Ongelooflijk toch? Naar haar supercoole, superleuke moeder. En Grace zou opgewekt lachen en zeggen: O mijn god, wat worden ze snel groot, hè? Alleen was dat het niet, want Abigail werd niet snel groot. Ze werd langzaam groot. Pijnlijk langzaam soms, leek het wel. Ze kon pas lopen toen ze achttien maanden was. Op haar tiende vond ze het nog steeds leuk om naar Disney Channel te kijken en om kleurrijke pannenlapjes te weven op een weefgetouw. Ze was vaak dromerig en hield ervan om in elkaar gedoken op de grond te zitten om met een stok pissebedden in het rond te duwen. En nu werd er van Sloane verwacht dat ze maar gewoon zou geloven dat direct na de incidenten op school, die nare, akelige tekstberichten, deze nieuwe, nukkige Abigail er – bij wat, toeval? – voor had gekozen om te verschijnen?

Ze reageerde veel te heftig, dat was wat mensen haar in haar gezicht wilden zeggen. Misschien was dat ook wel zo. Dat was het probleem als je ouder van een kind was, toch? Al die denkwijzen die maar rondzweefden – *Hou op met ze op de huid zitten! Bereid je kinderen voor op de pestkoppen! Glucosestroop met een hoog fructosegehalte vermoordt je onschuldige kinderen letterlijk in hun slaap!* – en blijkbaar moest jij er maar gewoon een uit de lucht plukken en daar dan in meegaan.

Ze had dit allemaal aan Grace kunnen vertellen, maar ze hield zich in. Grace Stanton was nooit gepest. Ze was letterlijk een schoonheidskoningin geweest op de middelbare school. En hoewel Grace heel aardig was, zou het als een verraad aan haar dochter voelen als ze nou juist Grace zou vertellen over Abigail. Ze kon de gedachte niet verdragen dat Grace, zelfs al was het maar voor een heel vluchtig moment, zelfs al was het alleen maar in haar eigen gedachten, een iets minder hoge dunk zou hebben van Abigail.

'Het gaat geweldig met haar. Volgende week gaat ze de "Mars in D-majeur" van Bach spelen voor haar pianorecital.' Of was het die van Beethoven in G-majeur? 'In elk geval, ik heb een afspraak.' Ze draaide zich om om weg te gaan en aarzelde. 'O ja, heb je ooit die spreadsheet gekregen?'

Grace drukte haar knokkel tegen haar ooghoek en knipperde met haar ogen. 'Er is niets verschenen in mijn inbox.' Ze gaapte. 'Maar ik ben vergeten om rond te vragen.'

'In die van mij ook niet.'

'Misschien zijn we niet cool genoeg. Misschien zijn we te oud.'

'Zeg, hou even op!' zei Sloane. 'Wil je tegen Katherine zeggen dat ik naar haar op zoek was? Papieren liggen op haar bureau. Graag doornemen en commentaar geven.'

Grace perste haar lippen tot een dunne streep en salueerde, maar zelfs in de houding zag haar arm er slapjes uit. Sloane maakte in gedachten een aantekening dat ze Grace in de gaten zou houden, gewoon als vriendin. Sloane was tenslotte de peettante van Emma Kate. Ze zou tegen Grace moeten zeggen dat ze dolgraag Emma Kates adem weer eens wilde ruiken. Voordat de baby te oud werd en tandjes kreeg. Of met haar ogen begon te rollen.

Maar Sloane wist dat ze vreselijk slecht was in zich aan mentale memo's houden. Haar leven bestond uit lege waterflessen die over de bodem van haar dure auto rolden. Ongeopende post op het aanrecht in de keuken. Bedankkaartjes die wel geschreven maar nooit verstuurd waren. In haar achterhoofd was ze alweer met iets anders bezig en voegde ze deze mentale memo toe aan het bezinksel van onafgemaakte taken die nog gerecycled moesten worden tot achtergrondstress, waar het zou dienen als voedingsbodem voor haar onregelmatige en onverklaarde aanvallen van slapeloosheid, acne en een opgezette maag.

De bedrijfsfitnessruimte van Truviv, een grote, gapende ruimte met een indooratletiekbaan, de modernste toestellen en felgekleurde matten, bevond zich op de zevende verdieping van het gebouw, waar die ons kon bespotten als we erlangs kwamen met de lift. We haatten het fitnesscentrum. We hielden ervan. We vluchtten erheen. We vermeden het. We hadden een ingewikkelde relatie met ons lichaam, terwijl we tegelijkertijd volhielden dat we er onvoorwaardelijk van hielden. We waren ervan overtuigd dat we wel iets beters te doen hadden dan ons er druk over te maken, maar de slanke yogalichamen van moeders in Lululemon-outfits als we onze kinderen van school haalden, tergden ons. Hun figuren zinspeelden op tarwegrassap, tennisclubs en stoombehandelingen voor de vagina. Ze waren ons ideaal.

Dus zweetten we op de crosstrainer en hieven we gewichten van vijf kilo, stapje voor stapje dichter bij het lichaam komend waarvan we onszelf wijsmaakten dat we te ontwikkeld waren om het te willen. We wisten dat de mannen naar ons keken in onze yogabroeken, wisten dat zij geloofden dat dat sowieso de reden was waarom we yogabroeken droegen. We deden net alsof we het gevoel van blikken die over ons heen gleden niet opmerkten. Als we nog één keer 'Mooi figuur heb je' hoorden van een mannelijke collega die tien minuten zat te knoeien met zijn playlist tussen twee sets in, nou, dan zouden we zijn hoofd weleens in kunnen slaan met een dumbbell.

Sloane haalde haar sleutelhanger over het controlepaneel en de deur van de kleedkamer klikte open. Op de flatscreentelevisie boven de wasbakken werden herhalingen van *Keeping Up with the Kardashians* in een oneindige lus afgespeeld.

Sloane trok haar zwarte, met kant afgezette rok uit en hing hem in een kluisje bovenin. Derek had haar er vanochtend mee gecomplimenteerd en was met zijn handen over haar heupen gegaan terwijl zij haar tanden poetste. Daarna hadden ze fijne getrouwde-mensenseks gehad – vlug, bevredigend en doelmatig – omdat ze allebei half aan het luisteren waren of ze Abigail hoorden. Sloane had een orgasme gehad en had Abigail bij de bandrepetitie afgezet, en dat allemaal vóór acht uur 's ochtends.

'Sloane!'

Ze draaide zich om toen ze haar naam hoorde.

De vrouw in de handdoek en op slippers die naar haar toe kwam, was de vrouw van Ames, Bobbi Garrett. Bobbi had een schorre stem en het authentieke zuidelijke accent van iemand uit Oklahoma in plaats van Texas. Ze was thuisblijfmoeder en had een tweeling, twee jongens. Ze besteedde haar tijd aan weldoenerstaken, waarbij ze ontegenzeglijk grote sommen geld bijeenbracht voor goede doelen die de moeite waard waren en waarmee ze mensen als Sloane een rotgevoel gaf om het feit dat ze laatdunkend deden over het irritante spektakel van die sociale liefdadigheidsevenementen. Bobbi Garrett was een hartstikke leuk iemand om mee om te gaan voor iedereen behalve Sloane Glover.

'Ik kwam alleen Ames even ophalen om te gaan lunchen en toen mocht ik snel nog even stiekem een work-out doen van hem.' Haar huid had die rode, vlekkerige aanblik van iemand die een koude douche heeft genomen na een zware work-out. 'Hoe is het met jóú, pop?' Bobbi duwde zachtjes tegen haar arm.

'O, je weet wel, ik hou vol.' Sloane klonk als een robot. Een saaie robot. Maar ze wist niet hoe ze anders moest praten tegen Bobbi; elke keer dat Sloane Bobbi zag, werd ze teruggevoerd in de tijd naar een beeld van een Ames met ontbloot bovenlijf die boven haar hing, met zijn heupen tegen die van haar gedrukt. En dan werd ze onmiddellijk overmand door schaamte, gevolgd door iets subtielers. Ze voelde hoe de leugens die opgestapeld waren tussen haar en Bobbi worstelden om naar buiten te komen.

'Laat mijn man je te hard werken?' Bobbi keek Sloane met bezorgde ogen aan. 'Ik zweer het je, ik ga die man eens iets duidelijk maken. Je hebt een man en kinderen en, jemig, nou ja, je weet hoe mannen soms zijn. Je moet ze eraan herínneren.'

Er waren nog andere vrouwen in de kleedkamer. Vrouwen die op blote voeten om hen heen liepen, die zich wogen, die oorbellen weer door hun oorlellen staken. Maar Bobbi voelde het onuitgesproken protocol van gedeelde werkruimten niet aan. Sloane dankte in stilte die stomme Kardashians die op de achtergrond aan het babbelen waren.

'Nee, nee, gewoon een rare tijd,' zei Sloane terwijl ze haar hardloopbroekje met het Truviv-logo erop aantrok. 'Niet de schuld van Ames, dat beloof ik.'

Het was nooit de schuld van Ames. Als er ooit een probleem

was op het werk, was Sloane volgens hem 'irrationeel', 'hypersensitief', 'belachelijk', en zelfs, één keer, 'hormonáál'. Grappig dat die woorden nooit ter sprake waren gekomen voordat ze met hem naar bed was geweest.

Bobbi's hand schoot naar haar mond. De nagels waren perfect gemanicuurd, met kersenrode nagellak. 'Desmond,' zei ze, en ze pakte Sloanes onderarm vast. Bobbi deed haar ogen dicht en schudde haar hoofd van pure ontzetting. 'Het is bijna niet te bevatten dat hij er niet meer is. Gaat het wel goed met jou?'

'Ja, echt.'

'Mooi. Heel toevallig hadden we gisteravond een bijeenkomst van mijn Bijbelstudiegroep, en toen hebben we gebeden voor het gezin van die lieve man.'

Sloane probeerde de herinnering aan Derek vanochtend vast te houden. De geur van zijn sandelhoutscheercrème die nog op zijn gezicht te ruiken was. Ze wilde maar dat Grace er was. Grace was hier zoveel beter in. Zíj ging tenminste daadwerkelijk naar de kerk, om maar één ding te noemen, terwijl Sloane dan genoot van het zondagsritueel met haar gezin: eieren met spek en luieren voor de televisie. Maar eens in de zoveel tijd werd Sloane geconfronteerd met de eigenaardige woordenschat van de christelijke vrouwen uit de hogere middenklasse in de stad. Mensen werden altijd 'geroepen' tot iets of kregen dingen 'opgedragen' of waren aan het 'bidden voor' het een of ander. Sloane had jaren geleden al geleerd haar zakelijke woordenschat te integreren in haar eigen taalgebruik: ze 'sloot zaken kort' met iemand of 'zocht aansluiting' met hem of haar, ze 'gaf kleur' aan een verhaal, of ze moest een rapport eerst 'verwerken'. Makkelijk. Maar de taal van Bobbi had ze nooit goed onder de knie gekregen. En nu had ze het gevoel alsof ze ietwat in het nadeel was.

'Ik wilde nog vragen,' ging Bobbi verder. 'Heb je enig idee of er al iemand iets heeft georganiseerd om zijn gezin om beurten maaltijden te brengen?'

'Ik heb er niets over gehoord. Maar...' zei Sloane onzeker, 'ik ben ervan overtuigd dat Desmonds gezin het zeer zou waarderen.'

Bobbi stak haar hand op. 'Komt voor elkaar. Luister.' Ze trok Sloane mee naar een minder druk gedeelte van de kleedkamer, waar schone, opgevouwen handdoeken in vakjes gepropt lagen. Bobbi hield haar gezicht dichter bij dat van Sloane, alsof ze gewend waren geheimen met elkaar te delen. 'Ik ga ervan uit dat Ames het je al heeft verteld, waarschijnlijk zelfs al voordat hij het aan mij vertelde. Ik weet hoe nauw jullie tweeën samenwerken.' Ze stelde zich voor hoe ze dit later aan Ardie zou vertellen, en hoe Ardie zou joelen van zwartgallig plezier. 'Maar Ames schijnt op de shortlist van mogelijke opvolgers van Desmond te staan. Hij is gisteravond door het bestuur ingelicht. Ik weet gewoon zeker dat Ames een fantastische algemeen directeur zou zijn.'

Ames. Algemeen directeur. Sloane had het gevoel alsof haar hersenen door drijfzand aan het waden waren; ze concentreerde al haar energie op het in de plooi houden van haar gezicht, een talent dat ze een paar keer had aangescherpt, bijvoorbeeld toen de man met wiens vrouw ze nu stond te praten haar eraan had herinnerd dat ze nog altijd beter in bed was dan in haar werk als advocaat, hoewel ze destijds bijna helemaal in haar eentje een deal van twintig miljóén dollar had gesloten met een deadline van een maand. Voor haar inspanningen dat jaar had ze alleen een bevroren ham gekregen en een kristallen onderzetter met het logo van het bedrijf erop. Later was ze erachter gekomen dat Ames was 'vergeten' om de brief in te leveren waarmee haar bonus voor dat jaar werd goedgekeurd. Toen ze hem ermee confronteerde, herinnerde hij haar eraan dat ze – dat waren zíjn woorden – hem had gebrúíkt om zich een weg naar een goedbetaalde functie te neuken en dat hij de blunder aangaande de bonus beschouwde als een poging van het karma om de stand weer gelijk te trekken.

Was het daar maar bij gebleven.

'Eerlijk waar,' zei Bobbi intussen, 'het voelt alsof al het voorgaande ons hierheen heeft geleid. Maar weet jij of er iets is waarvan je denkt dat wij, of híj, dat zouden moeten doen om zijn kansen te verhogen? Ik weet dat hij jouw raad op prijs zou stellen, ook al is hij misschien te trots om die te vragen. Hij staat gewoon onder heel veel druk.'

'Ja, nou.' Sloane leunde achterover op haar hakken in een poging wat fysieke afstand te scheppen. Ze had het warm. 'Dat ligt een beetje te ver boven mijn salarisschaal,' zei ze.

Bobbi's gezicht bevroor nauwelijks waarneembaar.

'Maar ja,' voegde Sloane er haastig aan toe, 'natuurlijk, ik wil hem absoluut helpen.' Ze had een vluchtplan nodig en kwam meteen in actie. 'Bobbi, ik moet... Ik moet zo terug naar kantoor, dus ik kan maar beter eens beginnen.'

Bobbi glimlachte haar brede, chemisch witter gemaakte glimlach. 'Natuurlijk, natuurlijk. Je ziet er fantastisch uit, trouwens,' zei ze, wat een flagrante leugen was. Sloane zag er niet fantastisch uit, niet eens goed. Een leugen voor Bobbi, dacht Sloane. Nog duizend en dan zouden ze misschien quitte staan.

Sloane griste haar sporttas weg en sloot zichzelf op in een van de privékleedkamers. De warmte kroop langs haar hals omhoog alsof ze koorts had. Ze liet zich met haar rug tegen de muur op haar hurken zakken en ademde zwaar. Jezus christus. Ames als algemeen directeur van Truviv... waarom had ze dat niet aan zien komen? Ze zette haar tanden in haar knokkels. Het zou haar niet moeten kunnen schelen, toch? Ze zei tegen zichzelf dat het niet uit zou moeten maken. Maar het voelde zo oneerlijk. Ze klonk als een kleuter: maar dat is niet eerlijk! Maar... dat was het ook niet. Wangedrag dat beloond werd en al dat soort dingen. En wiens schuld was dat nou eigenlijk? Die van haar? Voor Ames was ze in elk geval nooit meer geweest dan een stille getuige. Ze had in elk geval het besluit genomen om hem weg te laten komen met wat hij ook maar wilde doen. Alhoewel zij misschien niet de enige was, kwam het plotseling bij haar op. Ze was niet de enige. Vast niet. Zeker niet. Ze stond op het punt om Derek te bellen toen ze – beter idee – het nummer van Elizabeth Moretti koos. Elizabeth nam op bij de eerste keer dat hij overging. 'Wat heb je voor me, Glover?'

Vroeger bij Jaxon Brockwell was Elizabeth op de hoogte van alle roddels binnen het hele bedrijf, en Sloane had al snel geleerd om niet alles te vertellen aan Elizabeth, die lang niet zo discreet was als ze beweerde te zijn.

Sloane deed haar ogen dicht en haalde diep adem voordat ze antwoord gaf. 'Niets factureerbaars, ben ik bang.' Ze stond op, keerde haar rug naar de gesloten deur achter zich en kromde haar schouders beschermend om haar telefoon heen. 'Elizabeth,' zei ze zacht. 'Wat weet jij over een spreadsheet?'

'Ik weet niets over spreadsheets, behalve dat ik juist rechten ben gaan studeren om ze te ontlopen.' Sloane kon Elizabeth horen typen aan de andere kant van de lijn.

'Iets over een spreadsheet met mannen – vunzige mannen misschien – in Dallas. Doet dat...' Sloanes telefoon trilde. Ze haalde hem van haar oor en zag een melding dat haar batterij bijna leeg was. Shit.

'O. Ja. De SKUD-lijst.'

'Wát zeg je? Kútlijst?'

'Stop Klootzakken Uit Dallas. De SKUD-lijst! Ik heb hem misschien weleens voorbij zien komen.'

'Van wie had je hem gekregen?' Sloane tikte op het scherm om de boodschap weg te krijgen die voelde als een standje: *breng je leven toch eens op orde, trut!*

'Je weet dat ik nooit mijn bronnen onthul.' Dat wist Sloane eigenlijk helemaal niet.

Ze kneep één oog dicht en beet op een nagel, die rafelig werd tussen haar tanden. Ze wilde hem alleen maar zien, zei ze tegen zichzelf. Alleen even snel checken. Dan zou ze het weten.

Ze hoorde dat Elizabeth ophield met praten en ergens op begon te kauwen aan de andere kant van de lijn, en ze zag voor zich hoe het paardengebit van haar voormalige mentor haar dagelijkse middagmaaltje van pretzels vermaalde. 'Sloane, wil je dat ik hem voor je opzoek? Die lijst?'

'Alleen als het niet te veel moeite is.'

'Geen probleem. Maar tegen niemand vertellen dat je hem van mij hebt.' Ze waren allebei stil. Toen begon Elizabeth weer te typen. 'Hé,' zei ze, 'is het waar dat Bankole is overleden terwijl hij onder de douche stond?'

Toen Sloane de kleedkamer uit liep om naar haar trainer te gaan, stond Ames bij de ingang van de fitnessruimte met zijn armen voor zijn stropdas gekruist tegen de muur geleund te wachten op zijn vrouw. Hun blikken ontmoetten elkaar. Hij drukte zijn lippen op elkaar in wat door kon gaan voor een glimlach ter begroeting zonder dat het er werkelijk een was. En opnieuw, net als gisteren, voelde Sloane de oude woede in zich opkomen toen ze hem zag, als een fles frisdrank die wordt geschud met de dop er nog op.

Wat ervoor had gezorgd dat het balletje ging rollen, waren skyboxplaatsen bij een wedstrijd van de Mavericks. Ames had ze weten te bemachtigen via zijn baas, want destijds was hij nog niet de baas die hij nu was. Ze vonden allebei de krabkoekjes en de canapés die boven werden geserveerd smerig en waren omlaaggelopen naar de overdekte passage, ondertussen een verhitte discussie voerend over wat je bij hotdogs moest serveren. Sloane had op dat moment moeten weten dat ze gevaar liep. Twee mensen van tegengesteld geslacht ruziën niet over banale onderwerpen als wat je bij een hotdog eet, tenzij ze met elkaar naar bed willen.

Beneden, tussen het gewone volk, kochten ze echt basketbalwedstrijdvoedsel en waren ze trotser op zichzelf dan gerechtvaardigd was. Ames was vroeger grappig. Dat vergaten mensen. Bovendien was hij vroeger knap. Op zo'n manier knap dat Sloane er een raar gevoel in haar buik van kon krijgen. Ze waren teruggekeerd naar de logeplaatsen, Ames met zijn hand om de hals van een fles champagne waarvan ze de barman hadden overgehaald hem aan hen te verkopen. Sloane had pijn in haar zij gekregen van het lachen. Ze droeg een glanzende nieuwe verlovingsring, gekregen van een man die van haar hield, die haar vertrouwde en die financieel afhankelijk van haar zou zijn vanaf nu tot aan de eeuwigheid. Ze voelde zich machtig. Ze had zin om dingen op te blazen.

Ze was dom geweest, natuurlijk. Ze was niet de eerste geweest, zo zou ze ontdekken. Vrouwen van wie ze zich niet eens kon herinneren hoe ze heetten. Ze was alleen slim genoeg geweest om haar mond te houden. Meestal, tenminste. De schade was beperkt gebleven. Sloane hield zich aan de regels van het spel. En dus mocht *zíj* wel blijven. Ze mocht haar stoel aan de tafel behouden.

Maar nu was het net alsof haar lichaam tien jaar van ervaringen met Ames opnieuw verwerkte, tot en met de gesloten deur die ze deze middag had aangetroffen, met Katherine ergens erachter. Katherine die net als zij wilde zijn. Tot nu toe had Sloane als Ames te ver ging hem altijd weer in het gareel kunnen brengen door middel van de subtiele suggestie dat ze, als ze zich daartoe geroepen voelde, met Desmond zou kunnen gaan praten. Dat zou ze nooit doen, maar... ze zou het kunnen doen. Maar nu bestond Desmond niet meer. En het voelde allemaal niet eerlijk. En toch had Sloane het gevoel dat ze deze uitkomst eigenlijk aan zichzelf te danken had, en dus ook had verdiend: Ames die steeds hoger op de ladder klom en nu de hoogste positie bereikte, terwijl zij het nakijken had. Zonder iets te zeggen.

De daaropvolgende drie kwartier reageerde Sloane het allemaal af in sumo squats, deadlifts, burpees en walking lunges, totdat haar tijd erop zat en haar trainer, Oksana, haar feliciteerde met een van haar beste work-outs tot nu toe.

Sloane voelde zich inderdaad beter. Leger. Schoner zelfs. Dit was wat we allemaal zo fijn vonden aan lichaamsbeweging, dat je er al het andere mee van je af kon zetten behalve dat ene aanhoudende, altijd aanwezige gevoel: de pijn.

Pas nadat Sloane een fles water had leeggeklokt, was afgekoeld onder de douche en zich weer had aangekleed, haalde ze haar telefoon uit haar tas en checkte ze of ze nog nieuwe e-mails had. Daar was hij, bovenaan in haar inbox, in vette letters, een e-mail van Elizabeth Moretti. Ketting-e-mail, ge-bcc'd.

*SKUD: STOP KLOOTZAKKEN UIT DALLAS. KLOOTZAKKEN, WE GAAN JULLIE STOPPEN*

## Getuigenverklaringen van Truviv-werknemers

*13 april*

Lucy Davies: Natúúrlijk begon het met de spreadsheet. Dat ding was vanaf de eerste dag al een ramp. Eerlijk waar, ik zei het tegen iedereen die het maar wilde horen. Ik zei dat het een vreselijk idee was. Echt! Eigen rechter spelen en zo. Maar luisterde er iemand? Nee. En moet je nou kijken!

Keith Tran: Ik weet het niet. Misschien. Als het de spreadsheet was, dan denk ik dat wat we ervan kunnen leren is dat het ons allemaal had kunnen overkomen. Dat vind ik er zo griezelig aan.

Angie Mann: Ja, we waren ons bewust van de spreadsheet die de ronde had gedaan en we namen de beschuldigingen aan het adres van de genoemde personen serieus. Maar daar wil ik wel aan toevoegen dat we de rechten van onze werknemers van wie de namen op de lijst stonden net zo serieus namen. Je moet de zaak van twee kanten bekijken.

Sophia Ventura: Ja, we werden allemaal een beetje gek. Wie zou dat niet worden? Het was van: oké, de naam van die vent staat op de lijst en hij heeft van alles en nog wat gedaan en, o wacht even, nu moet ik in m'n ééntje zijn kantoor binnengaan en hem vragen of hij wil dat zijn pagina's door de printer gesorteerd worden? Maar ook, ik bedoel, je moet het zo zien: het was nou niet zo dat dit alleen in ons kantoor speelde. Uit de hele stad kwamen er namen van mannen bovendrijven, maar ik wil wedden dat je niet bij al die kantoren langsgaat om vragen te stellen, of wel soms?

Alexandra Souls: Ik vind dat iedereen eens zelf de verantwoordelijkheid moet nemen voor zijn of haar daden en eens moet ophouden om een Excel-bestand de schuld te geven van dit hele fiasco. Ik bedoel, we zijn allemaal volwassen, toch?

# 8

*23 maart*

Er waren mannen op kantoor. Ze werkten aan de bureaus naast ons. Ze bevolkten de afdelingen Personeelszaken, Financiële administratie, Wet- en regelgeving en Informatietechnologie, ze werkten boven ons en onder ons. Maar er was een onzichtbare scheiding tussen de mannen en ons. En dus vonden we elkaar. Als de werkplek het traditionele terrein van het old boys network was, reageerden we daarop door een geheim zusterschap te vormen. We herkenden de geheime handdruk. We zagen elkaar als wapenzusters.

Natuurlijk, laten we de goede mannen niet vergeten: diegenen die lachten om onze grappen en advies aan ons vroegen bij opzetjes, die het moederschap niet als een handicap beschouwden, die echtgenotes hadden die veel uren op hun werk maakten, die hun helft van het huishoudelijk werk uitvoerden, die gelukkig getrouwd of homo waren. Ze openden vergaderingen niet door te klagen over remakes van films met vrouwen in de hoofdrol of door ons te vragen om 'alleen maar dat éne telefoontje' aan te nemen tijdens ons zwangerschapsverlof. Maar zelfs de goeden – of misschien juist de goeden? – deden net alsof ze de grenzen niet opmerkten: dat ze aan de telefoon veel meer werden gerespecteerd omdat ze een mannenstem hadden. Of dat hun lengte, houding en ochtendstoppels een gezaghebbend gewicht aan hun ideeën verlenen dat die van ons nooit krijgen. Als dat onder hun aandacht werd gebracht, wuifden de goeden zulke observaties met bescheiden schaamte weg en zeiden ze tegen ons dat we veel slimmer en beter waren dan zij. Zij waren onze collega's en sommige waren zelfs onze vrienden.

Maar die grenzen bestonden wel degelijk. En niet alleen maar in ons hoofd. Hoe behendig we ook net deden alsof we geen moeite hadden met schuine grappen, hoe overtuigend we ook bewezen niet weg te lopen voor confrontaties zonder dat we de confrontatie opzochten, hoe bedreven onze imitaties van onze mannelijke collega's ook waren, er zat vaak iets in onze opvoering van competentie en erbij willen horen waar de mannen in onze kantoren niet echt in trapten. Ze dachten dat ze recht door ons heen konden kijken. Ze dachten dat ze ons kenden. Ze dachten dat ze ons gedrag konden voorspellen. In het bijzonder dat van iemand als Grace, bij wie de gevoelens zo vaak duidelijk van haar gezicht af te lezen waren.

Grace kon zich niet herinneren wanneer ze voor het laatst had gelogen. Een echte onvervalste leugen. Tot nu.

'Ik moet overwerken, Liam, de hele nacht, het spijt me. Er staat moedermelk in de koelkast,' had Grace gezegd. Natuurlijk was haar echtgenoot terecht verontwaardigd geweest namens haar. Hoe konden ze dit van haar verwachten? Het was volkomen onredelijk. Had ze hun dan niet uitgelegd dat ze net moeder was geworden?

Mensen herinnerden Grace er altijd aan dat ze net moeder was geworden.

Drie weken geleden, toen ze Liam opbiechtte dat ze eigenlijk niet dacht dat ze nog kon opstaan om Emma Kate de borst te geven, dat ze de baby liever hoorde huilen, had hij haar in haar schouder geknepen en gezegd: 'Je bent moe. Het is niet erg dat je je zo voelt.' En ze had gedacht, samen met de rest van ons: wat is het toch handig om altijd een man in de buurt te hebben die onze vervelende emoties uitlegt! Hij kuste haar op haar slaap en zei tegen haar dat ze een geweldige moeder was.

Daarna namen zij en Liam Emma Kate mee naar haar controle van vier maanden – weken te laat – en dokter Tanaka had

Liam een glanzende, routineuze flyer gegeven waarin de alarmsignalen voor postnatale depressie stonden opgesomd: langdurige somberheid, hulpeloosheid, onverklaarde perioden met huilbuien. Een toe- of afname in eetlust. Een onvermogen om te slapen bij vermoeidheid. Zorgen dat de moeder de baby, zichzelf of anderen niets aandoet. Het was allemaal erg interessant, vond Grace. Heel informatief. Maar... het ging niet over Grace. 'U laat het moederschap er gemakkelijk uitzien. Uw dochter ligt goed op schema,' had de dokter gezegd. Dat was dus dat. Alles was zoals het zou moeten zijn, want als het dat niet was, had dokter Tanaka dat zeker gemerkt. Hij was de beste kinderarts in Dallas. Daar had ze wel voor gezorgd.

Het idee was een week eerder bij haar opgekomen, toen Liam tussen neus en lippen door had geïnformeerd naar wanneer ze zouden overwegen om nog een kindje te krijgen. Grace was niet meer zo piep, had hij gezegd, hoewel hij natuurlijk wel vriendelijker woorden had gebruikt, omdat Liam een góéde persoon was. Gedurende haar hele zwangerschap had hij er steeds angstvallig op gelet haar te verzekeren hoe mooi ze was. Hij was de in blijde verwachting zijnde vader geweest die om tien uur 's avonds de deur uit ging en terugkwam met milkshakes alsof hij een oorkonde voor zijn inspanningen verdiende. Die uitstapjes voor hapjes laat op de avond betekenden dat Liams eigen buik was gegroeid tijdens de bijna tien maanden dat zij Emma Kate had gedragen, en voor een crossfitfanaat als Liam was het, vond Grace, het liefste wat hij ooit voor haar had gedaan.

Maar het idee van een tweede kindje maakte haar ongerust. Ze hadden nog niet eens seks gehad sinds Emma Kate was geboren. De dokter had haar een paar weken geleden al vrijgegeven voor 'seksuele activiteit', maar dat had ze nog niet aan Liam verteld. Misschien was ze een ergere leugenaar dan ze dacht.

Grace besefte dat er gewoon geen klinische diagnose voor zelfzuchtigheid was. En aangezien dat schijnbaar haar aandoening was, besloot ze het verdomme dan zelf maar te behandelen.

De hotelkamer kostte de lieve som van 650 dollar voor één nacht. Een paar dagen geleden had ze een van de creditcardaanbiedingen uit de brievenbus gegrist, eentje waarop in afschuwelijke letters VAN TEVOREN GOEDGEKEURD stond. Ze vulde de aanbieding in tijdens een van haar kolfpauzes op kantoor en liet de creditcard toen weer in haar portemonnee glijden. Op dat moment van cruciaal bedrog was haar baby de nacht ervoor zes keer wakker geworden, en zeven keer in de nacht daarvoor. Ze had in een artikel in *The Dallas Post* gelezen dat het het gebrek aan slaap was, en niet het waterboarden, dat Al Qaida-leden uiteindelijk deed praten. De belofte van een tukje. Ze begreep het. Ze gaf het op. Haar baby had haar gebroken.

Haar hersenen hadden aangevoeld als watten en deden pijn tussen haar slapen. Zo uitgeput was Grace dat ze er misselijk van was, terwijl de inhoud van haar half opgegeten ontbijt in haar maag rondzwom. Koffie riep alleen maar een onaangename onrust op die onder de dikke, melkachtige laag van uitputting stroomde. Ze had intussen een nog grotere hunkering naar slaap dan ze ooit naar cupcakes had gehad.

Het was een geweldig hotel, met een landschapszwembad, een restaurant met een beroemde chef-kok en gratis champagne in de lobby. Ze zag er het nut niet van in om er half werk van te maken. Als Grace Stanton dan toch naar de hel ging, zou het niet zijn door een nacht in de Holiday Inn.

De afgelopen avond had Grace rondgelopen op de donzige hotelpantoffels en gedacht: dus zo beginnen mensen buitenechtelijke relaties. In eerste instantie had ze zichzelf beloofd dat het een onenightstand zou zijn. Maar tegen de tijd dat ze een fles chardonnay had opengemaakt (ook in dit geval was ze niet gierig geweest en was ze meteen naar het vijfenzeventigdollargedeelte van het roomservicemenu gesprongen), was ze vast van plan om door te gaan met dit verachtelijke rendez-vous met zichzelf.

Ik verlaat mijn echtgenoot voor jou, zei ze tegen de badkuip die heerlijk naar essentiële oliën rook. We gaan er samen vandoor. We zijn zielsverwanten. Het enige probleem is dat mijn borsten mijn kind in leven houden, maar geef me een paar maanden om dat te regelen. Je zult het zien. Dat beloof ik. Ik hou van jou.

Deze ochtend werd ze wakker terwijl de zon rond de randen van de verduisterende gordijnen krulde. Ze trok de lakens op tot haar neus. Ze waren zo wit alsof ze net uit de winkel kwamen en roken naar dure Franse parfum. Een rilling van tevredenheid deed haar tenen krullen terwijl ze dacht aan hoezeer Liam haar moest hebben gemist terwijl hij luiers verwisselde en flessen gaf om twee uur, daarna halfvier en vervolgens weer om vijf uur vannacht.

Ten slotte ging ze overeind zitten en bestelde ze roomservice: een croissant met boter en abrikozenjam en een cappuccino. Haar borsten deden pijn. Er hadden zich knobbeltjes in het weefsel gevormd. Ze drukte er zachtjes op en kromp ineen van de pijn.

Ze zou te laat op haar werk komen, veel te laat. Ze kunnen allemaal de klere krijgen, had ze gisteravond gedacht toen ze niet de wekker had gezet. Maar toen ze uit bed kwam, voelde ze zich minder rebels. En terwijl ze zich aankleedde, een schone zwarte kokerjurk aantrok en parels omdeed, voelde ze een nieuwe duisternis zich in haar buik verspreiden, als olie.

Grace probeerde zich Emma Kate voor de geest te halen.

De ogen van haar kind waren nog steeds vreemd voor haar. Twee knikkers ingebed in een vreemd, rimpelig hoofd. Voortdurend aan het staren, voortdurend de liefde verwachtend waar ze recht op zou moeten hebben. Die verwachting was redelijk, gaf Grace toe, voor een kind dat was geboren in een stabiel gezin met een gezonde moeder van midden dertig. Het was nou niet alsof Emma Kate als een verrassing was gekomen. Grace hield haar kalender nauwkeurig bij. Zelfs het feit dat ze een meisje kreeg, was voorbestemd. Liam had erom gelachen, maar Grace had alle trucs geleerd: ze had er tijdens die vruchtbare dagen mee ingestemd een afgrijselijke hoeveelheid sportdrankjes uit een zakje en yoghurt tot zich te nemen. En Sloane, die natuurlijk Abigail had, had haar geadviseerd om een orgasme te krijgen na Liam, wat nog niet eenvoudig was geweest. Na één echo, toen de dokter Grace een envelop overhandigde, had ze al geweten dat het een meisje zou zijn. Liam had ook gedroomd van een meisje, en hij was zelfs in huilen uitgebarsten toen ze hem het nieuws had verteld. En toen Grace de echo-envelop over Sloanes bureau had geschoven zodat zij en Ardie het konden zien, hadden ze zelfs letterlijk gegild. Nou ja, Sloane in elk geval. En er waren onmiddellijk plannen geweest om de meisjes samen groot te brengen, Abigail als oppas te gebruiken, en Michael en Emma Kate op een dag met elkaar te laten trouwen. Het was allemaal heerlijk geweest. Precies zoals ze het altijd al had gepland.

Maar ondanks dat alles wilde ze Emma Kate soms indringend aankijken en haar waarschuwen: verwacht er niet te veel van. Ondanks alle aanwijzingen van het tegendeel had Emma Kate het zeer zeker niet getroffen wat ouders betreft.

Misschien bood het enige troost dat het allemaal ook niet precies zo was gegaan zoals het aan Grace was voorgeschoteld. Op de universiteit was ze penningmeester geweest van haar dispuut van de TriDelta-studentenvereniging voor vrouwen op haar campus en sinds die tijd had ze de vanzelfsprekende aansluiting bij een grote groep vrouwen gemist. Toen ze van Emma Kate was bevallen, huilde ze samen met Liam van blijdschap en verheugde zich zelfs stiekem op de toekomst. Eindelijk. Ze zou toegelaten worden tot de grootste, belangrijkste vrouwenvereniging van allemaal: het moederschap. Ze fantaseerde over fitnesslessen met de kinderwagen en over baby-yoga. Paaseieren zoeken in april. Een beeldschone doopjurk en Grace die vooraan in de kerk stond, het hoofdje van haar baby, gehuld in een doopmutsje, ondersteunend met één hand. Het volmaakte gezin.

Maar in plaats daarvan voelde Grace zich afgescheiden en afgesneden van bijna alle andere moeders. Ze staarde naar de gelukkige, liefhebbende moeders in de kerk, die de handjes van hun snoepjes van kinderen vasthielden, schattige meisjes met kousen en lakschoentjes, en probeerde erachter te komen wat er in godsnaam bij haar ontbrak.

Wat was er zo de moeite waard? Want voor zover Grace kon zien, was het niet in overeenstemming met haar grote, slappe borsten, uitpuilende buik, lekkende urinekanaal, donkere wallen, af en toe mastitis en tepelkloven. Gekoppeld aan het feit dat het haar nu letterlijk twee uur kostte om het huis te verlaten met haar baby, en dat ze een ijselijk gegil moest aanhoren elke keer dat ze onder de douche sloop, en dat ze niet meer welkom was in restaurants met tafelkleden. De baby was mager en zat onder het eczeem; ze kwijlde troebele vloeistof uit haar mondhoeken en glimlachte zelden. Ze wilde die band voelen, maar de enige keer dat ze daar een beetje bij in de buurt was gekomen, was toen Emma Kate haar vinger had gepakt, en dat had maar heel even geduurd. Grace voelde zich een stommeling omdat ze ooit had geloofd dat er magie kwam kijken bij het hele gebeuren. Een of andere alchemie die dit alles, zoals iedereen haar had verteld, de moeite waard maakte.

Als Grace al enige verwantschap met moeders had gevoeld sinds de geboorte van Emma Kate, was het met diegenen die hun minibusjes een meer in reden.

Grace had alleen een canvas boodschappentas mee, volgestopt met haar kleren van gisteren, samen met make-up en toiletspullen, en haar handborstkolf. Ze keek nog één keer naar het donzige bed, de schone, opgevouwen handdoeken en het assortiment Lavazza-koffiepads. Ze zag er nu al tegen op om naar haar eigen huis terug te gaan, waar vuile luiers de luieremmer vulden en de sierkussentjes vol spuugvlekken zaten.

Aan het eind van de hal drukte ze op de knop bij de liften, liep de kast van glasvezel binnen en schrok toen ze de andere vrouw in de lift herkende.

'Kátherine?' Grace voelde een zweem van verrukking, alsof

ze een kennis was tegengekomen op de luchthaven of op een verre vakantie of in de supermarkt. Een grappig contrast met hun leven op het werk.

Katherine stond met haar rug tegen het glas en zag er stijf uit. Een vonkje van herkenning flitste in haar ogen. 'Hoi,' zei ze.

'Grace,' zei ze, de lege plek voor haar invullend. 'Sorry, je hebt vast wel duizend mensen leren kennen de afgelopen dagen.'

'O, nee, ik was niet...' Katherine wuifde het einde van de zin weg. Haar huid was zo fris als een reclame voor facewash, haar haar zat netjes in een scheiding naar één kant. Ze droeg alleen knopjes in haar oren, wat gedurfd spaarzaam en ingetogen leek te midden van de overvloed aan bungelende Kendra Scott-sieraden die tegenwoordig in de mode waren bij de vrouwen van Dallas.

De lift gaf een ping toen hij bij de lobby was. Een kalm, kabbelend stroompje liep over een marmeren boog en liet water in een glinsterend blauw bassin vol koikarpers sijpelen. Het atrium rook naar een chic casino in Las Vegas, vol hergebruikte lucht en kunstmatige geurstoffen.

'Wat doe jij hier?' vroeg Katherine.

Grace overwoog weer te liegen, maar ze kon zo gauw niets verzinnen. 'Ik had een nacht vrij nodig,' gaf ze toe. 'Ik heb een baby die de oorlog heeft verklaard aan slaap.' Een paar slapeloze nachten thuis met Emma Kate en Grace wist dat ze weer zou verdwalen in het moeras van uitputting, op de tast door haar dagen hobbelend.

Katherines mondhoeken krulden omhoog. 'Wat is haar lievelingswapen?'

'Longen van staal. Het is voor de hand liggend, maar meedogenloos effectief.' Grace bleef even staan voor de glazen schuifdeuren die naar buiten naar de valet en de stad erachter leidden. Buiten brandde de zon. 'Soms kan ik het gewoon niet van haar hebben. Het is net alsof ik...' Grace rilde.

'Haar haat?'

'Ik klink vreselijk.' En ze voelde zich ook vreselijk – als een vreselijke, vreselijke moeder – maar ze voelde zich waarschijnlijk niet vreselijk genoeg, en dat gaf haar een zelfs nog vreselijker gevoel, hoewel ze zich niet zo schuldig voelde als ze zich zou moeten voelen. Ze had het idee dat als ze het niet fijn vond om moeder te zijn – en ze kon dat nu bijna voor zichzelf toegeven – ze op zijn minst heel goed kon zijn in hoe schuldig ze zich daarover voelde. Ze kon meedoen aan de Olympische Spelen op het onderdeel schuldgevoelens. Misschien zou ze zelfs een medaille halen. Maar eigenlijk was ze meestal te moe om zelfs dat te proberen. 'Ik heb het niet echt aan mijn echtgenoot verteld,' voegde ze er schaapachtig aan toe.

Katherine zag eruit alsof ze onder de indruk was. 'Dat je niet naar huis kwam?'

Grace legde haar hand plat tegen haar wang, gedeeltelijk beschaamd, gedeeltelijk niet. 'Nee, dat heb ik hem wel verteld. Maar...' – ze kneep één oog dicht – 'misschien heb ik wel gezegd dat ik de hele nacht moest overwerken.' Wat zo ver van de waarheid af lag dat het bijna komisch was. Al sinds ze weer aan het werk was, had ze het gevoel dat Sloane en Ardie haar met fluwelen handschoentjes aanpakten, weggehouden van enig werk dat haast had of belangrijk was, alsof ze wanhopig graag naar huis moest willen, naar haar pasgeborene. Haar dierbare, totaal vreemde pasgeborene.

'Aha,' zei Katherine knikkend, en haar mond kreeg een ondeugend trekje. 'Je geheim is veilig bij mij.'

Grace voelde zich belachelijk ontroerd en genoot van de smaak van een gedeeld geheim, dat in haar ervaring bijna altijd het begin van een nieuwe vriendschap betekende.

'En jij dan?' vroeg Grace.

'De flat waar ik naartoe ga verhuizen, is nog niet klaar. Het is een nieuw gebouw. Een kennis heeft dit voor me geregeld. Ik slaap hier totdat ik erin kan.'

'Het Prescott? Chic, hoor.'

'Ja. Dat is het zeker. Maar ze hebben me in een kamer helemaal bovenin gezet.' Ze hief haar kin op. Midden in het Prescott was een gapend gat dat recht naar het glazen dak opsteeg. 'Ik heb heel erg last van hoogtevrees. Met die glazen liften is het net alsof ik te pletter val.'

'Wil je met me ruilen?' vroeg Grace. 'Ik neem graag jouw hotelkamer over en dan kun jij bij mijn echtgenoot overnachten terwijl je probeert een vredesverdrag tussen mijn dochter en bedtijd uit te onderhandelen. Sloane had al gezegd dat je een beetje een expert was.' Grace hoopte dat ze niet als opdringerig overkwam. Complimenten konden zo vroeg in de relatie hachelijk zijn en bij vriendschap was dat niet anders.

'Wat onderhandelen betreft misschien,' zei Katherine. 'Wat kinderen betreft absoluut niet. Kinderen en ik kunnen niet met elkaar opschieten, eigenlijk.'

Grace keek verstrooid weer naar buiten, naar waar de echte wereld wachtte. Ze voelde de spanning zich al in haar borst opbouwen.

'Nou ja,' zei ze na een korte pauze. 'We kunnen waarschijnlijk maar beter gaan. Sloane heeft me misschien al als vermist opgegeven. Nog even en dan belt ze de politie.'

Katherine stak een hand in haar handtas en haalde er een roze parkeerkaartje uit. 'Dat kunnen we niet hebben,' zei ze. 'Dan komt je geheim aan het licht.'

'Mijn geheim?' Grace draaide haar halsketting om het slotje achter in haar nek te leggen.

'Voor je echtgenoot?' Katherine rimpelde haar neus als een konijntje. Het was een bijzonder schattige uitdrukking voor een vrouw van in de dertig. 'Je hebt tegen hem gezegd dat je op je werk was.'

Grace drukte de muis van haar hand tegen haar voorhoofd. 'God, je hebt gelijk.'

Nu klonk er een lachje door in allebei hun stemmen. Grace voelde een vonkje. Alsof haar snoer eindelijk een stopcontact had bereikt dat te ver weg was geweest. Ze keek er al naar uit om Katherine te vragen een glas wijn met haar te drinken of te gaan winkelen in Highland Park Village. Dit was de reden waarom ze altijd een meisjesmeisje was geweest: daar was ze goed in. In een flits van helderheid kwam het in haar op dat ze misschien helemaal niet op zoek was geweest naar een band met andere moeders.

Katherine leidde hen naar buiten, naar waar de valets stonden. De bries was abnormaal warm voor februari. De geur van bakvet kondigde de klantenlunches aan, die altijd plaatsvonden op het beschaafde tijdstip van halftwaalf 's ochtends. Een staalgrijze Jaguar stond stationair te draaien bij de inrijpoort. Een stilzwijgende reclame voor het hotel.

Terwijl de twee jongemannen wegsprintten naar het parkeerterrein, sloeg Katherine haar armen over elkaar en keek uit over de straat. 'Werk je al lang voor Truviv?'

Grace was verstrooid op zoek naar haar autosleutels voordat ze besefte dat de valet die had. 'Zes jaar.'

'En is iedereen altijd zo áárdig?'

Grace lachte. 'Voor het overgrote deel wel, ja. Het is een goed team.' Zuiderlingen waren bijna op het competitieve af aardig en Grace en haar familie werden beschouwd als eersteklas zuiderlingen. 'Was dat op je vorige werk niet zo?'

Katherine keek even of ze niet wist hoe ze de vraag moest beantwoorden. 'Zo zou ik het niet precies zeggen. Ik ben gewoon op zoek naar een frisse start.' Ze begon iets anders te zeggen, maar de valet kwam met gierende banden aanrijden in de auto van Grace. Beide vrouwen sprongen achteruit en Grace strekte beschermend haar arm uit voor Katherines borst.

'Sorry.' Grace' wangen werden roze. De reactie was duidelijk die van een carpoolmoeder geweest en ze had het voor elkaar gekregen om Katherine – Katherine die rechten had gestudeerd aan Harvard – te behandelen als een kind dat niet naar beide kanten kon kijken voordat ze de weg overstak.

'Het geeft niet,' zei Katherine terwijl ze haar jurk gladstreek. 'Als je een collega van mijn vorige werk was geweest, zou je me hebben geduwd.'

En Grace lachte, omdat het idee belachelijk was. Uiteraard.

# Dagvaarding

*21 januari*

*Mevrouw Katherine Bell*
*2337 Windsor Street*
*Boston, MA 02101*

*Mevrouw Bell,*

*Uw werkverband bij Frost Klein & Roget ('Frost Klein') wordt vanaf heden officieel beëindigd.*
*U wordt hierbij verwittigd dat uw dienstverband is beëindigd wegens dringende redenen.*
*U zult geen betaling ontvangen voor het overgebleven saldo van het betaald verlof dat u hebt opgebouwd. Uw ziektekostenverzekering duurt nog 0 dagen.*
*Neemt u alstublieft de geheimhoudingsverklaring door die u hebt getekend toen u in dienst werd genomen. Volgens deze verklaring is het u niet toegestaan enige handelingsgeheimen, werkpraktijken of -methoden van de firma te onthullen. Frost Klein is gerechtigd juridische maatregelen te nemen als onthuld wordt dat u tijdens of na uw dienstverband vakgeheimen hebt besproken.*

*Hoogachtend,*

*Alan Ziegler*
*beherend vennoot Frost Klein & Roget*

# 9

*23 maart*

Een productieve dag begon nooit met een ochtendafspraak buiten kantoor. Dat wist Sloane. Daar had ze vrede mee.

Of dat dacht ze tenminste, voordat ze begon te kijken hoe de ongelezen e-mails zich opstapelden in haar inbox, zich vermeerderend als fruitvliegjes. Dat haar dag naar de maan zou zijn was nu al een uitgemaakte zaak, en het was nog niet eens elf uur 's ochtends. Waarschijnlijk een record.

Op de plek waar ze zat, rook het schoolkantoor naar kaas. De stoelen waren te klein en te vierkant en het was onmogelijk om niet het idee te krijgen dat er hele bergen kruimels in het tapijt verborgen lagen. Een hoefijzervormige linoleum balie scheidde de wachtruimte af van het kantoorpersoneel, dat heel druk bezig was met nieten en overgaande telefoons negeren.

Sloane zat met haar handtas platgedrukt op haar schoot. Ze voelde zich nu al alsof ze een standje had gekregen. 'Denk eraan, Abigail,' zei ze tegen haar dochter, die op haar smartphone zat te tikken. 'Je hoeft niets te zeggen. Als je een vraag hebt, fluister hem dan in mijn oor of dat van mevrouw Ardie.' Dit zou de eerste vergadering worden waar Abigail zelf echt bij zou zijn, en het was nog tot daaraan toe dat Sloane er tijd voor moest uittrekken, maar dat er van haar dochter werd verwacht dat ze er ook tijd voor uittrok, was helemaal belachelijk.

Abigail tuurde om haar moeder heen om naar Ardie te kijken. 'Mama zegt dat ik u alles kan vertellen en dat u het niet door mag vertellen, zelfs niet aan haar, omdat u mijn advocaat bent.'

‘Zo heb ik het niet precies gezegd.’

Abigail was een er heel gewoon uitziend meisje van tien: scheve tanden, roze ijslollylippen en een heleboel sproetjes op haar neus, waarvan Sloane, sprekend uit ervaring, gokte dat die tijdens haar studie zouden verdwijnen. Ze schopte met haar schoenen van rusteloze energie. Het waren nieuwe Converse All Stars, schandalig duur voor gympen van een tienjarige, en ze hadden net zo goed op de lijst met verplichte schoolspullen kunnen staan, naast ‘opstelschrift’ en ‘thermosfles van Lilly Pulitzer’. Als ze het echt allemaal zat was, zwoer Sloane tegen Derek dat ze Dallas zouden ontvluchten en naar het platteland zouden gaan. Maar dan was er nog het probleem met de hypotheek – vastgezet, dankzij Sloane, tegen een gunstige rente – en haar baan, drie telefoonabonnementen, autokosten, en bovendien waren Sloane en Derek wel echt dol op de forel bij Fearing’s... dus eigenlijk waren die Converse All Stars misschien ook weer niet zo’n heel groot probleem.

‘Dat is helemaal waar, Abigail.’ Ardie negeerde Sloane. ‘Ik weet zeker dat we een heleboel geheimen kunnen bedenken die we kunnen delen.’

‘Net zoals papa en mama geheimen hebben die ze niet aan mij mogen vertellen!’ Abigail schopte nog harder. ‘Alleen zijn wíj nu degenen die het niet mogen zeggen.’

Ardie grijnsde en leunde achterover. ‘Ik wil daar nog wel wat meer over horen. Klinkt sappig.’

‘Alleen als je geïnteresseerd bent in waar papa en mama de wodka verstoppen.’ Sloane haalde lippenstift uit haar handtas en bracht die aan zonder een spiegel te gebruiken. ‘Hoe zie ik eruit?’ Ze draaide zich om naar Ardie en tuitte haar lippen. Kortgeleden had Sloane gemerkt dat ze haar lippenstift vers moest houden, anders lekte de kleur weg naar de minuscule rimpeltjes die zich rond haar lippen begonnen te vormen.

Ardie, die vrijwel geen make-up droeg en zelfs het grijs in haar haar niet verfde, zette haar beste niet-onder-de-indruk-uitdrukking op. Een van haar handelsmerken. ‘Je weet dat we op de school van je dochter zijn, toch? Volgens mij heeft Judge Judy vandaag vrij.'

Sloane hield haar hoofd schuin. 'Normaal gesproken tolereer ik zo'n soort houding niet van externe raadslieden, weet je dat?'

Ze maakte een grapje, maar het klonk niet erg overtuigend. Dit gedoe met Abigail was een serieuze zaak en Sloane nam het dan ook serieus. Bloedserieus.

Bij hun eerste ontmoeting met het schoolhoofd hadden ze te horen gekregen dat Abigail niet de enige was die de berichtjes had gekregen. De meisjes in haar klas waren klaarblijkelijk 'aan het experimenteren met nieuwe woorden'. Dat was een schrale troost voor Sloane. Andere meisjes konden misschien omgaan met dat type eenentwintigste-eeuwse speeltuinwreedheid, maar haar gevoelige Abigail? 'Eierschaalschedelsyndroom', had haar professor aansprakelijkheidsrecht het genoemd op de universiteit. Het idee dat als je iemand op zijn hoofd sloeg en er een schedelfractuur ontstond, het niet uitmaakte dat dezelfde klap bij de meeste andere mensen geen schedelfractuur zou hebben veroorzaakt. De onverwachte broosheid van het slachtoffer was geen steekhoudende verdediging tegen de ernst van eventueel letsel dat hem of haar werd aangedaan. Abigail had zo'n eierschaalschedel.

Vandaag gingen ze voor de tweede keer, en toen Derek erachter kwam dat hij er niet bij kon zijn – de afspraak was op hetzelfde moment als de staatsexamens van de middelbare school – stelde hij de perfecte oplossing voor: 'Neem Ardie mee.' Ardie was ook inderdaad een stuk onverstoorbaarder dan Sloane, dat was ze met hem eens. Als je bijvoorbeeld bedacht dat Ardie een parfum gebruikte voor een veel oudere vrouw, gedroogde rozen en specerijen, terwijl Sloane zich er vaag van bewust was dat ze soms een onbedoelde frivoliteit uitstraalde, tot en met de nonchalant gekozen parfummonstertjes die ze elke dag van de week afwisselde.

De deur aan hun linkerkant zwaaide open.

'Sloane Glover? De directeur kan u nu ontvangen.'
Sloane stond zo snel op dat ze er duizelig van werd.
'Rustig aan,' mompelde Ardie naast haar.
Sloane haalde diep, kalmerend adem, en vervolgens liepen ze met zijn drieën achter elkaar het grijze kantoortje in dat uitkeek op de speelplaats.
Sloane sprak als eerste. Dat deed ze bijna altijd. 'Meneer Clark,' zei ze. 'Dit is onze advocaat, Ardie Valdez.'
Directeur Clark stond op, hing zijn das recht en stak een hand uit naar Ardie. Hij was zwart en lang, met opzet kaal, maar met plukjes wit in zijn verzorgde baard. Sloane merkte dat ze onwillekeurig naar zijn ringvinger keek: niet bezet. Hij zou een leuke match zijn voor Ardie. Als Sloane niet zo kwaad op hem was en dreigde hem een proces aan te doen, natuurlijk.
'Ik ben ervan overtuigd dat haar aanwezigheid nergens voor nodig is,' zei Clark. 'Dit is alleen maar een gelegenheid om samen te bespreken welke vooruitgang Abigail heeft gemaakt.'
Ze keken allemaal naar Abigail, die haar enkels over elkaar had geslagen onder haar stoel. Ze zag er zenuwachtig en ongemakkelijk uit, als een verzopen katje.
Ardie trok een stoel bij. 'En de vooruitgang die de school heeft gemaakt. Dat deel mogen we niet vergeten.'
Sloane straalde. Punt voor Ardie, meteen aan het begin van de wedstrijd. Niet dat Sloane competitief was.
'Correct.' Hij schraapte zijn keel en keek naar een stapel papieren op zijn bureau. Sloane gebruikte zelf soms dezelfde vertragingstactiek. Kijk omlaag, schuif, schuif, en, eh, kijk eens aan, laten we ten slotte maar eens beginnen. 'Goed, zal ik dan maar beginnen?' zei hij. 'De school heeft kortgeleden flyers verstuurd die gericht zijn op zowel ouders als leerlingen om de parameters te bespreken van het gedrag op sociale media dat we van leerlingen verwachten. Ouders wordt gevraagd de accounts in de gaten te houden en wachtwoorden te bewaren.'
Er was een schrijfblok op Ardies schoot verschenen. 'En hoe zit het met de handhaving?'

Hij knikte alsof hij op het punt had gestaan dat ter sprake te brengen. 'Voor de oudere leerlingen zal wangedrag op sociale media resulteren in een opschorting van bepaalde privileges op het gebied van sociale activiteiten, zoals dansfeesten of basketbalwedstrijden.'

'Maar Abigail is niet een van de oudere leerlingen,' interrumpeerde Sloane. 'Ze zit in groep zes. Ze zít niet eens op sociale media.'

'Ik heb YouTube,' zei Abigail, en ze gaf een gedecideerd en heel volwassen lijkend knikje naar directeur Clark.

'Dat is wat anders, liefje,' zei Sloane automatisch. En toen dacht ze: was dat wel zo? Ze zou Abigails account eens moeten checken. Nagaan waar ze allemaal naar heeft gekeken. Ze wilde maar dat zij ook een schrijfblok had meegenomen. Dat was slordig van haar.

Directeur Clark negeerde Abigail. 'Juist. Dat besef ik. Hebt u, in dat licht, erover gedacht om Abigails telefoonnummer te veranderen?'

Sloane begon minachtend te lachen. 'Is dat uw oplossing? Waarom zou de last bij haar moeten liggen? Bij ons? Wat gebeurt er als die kinderen haar níéuwe nummer in handen krijgen? Ze zouden al helemaal geen telefoon moeten hebben.'

'Daar gaat het ook om een stukje veiligheid. Ouders voelen zich tegenwoordig veiliger als hun kinderen een telefoon bij zich hebben.'

Sloane zou het niet zo erg vinden als een van die etterbakken zo nu en dan ontvoerd werd.

Achter directeur Clark renden er kinderen met lunchtrommeltjes en aluminium waterflessen en klommen in het klimrek. 'Is er nog iets nieuws gebeurd, Abigail?' vroeg hij.

Abigail stopte haar handen onder haar dijen en schommelde heen en weer. 'Ik weet het niet. Misschien,' zei ze met een zacht en onschuldig stemmetje. 'Een paar jongens. Ze vroegen of ik achter de gymzaal hun schoenen wilde gaan pakken. Ik ging erheen, maar er waren geen schoenen.' Ze haalde haar schouders op. Haar ogen waren groot en blauw. 'Ik kwam terug, maar ze waren me allemaal aan het uitlachen. Ik begreep niet wat de grap was. Ik schreeuwde tegen ze dat ze weg moesten gaan, zo hard mogelijk, zoals mama me heeft geleerd. Toen zeiden ze dat ik gek was.'

Sloane deed haar ogen dicht en slikte moeizaam. Soms wanneer zij en Abigail samen uit de supermarkt of uit de bioscoop kwamen en het parkeerterrein grotendeels leeg was, liet ze Abigail oefenen met schreeuwen. Derek dacht dat de oefening haar alleen maar bang zou maken. Maar wat wist hij er nou van? Derek was nooit een meisje geweest. Sloane wel, en als hun dochter ooit in gevaar was, wist Abigail precies wat ze moest doen: moord en brand schreeuwen.

En nu zaten ze hier.

'Ik begrijp het niet,' zei Sloane. 'Schoenen? Waarom lachen kinderen mijn dochter uit vanwege schoenen?'

Directeur Clark leek een glimlach – wát? – te verbergen achter zijn in elkaar gestrengelde vingers, met zijn ellebogen nonchalant op het bureau.

'Valt er iets te lachen, meneer Clark? Missen we iets?' Ardie schoot naar het puntje van haar stoel, met haar pen in de aanslag.

Hij haalde zijn vingers uit elkaar en haalde zijn schouders op. 'Kinderen,' zei hij. 'Het is gewoon gekkigheid, eigenlijk.' Zijn ogen schoten heen en weer tussen Ardie en Sloane. Ze wachtten.

'Mevrouw Glover en ik zijn dol op gekkigheid.'

Clark krabde in zijn nek. 'Het betekent eigenlijk niets. Het is iets wat de jongens de laatste tijd doen. Het is zoiets als flirten. Het betekent dat ze je knap vinden. Een ritueel dat ze hebben, zo zou je het waarschijnlijk kunnen noemen. Ze vragen een meisje dat ze knap vinden om achter het gymlokaal te gaan kijken en dan, nou ja, is er niets. Het zijn kínderen.' Hij perste zijn lippen op elkaar en trok zijn wenkbrauwen op naar Abigail.

'Het spijt me, wat zegt u nou?' Sloane voelde hoe ze dat overdreven knipperen met haar ogen deed waar Derek zo'n hekel aan had. Maar dat deed ze alleen als ze gelijk had. En wanneer de persoon met wie ze sprak helemaal fout zat. 'Zit u me nou te vertellen dat mijn dochter onderworpen is aan de een of andere ontgroening voor kinderen?'

Ook Ardies blik was verhard tot een veroordelende nieuwsgierigheid. (Want deze logica kenden we: er werd van ons verwacht dat we in álle gevallen dankbaar waren als iemand ons knap vond.)

Hun ogen ontmoetten elkaar – die van Sloane en die van Ardie. Wat meer dan tien jaar gedeelde werkervaring je opleverde, was dat je dezelfde gevoeligheid voor bullshit ontwikkelde. Ardies beweging was heel subtiel. Haar ogen lichtten bijna niet waarneembaar op, waarna ze haar hoofd een heel klein beetje schuin hield. Ik zal je geen strobreed in de weg leggen, betekende dat.

'Haar vernederen,' zei Sloane tegen directeur Clark. 'Is dat een compliment? Allemaal goedbedoeld, neem ik aan.'

'Mam.' Abigail stuiterde op haar stoel.

'Ik begrijp wat u denkt. Maar ik verzeker u: het is onschuldig.'

'O! O! Dat verzékert u me?' Sloanes gezicht werd wit van woede.

Ardie bleef kalm naast haar. Ze leunde naar voren. 'Ik denk dat waar mijn cliënten deels op doelen het feit is dat deze jongens Abigail met opzet in verlegenheid hebben gebracht. En vervolgens zeiden ze dat ze gek was. Weet u waarom dat problematisch is, meneer Clark?' Ze wachtte niet op een antwoord. 'Het is problematisch omdat als we toestaan dat jongens zo uit de losse pols tegen een meisje kunnen zeggen dat ze "gek" is, nou, dan geeft het alle anderen toestemming om haar niet te geloven. Werd er tegen deze jongens gezegd dat ze gek waren omdat ze dat verhaal over godbetert schóénen hadden verzonnen?'

Wat er nog over was van de glimlach op het gezicht van directeur Clark, verdween nu helemaal.

Ardie nam het over. 'Dat dacht ik al. Wat het nog problematischer maakt, is het feit dat het bestuur hier lijkt te vinden dat al dit gedrag – de jongens, de meisjes – schattig is. Terwijl het eigenlijk bezig is gevaarlijk gedrag aan te moedigen. Het is niet schattig, meneer Clark. En mijn cliënt hier is met reden bezorgd om de veiligheid en het welzijn van haar kind.'

'Dat begrijp ik,' zei directeur Clark. Zijn gezicht stond nu ernstig.

Sloane slaagde erin tegelijkertijd haar stem en haar handtas terug te vinden. Ze stond op. 'Ik ging akkoord met het schoolbestuur om deze ontmoetingen te hebben in de hoop dat er werkelijk vooruitgang zou worden geboekt en er geen verdere juridische stappen nodig zouden zijn.' Ze hield haar hand opzij en Abigail gleed van haar stoel en pakte hem. 'Maar deze ontmoeting was één grote tijdverspilling. Laten we hopen dat u de volgende serieuzer neemt.'

Alsof er een teken was gegeven verlieten Ardie, Abigail en Sloane het kantoor van directeur Clark zonder om te kijken. Sloane voelde de ader in haar voorhoofd kloppen.

'Mam.' Abigail trok aan haar arm toen ze buiten stonden in het nevelige zonlicht. 'Je schrééuwde tegen meneer Clark.'

'Ik schreeuwde niet tegen hem.' Ze stonden nu op de betonnen stoep van de basisschool, die naar de bezoekersparkeerplaats leidde. In de verte klonk doordringend gekrijs, en de lucht was klam van de luchtvochtigheid en rook naar zwetende kinderen. 'Ik verhief mijn stem. Dat is iets anders.'

Het was mogelijk dat Sloane inderdaad dichter tegen schreeuwen aan had gezeten. De mist van zelfingenomenheid kon een krachtige drug zijn. Ze zou tegen Derek zeggen dat ze heel stoicijns was geweest en Ardie het zware werk had laten doen. Ardie wás ook geweldig geweest, dat viel niet te weerleggen.

'Dus...' Sloane draaide zich om naar Abigail en Ardie. 'Mogen we je op een lunch trakteren?'

'Eigenlijk' – Ardie kneep haar ogen dicht tegen het licht dat van de stoep weerkaatste – 'denk ik dat ik gewoon een Uber terug naar kantoor neem. Ik moet die rapporten nog afmaken en het is weer mijn beurt om mijn zoon van school te halen.' Ze was al bezig de app te openen op haar telefoon.

Sloane liet haar schouders zakken. 'Prima,' zei ze. 'Maar alleen onder protest. Ik wil hierbij laten aantekenen dat ik heb geprobeerd je te betalen met de beste maaltijd die er te koop is voor tussen de vijf en de' – ze bladerde door de verfrommelde bankbiljetten in haar portemonnee – 'vijftien dollar.' Ze trok Ardie naar zich toe voor een knuffel. 'Maar als je het niet erg vindt, zou ik dit gedoe met Abigail tussen ons tweeën willen houden. Het ligt gevoelig,' zei ze met een lichte zweem van stress. Weer een storting van een geheim op de vriendschapsrekening van haar en Ardie. Nog een vermenging van hun werk- en hun privéleven. Ze keek toe hoe haar dochter een plant vlakbij bestudeerde en twee piepkleine knopjes tussen de bladeren vandaan plukte. Ze hield zoveel van haar dochter, maar ze had, diep in haar hart, gedacht dat ze meer vriendinnen zou hebben. Was het verkeerd om zo te denken? Was Sloane een vreselijke moeder? 'En, je weet wel, wat bedrijfsbeleid en dat soort dingen betreft, zou het – nu jij ons vertegenwoordigt, tussen aanhalingstekens – nou ja, een beetje ondoorzichtig kunnen worden.' Strikt genomen was het de bedoeling dat Truviv-advocaten niemand anders vertegenwoordigden dan Truviv. Het was, als ze zich heel overdreven aan de regels wilden houden, een inbreuk op het bedrijfsbeleid ten aanzien van het voorkomen van wanpraktijken en het zou, strikt genomen, een hele hoop problemen kunnen opleveren. Maar dat zou natuurlijk niet gebeuren. Het was een domme regel. Zoiets als door rood licht lopen. 'Je begrijpt het wel, toch?'

Ardie gaf een kneepje in haar schouders. 'Het blijft tussen ons.'

Heel even dacht Sloane dat dit een goed moment was om

haar onbeduidende bekentenisje te doen, maar toen zoemde Ardies telefoon en kwam haar taxi aanrijden, en echt, het was maar zo'n miniem verraad geweest. Nauwelijks het vermelden waard. Het was tenslotte nou niet bepaald een zaak van landsbelang. Die kleine sociale affaire die ze had. Nee, o god, wacht even, het was geen affáíre. Kon het een affaire zijn als het gewoon platonisch was? Waarschijnlijk niet. En het was nou niet zo dat Ardie en Sloane zich hadden vastgelegd in een monogame relatie. Ze hadden nog andere vrienden en vriendinnen. Ze waren allebei volwassen. Hoe dan ook, ze kon het haar altijd later nog eens vertellen. Of nog beter: helemaal niet.

# 10

*23 maart*

Rosalita zette de envelop gericht aan 'mevrouw Valdez' op Ardies toetsenbord. Ze was blij dat Ardie niet in haar kantoor was. Op deze manier was het eenvoudiger.

Ardie had haar diensten 'pro bono' aan Rosalita aangeboden. Op dat moment had Rosalita niet geweten wat dat betekende, niet precies, maar haar zoon Salomon hielp haar om het op Google op te zoeken en het betekende 'gratis'. Rosalita hield niet van gratis. Of beter gezegd: ze vertrouwde het niet. Zelfs een stukje sesamkip om te proeven in het winkelcentrum was een uitnodiging om een maaltijd te kopen. De gratis kip was bedoeld als lokkertje. En Rosalita had geen zin om gelokt te worden. Instinctief had ze Ardies hulp eerst volledig willen weigeren. Dat zou ze ook hebben gedaan als daar niet de hartverscheurende aanblik van haar zoontje was geweest, waardoor ze geen andere keuze had dan de hulp aan te nemen. Dus schraapte ze wat spaargeld bij elkaar van het povere salaris dat ze met dit baantje verdiende en propte de envelop vol dollarbiljetten.

Het grootste probleem was geweest om erachter te komen hoeveel ze precies moest betalen. Ook dit had ze op het internet opgezocht, en het uurtarief leek uiteen te lopen van prijzig tot exorbitant. Rosalita kon geen van beide betalen, dus legde ze bij elkaar wat zij redelijk vond. Een stapel gekreukelde bankbiljetten, nauwelijks verhuld in een envelop. De roekeloosheid om zo'n hoeveelheid geld achter te laten, klutste haar ingewanden als een ei.

‘Wat ben jij aan het doen?’ Rosalita’s hele lichaam schokte bij het geluid van een mannenstem achter haar. Ze draaide zich om en daar stond hij, de man van het bureau op de hoek, met de witte streep haar die van zijn voorhoofd wegliep. Er verscheen kippenvel op de achterkant van Rosalita’s armen.

‘Niks.’ Rosalita strengelde haar vingers in elkaar en hield haar handen voor haar middel. Ze bleef stilstaan om zich te laten inspecteren, terwijl zijn ogen over haar hele lichaam gingen. ‘Schoonmaken,’ verbeterde ze zichzelf. Hij was het kantoor niet binnengekomen, maar met het gewicht van zijn lichaam blokkeerde hij haar weg naar buiten. Haar hartslag dreunde tegen haar trommelvlies. Ze kon hem de waarheid vertellen, maar in principe ging het hem niets aan. Of misschien ging het dat ook wel, maar in elk geval was ze al met de leugen begonnen en nu zat ze eraan vast.

Ze dacht aan de envelop achter zich en hoe het zou overkomen als hij beter keek naar wat er zich op het bureau bevond, hoe belachelijk het zou klinken als ze zou zeggen dat ze het geld had achtergelaten in plaats van het te pakken. Hij zou het niet geloven.

‘Geen materialen?’ Hij krabde achter zijn oor, alsof de vraag voor hem niet van belang was, terwijl dat duidelijk wel zo was, anders had hij die niet gesteld.

Rosalita herpakte zich, wikkelde in gedachten een tourniquet om de woede en de vernedering heen die in haar stem dreigden te sijpelen. In de hal liep een man langs, die even opzijkeek. Ze was gewend aan de ingebakken aanname dat zij en de rest van het schoonmaakpersoneel stonden te trappelen om met hun handen in hun latex handschoenen alles weg te graaien wat mensen maar aan overgebleven schoenen en lawaaierige armbanden hadden achtergelaten op of onder hun bureaus. Haar vorige schoonmaakpartner LaTisha had haar verteld over een memo die in de kantoren boven was rondgegaan, waarin alle medewerkers werden aangemoedigd hun spullen op een veilige plek te leggen en uit te loggen op hun computer om diefstal te voorkomen. *Verminder verleiding door spullen uit het zicht op te bergen!*

Jezus christus. *Verleiding.*

'Ik heb geen materialen nodig om de prullenbakken te legen. Het andere schoonmaakwerk zal tijdens de nachtdienst worden gedaan.' Ze overwoog om het nog verder uit te leggen, maar betwijfelde of hij zo lang zijn aandacht erbij kon houden. Eén of twee keer per maand nam Rosalita een dagdienst aan, waarin er maar een minimale ploeg was, die in dienst werd gehouden om licht huishoudelijk werk te verzorgen en de onvermijdelijke gemorste hele kop koffie op te ruimen, wat minstens één keer op een ochtend voorkwam. Ze wilde alleen maar zo snel mogelijk een eind maken aan deze interactie.

Zijn ogen zwierven van de prullenbak in de hoek naar waar Rosalita stond, recht voor het bureau van Ardie. Ze was aan het liegen en waarschijnlijk wisten ze dat allebei. Ze wachtte, als een gespannen pistool, om te kijken wat er vervolgens zou gebeuren. Eén seconde. Twee seconden.

Als ze iemand anders was geweest, zou hij dan...

'Alles in orde?' Ardie verscheen achter de man en Rosalita had opgelucht moeten zijn om haar te zien.

'Alles in orde.' Zijn hand gleed over zijn wangen. 'Ik kijk gewoon even hoe het hier gaat.'

'In mijn kantoor?' vroeg Ardie met grote ogen van onschuld. Ze perste zich langs hem, waarbij haar bovenmaatse handtas tegen hem aan duwde zodat hij gedwongen was, uit beleefdheid, opzij te stappen. Aan zijn gezicht was te zien dat hij geërgerd was. Maar hij had wel plaatsgemaakt.

Hij bleef even staan, hief toen een open hand op naar Rosalita en zei 'Prettige middag verder', waarna hij wegbeende.

Ardie duwde de deur dicht zonder erover te overleggen met Rosalita. 'Waar ging dat over?' vroeg ze terwijl ze haar tas op een van de twee bezoekersstoelen hees.

Rosalita draaide de lelijke gele stof van haar poloshirt tussen haar vingers. Hij voelde ruw aan tegen haar huid. Haar dikke paardenstaart viel over haar rug. 'Nergens over.' Ze voelde zich klein en nietig, als een kind dat toekeek hoe de volwassenen werkten.

'Het zag er niet uit alsof het niets was.' Ardie liet haar achterste op de rollende stoel ploffen. 'Sorry. Was je naar mij op zoek?' Maar op dat moment zag Ardie aan de andere kant van het bureau de envelop op het toetsenbord rusten. Ze hield hem op. 'Wat is dit?'

Rosalita antwoordde niet.

Ardie vouwde haar handen over haar buik. Ze ademde lang uit terwijl ze door de inhoud van de envelop bladerde. Toen ze daarmee klaar was, tikte ze met rand van de envelop op haar open handpalm en staarde uit het raam.

Het feit dat de twee vrouwen een soort vriendschap hadden opgebouwd, was niet zo vreemd als het leek. Het was langzamerhand zo gegroeid, gedurende vele maanden. Jaren. De eerste keer dat Ardie tegen haar in het Spaans had gesproken, was Rosalita bang geweest dat de vrouw misschien lesbisch was. Maar ze had een zoontje en een echtgenoot, die later ex-echtgenoot werd, en daarna voelde Rosalita zich een kreng. *De dónde es usted?* had Ardie eerst gevraagd, en toen bleek dat Ardie, dochter van twee dokters, uit McAllen kwam, dicht tegen de grens met Mexico, terwijl Rosalita op de middelbare school in het naburige Rio Grande City, ook vlak bij Mexico, had gezeten. Hun gesprekken duurden nooit langer dan vijf minuten, maar het was gewoon heel fijn om met een andere volwassene Spaans te kunnen praten, wat op het werk meestal werd ontmoedigd, uit angst dat de bewoners van het gebouw zouden denken dat het schoonmaakpersoneel over hen aan het roddelen was (wat ook zo was). Het was het prettige gevoel dat er niets door de extra trechter van een vertaling heen hoefde, het gevoel dat ze werd begrepen en intelligent klonk en zichzelf aardig kon vinden in de omgeving van een persoon als Ardie, die haar vervulde met een gevoel van zelfvertrouwen waar ze tijdens het grootste deel van haar interacties op het werk, in de winkel, bij de bank en met de televisiemonteur geen grip op leek te hebben.

Ardie zuchtte weer. 'Rosalita, ik accepteer dit geld onder één voorwaarde,' zei ze. 'Ik wil Salomon inhuren om bij het verjaardagsfeest van mijn zoon te helpen.'

Rosalita keek Ardie in de ogen. 'Hoeveel?'

'Honderd dollar,' zei Ardie.

Dat was meer dan het bedrag in de envelop. Rosalita fronste, en ze was de man alweer bijna vergeten. 'Honderdvijftig,' stelde ze ertegenover. Het was haar moeder die haar had geleerd om nooit dankbaar te zijn voor het eerste bod dat iemand deed. Haar moeder was een klein vrouwtje geweest dat een nare aanval van vroegtijdige dementie had gehad, veroorzaakt door hoofdletsel dat ze had opgelopen tijdens een klein auto-ongeluk. Tijdens de jaren die voorafgingen aan haar dood had de liefde van haar moeder voor Rosalita aangevoeld als prikkeldraad. Maar het gevolg ervan was dat Rosalita eelt had gekregen. En terugkijkend was ze vaak verbaasd om te merken dat een aantal van de belangrijkste vaardigheden die ze in haar leven had geleerd van precies diezelfde gestoorde, onsamenhangende moeder waren gekomen.

Ardie bleef even stil. '125. Deal?'

'Ja.' Rosalita knikte. 'We hebben een deal.'

Ardie stak haar hand uit en Rosalita zei tegen zichzelf dat deze deal heel simpel was. Dat had ze zichzelf ook toen voorgehouden. Natuurlijk, in die tijd had het erom gedraaid dat ze zou overleven en had ze zichzelf gedwongen om wat dat inhield te reduceren tot feiten en cijfers. Toch bleef het, tot op de dag van vandaag, het ergste wat ze ooit had gedaan. Een eenvoudige transactie die Rosalita voor eeuwig bewees dat zij in haar diepste wezen meedogenloos was. Dat ze zichzelf en haar zoon boven alles en iedereen stelde.

Het is maar geld, dacht ze vandaag. Maar... was het de vorige keer dat ze een deal had gesloten ook niet 'maar geld' geweest?

# 11

*27 maart*

De herdenkingsdienst voor Desmond Bankole vond zeven dagen na zijn overlijden plaats. De dagen ertussen waren voorbijgegaan in het gebruikelijke waas van werk, auto en thuis, af en toe onderbroken door een dringend telefoontje, een snel opgestelde memo en een plichtmatige vergadering. Sloane zag een waarlijk spel van wie-is-wie, waarbij iedereen door elkaar liep in zwarte jurken, herkenbaar maar lichtelijk uit hun verband gerukt. Haar hakken waren weggezonken in het keurig bijgeknipte gazon toen ze een kortere weg naar de ingang van de kerk had genomen. Ze had een hartgrondige hekel aan begrafenissen. Toen ze vijftien was, was ze in één jaar naar drie begrafenissen geweest. Haar oma van moederskant, gevolgd door allebei haar opa's. Ze had het vervelend gevonden om de handen van oude mensen te schudden, om de aanraking te voelen van hun tot een prop gemaakte tissues in hun papierachtige handpalmen. Het gevoel van onbeheersbare tranen, een opwellen van intieme emotie dat voor iedereen zichtbaar was – en erger nog, werd verwacht.

Nadat Abigail was geboren, hadden zij en Derek een testament opgesteld en had Sloane instructies gegeven: crematie, alsjeblieft, en vervolgens haar as uitstrooien in de achtertuin terwijl er een gebed werd opgedragen aan Tina Fey. En oké, ja, ze had er misschien de lichtelijk arrogante suggestie aan toegevoegd dat Derek in overweging zou nemen dat hij met Ardie zou trouwen, van wie Sloane zeker wist dat ze Abigails opleiding zeer ter harte zou nemen, zou onthouden om een lunchtrommeltje voor haar te maken en, een beetje wreed van Sloanes kant, haar niet zou overschaduwen op het gebied van uiterlijk. Maar afgezien daarvan – de gebeden voor Tina Fey en het trouwen met een van haar beste vriendinnen – was Sloane van plan een overleden echtgenote en moeder te zijn die niemand tot last was. Eerlijk waar.

Terwijl ze op de kerkbank zat, met een pijnlijke rug van het harde hout, hield ze een arm door die van Grace gehaakt en een pepermuntje tegen haar verhemelte geplakt.

'Laatste lied.' Ardie wees op een van de laatste regels van het programma.

'Hallelujah.' Sloane sloeg haar ogen ten hemel.

Grace keek hen woedend aan. 'Is dit wat jullie zouden doen als ík doodging?' wees ze hen op fluistertoon terecht. Ze depte haar ogen met een opgepropte tissue en snotterde luid. Het puntje van haar neus had een onaantrekkelijke kleur rood gekregen. Sloane wreef over de schouder van haar vriendin. Grace droeg een prachtige zwarte kasjmieren sjaal om haar schouders. Haar haar had *frosted highlights* en was opgestoken in een verzorgde Franse wrong. Perfect uitgevoerd, zoals altijd. Maar lieve hemel, wat was ze de laatste tijd gevoelig.

'Dat hangt ervan af,' fluisterde Ardie terug. 'Zou dat zijn voor- of nadat je de wet- en regelgevingsanalyse op de overname van die abonnementsbox hebt toegepast?' Ze keek op haar horloge. 'En laten we wel wezen: we zijn hier al meer dan een uur.'

'Ze zit je te plagen, Grace. We zouden er kapot van zijn.'

Grace maakte haar arm los uit die van Sloane en vouwde hem voor haar lichaam.

Grace hield haar ogen gericht op de predikant, die afsluitende boodschappen uitsprak, en boog haar hoofd om zich met een of ander gebed bij de rest van de congregatie aan te sluiten.

'We zouden een jaar lang in het zwart lopen,' mompelde Sloane. 'Dat zweren we.' Ze legde haar hand op een van de bijbels op de kerkbank. Die kwam behoorlijk goed van pas.

Grace tilde haar kin op. 'Ik doe niet belachelijk, weet je. Het zou kunnen gebeuren.' Ze keek Ardie ook aan. 'Het kan ons allemaal overkomen.'

'Tuurlijk,' zei Sloane zachtjes, kijkend naar haar vriendin. Het was heel natuurlijk, zei ze tegen zichzelf, om de confrontatie aan te gaan met je eigen sterfelijkheid na de geboorte van je eerste kind. 'Maar het gaat niet gebeuren.'

Het orgel dreunde door de kerk en Sloane stond op toen alle rouwenden als een golf omhoogkwamen. Haar ring bleef haken achter de dunne zwarte panty onder haar jurk. Al snel rukte er een korte maar hevige ladder op tot aan de bovenkant van haar knie. 'Shit,' fluisterde ze. Harder dan ze had gedacht.

'Gaat het?' Ardie draaide zich om naar Sloane.

'Ja, prima.' De panty was niet meer te redden. Ze zou het er maar mee moeten doen tot ze hem in de toiletten kon uittrekken en hopen dat ze eraan had gedacht om haar kuiten in te smeren vanochtend. Ze wilde maar dat Derek erbij had kunnen zijn, met zijn hand op haar rug. Hij had fijne handen. Handen waarmee je een basketbal in de palm vast kon houden. 'Ik wil hier gewoon weg.'

Buiten was het heerlijk weer. Overal rook het naar pas gemaaid gras. Er fladderden zelfs vlinders tussen de verschillende planten die de buitenkant van de kerk versierden.

Terwijl de menigte langzaam als een kudde vee de kerk uit schoof, hoorde Sloane collega's elkaar begroeten, zag hen elkaar de hand schudden en hoorde hen lunchafspraken maken. Eigenlijk moest ze zich ook onder hen begeven. Gebruikmaken van het moment. Er waren tafels met versnaperingen op het gazon neergezet en mensen pakten plastic glazen met sinaasappelsap of water.

'Wil jij iets?' vroeg Ardie, weglopend naar de tafel. Ardie kon een tafel met gratis eten nooit weerstaan.

'Ik hoef niet, dank je.' Sloanes maag was een beetje van streek. Grace was verdwenen, misschien om haar make-up bij te werken, die helemaal was uitgelopen tegen het einde van de dienst. Grace moest een betere persoon zijn dan zij, dacht Sloane, die erin was geslaagd om helemaal niet te huilen.

Sloane voelde een tikje op haar schouder en draaide zich om. Daar stond Elizabeth Moretti, met haar armen al uitgestrekt om haar te omhelzen. Elizabeth had een grote bos bruin haar en een glimlach waarbij er te veel van haar tandvlees zichtbaar was. Maar ze had prachtige kleren en vandaag droeg ze een duur uitziende hemdjurk met geschulpte rand waarvan Sloane aannam dat het prijskaartje er een paar uur geleden nog aan had gezeten. 'Ik dacht wel dat ik je hier zou zien.'

Natuurlijk had Sloane hetzelfde gedacht van Elizabeth. Hoewel dat minder logisch was, gezien het feit dat ze niet voor Truviv werkte.

Elizabeth keek klakkend met haar tong om zich heen. Ze was zo luidruchtig. 'Tragisch,' zei Elizabeth. 'Maar wel een mooie ceremonie. Bloemenarrangementen waar je een moord voor zou doen, excuus voor de ongelukkige woordspeling. Zie je die vent daar?'

Sloane keek subtiel over een plantenbak met paarse en oranje viooltjes naar twee mannen die stonden te praten in de schaduw van een eik. Allebei begin veertig, met het geluk dat ze hun haar nog hadden, maar de tekenen waren al zichtbaar aan de inhammen van glanzend perzikkleurig vlees die zich begonnen uit te strekken en invallen voorbij de oorspronkelijke haargrens deden.

'De kleinste,' ging Elizabeth verder. 'Hij kwam bij ons van een ander kantoor, dus ik denk niet dat je hem hebt gekend. Jacob Shor. Is een paar jaar geleden compagnon geworden bij Jaxon Brockwell. Híj stond op de SKUD-lijst. Ik dacht dat ik alles wist. Maar nee, naast zijn naam stond "probeerde een advocate-stagiaire te verleiden tot seks in zijn kantoor". Ik bleef er bijna in. Sorry. O god.' Ze sloeg een kruis terwijl ze omhoogkeek naar de klokkentoren. 'Maar dat geloof je toch niet?'

Of ze het kon geloven? Sloane keek naar de man, die er best

sympathiek uitzag. Een vriendelijk gezicht. Ze kon zich hem voorstellen als een geliefde gymleraar. Een roofdier? Minder gemakkelijk.

'Dus.' Elizabeth haalde een poederdoosje tevoorschijn en bekeek zichzelf in de spiegel. Nonchalant. 'Stond hij op de lijst?'

Sloane was kwaad op zichzelf omdat ze haar zonnebril was vergeten. Het begon warm te worden en ze was heel slecht in het opzetten van een pokerface. 'Wie zei dat ik iemand zocht?' Er klonk iets van onrust door in haar stem.

'Dat vermoedde ik.'

Het was pas midden op de ochtend, maar Sloane zweette al onder de hete zon.

Ze had hem zelf toe kunnen voegen. Het was anoniem. Een gedeeld document dat ergens in de mistige cloud van het internet rondzweefde. Iedereen kon iemand erop zetten of wijzigingen aanbrengen, en daar was ze ook mee begonnen. Maar toen was ze ermee opgehouden. Waarom?

'Best, best, je hoeft het me niet te vertellen. Het gaat me niets aan.' Alles ging Elizabeth aan. Ze klikte de poederdoos dicht. 'Maar eigenlijk moet je hem er wel op zetten. Het zou iemand kunnen helpen. De stier bij de ballen vatten.' Ze maakte een kommetje van haar handen om het voor te doen. 'Begrijp je wat ik bedoel?'

Sloane wilde hier nu niet over praten, niet met haar. Was Elizabeth niet zelf een soort lijst geweest, destijds?

*Kijk uit voor Ames Garrett.*

'Het spijt me, Elizabeth. Ik heb een vreselijke ladder in mijn panty. Ik moet me even terugtrekken in de toiletten.' Sloane klonk te formeel. Wat was er met haar aan de hand? Ze was zowel Ardie als Grace nu officieel kwijt. Ze moest zichzelf bij elkaar rapen, hoewel ze echt een hekel had aan begrafenissen.

Ze omhelsde Elizabeth. Sloane vond het zelden fijn om andere vrouwen te omhelzen die ze beroepshalve kende, maar ze herinnerde zich dat Elizabeth het soort persoon was dat omhelzingen fijn vond.

'Doorzichtige nagellak,' riep Elizabeth haar na.
Sloane draaide haar hoofd om. 'Wat?'
Elizabeth nam haar waarderend op. Ze vormde haar handen om haar mond tot een toeter. 'Dat stopt de ladder.'
Sloane stak een hand op ten teken van dank.

Binnen was de kerk veel leger dan eerst, godzijdank. Er liepen alleen nog een paar achterblijvers rond, zacht pratend. Haar voetstappen galmden door de hal terwijl ze de bordjes volgde naar de toiletten, die zich ergens in de oostvleugel bevonden, was haar verteld.

Ze liep net de hoek om toen ze het zag. Die streep wit door het donkerbruine haar, als bij een stinkdier, deed haar altijd halt houden. Haar hart ging sneller kloppen. Ames' hoofd was gebogen, alsof hij in gebed verzonken was. Maar hij stond te praten met Katherine Bell, die met haar slanke rug tegen de muur gedrukt stond. Sloanes eerste instinct was om hen te onderbreken, maar zoals zo vaak in werkgerelateerde scenario's begonnen haar gedachten meteen een massa verraderlijke mogelijkheden door te lopen. Ze liep terug de hoek om om van een afstandje toe te kijken terwijl er waarschuwende prikkels langs haar arm omhoogschoten.

Wat zei hij daar?

En dan nog... moest ze dat echt precies weten? Sloane kon heel eenvoudig haar eigen achtentwintigjarige zelf in Katherines schoenen verplaatsen en een goede inschatting maken. Sloane had geen idee hoe lang ze al met zijn tweeën hadden staan praten, maar het duurde minder dan een minuut totdat het gesprek ten einde kwam. Een dun straaltje zweet had een poeltje gevormd in Sloanes beha. Ze kon voelen hoe haar neusvleugels zich opensperden op die afstotende manier die ze nooit echt kon beheersen wanneer ze een bepaalde versie van boos was.

Ze wachtte af. Katherines gezicht was uitdrukkingsloos terwijl ze door de gang op haar afliep, en Sloane bereidde zich voor zodat wanneer Katherine de hoek om kwam, ze kon doen alsof ze schrok.

'Het spijt me,' zeiden ze gelijktijdig. Hoewel Sloane probeerde haar blik te lezen. Had Ames zich als een klootzak gedragen? Of was het gesprek een heel normale gebeurtenis geweest en las Sloane er veel te veel in?

Die verdomde lijst. Hij zou erop moeten staan. Mensen moesten gewaarschuwd worden. Algemeen directeur. Mijn god.

Katherine veegde een haar weg die in haar wimpers was blijven hangen. Sloane glimlachte en zette een stap achteruit zodat ze hun persoonlijke grenzen weer terugkregen. Katherine leek iemand te zijn die van persoonlijke ruimte hield.

Sloane had eerste indrukken van Katherine verzameld. Kledingkeuzes die, naar Sloanes smaak althans, net niet helemaal raak waren en waarvan Sloane geloofde dat ze haar hielpen om tenminste íéts over Katherine te deduceren. Waarschijnlijk dat ze er niet van hield om anderen om hun mening te vragen. In feite deed ze Sloane een beetje denken aan Abigail – de sociale onhandigheid die werd gecompliceerd doordat ze knap was. Niemand verwachtte dat die twee eigenschappen samen zouden gaan en dat creëerde een probleem voor mensen, want knappe mensen – blonde, blauwogige meisjes zoals haar dochter – mochten niet gesloten zijn tenzij ze pretentieus genoemd wilden worden. Men had liever dat knappe mensen zich gedroegen zoals Sloane, die ook knap was, maar vooral omdat ze in de loop der jaren een heleboel mensen naar hun mening had gevraagd en echt heel erg dol was op Neiman's. 'Is het toilet deze kant op?' vroeg Sloane wijzend.

'Ja,' zei Katherine met een zichtbare blos op haar appelwangen.

'Ik heb mijn panty geruïneerd,' legde Sloane uit, alsof ze een reden moest opgeven. 'Ik zie eruit als een goedkope hoer.'

Katherines mond vormde een kleine o van verbazing. 'Ik heb een extra panty in mijn tas als je er een nodig hebt.' Ze begon haar tas op haar heup te trekken, toen Sloane zachtjes haar onderarm aanraakte.

'Dat hoeft niet. Ik denk dat ik deze gewoon in de vuilnisbak mik. Mijn dochter zegt trouwens toch dat een panty me eruit laat zien als een oude vrouw.'

Katherine droeg een zwarte, ondoorzichtige maillot. Die deed háár er niet uitzien als een oude vrouw. Hij veranderde haar benen in een aantrekkelijk silhouet.

'Laat het me weten als je van gedachten verandert,' zei Katherine terwijl ze langs haar liep. Haar gezicht was beleefd uitdrukkingsloos en gesloten.

'Dank je. Ja, zal ik doen.' Maar ze keek al langs Katherine, naar Ames die in z'n eentje in de verlaten hal van de oostelijke vleugel stond. Het was een opluchting om Katherines voetstappen te horen wegsterven. Ames haalde zijn vingers door zijn haar en leunde achterover op één hak. Toen duwde hij de deur van het herentoilet open.

Tijdelijke ontoerekeningsvatbaarheid. Sloane had misschien last gehad van die zeldzame aandoening en wist dat het een verdediging was met maar een kleine kans om stand te houden in de rechtszaal. Maar dit zou het nooit tot de rechtszaal brengen.

Sloane volgde Ames de herentoiletten in.

'Hallo?' riep ze, voor het geval dat er nog iemand anders binnen was behalve Ames.

'Er is hier iemand.' Het was Ames' stem. Het enige hokje aan de linkerkant was open en de rij urinoirs was leeg afgezien van Ames, die met zijn rug naar haar toe stond.

Hij draaide zich om en zijn wenkbrauwen schoten verbaasd omhoog. De rimpels in zijn voorhoofd waren dieper geworden in de loop der jaren. (Terwijl wij facelifts en injecties met fillers nodig hadden om relevant te blijven, hoefden zij alleen maar ouder te worden om gedistingeerder te worden. Denk maar niet dat we het niet merkten.)

'Sloane?' Ze hoorde het metalige geluid van zijn gulp die omhoogschoot. 'Wat doe jij hier?'

Goeie vraag. Wat deed ze hier? Afgaan op een impuls, nam ze aan. Derek zei wel dat ze een impulsief trekje had. Zoals toen ze thuiskwam met een kitten uit het asiel, die ze had zien zitten in een hok voor de supermarkt, om zich pas later te herinneren dat Derek er allergisch voor was. Of was het moederlijk verantwoordelijkheidsgevoel? Of was ze gewoon te oud om nog bullshit te kunnen verdragen? Ze ging de confrontatie aan met haar baas – shit, haar báás – in het toilet.

Op kalme toon zei ze: 'Ik hoorde dat je op de shortlist voor algemeen directeur staat. Gefeliciteerd.' Ze klonk bijna alsof ze het meende. Voordat Ames iets kon zeggen, ging Sloane verder. 'Ik kwam een paar dagen geleden trouwens Bobbi tegen.'

Water gorgelde door de leidingen in de muur. Maar afgezien daarvan was het te stil, veel te stil. Haar stem weergalmde.

Ames stelde zijn riem bij. Ze haatte het als hij dat deed, want het zorgde ervoor dat je aandacht, of je nou wilde of niet, naar zijn kruis werd getrokken. Misschien was dat precies zijn bedoeling.

'Dat heeft ze verteld.' Er zat nog een tweede bedoeling onder. Die luidde: ja, mijn vrouw en ik praten met elkaar en ik ben geen monster, dank je. Hij haalde zijn schouders op. 'Er moet nog een heleboel precies op zijn plek vallen voordat er iets zou gebeuren.'

'Maar je hebt het idee dat je een goede kans maakt. Ik zie het aan je.' Ze weigerde haar blik af te laten dwalen naar haar eigen spiegelbeeld.

Een halve glimlach. Een enkel kuiltje in zijn gladgeschoren wang. 'Ik heb altijd geluk gehad in Las Vegas.'

'Wat ben je aan het doen met Katherine?' vroeg ze, want daar ging het om. Het was zijn naam die ontbrak op de lijst, of dat nou een goed of een slecht teken was.

'Ach, kom op, Sloane.' Hij rolde nu met zijn ogen en legde zijn hoofd een beetje achterover, alsof hij een tiener was en zij hem eraan herinnerde dat hij zijn kamer op moest ruimen. 'Ik ben niets aan het doen. Waarom denk je dat?'

Sloane realiseerde zich dat ze Ames al die jaren had beschouwd als een slapende vulkaan met maar een kleine kans op een uitbarsting.

'Ik heb ogen, om te beginnen. En oren. En... enige relevante ervaring.' Ze keek hem strak aan. Je weet wat ze zeggen over de geschiedenis, dacht ze.

'Niet dit weer.' Daar had je het. De jongensachtige ergernis. Hij stoorde zich eraan. 'Wanneer ga je je er eens overheen zetten? Het is jaren geleden.' Dat was het niet. De affaire was jaren geleden geweest, maar ze boette er nog steeds voor, en dat wist hij. Want elke keer dat ze dacht dat het probleem Ames Garrett in winterslaap was gegaan, had hij het tegendeel bewezen. Zoals dat Ames drie jaar na de affaire een transactieopdracht die Sloane graag wilde hebben aan David Kelly had toegewezen omdat Ames 'er in dit geval niet op kon vertrouwen dat ze niet met de advocaat van de tegenpartij naar bed zou gaan'. Vijf jaar nadat ze bevallen was van Abigail had Ames tussen neus en lippen door tegen haar gezegd dat haar kont er nog steeds best goed uitzag in een pak. Na zeven jaar was hij dronken geworden en had hij haar gevraagd om weer met hem naar bed te gaan 'als herinnering aan vroeger'. Haar carrière was doorspekt met tientallen van dit soort gevallen. En nu zag ze de symptomen van weer een nieuw geval oplaaien. Een nieuwe cyclus. En zonder Desmond maakte ze zich zorgen dat haar – hun – immuniteit in gevaar was.

'Je vrouw vroeg of ik nog advies had voor je om je kansen te vergroten,' zei ze langzaam. 'Ik beloofde haar dat als dat zo was, ik het je zou vertellen.' In zijn ogen dansten lichtjes van geamuseerdheid en ze haatte hem erom. 'Dus luister maar: als je op de shortlist wilt blijven, Ames, adviséér ik je om je handen en welk ander lichaamsdeel je maar geneigd bent te gebruiken niet vuil te maken. Oké?'

Hij lachte spottend en stak zijn handen in zijn zakken. 'Jij bent niet te geloven, Sloane, weet je dat?'

Ze dacht na over wat hij zei. Niet te geloven. Was het waar?

Hij had precies de juiste woorden gekozen, ook al was dat niet zijn bedoeling geweest. Precies waar ze zich zorgen om maakte, terwijl ze elk onrecht onderging, elke blijk van minachting, elk recht op haar ruimte en haar gedachten waar hij uitgebreid misbruik van maakte: niemand zou haar geloven. Allemaal vanwege die korte, domme affaire.

'Gecondoleerd, Ames.' Ze draaide zich om om weg te lopen. Ze had iets gezegd. Ze had iets gedaan. Het was niet de SKUD-lijst, maar het was haar eigen versie, alleen iets directer.

'Als je míjn raad wilt horen, Sloane.' Haar hart sloeg over terwijl ze bleef staan, met haar handen plat tegen de deur. 'Dan is het dit. Als het water stijgt, worden álle boten opgetild. Als mij de functie werd aangeboden, en ik zeg niet dat dat zo is, maar als het zo was, dan is het logisch dat er een vacature zou ontstaan voor de functie van hoofd juridische afdeling, en jij hebt enige – zoals je zelf zei, geloof ik – relevante ervaring.'

Haar lichaam verstijfde. Deels omdat wat Ames zei verdacht veel klonk als omkoping. Deels omdat hij gelijk had.

Sloane had een leeftijd bereikt waarop woede niet meer inhield dat je met deuren sloeg of met glazen gooide. In plaats daarvan raasde haar woede verder in de trillingen van haar organen. Ze liep de deur uit zonder nog een geluid te maken, terwijl haar gedachten bleven hangen in het toilet, de woordenwisseling met Ames nalopend.

En dat was waarom ze Bobbi Garrett niet meteen zag staan in de hal, met een beker water in elke hand, starend naar haar.

Sloane merkte haar met een schok op. Haar gezicht vertrok duidelijk. 'Was de verkeerde in gelopen,' zei ze tegen Bobbi terwijl ze haar haar gladstreek. Natuurlijk had Ames zijn vrouw meegenomen. Hij speelde nu al dat ze de koninklijke familie van Truviv, Inc. waren.

Bobbi's lach was een octaaf te hoog en het water klotste in de plastic bekertjes en drupte over haar vingers. 'Ik was op zoek naar mijn echtgenoot.' Haar echtgenoot. Niet Ames. Haar echtgenoot.

Sloanes baas.

'Ik geloof dat hij daar was,' zei Sloane. 'Ik weet zeker dat áls hij er was, hij elk moment naar buiten kan komen.'

Ze had haar spoor moeten uitwissen door het damestoilet in te gaan. Dat wist ze wel, maar ze had vandaag al genoeg op haar bordje gehad en Ames' huwelijk was niet haar verantwoordelijkheid. Ze liep terug naar het zonovergoten kerkhof. Er reden al auto's weg van de parkeerplaats, hun koplampen aanflitsend op klaarlichte dag. De ladder in haar panty was centimeter voor centimeter verder omlaaggekropen, zodat het eruitzag als een lelijk litteken dat over haar knieschijf liep.

Sloane had de pest aan begrafenissen en ze zwoer bij zichzelf dat ze er nooit meer een zou bijwonen. Tenzij, dacht ze... Tenzij het die van Ames was.

## Proces-verbaal van verklaring onder ede

*26 april*

Mw. Sharpe: Mevrouw Glover, weet u hoe en wanneer deze ongefundeerde geruchten over Ames Garrett voor het eerst het licht zagen?
Gedaagde 1: Ik teken hierbij bezwaar aan tegen de woorden 'ongefundeerde' en 'geruchten'.
Mw. Sharpe: Oké dan. Hebben u en uw vriendinnen het ooit onder elkaar over Ames Garrett gehad?
Gedaagde 1: Dat zal vast wel, ja.
Mw. Sharpe: In welke context?
Gedaagde 1: Hij was onze baas. We zagen hem dagelijks. Ik ben ervan overtuigd dat hij ter sprake kwam in een verscheidenheid aan contexten.
Mw. Sharpe: Hebt u over hem geklaagd?
Gedaagde 1: Er waren genoeg dingen om over te klagen bij Ames, dus dat zullen we vast hebben gedaan.
Mw. Sharpe: Hoe vaak hebt u geklaagd over Ames, zou u zeggen?
Gedaagde 1: Dat weet ik niet. Ik hield geen logboek bij.
Mw. Sharpe: Maandelijks? Wekelijks? Dagelijks?
Gedaagde 1: Ik weet het niet.
Mw. Sharpe: Als onderdeel van dit onderzoek hebben we gesproken met tientallen vrienden en collega's van Ames Garrett, die Ames allemaal onvoorwaardelijk steunen, die zeggen dat hij een eersteklas reputatie heeft, die hem jaren hebben gekend en weten dat hij een goede huisvader is, een aardige man. Vrouwen die hij op de univer-

siteit heeft gekend, tijdens zijn studie rechten, beroepshalve, die expliciet zeggen dat ze zich nooit ongemakkelijk hebben gevoeld bij Ames.
Gedaagde 1: Die logica gaat niet op, Cosette. Als iemand een moordenaar is, wijs je niet op alle mensen in zijn omgeving die nog in leven zijn en zeg je: hij kan geen moordenaar zijn, kijk maar naar al deze mensen die hij níét vermoord heeft!
Mw. Sharpe: Vergelijkt u Ames Garrett met een moordenaar?
Gedaagde 1: Nee.
Mw. Sharpe: Want nu we het er toch over hebben... Is het waar dat u onlangs bent ondervraagd als onderdeel van een potentieel moordonderzoek?
Helen Yeh: Protest. Verzoek om de laatste vraag van de raadsvrouw te schrappen.
Mw. Sharpe: De gedaagde sneed het onderwerp aan.
Gedaagde 1: Zoals je weet, is het hele kantoor ondervraagd. En niemand heeft iets gezegd over dat er iemand vermoord was, of wel?

# 12

*28 maart*

Hoewel het nog maar maart was, voelden we ons door de spreadsheet allemaal de Kerstman. We maakten de lijst, keken hem nog twee keer na en probeerden erachter te komen wie er zoet of stout was.

We klikten op 'verversen'. We wachtten tot er namen verschenen, maar die kwamen nooit. We werden van ons stuk gebracht als er namen verschenen die we niet hadden verwacht. Gedurende die weken stonden we in de lift, scanden we documenten met het kopieerapparaat en zaten we bij verkoopbesprekingen te kijken alsof we overal dwars doorheen konden kijken. We konden door gesloten deuren kijken en langs de dichtgeritste pantalons.

Een deel van het gedrag wuifden we weg; we konden wel tegen een schuine mop. Bij ander gedrag – de mannen die ons vertelden dat ze een open huwelijk hadden, die ons volgden naar het toilet, die expliciete berichtjes stuurden en vervolgens beweerden dat ze te dronken waren om het zich te herinneren, die het woord 'nee' niet hoorden, die wraak namen als ze dat wel deden, die in onze kont knepen – konden we dat niet. We dankten God dat wij het niet waren. En als dat wel zo was, voelden we een ziekelijke troost dat we niet de enigen waren, een opluchting zoals je voelt wanneer je net hebt overgegeven bij een kater.

We bogen ons naar elkaar toe over cardioapparaten heen terwijl we speculeerden over wat de mannen op onze lijst dreef, en dat lukte ons uiteraard niet, omdat we meer tijd verspilden met ons concentreren op het emotionele leven van die mannen dan ze ooit hadden besteed aan dat van ons.

We vroegen ons nooit af waarom. Het was...

'Wat moeten we met Katherine?'

Sloane kwam binnenstormen zonder te kloppen, deed de deur naar Ardies kantoor dicht en duwde haar rug ertegenaan alsof ze naar binnen was gejaagd. Ardie was bezig een e-mail te proeflezen naar een advocaat-stagiair bij Norman, Steel & Sandoval, over een vermogensbelastinggeschil, een gewoonte – proeflezen – waarvoor de jongere advocaten op kantoor allergisch leken te zijn. Iedereen had altijd zo'n haast.

Sloane snoof de lucht op. 'Het ruikt hier naar McDonald's, Ardie. Zeg me alsjeblieft dat je niet naar McDonald's bent geweest.'

'Oké, ik ben niet naar McDonald's geweest.'

Sloane liep naar de prullenbak en hield een fastfoodzak tussen haar duim en wijsvinger vast, de restanten van een broodje met worst, ei en kaas dat Ardie op weg naar haar werk had meegegrist. Het was heerlijk geweest. 'Ik zal je nooit begrijpen.' Sloane dumpte de verfrommelde zak in de prullenbak en ging op de gastenstoel tegenover Ardies bureau zitten.

'Ook goeiemorgen. Ga lekker zitten,' zei Ardie onverstoord. Net als iedere andere vrouw op de planeet had ze de memes van Kate Moss gezien met de uitspraak 'Niets smaakt zo lekker als slank voelt' en bij zichzelf gedacht: sorry, maar heb je weleens kwarktaart geproefd? Hoewel Ardie vermoedde dat het echte probleem van haar eetgewoonten niet was dat ze van eten hield dat slecht voor haar was, maar dat ze van eten hield dat goedkoop was. Ardie kon zich best biologische, scharrel- en boerderijproducten veroorloven, maar ze wilde het gewoon meestal niet.

'Ik zit met een moreel dilemma.' Sloane trok haar stoel dichter bij het bureau.

Ardie was klaar met het proeflezen van haar e-mail en klikte op 'versturen'. 'Ik had de indruk dat je principes nogal flexibel waren.' Ardie zag dat haar pak glansde en bij de ellebogen behoorlijk versleten was. Dat was iets waar ze beter op moest letten, wist ze. Maar haar moeder had haar altijd verteld dat er geen belangrijker lichamelijk kenmerk voor een vrouw was dan een mooie huid, en Ardie had een heel mooie huid, dus dat zou ook wat waard moeten zijn.

'Mijn principes zijn gecompliceerd.' Sloane vouwde haar handen op haar knieën en ging kaarsrecht zitten, alsof ze een leerling was die indruk wilde maken op een leraar. Ardie perste haar lippen op elkaar en liet haar slaap op twee vingers rusten. 'Ik zag Ames... om haar heen draaien bij de herdenkingsdienst, waar je me in de steek hebt gelaten, trouwens.'

Ardie had haar boterhammen voor onderweg gepakt en was naar haar auto gevlucht. Ze was niet in de wieg gelegd voor zoveel mensen. Ze maakte vaak een wandeling bij haar in de buurt en als ze dat deed, stak ze zelfs de straat over om te voorkomen dat ze een ander menselijk wezen zou moeten begroeten. Het was een wonder dat ze een vriendin als Sloane had.

'Ik heb haar al voor Michaels feestje uitgenodigd.' Ardie liet de geïmpliceerde vraag over waar ze was geweest van zich af glijden.

Sloane fronste en hield haar hoofd schuin. 'Wat aardig van je, dat is niets voor jou.'

'Ik vind het niet leuk dat je dat zegt.'

'Hoe dan ook.' Sloane drukte haar vingertoppen tegen elkaar terwijl ze praatte – te snel, zoals altijd. 'Ik heb Ames ermee geconfronteerd en...'

'Wát heb je gedaan?'

'Ik heb Ames ermee geconfronteerd,' herhaalde ze. 'En hij heeft me heel duidelijk verteld dat als hij algemeen directeur werd, ik dan in aanmerking kwam voor de functie van hoofd van de juridische afdeling.' Sloane leunde achterover op haar stoel, met haar handpalmen open van gespeeld enthousiasme. De grote onthulling.

Ardie trok een frons in haar voorhoofd en schudde heel even haar hoofd. 'Uiteraard.'

Sloane was er niet blij mee. 'Maar hij was...'

'Om haar heen aan het draaien.' Ardie had het gevoel dat ze dit al eerder had meegemaakt. Kijk! De kunstwerken aan de muren in haar kantoor waren zelfs niet veranderd. Dezelfde paarse orchidee boog loom over haar bureau en een kleine ficus groeide nog in de hoek. Ze gaf ze allebei zorgvuldig water en zorgde er goed voor. De foto van Tony was verdwenen sinds de vorige keer. Als bij toverslag. Op dat punt – de zaak van de ontbrekende foto van Tony – verdacht Ardie eigenlijk Grace, hoewel zij het nooit openlijk had bevestigd.

'Ja.' Ze ging weer naar voren zitten. 'Ik wil die baan heel graag.'

'Je verdient die baan.'

Daar ging Sloane niet tegenin. (Valse bescheidenheid was op z'n retour, als een slechte modetrend. Maar nog steeds deden we er erg lang over om een beetje zelfverzekerdheid in ons werk aan de dag te leggen – zoals wanneer skinny jeans in de mode kwamen en we allemaal zoiets hadden van: maar kunnen we dat wel maken? Ja, ja, dat kunnen we.)

'Zoals ik het zie,' vervolgde Sloane, 'zijn mijn opties: zorg ervoor dat hij ontslagen wordt, waarschuw haar, of vermoord hem. Welke zou jij kiezen?' Ardie had niet echt de behoefte om daar antwoord op te geven. 'Ik maak een grápje. Uiteraard.' Sloane walste zich een weg door het gesprek heen, waarbij ze steeds opgefokter werd. Ardie vroeg zich af of haar vriendin door de activiteit van het praten alleen al begon te zweten. 'De tweede optie lijkt het minst gecompliceerd, aangezien er geen alibi's en/of maniakaal gekonkel voor nodig zijn. Maar het lijkt me dat als we tot haar kunnen doordringen voordat hij tot haar kan doordringen, het probleem is opgelost.' Ze sloeg het stof van haar handen om het verhaal kracht bij te zetten.

Ardie was even stil. Ze vouwde haar knokkels onder haar kin. 'Ik heb geprobeerd je te waarschuwen.' Dit was grotendeels waar, ook al was het halfhartig geweest. Destijds waren ze niet het soort vriendinnen dat elkaar bij de polikliniek ophaalde na het verwijderen van een cyste in de borst.

Sloane lachte spottend. 'Je was wel een beetje te laat.'

Sloane had niet de bedoeling gehad iets kwetsends te zeggen, maar dat gebeurde toch. Niet ernstig. Meer het soort doffe fantoompijn dat je jaren na een operatie misschien zou ervaren. Echt, maar niet echt.

'En stel dat jij een beetje te laat bent?' vroeg Ardie. 'Denk eraan dat alles wat je zegt hem ter ore zou kunnen komen. Ben je daarop voorbereid?'

Nu lachte Sloane niet meer, want Ardie herinnerde haar aan een feit dat we allemaal in meerdere of mindere mate onder ogen moesten zien. Het kantoor was een omgeving die zich perfect leende voor het kweken van wantrouwen. Alles wat je iemand toevertrouwde, elke vraag om advies, was een sprong in het duister, en ieder van ons had wel een gruwelverhaal over de keren waarop we die verkeerd hadden ingeschat.

Sloane liet haar hoofd achteroverzakken en masseerde haar gespannen nekspieren. Ze hadden allemaal een slechte houding doordat ze de hele dag naar een computerscherm zaten te staren. 'We kunnen haar aan de tand voelen,' zei ze, met krakende stem doordat haar keel gebogen was. 'We kunnen haar inlijven.' Ze was klaar met rekken. 'Je denkt toch niet dat ze echt iets met Ames heeft, hè?'

Ardie dacht hier even over na. 'Nee, dat denk ik niet. Nog niet, tenminste.' Vrijwel vanaf het moment dat Sloane met Ames naar bed was gegaan, had ze dat geweten. Mensen waren zo doorzichtig als ze probeerden subtiel te zijn. Maar het was mogelijk dat Katherine gewoon discreter was.

Sloane trok haar mond strak, vastbesloten. 'We hebben ook nog de lijst.'

Sloane had de SKUD-lijst meteen doorgestuurd. Vanaf dat moment hadden een ex-collega van haar eerste advocatenfirma en zelfs Tony's nieuwe vrouw Braylee dat ook gedaan. Ardie had niet veel aandacht geschonken aan de spreadsheetlijst. Ze had het afgedaan als roddelen. Zoals een boek dat in de jaren negentig op Amerikaanse scholen onder leerlingen rondging, waarin kritiek werd geleverd op medeleerlingen. Ardie had het altijd wel een prettig idee gevonden als iedereen zich met zijn eigen zaken bemoeide. Maar ze moest er rekening mee houden dat ze nu ze de middelbare leeftijd had bereikt, pijnlijk bekrompen was geworden. Misschien waren de gevoelens die ze bij de lijst had wel vergelijkbaar met de gevoelens die haar ervan weerhielden om de meest recente updates voor haar iPhone te downloaden. Aan de andere kant, soms waren de meest recente updates ook troep, dus had ze op dat punt niet helemaal ongelijk. 'Hij staat er niet bij,' zei Ardie zo neutraal mogelijk.

'Dat kan verholpen worden.' Alsof dit een proefballonnetje was dat Sloane in een vergadering opliet: het probleem van Ames verhélpen.

'Sloane.' Ardie zuchtte. Het zou haar waarschijnlijk zorgen moeten baren dat zij altijd de zuchter in een relatie was. Het was alsof het haar van God gegeven rol was om altijd iedereen om zich heen ideeën te horen spuien en dat zij de enige was die de miljoenen dingen die fout konden gaan, zag aankomen. Daar zou iedereen van gaan zuchten. Al zat ze er wel een beetje mee dat ze daardoor als niet erg gezellig werd gezien. Misschien was dat de reden waarom Tony haar had verlaten voor Braylee. Zíj leek wel een vrouw van wie de ademhaling altijd diep was, kalm en gelijkmatig.

'Het is een goed idee. Dat moet je toegeven.'

Ardie bewoog haar hoofd naar voren en naar achteren zonder daarmee instemming of afkeuring aan te geven, terwijl ze in gedachten de risico's afwoog. De vermelding zou teruggevoerd kunnen worden op Sloane. Ze wist niet hoe. Sloane zou kunnen worden aangeklaagd wegens laster, maar niet als wat ze zei waar was. Sloane zou kunnen worden ontslagen. Maar niet als de andere twee punten eerst werkelijkheid werden. Het zou Ames' leven te gronde kunnen richten. 'Het is niet het slechtste idee.'

'Ik was niet de enige. Er waren nog andere vrouwen vóór mij. Die stagiaire. En zijn secretaresse, toch? En het waren niet maar één of twee dingen. Weet je nog wel toen...'

'Dat weet ik nog.'

'Oké. Dan wéét je dat zijn naam op die lijst zou moeten staan,' zei Sloane. 'Alle coole kids doen het.'

'Als alle coole kids van een gebouw zouden springen, zou jij dat dan ook doen?' vroeg ze.

Sloane trok een mondhoek opzij. 'God, nee. Ik zou ze waarschijnlijk een duw geven. Geloof het of niet, ik was niet zo populair op de middelbare school.'

Ardie rolde met haar ogen. 'Daar geloof ik helemaal niets van.'

'Nou ja.' Sloane keek tussen hen heen en weer. 'Relatief gezien dan.'

Precies op dat moment liep achter het hoofd van Sloane Ames langs de glazen ruit aan de voorkant van haar kantoor. Een mengeling van bruin en grijs en een streep wit. Een donkergrijs pak. Stoppels die in zijn hals groeiden. Ouder wordende oorlellen. Kreukels op de rug van zijn jas. Vingertoppen tegen de muizen van zijn handen gedrukt.

Ze kon zich de laatste keer niet meer herinneren dat hij haar recht in de ogen had gekeken of de laatste keer dat hij haar kant op had gekeken en niet een uitdrukking had gehad die duidelijk maakte dat haar hele lichaam hem persoonlijk tegenstond.

*Fuck it*, dacht Ardie. Zet hem er maar op.

## Proces-verbaal van verklaring onder ede

*26 april*

Mw. Sharpe: Wat kunt u ons vertellen over de lijst, mevrouw Glover?
Gedaagde 1: Welke lijst?
Mw. Sharpe: De Stop Klootzakken Uit Dallas-lijst. Ik geloof dat u die kent.
Gedaagde 1: Ik heb de lijst niet uitgevonden.
Mw. Sharpe: Ik heb nooit geïmpliceerd dat dat zo zou zijn geweest. Ik heb u alleen gevraagd om ons erover te vertellen.
Gedaagde 1: Het was een lijst. Van mannen die in Dallas werkten, met korte vermeldingen waarin details stonden over het in seksuele zin agressieve gedrag van die mannen op de werkplek.
Mw. Sharpe: Vond u deze lijst een goed idee?
Gedaagde 1: Ik vond het een idee. Ik heb niet geconcludeerd of het een goed of een slecht idee was. Het was me duidelijk dat mensen een behoefte zagen en dat ze reageerden op die behoefte.
Mw. Sharpe: Met 'mensen' verwijst u naar vrouwen?
Gedaagde 1: Naar mijn beste weten zijn vrouwen ook mensen, Cosette, niet dan?
Mw. Sharpe: Wie heeft besloten welke mannen er op de lijst zouden staan?
Gedaagde 1: Dat werd niet door één persoon besloten. Als een vrouw fout gedrag van een man had ervaren of er zich van bewust was geworden, kon ze ervoor kiezen om hem op de lijst te zetten.
Mw. Sharpe: Dus waar het op neerkomt, is dat u zegt dat de vrouwen

in dit geval zich niet alleen opstelden als de aanklagers, maar ook als jury en rechter.

Gedaagde 1: Dit was geen rechtszaal. Er waren geen juridische gevolgen.

Mw. Sharpe: Maar mevrouw Glover, naar mijn beste weten zíjn dit in feite juridische gevolgen, niet dan?

Mw. Sharpe: Laat me u een directere vraag stellen. Wanneer hebt u besloten de lijst te gebruiken om te proberen Ames Garrett te saboteren?

Gedaagde 1: De bedoeling van de lijst is nooit geweest om te saboteren. De bedoeling van de lijst was alleen om te waarschuwen.

Mw. Sharpe: Mevrouw Glover, hebt u er bezwaar tegen om ons uit te leggen wat 'causaal verband' is, zoals u het verstaat, voor de goede orde?

Gedaagde 1: 'Causaal verband' betekent dat een gebeurtenis zodanig verband houdt met een letsel dat een gerechtshof die gebeurtenis zal beschouwen als de oorzaak van het letsel.

Mw. Sharpe: Goed geformuleerd. En zou u ons kunnen vertellen welke test bepaalt of het causale verband bestaat?

Gedaagde 1: Causaal verband wordt bepaald door de 'sine qua non'-test. Dat is Latijn voor 'zonder welke niet'. Y zou niet zijn gebeurd als X niet was gebeurd.

Mw. Sharpe: In dit geval, mevrouw Glover, is er iemand dood. Dat is de Y. Mijn vraag is eenvoudig: zou er iemand dood zijn als u niet had gehandeld?

# 13

*28 maart*

Ardie was de eerste die haar hand uitstak naar de tortillachips op tafel. Het restaurant was kitscherig Mexicaans, met vintagelaarzen aan de muren als decoratie. Gekleurde feestlichtjes hingen aan het plafond. Groepjes mannen zaten gebogen boven borden met taco's, met hun stropdassen in hun overhemd gestopt.

Om de tafel zaten verder Grace, Sloane en Katherine. Katherine had Sloanes uitnodiging voor de lunch niet geaccepteerd met wat je 'flink veel enthousiasme' zou kunnen noemen. Ze had duidelijk gezegd dat ze haar eigen lunch bij zich had, waarop Sloane had geantwoord 'Protest, niet relevant', wat Ardie weer een kreun had ontlokt. Ze was fundamenteel tegen advocatengrappen van welke soort dan ook.

'Dus,' – Sloane opende luidruchtig een gelamineerde menukaart – 'is het te vroeg voor margarita's?'

Grace sloeg haar benen over elkaar. 'Bij mij thuis was de regel altijd dat alles mag na tien uur 's ochtends.'

Sloane wenkte de jonge serveerster. 'Voor iedereen een margarita, dan?' vroeg Sloane aan de groep.

'Ik moet meteen hierna kolven.' Grace gaapte.

'Ik doe mee.' Katherine zat nog steeds in haar onberispelijke houding, alsof er elk moment aan haar gevraagd kon worden om een stapel borden op haar hoofd te balanceren. Haar mond, had Ardie opgemerkt, had de gewoonte om af te wisselen tussen een dunne glimlach en een neutrale uitdrukking – heen en weer, heen en weer – alsof hij om toestemming vroeg. Misschien dat het drankje een teken was dat ze wat losser begon te worden. Laten we het hopen, kon Ardie Sloane al bijna te hard horen zingen; goddank kwam de gedachte niet bij haar op. De serveerster noteerde de bestelling en haastte zich weg. 'Je baby is wel een beetje een spelbreker,' zei Katherine tegen Grace.

Sloanes ogen schoten open en ze legde haar handen plat op het tafelkleed. 'O mijn god, je zou Emma Kate eens moeten ontmóéten. Ze is echt de mooiste baby die je ooit hebt gezien. Ze zou zo aan een Pampers-reclame kunnen meedoen. Zo mooi is ze. Je zult een hekel aan haar hebben, zo mooi is ze. Al kun je natuurlijk geen hekel hebben aan baby's.'

Grace en Katherine wisselden een stiekeme zelfvoldane blik, en Grace hief haar glas nauwelijks merkbaar op naar Katherine.

Sloane wees beurtelings naar hen en leunde naar voren. 'Oké, jullie tweeën, hoe zit dat? Zijn jullie plotseling in het geheim beste vriendinnen of zo? Wat hebben we gemist? Vertel op.'

Grace vouwde heel keurig het zwarte stoffen servet open en legde het op haar schoot. 'Ik weet niet waar je het over hebt. Jij, Katherine?'

'Best.' Sloane bekeek haar nagels. 'Dat spelletje kunnen wij ook spelen. Ardie en ik hebben ook geheimen, toch?' Haar paardenstaart zwiepte over haar schouder toen ze zich naar Ardie omdraaide.

Ardie zette haar glas water neer. 'En we zijn ouder dan jullie, dus hebben we er meer.'

De margarita's arriveerden en Grace hief haar glas water. 'Proost, allemaal.' En misschien dat Ardie in een optimistische bui was, maar ze had het idee dat Grace er gelukkiger uitzag dan ze in weken had gedaan.

Sloane likte een lijntje zout van de rand van haar glas. 'Mijn god, Grace, je bent echt wel de perfecte moeder. Ik weet vrij zeker dat ik wíjn dronk toen ik zwanger was. Ik geloof dat ik toen ik borstvoeding gaf, wat – even serieus – iets van drie hele maanden heeft geduurd, niet eens wist dat ik níét mocht drinken.' Ze kneep de limoen uit en liet hem in het drankje vallen. 'En kijk nu eens naar Abigail! Niks aan de hand!'

Ardie rolde met haar ogen en brak nog een tortillachipje in tweeën. 'Wat zeg ik nou altijd? Statistische gegevens betekenen niets op individueel niveau. En het omgekeerde is ook waar.'

Sloane stak haar hand uit om een tortillachipje in de salsa te dopen. 'Ardie probeert altijd me wiskundeconcepten in vermomming te leren. Maar ik ben een waardeloze leerling,' zei Sloane. 'Eens kijken. Je hebt die, en o ja: je moet geen rekening houden met geïnvesteerde kosten bij toekomstige beslissingen. Hé? Hé? Niet slecht, toch?'

'Heeft iemand je ooit weleens gezegd dat je voor *The Economist* zou moeten schrijven?' vroeg Grace terwijl ze een ontsnapte haarlok terugstopte, met een haarspeld tussen haar tanden geklemd. 'En bovendien.' Ze speldde haar haar heel vaardig weer vast. 'Deze lunch draait om Kátherine. Katherine, het woord is aan jou.' Grace maakte een gebaar zoals Vanna White in het televisieprogramma *Wheel of Fortune*, waarbij Katherine de uitgestalde prijzen vormde. 'We willen alles over je weten wat er te weten valt.'

'Of wat je ons wilt vertellen,' zei Ardie, want het was Ardie duidelijk dat Katherine, net als zijzelf, een beetje een – nou ja, niet verlegen, precies, Ardie was niet verlegen – een rústig iemand was. Iemand die niet zo goed op dezelfde golflengte te werk kon gaan als die praatgrage, sociaal vaardige mensen, mensen als Grace en Sloane, die de tekenen uiteraard niet zagen. Sloane geloofde dat binnen in iedere introverte mens een extravert iemand zat die wachtte op een vriend of vriendin. Serieus. Dat had ze echt zo gezegd. Het was als een soort conversietherapie, behalve dat dit min of meer werkte. Voor korte perioden dan. Maar Ardie begreep het wel. Het kon allemaal heel intimiderend zijn. Uitputtend. Proberen jezelf in een groep vriendinnen te proppen en het doen voorkomen alsof je erbij paste, terwijl je eigenlijk alleen maar chips wilde zitten eten zodat niet al je energie per ongeluk uit je oren lekte.

In dit verband merkte Ardie op dat Katherines blik steeds afdwaalde naar ergens vlak boven Sloanes hoofd en dat het eventjes duurde voordat ze met haar ogen het gesprek weer volgde. Katherine veegde met haar handen over haar schoot. 'O, nou. Eens kijken. Ik ben redacteur geweest van *Law Review*.'

'Op Harvard nog wel, heb ik gehoord,' viel Grace bij.

Katherines mondhoeken gingen een piepklein stukje omhoog. 'Dat klopt.' Katherine sprak heel precies en articuleerde elke lettergreep. 'Ik kreeg een beurs om in het buitenland te studeren, in Oxford. Ik...'

Sloane roffelde ongeduldig met haar vuist op tafel. 'Oké, oké, die dingen weten we allemaal. Nu over op de leuke zaken. We willen weten over je familie, waar je vandaan komt. Wat je leuk vindt. Dat soort dingen.'

'Spaar je krachten,' zei Ardie. 'Je komt er gauw genoeg achter dat het het beste is om zo snel mogelijk toe te geven. Dat is nog het humaanst.'

De serveerster onderbrak hen om de bestelling op te nemen. Pas toen ze het had gedaan, besefte Ardie dat ze in het restaurant had rondgekeken om te zien of haar ex-man er was. Zijn werk was hier in de buurt en het wás een populaire plek om te lunchen. De serveerster verdween weer en Ardie richtte haar aandacht weer op haar collega's.

'Juist,' ging Katherine verder. 'Ik kom uit Boston. Ik ben de jongste van vijf kinderen. Ik ben het enige meisje. Bij mijn vorige baan had ik niet veel tijd buiten mijn werk. Om iets te doen.'

'Ik heb nog steeds PTSS van mijn tijd bij een advocatenkantoor.' Grace liet een rietje ronddraaien in haar glas water. Grace dronk vloeistof altijd alleen via een rietje, om haar lippenstift te sparen. 'En dat is geen overdrijving.'

Katherines blik gleed weer zo vreemd omhoog.

Na een onrustbarend korte tijd waarin het eten bereid zou zijn, werden er borden voor het groepje neergezet, en Ardie ademde de geur van hete kaas en jalapeño's in.

'Heb je een vriend?' En uiteraard was het Sloane die deze vraag zo brutaal stelde.

Katherine aarzelde. 'Nee,' zei ze.

'Of een vriendin? Of wat dan ook?'

'Nee,' herhaalde Katherine.

'Want ik ben min of meer expert op het gebied van het schrijven van profielen voor online daten.' Ardie en Grace keken allebei tegelijk naar Katherine en schudden bijna onmerkbaar hun hoofd: nee. 'Dat zag ik.' Sloane propte een hap enchilada in haar mond. Van de margarita die voor haar stond, was alleen nog ijs over.

De lunch vorderde zoals lunches vorderen. Katherine leek niet veel trek te hebben in haar salade, terwijl Grace beschreef hoe ze elke ochtend wakker werd met pijnlijke knobbels die ze onder de douche weg moest masseren. En Sloane zat te typen op haar telefoon toen Katherines vork hard kletterend op haar bord viel. Ardie stopte midden in een hap en keek naar Katherines gezicht dat, heel eventjes, vertrokken was van woede, met samengeknepen ogen en een naar voren stekende kaak.

'Gaat het?' vroeg Ardie. En nu draaide ze haar hoofd om over Sloane heen te turen naar waar ze een televisietoestel zag achter de bar. Er was een honkbalwedstrijd bezig met het geluid uit.

Ardie leunde achterover en keek onderzoekend naar Katherine, die bloosde en nog een slokje van haar margarita nam. 'Sorry. Ik... het was een onterechte beslissing.'

'Ik ben dol op de Rangers.' Ardie zette haar voorkeur kracht bij met de tanden van haar vork. Ardie hield van honkbal vanwege het gezapige tempo van het spel, vanwege de mogelijkheid om dik met mosterd besmeerde hotdogs te eten, vanwege het feit dat het sociaal geaccepteerd was om te schelden op mensen die je niet eens kende. Sloane en Grace hadden de baan bij Truviv aangenomen terwijl ze nauwelijks het verschil kenden tussen een touchdown en een goal, maar Ardie was een échte sportliefhebber. Sport was logisch. En Truviv gaf vaak gratis kaartjes weg aan zijn werknemers. 'Ben je een Red Sox-fan?' Ze grijnsde.

Katherine blies even haar adem uit en stak haar hand op. 'Schuldig.'

En het leek allemaal zo ontzettend onschuldig en collegiaal en we vroegen ons af of dat voor elk van die momenten gold – of dat dat zo leek – totdat ze later werden gekleurd door gebeurtenissen waar niemand meer controle over had.

Weken later keken we terug op dit moment en vroegen we ons heel veel dingen af. Dan zochten we naar tekenen. En die vonden we ook.

'Eindelijk iemand met wie ik naar wedstrijden kan kijken!' joelde Ardie.

En Sloane zou zeggen 'Laten we er nog eentje nemen' en dan naar voren buigen en fluisteren: 'Katherine, heb je de SKUD-lijst gezien?'

# 14

*28 maart*

'Ondeugend'. Wat een pervers woord was dat toch. Een pornowoord. En toch was het het eerste woord dat bij Grace opkwam. O, Grace, wat ben je ondeugend. Gelukkig werden haar gedachten niet in het openbaar uitgezonden.

Na de lunch glipte Grace de kolfkamer in en deed de deur achter zich op slot. Ze controleerde wel twee keer of hij stevig op slot zat. Binnen deed ze haar hoge hakken uit. Ergens in een hoek had ze een plastic bak met deksel weggezet, met haar naam met markerstift aan de zijkant erop geschreven. Haar binnengesmokkelde voorraadje. Vol genegenheid klopte ze erop.

Grace had het hele gebeuren niet met opzet in gang gezet. Pas na het afspraakje in het hotel, die wilde nacht van aromatherapie en roomservice. Ze maakte de bak open en begon er haar schatten uit te halen. Een slaapmasker, Franse handcrème, kasjmierwollen sokken, een zijden pyjama, een donzen kussen met een schone kussensloop eromheen en een deken van merinoswol. Grace trok de pyjama aan en trok de sokken over haar vermoeide voeten. Ze kreunde hoorbaar. De borstkompressen in haar voedingsbeha waren vochtig van de melk, maar ze liet ze zitten. Ze ging liggen op de bank van gebarsten leer en klopte het kussen voor onder haar hoofd op. Ondertussen dreven de onderdelen van haar elektrische kolfapparaat nog rond in een kom vol sop onder de gootsteen.

Om Emma Kates behoefte bij te houden, moest Grace minstens drie keer per dag kolven. En toen, op een middag, dacht ze: bekijk het maar. En ze ging liggen om een dutje te doen in plaats van te kolven. Ze was wakker geworden met rode strepen op haar wang en opgedroogd kwijl in haar mondhoek, maar daarna had ze zich voor even eindelijk menselijk gevoeld.

Haar melkvoorraad was al aan het afnemen, en toch kon ze zich er niet toe zetten om op te houden met het nu dagelijkse dutje. Elke middag leek ze wel een vrouw die net met een nieuw dieet was begonnen en tot haar ontzetting merkte dat haar wilskracht verdween zodra ze een chocoladecupcake zag. De kolfkamer was Grace' chocoladecupcake.

En omdat Grace perfectionist was, was ze haar bezigheid gaan perfectioneren. Het was haast niet te geloven dat ze zich nog maar een paar weken geleden opgesloten had gevoeld in deze zelfde kamer, ontmoedigd door het gebrek aan telefonisch bereik en het verlies van haar kostbare tijd.

Het was zo eenvoudig.

En Grace kende haar rechten. Na de geboorte van Emma Kate was Truviv een heel jaar lang verplicht om haar een besloten ruimte te bieden, plus pauzes die haar genoeg tijd gaven om melk te kolven. Truviv was niet verplicht om haar tijd te bieden om te slapen, maar zou dat eigenlijk niet zo moeten zijn? Of misschien een beetje?

Grace trok het slaapmasker over haar ogen en probeerde de wereld buiten te sluiten. Het mooie ervan was dat niemand vermoedde dat Grace Stanton überhaupt zou liegen, en al helemaal niet over de borst geven aan haar dochtertje. Niemand vermoedde iets, waardoor Grace zich begon af te vragen waar ze eventueel nog meer mee weg zou kunnen komen.

## Proces-verbaal van verklaring onder ede

*26 april*

Mw. Sharpe: In uw eerste klacht voerde u een al tien jaar durende cultuur van seksuele intimidatie aan. Tien jaar is een lange periode. Waarom hebt u niets gezegd? U hebt op een bepaald punt gedurende die periode vast wel een keer de gelegenheid gehad om uw zorgen kenbaar te maken. Ten minste één keer. Maar ik moet u zeggen dat we geen enkele geregistreerde klacht van u hebben aangetroffen.
Gedaagde 1: Het moge duidelijk zijn dat ik bang was mijn baan te verliezen en de toekomst van mijn carrière op het spel te zetten. Ik was bang voor vergelding door Truviv. Een angst die, zoals u kunt zien, nogal reëel is gebleken.
Mw. Sharpe: Mevrouw Glover, in dat geval hebt u tot dusverre gedurende minstens tien jaar deze vermeende informatie voor u gehouden, naar uw eigen zeggen. Waarom nu wel?
Gedaagde 1: Het zou naïef zijn geweest om te geloven dat ik als enige het voorwerp zou zijn geweest van seksuele intimidatie. Maar het zat me niet lekker dat hetzelfde wat bij mij was gebeurd zich vlak onder mijn neus afspeelde. Ik kon niet langer bij volle bewustzijn blijven toekijken zonder mijn stem te laten horen.
Mw. Sharpe: Meneer Garrett stond op het punt om de volgende algemeen directeur van Truviv te worden. Daar was u zich van bewust, hè?
Gedaagde 1: Dat was ik.

Mw. Sharpe: Uw geweten heeft een feilloze timing.
Mw. Sharpe: Als u zegt dat u er onlangs van overtuigd was geraakt dat er weer een doelwit was voor het vermeende gedrag van meneer Garrett, op wie doelde u dan precies?
Gedaagde 1: Katherine Bell.
Mw. Sharpe: En wat hebt u meneer Garrett precies zien doen bij Katherine Bell?
Gedaagde 1: Ik zag hem zijn aandacht op haar richten, aandacht die niet in verhouding stond tot haar huidige positie binnen het bedrijf. Ik zag hem haar meevoeren naar besprekingen achter gesloten deuren in zijn kantoor.
Mw. Sharpe: Heeft het bedrijf beleid dat besprekingen achter gesloten deuren verbiedt?
Gedaagde 1: Natuurlijk niet, maar...
Mw. Sharpe: Dus alles bij elkaar luidt uw beschuldiging dat Ames Garrett aandacht besteedde aan een van zijn werknemers en besprekingen had in zijn kantoor.
Gedaagde 1: Nee, Cosette. Het werd erger. Veel erger.

# 15

*29 maart*

De volgende dag, voor de deur van Ames' kantoor, hield Sloane een stapel harmonicamappen tegen haar heup geklemd. Ze klopte zachtjes en boog zich naar de deur toe om te horen of hij aan de telefoon was.

Maar na enkele ogenblikken klonk Ames' gedempte stem door het hout. 'Binnen.' Sloane draaide aan de kruk, en de metalen onderdelen van het slot draaiden van elkaar. De rolgordijnen waren neergetrokken voor de ramen die van de vloer tot het plafond liepen, waardoor de Margaret Hunt Hill Bridge aan het zicht werd onttrokken en het zonlicht grijs gekleurd werd.

Katherine stond achter Ames' bureau, met haar gewicht steunend op de hand die op het harde oppervlak rustte. Sloane was vooral verrast door het besef dat ze helemaal niet zo verrast was om Katherine daar aan te treffen. Katherine was aan het volgen geweest wat er op Ames' scherm gebeurde. Sloane was op vergelijkbare manier getraind achter talloze bureaus van compagnons toen zij een beginnende advocaat was. Er waren dus genoeg opzichzelfstaande referentiepunten waardoor dit bepaalde punt geen alarmbellen hoefde te laten rinkelen. Wat maar weer bewees hoe belangrijk de context van iets was.

Katherine keek op. 'Hoi, Sloane.' En Sloane probeerde de verborgen boodschappen te lezen die daar misschien te lezen waren. Maar ze merkte dat Katherines eigen rolgordijnen dicht waren en haar gedachten aan het zicht onttrokken waren.

Sloane had geen haast terwijl ze naar de stoel tegenover het bureau liep en ging zitten. Ze sloeg haar benen over elkaar. 'Ik heb hier de verzoeken om openbaarmaking voor de overname van de abonnementsbox,' zei ze tegen Ames. 'Ik heb de dingen gemarkeerd waarvan ik vind dat we er tegenwind aan moeten geven. Wil je er nog een blik op werpen of wil je dat ik de trekker overhaal?'

Ames' voorhoofd rimpelde en zijn ogen volgden haar zonder dat hij zijn hoofd bewoog. Een prop Hot Tamales vormde een bobbel in zijn wang. De geur van kaneel hing in de lucht.

Wie is er bang voor de grote boze wolf, dacht Sloane.

Want terwijl Katherines gezicht uitdrukkingsloos was, straalde dat van Ames maar één ding uit: macht.

'Ik kan later wel terugkomen,' zei Katherine terwijl ze overeind kwam. Ze keek naar Ames en toen weer naar Sloane. Sloane kon maar niet goed wennen aan hoe Katherines korte haar haar hele nek bloot liet.

Sloane keek naar Ames, maar ze bewoog niet. Toen Ames knikte, pakte Katherine een schrijfblok en een pen die daarvoor doelloos op het bureau hadden gelegen en verliet het kantoor.

De foto's van een stuk of tien beroemde atleten glimlachten op hen neer vanaf de muren. Sloane tikte met haar hak op de dunne laag tapijt. De stoel waarin ze zat was geen kantoormeubel. Hij was mid-century modern. Marineblauw leer. Comfortabel. Waarschijnlijk prijzig.

Sloane, die een natuurlijke afkeer had van stiltes, liet deze voortduren.

Ames schraapte zijn keel. 'Ik zal ernaar kijken voordat ze de deur uit gaan.'

Sloane hield de harmonicamappen op haar schoot. 'Waar werkt Katherine aan?' vroeg ze.

Ames leunde achterover in zijn stoel en wreef met zijn middelvinger en duim over zijn wenkbrauwen. 'Ik was haar aan het leren hoe ze Edgar moest gebruiken,' zei hij alsof hij plotseling moe was. 'We waren aan het kijken naar een paar SEC-bestanden en wet- en regelgevingskwesties.' Hij streek met zijn vingers langs zijn das en legde hem recht op de knopen van zijn overhemd.

'Wat ontzettend praktisch van je.' Ze roffelde op de map met haar nagels. Ze waren kort en onverzorgd. Ze kon zich niet herinneren wanneer ze voor het laatst een manicure had gehad behalve wat zij en Abigail voor elkaar hadden gekregen in een lege badkuip, met hun ledematen over de kanten hangend terwijl ze om de beurt nagellak op hun vingers en tenen aanbrachten.

Hij strengelde zijn vingers in elkaar op zijn buik, die slechts een heel subtiele hint van ouderdom tentoonspreidde in de vorm van een rolletje vet vlak boven zijn riem. 'Ze schrijft een memo voor me over de regelgeving van de SEC op het gebied van openbaarmaking rondom inbreuken op de computerbeveiliging.'

'Hoort Grace dat niet te doen?'

Hij zette zijn vingertoppen tegen elkaar. 'Dat vindt Grace niet erg. Ze is net terug van zwangerschapsverlof. Je zou zelfs kunnen zeggen dat ik haar help.' Hij zag er tevreden met zichzelf uit.

Sloane leunde naar voren, met haar elleboog op de map op haar schoot. Haar kin op haar vuist. 'Want het gekke is: ik dacht dat ze onder mij hoorde te werken.'

Hij legde zijn hoofd in zijn nek om naar het plafond te staren. Ja, Ames, dank je, het is duidelijk zat dat je je aan me ergert, maar ik ga niet weg. 'Ik delegeer naar behoefte, Sloane.'

Ze kneep haar ogen tot spleetjes. 'Je kunt niet met je handen van de nieuwe koopwaar afblijven.'

Hij bracht zijn stoel weer in rechtopstaande positie. 'Wie reduceert mensen hier nou tot voorwerpen?'

'Je weet wat ik bedoel.'

'Neem lekker een Feminaxje, Sloane.'

Ze klemde haar tanden op elkaar, waarbij haar onderkaak

naar voren stak in een onderbeet. Ze was inderdaad ongesteld, dus dit raakte haar meer dan zou moeten. Als er één maandelijkse verplichting was waar we tegen opzagen, dan was dat niet back-ups maken van operationele databases of het aanleveren van de gegevens voor de accountantscontrole of het controleren van updates van de managementpacks... het was onze ongesteldheid. Hoeveel reclames waarin vrouwen in een wit badpak in zwembaden doken er ook werden vertoond, ze konden ons er niet van overtuigen dat onze ongesteldheid iets van een zwaanachtige schoonheid had. Op onze beste dagen hielden we een schoorvoetende loyaliteit aan onze lichamen in stand. We wisten dat we ons niet hoefden te schamen. We scháámden ons ook niet. We waren volwassen vrouwen, en dat is waarschijnlijk de reden dat we naar de toiletten marcheerden met een tampon heimelijk in de mouw van ons vest verborgen alsof we spionnen waren die versleutelde informatie afleverden. Andere keren moest we kleingeld uit onze portemonnee vissen om in een automaat met dameshygiëneproducten te gooien die de afgelopen vijfentwintig jaar nooit was gemoderniseerd. We slikten anticonceptiva in een poging een minimum aan controle uit te oefenen over onze oncontroleerbare hormonen. We deden onze broeksknoop los achter ons bureau. We rammelden met het potje paracetamol uit de keuken. We aten chocola. We deden net alsof het allemaal maar een mythe was. Dat we noch eileiders, noch menstruatiecycli, noch borsten, noch stemmingswisselingen, noch kinderen hadden. En dan beschouwden we het als een compliment als een van de mannen in het kantoor tegen ons zei dat we ballen hadden. Dus vertel nog eens: in welk opzicht was dit geen mannenwereld?

'Maar nu we het er toch over hebben.' Ames schoof zijn mouwen omhoog over zijn onderarmen. 'Ik geloof dat ik je moet laten weten dat Bobbi wilde dat je ontslagen werd. Na die stunt die je uithaalde op Desmonds herdenkingsdienst.'

'Het was geen stunt.'

Hij haalde zijn schouders op. 'Denkt dat we een affaire hebben, dat we proberen een affaire te hebben, weet ik veel wat.' De spieren in zijn kaak spanden zich. 'Punt is: ze vertrouwt je niet meer.'

Sloane lachte vreugdeloos. 'Ik zou denken dat jij degene was die ze niet zou moeten vertrouwen.'

'Vrouwen.' Hij strengelde zijn vingers achter zijn hoofd in elkaar en leunde helemaal achterover. 'Hoe dan ook. Luister, de deal is altijd geweest dat ik je zou steunen zolang je het mij niet moeilijk maakte. Ik dacht dat je dat begreep. Ik doe dit vanuit de goedheid van mijn hart, Glover. We hebben een verleden. Dat snap ik. Dat probeer ik te respecteren, echt. Maar als je nog een keer zoiets flikt, tja... Dan ga ik je niet beschermen.' Hij haalde nonchalant een golfbal uit zijn bureaula en gooide hem in de lucht en ving hem weer op. 'Dan voer ik je aan de wolven, en het kan me geen reet schelen. Duidelijk?'

Sloane keek om zich heen naar haar omgeving, nam notitie van waar ze was, van de omgeving die ze had gekozen om zich in te bevinden. Van de man die achter het bureau zat. Van haar positie. 'Ik was me er niet van bewust dat we een deal hadden.' Ze kwam tot een conclusie. 'In dat geval wil ik een groter kantoor.'

Hij liet de stoel met een schok weer overeind komen. Hij liet de bal op een stapeltje memoblaadjes balanceren. 'Wat?' Zijn wang verstrakte, niet tot een glimlach, maar tot iets in die richting. Alsof iemand hem net een mop met een belachelijke clou had verteld.

'En ik wil baanzekerheid,' zei ze. 'Een overeengekomen periode met een uitkoopclausule.'

Hij sloeg zijn armen over elkaar. Wat was het ook alweer dat ze leuk aan hem had gevonden? Sloane kon het zich niet herinneren.

'Heb je je verstand verloren?'

Ze negeerde hem. 'Ik wil een hogere pensioenbijdrage. Twee keer zoveel.'

Hij rolde zijn stoel zo dat zijn benen onder het bureau verborgen waren en zijn armen erbovenop rustten. Mooi. Hij kwam naar de tafel. Ze kende hem maar al te goed en het was plotseling tot haar doorgedrongen dat hij haar binnenkort weleens als een risico zou kunnen beschouwen.

'Als ik je niet beter kende, zou ik denken dat je me chanteerde.'

'Ik ben aan het onderhandelen. Is dat niet wat je me hebt geleerd?'

Hij keek opzij, maar daar was niemand aan wie hij zijn die-vrouw-is-toch-niet-te-geloven-routine kwijt kon.

'Ik heb je al gezegd,' zei hij, 'als ik tot algemeen directeur word benoemd, zal ik zeker de aanbeveling doen dat jij me opvolgt als hoofd van de juridische afdeling.' Hij zette zijn vingers tegen elkaar.

'En ik zeg tegen jóú dat ik hier ben om mezelf te beschermen. Heel simpel.'

Hij lachte schamper. 'Waartegen, Sloane? Denk je plotseling dat ik de boeman ben?' Hij deed alsof hij huiverde. Ze kon er niet om lachen. 'Hoe lang hebben we nou samengewerkt? Twaalf jaar? Volgens mij hebben we het niet slecht gedaan.'

Ze vroeg zich af of dat waar was. Als Ames Garrett in de roman die zijn leven was, met zichzelf als ik-persoon, geloofde dat hij en zij het 'niet slecht' hadden gedaan, had hij geen ongelijk. Niet helemaal. Er konden weken, zelfs maanden, voorbijgaan waarin Ames haar niet het bloed onder de nagels vandaan haalde, haar gezag niet ondermijnde, geen ongepaste opmerking maakte en haar er niet aan herinnerde dat ze met elkaar naar bed waren geweest. Ze voelde een vreemd soort loyaliteit tegenover de man met wie ze bijna haar hele beroepsleven had gewerkt. Hij vond dat ze het niet slecht had gedaan. Niet slecht.

Ze betrapte zich er vaak op dat ze zei: hij weet niet beter. Het was die gedachte die door haar hoofd was gegaan op het moment dat ze zijn naam toevoegde aan de SKUD-lijst. *Problemen met lichamelijke en interpersoonlijke grenzen op het werk; heeft seksuele relaties onderhouden met ondergeschikte collega's; seksistisch.* Dat had ze naast zijn naam geschreven. Ze maakte zich zorgen dat ze op de een of andere manier oneerlijk tegen hem was geweest. Dat ze hem in een positie had gebracht waarin hij zich niet kon verdedigen. Dat het van belang was of hij wel of niet beter wist. En het was alsof ze net wakker was geworden en besefte dat zij juist degene was geweest die zichzelf in een positie had gebracht waarin ze weerloos was en dat Ames natuurlijk wél beter wist. Hij was vijftig. Ze had hem aan de lijst toegevoegd als haar mea culpa tegenover andere vrouwen. Maar nu moest Sloane ervoor zorgen dat als Ames algemeen directeur werd, zij niet zonder baan kwam te zitten doordat ze werd vervangen door een nieuwer model. En dus moest hij begrijpen dat ze het hem moeilijk zou kunnen maken op een moment dat hij niet wilde dat het moeilijk was.

'Een groter kantoor, Ames. Baanzekerheid. Een pensioenbijdrage en jouw loonstrookje.'

'Mijn lóónstrookje?' Hij schudde ongelovig zijn hoofd.

'Inderdaad. Wat jij verdiende toen je mijn functie had. Dat wil ik meteen. En ik wil weten wat je nu verdient. Zodat ik weet wat ik moet vragen als ik hoofd van de juridische afdeling word gemaakt.'

Hij haalde zijn hand door zijn haar. Ze herinnerde zich dat ze ooit had gevonden dat de witte lok erin – een symptoom van iets wat het syndroom van Waardenburg heette – zo interessant was. Haar kon iemand niet interessant maken. En een kantoor en beroemde vrienden konden dat ook niet. Ames neukte in de missionarishouding, als een konijn. 'Jullie vrouwen denken allemaal dat het systeem erop uit is om jullie te naaien.'

'Jij bent het systeem, Ames.' Ze stond op en keek op hem neer, en bedacht dat ze haar naaldhakken dwars door zijn oogkassen zou kunnen boren als ze dat wilde. 'En misschien ben je het vergeten, maar wij hebben elkaar genaaid.'

De beslissing had niets met Derek te maken gehad, en Sloane had zich er schuldig over moeten voelen. Het was alleen dat ze met Ames naar bed had gewild en nu niet meer. Wat ze wilde was met Derek trouwen, had ze besloten, alsof Ames een griepvirus was dat ze uit haar systeem moest zien te krijgen. Ze was eroverheen. En ze wilde ermee stoppen. Een besluit dat ze eerder die week aan Ames had meegedeeld.

De reactie was koel geweest, in het gunstigste geval. Boos, in het ergste geval.

'O, tuurlijk, nu wil je eronderuit,' had hij gezegd in een van hun gesprekken sinds dat moment. 'Je deed je benen van elkaar en gebruikte me om vooruit te komen in je baan, maar nu wil je eronderuit.'

'Dat is niet eerlijk.'

'O, werkelijk? Je was de jongste advocaat bij de deal met Tread Ops, Sloane. Wil je me nu vertellen dat je dacht dat je dat helemaal zelf had gedaan? Geniet van je bonus daarvoor. Graag gedaan.'

'We zijn toch allebei volwassen mensen,' had ze gezegd, alsof dat er iets mee te maken had.

Ze hadden een week lang hetzelfde gesprek gevoerd. Een voortdurende herhaling van zetten. Intussen had ze zich geconcentreerd op waar ze goed in was – haar werk – want de negenentwintigjarige Sloane had nog geen besluit genomen over hoe ze zichzelf zou straffen voor de affaire met Ames, nu ze met haar billen op de blaren moest zitten.

'Ga hier nou niet moeilijk over zitten doen,' had ze tegen hem gezegd, een uitspraak herhalend die ze ooit van een vriendje op de universiteit had gehoord.

Om halfzes was de telefoon in haar kantoor gegaan, en het was Ames' stem aan de andere kant van de lijn. 'Kun je hierheen komen?'

Zodra ze de hoorn had neergelegd, had Sloane naar haar bureau gestaard. Er kwam gewoon een einde aan de relatie. Dat hoorde ongemakkelijk te zijn. Dat veranderde niet, of je nou zestien was of bijna dertig. Dus nam Sloane een schrijfblok mee naar Ames' kantoor, waar hij haar goedgehumeurd begroette.

'Wil je de deur dichtdoen?' vroeg hij, zwaaiend met zijn hand om het voor te doen.

Ze ging zitten in de stoel voor hem. Die was in mid-century-modernstijl. Marineblauw leer. Comfortabel. Prijzig.

Ames liep om het bureau heen naar haar kant en ging erop zitten, met zijn benen wijd zodat ze op ooghoogte was met zijn kruis. Hij steunde met zijn ellebogen op zijn knieën. 'Het zit goed tussen ons, toch?'

Sloane ontspande zich. Ze waren volwassenen. 'Ja, absoluut. Het zit goed tussen ons.'

'Even goede vrienden?' Zijn wenkbrauwen gingen jongensachtig omhoog. Ze kon zich indenken, van een afstandje, dat ze hem misschien weer charmant zou kunnen vinden. Alleen niet op zo'n manier dat ze met hem wilde zoenen.

'Natuurlijk.' Ze glimlachte, want ze wilde hem op zijn gemak stellen. 'Ik wil alleen maar dat alles weer normaal wordt.'

Zijn hoofd ging omhoog en omlaag, omhoog en omlaag. 'Ik ook. Ik ook. Dat wil ik ook.'

En toen knipperde ze met haar ogen en lag zijn hand op haar dij. Zijn mond op haar hals. Zijn vingers verstrengeld in haar haar.

Ze hapte naar lucht. 'Ik bedoelde...' Haar stem was hees – sexy? O god, het was niet haar bedoeling geweest om sexy te klinken. 'Ames,' zei ze.

Hij trok haar hoofd naar achteren. Hij drukte zijn lippen op haar keel, waar haar hart vlak onder haar huid bonsde.

'Stop.' Deze keer wist ze dat er geen misverstand kon bestaan over wat ze zei of hoe ze het zei. Zijn gewicht drukte op haar dij. Zijn stropdas streek langs haar schoot. Een natte tong glipte de holte van haar oor in.

Het geluid dat uit haar borst werd geperst, was gesmoord. In haar achterhoofd herinnerde ze zich dat ze op haar werk was. Op kantoor. Geen scène trappen.

Sloane gebruikte de kracht van haar benen om de stoel naar achteren te duwen. De kanten rand van haar rok scheurde bij de zoom, waarbij het weerzinwekkende geluid van splijtende stof ontstond. Maar Sloane schiep net genoeg afstand tussen hun lichamen om onder zijn arm door te kunnen duiken. Ze keek niet om terwijl ze de deur van zijn kantoor openzwaaide. Dat hoefde ook niet. Ze wist al hoe hij eruitzag met zijn haar door de war.

De route van Ames' kantoor naar dat van Sloane was een rechte lijn en ze legde de afstand kordaat af, met haar kin omhoog, haar ogen gericht op het doel, alsof ze waardig over de loopplank haar dood tegemoet liep. De tranen drupten uit haar ogen.

Verderop in de gang keek Ardie even op van een uitdraai, en keek toen nog eens goed.

'Sloane?' Ardie liep naar haar toe, maar Sloane bleef niet staan. Dat kon ze niet. 'Gaat het wel g...' Sloane keek dwars door haar heen en liep haar voorbij in de gang.

Puur en alleen door de kracht van traagheid bereikte Sloane haar kantoor, en ze liet zich in de vertrouwde bureaustoel vallen. Woede raasde in haar borst, maar die werd gedempt door een heleboel andere emoties.

Ardie was in haar kantoor. Ze was om het bureau heen gelopen en zat op haar hurken naast haar stoel.

'Wat is er gebeurd?' Ardies stem was een zacht, dreigend gerommel.

'Niks.' Sloane deed haar ogen dicht. Daardoor golfden de tranen over de heuvels van haar wangen.

Er klonken voetstappen uit de gang en Ames Garrett verscheen in de deuropening. 'Sloane.' Zijn stem balanceerde op de rand van een bevel en een smeekbede.

Ardie stond langzaam op vanachter Sloanes bureau. Sloane zou zich de blik in de ogen van haar vriendin herinneren tot op de dag waarop ze stierf. Het was een blik waar je nachtmerries van kreeg. Alleen was het niet Sloane die ze kreeg.

Ze zou zich herinneren hoe Ardie om het bureau heen liep en hoe Ames' adamsappel omhoogwipte. Ze zou zich herinneren hoe Ames zijn handpalmen opstak.

'Ardie. Ik heb niet...'

Er werd geen woord gewisseld. Of wel? Sloane kon zich dat deel niet herinneren. Alleen dat Ames achteruit begon te lopen. Dat op de een of andere manier de kracht van Ardie genoeg was om hem Sloanes kantoor uit te laten lopen en dat toen Ardie eenmaal de deur achter hun baas had dichtgetrokken, er alleen een stilte overbleef, en de vragen die nog maanden daarna door haar hoofd zouden spoken: Zou hij bij zijn vrouw zijn weggegaan? Hield hij van Sloane? Haatte hij haar? Wat zou er met haar gaan gebeuren? Had ze hem gekwetst?

Die avond had Ardie een stevige borrel in Sloanes hand geduwd en Sloane had gehoopt dat het daarmee klaar zou zijn.

Maar ophouden met naar bed gaan met een man die je niet leuk meer vond, verliep in fasen, en de laatste fase kon meer dan tien jaar duren. Maar het ging wel goed met Sloane. Ze hadden het 'niet slecht' gedaan, zoals Ames het had verwoord.

Ames zou haar geven wat ze wilde hebben. Maar zou het, uiteindelijk, echt genoeg zijn?

# 16

*30 maart*

We huilden nooit op het werk, bijna nooit, maar áls we huilden, zodra we thuis waren of misschien daarvoor nog, in de auto met een zonnebril op of als we langzaam als een kurkentrekker omlaag door de verdiepingen van de parkeergarage reden, ging het meestal over het werk.

Alles ging over het werk, zelfs de dingen die er niet over gingen: Zouden we blijven werken als we kinderen hadden gekregen? Zouden we onze werkdoelen boven die van het hebben van een gezin stellen? Werkten we wel genoeg? Werkten we te veel? Kregen we zoveel betaald als de hoeveelheid werk die we verrichtten waard was? Wat gingen we dit weekend doen, wilden we brunchen of moesten we werken?

Onontkoombare, op de achtergrond werkende gedachtespiralen die zich uitten in het klamme gevoel van minstens één keer per week dat zich in onze buik verspreidde terwijl we met de lift omlaaggingen naar de lobby, het gevoel van angst dat zich langzaam opbouwde, dat we iets niet hadden afgerond, een situatie verkeerd hadden aangepakt of het helemaal hadden verkloot. Niet dat we echt de vinger konden leggen op wat het precies was wat we verkeerd hadden gedaan. En dat maakte het nog erger, want het liet 480 minuten van mogelijkheden open om door te vlooien, op zoek naar de oorzaak van het probleem die de herinnering aan onze dag vergiftigde.

En de volgende ochtend stopten we dan onze gelkussentjes onder in onze hoge hakken en schreven we ons in om nog weer een lunch voor vrijwilligers voor te zitten en net te doen alsof de enige emoties die we voelden blijheid, tevredenheid en competentie waren.

En misschien was dat de reden waarom niemand van ons terdege besefte hoe belangrijk het overlijden van Bankole was. We hadden het te druk met het uitvoeren van het dansje alsof we blij, tevreden en competent waren, de hele tijd glimlachend terwijl we baden dat niemand het zou merken als we een pas verkeerd deden.

Maar zo konden we niet eeuwig doorgaan. Wat achteraf zo wonderbaarlijk is, is dat iedereen dat wel van ons verwachtte.

Toen Grace eindelijk huilde op kantoor, was dat vanwege gemorste melk. Tegen de tijd dat ze de vochtige plek door de stof van de boodschappentas met haar monogram zag sijpelen, was het te laat. Haar kokerrok en blouse waren nat, niet dat ze dat erg vond. Ze liet zich midden in de gang op haar knieën zakken. De structuur van het ruwe tapijt prikte tegen haar knieën terwijl ze de opbergzak eruit haalde waaruit druppels moedermelk stilletjes door een gaatje in het plastic stroomden.

'Nee, nee, nee, nee,' mompelde ze.

De krachttermen buitelden door elkaar in haar hoofd, maar er kwam er geen bovendrijven. In plaats daarvan voelde ze haar hart leegbloeden terwijl ze haar hand onder de zak legde. Ze probeerde hem in de kom van haar handen naar de gootsteen te brengen, maar toen ze daar nog net op tijd aankwam, besefte ze dat er niets steriels was waarin ze de melk kon opslaan, terwijl de laatste paar milliliter ervan door de spleten tussen haar vingers druppelden. Vloeibaar goud.

En dat was het dan. Een heel uur kolven. Voor niks. Alstublieft, God, ruk die stomme borsten er maar af en geef ze aan iemand die meer verantwoordelijkheidsgevoel heeft. Ze gaf de schuld aan de fabriek. Ze gaf de schuld aan haar echtgenoot. Ze gaf zelfs haar dochter de schuld. En als dat fout was, kon het haar niet schelen.

Grace zou het hele gebeuren van elders aangeleverd willen

krijgen – hoe heette het ook weer? O ja, poedermelk – maar ze wist gewoon dat zodra ze daarvoor koos, Emma Kate kinderdiabetes of vreselijke allergieën zou ontwikkelen en dat de dokter zich tot Grace zou richten en zou vragen: gaf u wel borstvoeding? En Liam zou haar aankijken met een blik van ik-sta-achter-jouw-beslissing terwijl hij in stilte wenste dat hij met iemand anders een kindje had gekregen.

Ze leunde met haar ellebogen op de rand van de roestvrijstalen gootsteen en haalde haar vingers door de onderkant van haar haarwrong. Ze wist dat als ze in de spiegel keek, haar ogen en neus rood zouden zijn. Dat was het probleem met op kantoor huilen. Hoe minder je wilde huilen, hoe waarschijnlijker het was dat je dat zou doen.

'Sorry, Grace?' De stem van Ames Garrett klonk achter haar. 'Is dit van jou?'

Ze draaide haar kin een heel klein stukje voorbij haar schouder en zag de natte boodschappentas met haar initialen op de voorkant gestikt die haar zo in de steek had gelaten. 'Ja. Sorry.'

Zo stonden ze daar een tijdje met zijn tweeën ongemakkelijk te zijn. Een werknemer die overduidelijk op het punt van de een of andere voor het werk volkomen ongepaste emotionele instorting stond en haar baas. Gefeliciteerd, Grace, je bent het helemaal in je eentje aan het verpesten voor je hele sekse.

Voordat zij en Emma Kate twee afzonderlijke mensen waren, had ze altijd van woede gesmeuld als iemand haar had gevraagd: 'Kom je terug nadat je kindje is geboren?' Niemand stelde Liam die vraag, dus waarom zouden ze dat aan haar vragen? Maar zie hier! Hier was bewijsstuk A.

Ames wiegde naar achteren op zijn hielen. Er rinkelden muntstukken in zijn broekzak. 'Weet je wat jij nodig hebt?' vroeg hij. Slaap, dacht ze onmiddellijk. Absoluut slaap. 'Een sigaret,' zei hij tegen haar.

Ze draaide haar rug naar de gootsteen en streek met haar vingernagel langs haar onderste oogleden. 'Ik geef borstvoeding. Dat kan niet.'

'Volgens mij ben je net klaar. Je hebt waarschijnlijk, wat, nog drie uur? Dat kan best.' Ames haalde een pakje uit zijn jaszak en tikte er twee keer mee tegen de muis van zijn hand. 'Geloof me. Ik heb twee kinderen die wel sliepen, maar nooit tegelijkertijd, en een vrouw die het nieuwe moederschap als een wedstrijdsport beschouwde.' Ames ging zachter praten. 'Dat was niet fraai.'

Grace raakte de vochtige plek op haar rok aan en vroeg zich af wanneer het haar zou lukken naar de stomerij te gaan. Waarschijnlijk niet voordat ze de rok weer zou dragen. Ze kon op internet een nieuwe bestellen, wat gemakkelijker zou zijn, die zelfs morgen al laten bezorgen, maar Grace vond het prettig om net te doen – in het bijzonder tegenover zichzelf – alsof ze de normale financiële zorgen had van de werkende vrouw. Want de enige sociaal aanvaardbare reden dat een vrouw zo hard kon werken als Grace was uit noodzaak. Ze ademde langzaam en kalmerend uit terwijl Ames geduldig voor haar stond te wachten.

Een kans op een-op-eentijd met het hoofd van de juridische afdeling kwam niet elke dag voorbij. En zelfs als dat wel zo was, zou Grace niet hebben geweten hoe ze het aanbod had moeten afslaan. Dus liet ze de leeggelopen zak in de gootsteen achter, pakte haar boodschappentas en volgde Ames naar boven naar de balkons van de zeventiende verdieping.

Truviv verbande rokers naar kooien op de balkons, kleine vierkantjes buitenruimte die leken op die bijna uitgestorven luchthavenlounges en die al net zo naar longkanker stonken.

Het gebouw wierp een schaduw over het vierkantje open ruimte, waardoor de lucht er een beetje kil aanvoelde. Ze kneep haar ogen dicht tegen de zonovergoten stad erachter. Ze zou een moord doen voor een beetje van die zon. Ze voelde zich zo klam sinds ze een kindje had gekregen. Hoe ze zich ook waste, het laagje urine, diarree, braaksel, kwijl en melk raakte ze nooit helemaal kwijt.

Ames haalde een sigaret tevoorschijn en gaf hem aan Grace.

Ze had er nog nooit eerder een gerookt, maar redeneerde dat als vijftienjarigen die rondhingen voor winkelcentra dat konden, een achtendertigjarige vrouw met een doctorstitel er ook wel achter kon komen hoe dat moest. Ze zette het papieren buisje in de V tussen haar vingers en hield het tegen haar lippen, zoals ze in de film had zien doen. Ames haalde zijn duim over de aansteker en er ontbrandde een vlam. Ze boog zich ernaartoe en het uiteinde van de sigaret vatte vlam. Er kwam een bevredigende krul rook uit het uiteinde.

Ze zoog er zachtjes aan, goed uitkijkend dat ze de rook niet inademde, terwijl Ames deskundig een sigaret in zijn eigen mond balanceerde en hem aanstak.

Eigenlijk was het wonderbaarlijk. Eén trekje en zijn lichaam ontspande zichtbaar. Zijn schouders en nek werden losser. Hij keek opzij naar haar en trok een wenkbrauw op, zijn mond spelend met het idee van een glimlach, alsof hij zijn zonde erkende met een humeurig wat-doe-je-eraan.

Het drong tot haar door dat hij nog niet op de hoogte was van de lijst. Ze voelde zich een beetje schuldig nu ze recht tegenover hem stond, een-op-een, met de wetenschap dat zijn naam achter zijn rug om door heel Dallas ging. Maar Grace wist heel goed dat ze niet de boodschapper moest zijn.

Ames haalde nog een keer adem door de sigaret en liet de rook uit zijn mond vallen. 'Mijn moeder paste een keer op op de tweeling en liet een fles met Bobbi's moedermelk de hele dag op het aanrecht staan, zodat Bobbi het hele ding moest weggooien. Ik dacht dat ze mijn moeder een stomp in haar gezicht zou geven. In plaats daarvan weigerde ze gewoon twee weken met haar te praten. Dat was bijna net zo erg.'

Grace lachte. De rook prikte binnen in haar neus, waardoor haar ogen weer waterig werden. 'Ik zou haar zeker een stomp hebben gegeven.' Ze ving een blik op van de diamant – 3 karaat – aan haar linkerringvinger. Er zou absoluut bloed vloeien als je iemand daarmee stompte.

Hij fronste zijn wenkbrauwen. 'Je hebt waarschijnlijk het gevoel dat je helemaal aan het doordraaien bent, hè?' Hij nam nog een trekje.

Grace zei niets. Ze kon de dunne laag as op de vloer van het balkon onder haar sandalen voelen knerpen.

'Geeft niet,' zei hij. 'Daar hoef je geen antwoord op te geven.' Hij tikte zijn sigaret af op de reling en liet de as vallen. Grace besefte dat haar as op haar rok dwarrelde en volgde zijn voorbeeld. 'Bobbi huilde voortdurend. Bobbi huilt anders nooit. Ze is net een levende Hallmark-kaart, altijd het zonnetje in huis en vol optimisme.' Hij glimlachte en Grace kon zien dat zijn vrouw hem gelukkig maakte, wat verfrissend was. Er ging een rare gril rond onder de mannen op kantoor om te zien wie het meest over zijn vrouw kon klagen. *O, mijn god, moet ik weer van haar met de kinderen naar Disney World, verlos me uit mijn lijden. Kom ik thuis van mijn werk en stopt ze de baby in mijn armen, nog voordat ik zelfs maar mijn portemonnee uit mijn broek kan halen. Ik zal nog eens twintig jaar moeten werken om haar Birkin-tas te kunnen betalen.* Dat soort dingen. Het was alsof ze net deden alsof ze waren ontvoerd uit het dorp waarin ze waren opgegroeid en tegen hun zin werden gedwongen voor 25.000 dollar cushion-cut diamanten van Tiffany's te kopen. Wie dachten ze eigenlijk te overtuigen en waarom geloofden ze dat de illusie dat ze stomme keuzes in het leven hadden gemaakt iets was om trots op te zijn?

Misschien was dit de ware reden waarom Grace erop stond dat ze bleef werken ondanks het feit dat Liam, die een goede functie had bij een participatiemaatschappij (samen met haar eigen kapitaal), met gemak voor hen kon zorgen. Zo'n echtgenote wilde ze niet zijn.

'Ik dacht dat de bodysnatchers midden in de nacht waren gekomen en haar hadden omgewisseld,' vervolgde Ames. 'Het leek *The Twilight Zone* wel. Zoveel huilen. Dat zeg ik niet om gemeen te zijn. Wat jullie lichamen allemaal moeten meemaken. Ik zou het niet kunnen, dat is zeker.'

Grace sloeg haar armen over elkaar en liet haar elleboog in

het holletje van haar linkerpols steunen om haar rokende arm te ondersteunen. Blijkbaar had ze nu een rokende arm. De nicotine gonsde al door haar heen, waardoor haar hoofd zwaar aanvoelde. Ergens midden in haar schedel was er een milde pijn ontstaan.

Maar terwijl haar frustratie over de gemorste melk minder scherp werd, begon ze zich zorgen te maken wat Sloane ervan zou denken dat ze hier boven was met Ames.

'Rookte je samen met Bobbi?' vroeg ze om zichzelf af te leiden. Ze wilde niet aan Sloane denken. Ames wilde tijd doorbrengen met háár. Ze voelde zich, dat gaf ze toe, speciaal.

'Er is vast een regel die luidt dat ik geen belastende verklaring mag geven over mijn vrouw, of niet?'

'Bewijsregeling artikel 504.' Grace had een superscherp geheugen.

'Ze vindt mijn arbeidersafkomst lang niet zo charmant als zou moeten.' Hij knipoogde, een gebaar dat plat zou moeten zijn geweest, maar Ames had van die loensende ogen die in rimpels uitbarstten als hij glimlachte. Dat zag er aantrekkelijk uit.

Ze kende Ames nu zes jaar en ze had eigenlijk niets op hem tegen. Zelfs voordat dit was gebeurd al. Ze wist dat hij en Sloane niet bepaald met elkaar konden opschieten. Maar ze had altijd scherp het vermoeden gehad dat Sloane er op zijn minst gedeeltelijk verantwoordelijk voor was dat de grenzen tussen hen een beetje vaag waren geworden. Dat en, nou ja, Ames had niet echt iets schándelijks gedaan. Eerder iets wat voor meerdere uitleg vatbaar was. Er gingen geruchten. Oké, ja, er waren absolúút geruchten. Maar waren die er niet over iedereen? Iedereen kende wel iemand die hem of haar niet mocht. Misschien Grace nou net niet, maar de meeste mensen wel. Hij kon soms een beetje bot zijn, zeker, maar dit was een hogere leidinggevende die sigaretten rookte en zijn mouwen tot op de ellebogen had opgerold.

Grace liep naar de reling en legde haar onderarmen plat op

de smalle stang. Vakjes gras verschenen als piepkleine puttinggreens onder hen. Auto's zo groot als haar duim wachtten voor verkeerslichten, draaiden om elkaar heen en verdwenen in parkeergarages. Haar hart ging sneller kloppen terwijl ze verticaal omlaag naar het beton keek. Het was onmogelijk om naar beneden te kijken en niet aan vallen te denken. Slechts ogenblikken daarvoor was ze in staat geweest zich over de rand van het gebouw te storten.

'Het komt wel goed met je,' zei Ames. 'Je hebt toch een goede arts?'

'Emma Kate heeft de beste kinderarts die ik heb kunnen vinden. Dokter Tanaka.' Een doorweekt stukje papier kwam los op haar tong en ze besefte dat ze op het uiteinde van de sigaret had zitten kauwen alsof het een duimnagel was.

'Voor jou, bedoel ik.'

Grace keerde haar rug naar de reling toe. 'Met mij gaat het prima. Gewoon moe.'

'Natuurlijk.' Hij schuifelde naar haar toe, bleef op een respectvolle afstand van haar staan en leunde op zijn eigen ellebogen tegen de reling. 'Bobbi had last van postnatale depressie.' Hij haalde zijn schouders op. 'Komt vaker voor als je een tweeling krijgt, denk ik. Ze moest aan de medicatie, maar godzijdank deed ze dat ook. Ik zal eerlijk zijn,' zei hij. 'Ik dacht dat het een of andere verzonnen hippieshit was. Een veredelde term voor "moe". Maar ik heb onderzoek gedaan toen haar dokter het diagnosticeerde. Stemmingswisselingen. Angst. Uitputting van het gehele lichaam. Zelfmoordneigingen. En dat allemaal door een kindje te krijgen. Het lijkt wel of het een foutje in het systeem is.'

Een foutje in het systeem. Ja, dacht Grace, dat was het vast.

'Het lijkt me toch echt niet dat ik depressief ben.' Ze hield haar hoofd schuin. 'Ik draag bloemetjesjurken van Rebecca Taylor.' Achter in haar neus voelde het droog van de rook. Ze hoopte het onderwerp weg te leiden van haar kwetsbare geestelijke toestand. Ze waardeerde de bezorgdheid, maar ze wilde bij haar baas absoluut niet de indruk wekken dat ze één slapeloze nacht verwijderd was van een geestelijke inzinking. Ze wachtte even. 'Dus,' begon ze, 'is er iets wat je zou willen dat je anders had gedaan hier bij Truviv?' Grace wist dat mannen dol waren op dit soort vragen, en in dit geval zou het antwoord misschien zelfs wel bruikbaar kunnen zijn. Hij keek snel naar haar op. 'In professionele zin, bedoel ik.'

Hij liet zijn gewicht weer op de reling rusten en nam een trek van de sigaret. 'Volgens mij niet.' Hij ademde uit en zette zijn linkerwang vast in een tevreden halve grijns. 'Ik denk dat ik tegenwoordig vrij goed in vorm ben.'

'Geef me dan eens wat advies voor iemand als ik? Stel dat ik, zeg maar, het hoofd zou willen zijn van een grotere sectie binnen de afdeling. Wat zou je me dan precies aanraden?'

Er waren in het leven van Grace momenten geweest waarop ze haar ambitie had laten zien maar daar alleen maar geamuseerd op werd gereageerd, als een kunstje op een feest, een schattig meisje dat de hoofdsteden van alle staten kende en ze desgevraagd kon opnoemen. Anderen keren had het gevoeld alsof een rukwind haar rok had opgewaaid, waardoor haar ambitie bloot kwam te liggen en alle mannen in de ruimte tegelijkertijd opgewonden werden en zich geneerden voor haar. Maar het kon haar niet meer schelen.

Hij knikte bedachtzaam, schoot de overgebleven peuk op de grond en pakte nog een sigaret die zo lang was als een vinger. 'Oké.' Hij wees met de nog niet aangestoken sigaret naar haar. 'Het eerste wat we moeten doen, is wat interessanter werk voor je vinden. Uitdagende opdrachten. Ervoor zorgen dat je een deal niet alleen vanuit het perspectief van wet- en regelgeving hoeft te sluiten. Daar kan ik je bij helpen.' Grace voelde een vonkje van belofte. Een sprankje onverwachte hoop. Misschien kon ze meer het Marissa Mayer-type moeder worden. Iemand die stelselmatig beter presteert dan verwacht. Het moederschap erbij doen. 'Hou een dossier bij van alle complimenten die je in je inbox ontvangt.' Hij stak de sigaret aan. 'Elke keer dat iemand je zwart-op-wit vertelt dat je iets goed hebt gedaan, bewaar je dat. Stuur me één keer per kwartaal een e-mail met wat er allemaal in dat dossier staat en het soort werk dat je de afgelopen maanden hebt gedaan.'

'Wil je dat ik ga opscheppen?'

Hij krabde zijn haargrens met zijn duim. 'Ik wil dat je een verzameling argumenten opbouwt die aantonen waarom je promotie verdient. Doe dat allemaal en dan hebben we het over een jaar over de volgende stappen.'

Grace slikte een glimlach in. Ze was trots op zichzelf. En een ietsiepietsie minder uitgeput. Hoewel ze zichzelf waarschijnlijk moest verbieden het woord 'ietsiepietsie' nog te gebruiken, een uitdrukking die ze moest hebben opgepikt van de oppas van Emma Kate.

Het was even stil, en toen vroeg Ames: 'Wil je een foto van mijn kinderen zien?'

'Ik dacht dat je het nooit zou vragen.' Bijna-vreemdelingen vroegen Grace altijd om hun foto's van Emma Kate te laten zien, alsof ze bewijs nodig hadden dat Grace genoeg om haar gaf om ze te maken. Het was leuk om eens aan de andere kant te staan.

Ames stak een vinger op en legde de sigarettenpeuk op de rand van een in de buurt staande asbak terwijl hij zijn portemonnee uit zijn achterzak friemelde. 'Ik ben van de oude stempel. Vind het nog steeds leuk om ze hierin te bewaren.' Hij bladerde door een paar plastic insteekmapjes en hield er een op om twee schoolfoto's naast elkaar van zijn tweeling te laten zien. Twee keer een brede glimlach. Ze leken absoluut niet op elkaar. Een van de jongens had rood haar, de andere donkerbruin, net als zijn vader. 'Geen van hen heeft mijn...' Hij wees op die streep in zijn haar. Die was minder opvallend sinds zijn haar de afgelopen jaren grijzer was geworden. 'Waardenburg. Vijftig procent kans.' Hij haalde zijn schouders op.

Met zijn vinger hield hij het leer open. Een glanzende pas achter een van de foto's trok haar aandacht en ze boog dichter naar voren terwijl ze net deed alsof ze zijn zoons bewonderde. Ze hield haar haar naar achteren.

'Wat een knapperds,' zei ze op de toon van een middelbareschoolmeisje dat was ingehuurd om vier uur op een kind te passen. De bovenkant van een hotelsleutelkaart was op zijn plek gegleden. De naam die erop stond: het Prescott.

Ze kwam weer overeind en glimlachte. Hij klapte de portemonnee dicht en stopte hem weer in zijn broek.

'Dat vind ik ook,' zei hij in antwoord op haar compliment. 'Maar hoe zou ik het ooit echt weten? Dat vindt iedereen van zijn eigen kinderen.'

Hij redde de sigaret en zoog nog een keer aan het uiteinde. Hij lachte vriendelijk en pufte witte rook uit, als een draak. 'Hé, ik zat te denken.' Hij liet de peuk vallen en vertrapte hem onder de zool van zijn zwarte leren schoen. 'Zou je mij een plezier willen doen?'

# 17

*31 maart*

Rosalita zat op de rand van Salomons bed. Een Spider-Man-dekbed was ingestopt onder zijn oksels en hij rook naar de gele Johnson & Johnson-zeep die ze al voor zijn bad gebruikte sinds hij een baby was. 'Heb je je werkboekopgaven af?' Rosalita dwong zichzelf Engels te spreken, want hij zou Engels harder nodig hebben dan Spaans. Het deed haar pijn, deze onzichtbare communicatiebarrière die nu al tussen hen ontstond.

Hij knikte. Zijn dikke wimpers waren als gordijnen die boven op zijn wangen werden dichtgetrokken. Toen hij nog een peuter was, hadden haar oom en zijn vrouw gelachen en gezegd dat het maar goed was dat Salomon uit haar was gekomen, anders had ze misschien niet geloofd dat hij van haar was. Maar Rosalita zag haar stempel op Salomon op tientallen kleine maar belangrijke manieren gedrukt. De afgevlakte plekken op de randen van zijn oren. Dat hij goed tegen extreem heet eten kon. Zijn allergische reactie op zeep met een geurtje.

Ze klopte op de stevige massa van zijn borst. 'Had je alle antwoorden goed?'

Hij knikte weer, en ze keek hem strak aan. 'Ja,' zei hij hardop. Soms moest ze de woorden uit hem trekken, de woorden die zijn gehoorverlies van hem had geprobeerd te stelen, woorden waar ze hard voor hadden gevochten om ze van diep binnen in haar lieve jongen op te graven.

Uiteindelijk was het niet zo pijnlijk geweest om Salomons vader te vragen de spraaktherapie voor haar zoon te betalen, en vervolgens het dure gehoorapparaat. Rosalita was trots, maar ze zette haar handelingen maar tegen één vraag af: wat was het beste voor Salomon? En dus had ze het toen gevraagd en zou ze het opnieuw vragen als Salomon eenmaal naar een speciale school ging. Wat hij zou doen, zei ze tegen zichzelf. Want dat was net zozeer haar doel als dat van hem – zo niet nog meer.

Rosalita stond versteld als ze de handen van haar jongetje zo snel woorden op een vel papier zag schrijven, als ze zag dat hij de Amerikaanse geschiedenis kende en breuken kon maken. Rosalita was niet dom, maar ze had nooit zo goed Engels leren lezen of schrijven als ze wel had gewild. Voordat ze de baan in het kantoorgebouw kreeg, had Rosalita de huizen schoongemaakt van vrouwen die de neiging hadden om op het laatste moment nog sms'jes te versturen over waar ze de bezem hadden gelaten of om te vragen of ze de hond uit kon laten en ze had zich altijd geschaamd voor de onbeholpen berichtjes die ze had teruggestuurd, wetend dat ze niet juist waren, maar ook niet wetend hoe ze het dan wel moest doen. Ze had de basisschool en de eerste twee klassen van de middelbare school in Mexico afgemaakt voordat ze de grens over verhuisde en ze had bijna de middelbare school hier in de VS afgemaakt. Ze was nog steeds dol op lezen. Maar dat waren maar zulke kleine stukjes van haar geworden dat ze wist dat de mensen in het kantoorgebouw waar ze werkte ze nooit zouden kunnen zien, zelfs niet met een microscoop.

'Ik moet je iets laten zien.' Salomons lichaam wriemelde onder het dekbed toen hij zocht naar de een of andere begraven schat die verborgen was bij zijn voeten. 'Mevrouw Ardie heeft dit aan me gegeven.' Toen grijnsde hij en hield zijn hand op, en daarop lag een glanzend goud met blauw speldje. 'Ze zei dat een vliegtuigpiloot het draagt en dat ik hem mag hebben.'

Rosalita's wangen werden rood en ze streek met de rug van haar hand over haar haarlijn.

'Misschien word ik ooit wel piloot,' zei hij. 'En het mooie is dat ik dan deze badge al heb.'

'Misschien,' zei ze kalm. Ze had nog nooit in een vliegtuig gezeten. Ardie was zo vaak met het vliegtuig geweest dat ze het speldje in de vorm van een vleugel niet hoefde te bewaren voor haar eigen zoon.

En wat maakte het uit? Dat was wat ze tegen zichzelf zei, omdat het verstandig en ook waar was. Het was geen wedstrijd. Hoewel het valsere deel van haar geweten het niet kon laten eraan toe te voegen dat het geen wedstrijd was omdat Ardie Valdez al zo ver voor lag.

En nu woonde een deel van het kantoor en van Ardie in haar huis. Iets kleins. Maar toch, kleine dingen hadden haar al eerder gebroken.

'Of misschien zelfs wel iemand die vliegtuigen bóúwt.' Haar stem werd plotseling vermoeid, alsof ze thuiskwam na een derde dienst in plaats van dat ze er juist naar op weg ging. 'Maar alleen' – ze trok het dekbed omhoog tot zijn kin – 'als je hard studeert. Geef dat maar aan mij,' zei ze. 'Ik wil niet dat je jezelf prikt in je slaap.'

Hij duwde het in haar hand. Het was maar een waardeloos dingetje. Het woog niets. Maar haar jongen kreeg er een glimlach van op zijn gezicht en dat was wat haar bang maakte.

De matras zuchtte toen die haar gewicht verloor. Ze deed het licht uit, waardoor alleen het schijnsel van het nachtlampje in de vorm van de maan in de hoek overbleef. Met zijn goede oor in het kussen gedrukt, wist ze dat hij haar niet hoorde toen ze fluisterde: *'Te amo, Salomon.'*

Rosalita reed naar haar werk en parkeerde op de parkeerplaats aan de overkant van het Truviv-gebouw. Het schoonmaakpersoneel mocht de auto niet in de parkeergarage van het kantoor zetten, ondanks het feit dat die bijna verlaten was op dit uur van de avond. De afstand verhinderde dat de schoonmakers naar buiten liepen met alles wat niet vastgespijkerd was.

Nadat ze hun kar met schoonmaakbenodigdheden hadden gehaald, namen Rosalita en Crystal de lift omhoog langs de ruggengraat van het gebouw naar een verdieping die zo verstoken van leven was dat ze het gevoel had alsof ze op de maan was geland. Toen ze de bewegingen van de vrouwen opmerkten, sprongen de tl-lampen met een sputterend gekraak knipperend aan, waarna ze zacht begonnen te zoemen.

Crystals slobbersokken hingen slap rond haar enkels toen ze naar de verlaten receptiebalie liep en met rafelige nagels door de snoepschaal begon te graaien. Rosalita sloeg haar hand weg.

'Wat?' Crystals hand schoot naar haar borst.

'Die zijn niet voor ons,' zei Rosalita, teruglopend naar haar kar, waar haar klembord hing.

'Wat nou? Alsof ze ze tellen.' Crystal keek hongerig naar de schaal.

'Misschien doen ze dat wel.'

Crystal liet het er verder bij zitten.

Rosalita begon met klinische doelmatigheid de verdieping af te werken. Toen ze de toiletten aan de oostkant aan het schoonmaken was, liet ze, terwijl Crystal zich in een van de hokjes over een toiletpot boog, haar hand in haar zak glijden, haalde Salomons vleugelspeldje eruit en liet het vervolgens in de afvalzak voor papieren handdoekjes vallen voordat ze de zak verving. Ze zei tegen zichzelf dat ze haar handelingen maar tegen één vraag afzette: wat was het beste voor Salomon? Dat zei ze tegen zichzelf, maar ze wist ook hoe ze moest liegen.

En zo gingen ze verder over de veertiende verdieping. De uren verstreken anders midden in de nacht. De combinatie van spanning en depressie die het gevolg was van wakker zijn terwijl verder iedereen sliep. De scherpte waarmee het licht werd afgetekend tegen het donker. De manier waarop tijd slechts een bedenksel werd en toch ook het enige waar Rosalita aan kon denken. Het deed haar nog steeds denken aan de tijd na de geboorte van Salomon, toen ze hem tegen haar borst had gehouden terwijl ze naar de televisie keek, diep de duisternis in, als er nooit iets op te zien was wat het kijken waard was. En 's ochtends belde ze dan haar zus en zette ze de gebeurtenissen van de nacht tot in de kleinste details op een rijtje – hoeveel Salomon had gegeten, hoeveel uur hij had geslapen, hoeveel uur zij had geslapen – alsof deze bijzonderheden gedocumenteerd moesten worden, een getuige nodig hadden. En ze wist dat de herinnering aan die nachten nooit haar lichaam zou verlaten, tot op de dag dat ze stierf.

Het voelde als een eeuwigheid geleden sinds Rosalita het web van het moederschap in was geklommen en had toegestaan dat het bleef plakken, dat het zich in grijstinten met haar haar verstrengelde, dat het onder haar huid kroop, waar het veranderde in blauwe en paarse adertjes, dat het een glanzende, strakke streep vlak boven haar schaambeen trok. Sindsdien was het spinnenweb alleen maar complexer geworden. Haar levensbehoeften hadden haar steeds dieper in de zijdeachtige draden verstrikt doen raken, totdat ze op een dag uiteindelijk misschien opgepeuzeld werd.

Naast haar was Crystal nog steeds niet echt bedreven, maar ze werd steeds beter en ze hield de kar zo ordelijk dat Rosalita zich snel door haar ronden kon werken. Intussen was Rosalita er zeker van dat Crystal zwanger was, door de manier waarop ze haar vingers werkloos op haar buik legde, en als ze dat deed, kon Rosalita net een kleine bobbel zien op die plek. Waarschijnlijk een jongen, want Crystal was overal vel over been behalve bij haar buik. Zo was het bij Rosalita ook geweest. En haar lichaam herinnerde zich dat ook door middel van de parelmoerachtige rivierbeddingen die langs haar zijden en vanaf haar navel naar buiten kropen, als een zon. Het herinnerde het zich.

Rosalita leegde de papiervernietiger en de prullenbak in de kantoren van Sloane Glover en Ardie Valdez en een nieuwe werkneemster, Katherine Bell. Toen ze het einde van de gang bereikte, was het hoekkantoor gesloten, met de lichten uit. Ze klopte tweemaal en ging naar binnen.

De vergissing was overduidelijk. Een gil, die snel werd gesmoord. Een scherp geluid van het uitblazen van lucht. Rosalita ving de aanblik op van een vrouw met kort donker haar die met open mond naar haar staarde in de baan licht die over haar heen viel via de deur die op een kier stond. Haar ogen waren groot en glanzend in het donker, als van een wasbeer die werd blootgesteld aan de lichtbundel van een zaklantaarn. Rosalita's adem stokte toen ze bijna geluidloos naar lucht hapte. En vervolgens waren de momenten daarna ook stil. Zo stil dat de enige geluiden die van huid tegen huid en kleding waren, en slikbewegingen en een man die hoestte en speeksel en haar en...

Rosalita liep achteruit het kantoor uit, waarbij ze haar schouder zo pijnlijk tegen de deurpost stootte dat ze de blauwe plek die zich zou vormen al tegen de binnenkant van haar oogleden zag terwijl ze tranen wegknipperde. Een korte kreet bleef in haar borst steken toen ze haar rug kromtrok en haar arm vastgreep. Tintelingen raasden als elektrische schichten langs haar arm omlaag naar haar elleboog. Haar hoofd tolde en ze zag alles dubbel, zodat haar maag zich omkeerde. Ze was nog net genoeg bij zinnen om de deur dicht te doen.

Crystal stond op vanachter de kar, met een fles ruitenreiniger in haar hand alsof ze een pistool vasthield. 'Is alles goed met je?'

Rosalita's organen sloegen op hol in de richting van haar keel. 'We slaan het hoekkantoor vannacht over.'

'Waarom?' Crystal staarde door de deur alsof ze zou kunnen zien wat Rosalita had gezien.

Rosalita slikte. Haar schouder deed pijn. 'Er is iemand binnen.'

'Maar je zei...'

'Vannacht niet.' Rosalita verwachtte half dat de deur open zou zwaaien, maar tot nu toe was dat niet gebeurd. Haar gezicht voelde koortsachtig. Ze keek Crystal niet aan. 'Ik moet even naar het toilet,' zei ze. 'Ga jij maar verder met deze rij kantoren.'

Rosalita's oren galmden. Ze stak haar hand uit en liet haar

vingers langs de muur glijden om haar evenwicht te bewaren en om de weg te wijzen. Het bracht haar naar de toiletten. De lampen schoten met één klik aan, te helder en veeleisend. Ze boog zich over de kraan, met haar gewicht leunend op het witte porselein. Zweet glinsterde tussen de donkere wortels van haar haar en onder de haarzakjes van haar wenkbrauwen.

Ze kwam overeind, bijna hijgend. Haar bruine ogen waren modderpoelen die naar haar weerspiegeld werden. Ze spatte koel water op haar gezicht en liet de druppels omlaagstromen zodat ze van het puntje van haar neus en van haar kin vielen. Toen kneep ze haar ogen dicht tegen haar eigen spiegelbeeld en veegde de druppels van haar wimpers. Haar lichaam, wist ze, had altijd het beste geheugen gehad.

# 18

*31 maart*

Sloane was thuisgekomen van de supermarkt, waar ze een uur geleden een verjaardagscadeau had gekocht voor Ardies zoon Michael. Morgen was het feest. Zaterdag. Ze was erdoor overvallen, zo onschuldig als het op haar kalender tussen de andere dingen stond, pal na een helse vrijdag, en tja, daar was het dan. Dit moment, op de avond voor het verjaardagsfeestje, leek niet bepaald het gepaste ogenblik om het aan Ardie te vertellen. Ze probeerde het berichtje in haar hoofd op te stellen alsof het een e-mail voor het werk was: Ardie, ik moet je iets vertellen, zouden we elkaar even snel kunnen spreken?

Ze zou de telefoon kunnen pakken. Ze was geen tiener meer. Maar ze wist ook niet echt zeker of het wel een goed idee was. Sloane had echt heel erg last van uitstelgedrag, hè?

Ze worstelde met een dilemma, en omdat ze er iets mee moest, stond ze op blote voeten in de keuken haar gevoelens weg te eten toen het tweede morele dilemma zich aandiende.

De telefoon van Abigail zoemde. Dat was in elk geval hoe het begon. En nu, nou ja... Sloane was niet bemoeiziek, toch? Ze was gewoon een goede moeder. Rondneuzen was net zo goed een vereiste als helpen met huiswerk. Daar zou iedereen het mee eens zijn. Sterker nog, toen Sloane erover nadacht, was ze ervan overtuigd dat ze dat ergens in een artikel had gelezen. Haar neus ergens in steken was Sloanes manier van liefde betuigen.

Maar misschien moest er wel een nieuwe term voor komen.

Nieuwsgierigheid. Zo, dat klonk al beter. Gewoon voor het geval dat Derek ooit vroeg hoe het kwam dat ze door Abigails mobiele telefoon zat te scrollen. Ze zou haar schouders ophalen en zeggen: och, ik weet niet, ik was nieuwsgierig.

Derek was zich in hun slaapkamer aan het optrekken aan een stang die hij in de deuropening had geklemd. Ze kon zijn diepe, mannelijke ademhaling horen van de plek in de keuken waar ze was neergestreken, waar hij vorige week twee lampen had bevestigd – Franse landelijke kroonluchters, op maat gemaakt in de Luberon – die nu opzichtig boven het kookeiland Sloane hingen te tergen met het besef dat het bijbehorende creditcardafschrift binnenkort in de mailbox zou verschijnen. Niet dat ze recht van spreken had, want ze had zojuist 'geïnvesteerd' in een paar Clizia Mesh-schoenen van Manolo Blahnik, waarvan de aanblik haar bijna meteen een orgasme bezorgde. Maar toch. Voordat ze trouwde had haar moeder haar gezegd dat een huwelijk alleen kon werken als beide partners er vergelijkbare houdingen ten opzichte van geld op na hielden. Als gevolg daarvan had Sloane de dure smaak van zowel zichzelf als Derek opgevat als een teken dat ze bij elkaar pasten. Jaren later scheidden haar ouders en kwam ze erachter dat als je allebei een dure smaak had, het erop neerkwam dat twéé mensen haar salaris er in een onrustbarend tempo doorheen joegen in plaats van alleen die ene.

De telefoon van Abigail trilde opnieuw, met de voorkant naar beneden op het aanrecht, en draaide een halve centimeter. Het was halfelf 's avonds. Wie stuurde Abigail een berichtje?

Toen besefte ze: ze was Abigails moeder, niet een of ander jaloers vriendinnetje. Ze hoefde het zich niet af te vragen, ze kon gewoon even kijken. Eén moreel dilemma opgelost, en meteen zakte haar onrust over het feit dat ze vóór het feestje van morgen niet meer met Ardie zou spreken weg tot achtergrondstress.

Ze tikte Abigails wachtwoord in in de telefoon en navigeerde naar het groen met witte berichtjesicoon. Daar waren ze. Drie nieuwe berichtjes netjes op een rij aan de linkerkant van het schermpje.

Sloane verslond ze met huid en haar:

**Grady Reed**
*Iedereen weet dat je bent gevlucht en dat je het aan je moeder hebt verteld.*
*We hebben niet eens iets gedaan. Niet cool. We zouden niet met jou hebben gepraat als we wisten dat je een klikspaan was.*

**Steve Lightner**
*Ja. Mijn vader zegt dat we je nu niet op het jongens-en-meisjesfeest bij mij thuis kunnen hebben, omdat jij klikt en overgevoelig bent.*

**Grady Reed**
*Zielige* BLABIGAIL.

Sloane smeet de telefoon op het graniet met een grom van dierlijke woede.

'Gaat het wel goed daar?' riep Derek vanuit de andere kamer.

'Prima. Het gaat prima. Sorry.' De beslissing om niets te zeggen over wat ze op Abigails telefoon had gezien, was snel en instinctief genomen. Oneerlijk, waarschijnlijk. Immoreel? Misschien. Abigail was ook zíjn kind. In gelijke mate. Hoewel ze wel het idee had dat, in het geval van een tiebreak, Abigail vast wel een klein beetje meer van haar was, vanwege het in zich dragen gedurende negen maanden en wat al niet meer. Derek had absoluut geen slappe kangoeroebuidel onder zíjn navel. Toch, in een volmaakte wereld zou ze hem moeten kunnen meenemen in haar ouderlijke woede.

Maar nee. Ze kon de neiging tot redelijkheid van haar echtgenoot niet riskeren. Haar dochter werd gepést. Duidelijk. En

Grady Reed had Sloane Glover er met haar naam bij betrokken. Hij had 'moeder' gezegd, en 'moeder' betekende Sloane. Niet Derek. Nee, ze kon absoluut niet riskeren dat ze zich door hem zou laten bepraten. Ze was boos. Ze was terecht boos. Woede was eigenlijk het enige redelijke gevoel op dit moment.

De sociale status van haar dochter was gevaarlijk aan het wankelen. Isla Lombardi wilde niet eens meer met Abigail praten, en schijnbaar was dat belangrijk, omdat Isla Lombardi de meisjes van de klas had onderverdeeld in cool en niet-cool en Abigail tot die laatste categorie behoorde. Vandaar die eerste akelige berichtjes: bitch, kutwijf, slet. Alleen de niet-coolen ontvingen die. Isla's moeder – hoofd Marketing bij Irving – had de school geprobeerd wijs te maken dat Isla en haar vriendinnen een vorm van feminisme-van-de-nieuwe-generatie vertoonden: meisjes die eigenwijs, sterk en niet op hun mondje gevallen waren. Ze pasten gewoon niet in het verhaal van het sympathieke vrouwelijke personage en zouden daarom niet gestraft moeten worden. Sloane hoopte dat Isla's moeder met haar hand in een afvalvernietiger vast kwam te zitten, dus misschien vertoonde Sloane ook wat feminisme-van-de-nieuwe-generatie.

Toen Sloane de telefoon omkeerde, zag ze dat er een haarscheur over het glazen schermpje liep. Ze deed haar ogen dicht en haalde een paar keer diep adem, totdat ze de kleur in haar wangen voelde wegtrekken.

'Derek.' Ze liep op blote voeten hun slaapkamer in, waar haar echtgenoot, zonder shirt, buikspieroefeningen aan het doen was op het Perzische kleed, de lieve schat. 'Ik heb een e-mail gekregen.' Net als al het andere was liegen een vaardigheid waar je beter in werd door te oefenen, en Sloane had al enige ervaring in het misleiden van haar echtgenoot. Daar was ze niet trots op. Maar dít was ter bescherming van Derek zelf. Om hem te beschermen tegen de boze buitenwereld, als het ware, en dus zou Sloane eigenlijk juist een applausje moeten krijgen voor het dragen van de last van hun gezamenlijke leven. Sommigen zouden misschien zelfs zeggen dat ze een beetje heldhaftig was. 'Ik heb vanavond nog wat werk te doen. Ik ben boven in de werkkamer.' Hij liet zijn tanden zien en ademde sissend uit terwijl hij omhoogkwam tijdens de oefening. Het zag er pijnlijk uit. Sloane vroeg zich af of ze met zijn tweeën – Sloane en Derek – een spelletje speelden om te zien wie het het eerst zou opgeven om zijn lichaam in vorm te houden. Ze bad maar dat hij het zou zijn.

'Oké. Ik ga zo meteen naar bed. Kun je controleren of de deuren op slot zijn als je naar boven gaat?' Ze knikte. 'Weet je zeker dat je niet eerst even eh...' Hij wees met zijn ogen in de richting van hun superkingsize matras. '... wil?'

'Heel zeker,' zei ze. Aangezien Derek het lichaam van een vijfentwintigjarige had, zou Sloane zich waarschijnlijk zorgen moeten maken over de trouw van haar echtgenoot, maar om de een of andere reden deed ze dat niet.

'Hoe zou jij het vinden, eerlijk zeggen, als je erachter kwam dat Derek op vrouwenjacht was geweest?' had Grace een keer aan haar gevraagd.

'Afschuwelijk,' had ze geantwoord. 'Maar daarna zou ik me eroverheen zetten.' En diep vanbinnen geloofde ze dat dat waar was.

Hoe dan ook, ze kon geen zwaar seksgehijg faken en tegelijkertijd haar huidige mate van woede vasthouden. Dus vluchtte ze naar boven, haar verontwaardiging bijna op het kookpunt.

Achter haar computer gebruikte ze de ingebouwde muis om te navigeren naar haar desktop op het werk, waar ze een sjabloon opende met het briefhoofd van Truviv en de naam van de hoofdopzichter van het schooldistrict in de adresregel ramde. Sloane cirkelde al rond een idee sinds Abigail de eerste berichtjes had ontvangen waarin ze díé termen naar haar hoofd had gekregen.

Het was ongeveer een jaar geleden dat Sloane een verhaal op het journaal had gezien over een meisje dat zich had verhangen in haar badkamer omdat haar klasgenootjes haar via internet pestten vanwege een jongen. Het was een smeuïg verhaal geweest. Het soort dat bedoeld was om ouders overal collectief de stuipen op het lijf te jagen. Foto's van dat lieve, glimlachende meisje met een beugel en donzige kussentjes op haar bed gingen viraal en Sloane had net als alle anderen gedacht: o, laat dat alsjeblieft nooit míjn kind zijn. Dat was ook de bedoeling.

Maar verborgen tussen alle persoonlijke, schrijnende details van het verhaal had een feitelijke juridische theorie gezeten die Sloanes aandacht had getrokken. De leerlingen die het meisje hadden gepest, werden zowel strafrechtelijk als civielrechtelijk vervolgd voor haar dood. Er hing hun een gevangenisstraf boven het hoofd. Bovendien had het een dialoog aangezwengeld over hoeveel verantwoordelijkheid de school zou moeten dragen voor de zelfmoord. Echte consequenties, echte jurisprudentie.

Zie je nou! Sloane wilde haar laptop boven haar hoofd zwaaien bij een bijeenkomst van de oudercommissie: ik ben niet gek!

Want op een gegeven moment was het genoeg. Zo zag Sloane het.

Op het scherm vermenigvuldigden de zaken zich. Laney Presper, twaalf jaar, pleegde zelfmoord door te springen nadat ze maanden eerder al had geklaagd over pesten via internet. De conclusie: vermeende pestkoppen konden strafrechtelijk worden vervolgd als hun slachtoffers zelfmoord pleegden.

Jackson Worrall, achttien, pleegde zelfmoord door middel van koolmonoxidevergiftiging na een reeks berichtjes van zijn vriendin, die later werd veroordeeld wegens dood door schuld.

Matt Renard, vijftien, verhing zich om te ontkomen aan internetpesten. Het resultaat: er is wetgeving doorgevoerd die de ordehandhaving in staat stelt een traditionele aanklacht in te dienen tegen treiteraars die er met hun gedrag aan hebben bijgedragen dat een andere persoon zich van het leven beroofde.

Ze deed de ene zoekopdracht na de andere, die ze samenvatte en tot een argument smeedde dat de school eindelijk zou aansporen om iets te doen aan de manier waarop haar dochter werd behandeld. Wat dan nog als ze het feit uitbuitte dat ze advocaat was. Dit ging om haar dochter!

Sloane kon uitstekend typen. Snel en dodelijk precies. Ze verloor het gevoel van tijd terwijl ze tot diep in de nacht de tekst in het toetsenbord beukte, totdat ze weer bovenkwam in een wereld die alleen door de rode, groene en gele sterren van modem, wekker en dvr-ontvanger werd verlicht.

Ze staarde naar het eindproduct, een juridisch memorandum aan het schoolbestuur. Haar verwijzingen naar gerechtelijke uitspraken, wist ze, waren foutloos. Haar argument, dat zich concentreerde rond het idee dat pestkoppen en diegenen die het pesten toelieten, aansprakelijk gehouden konden worden voor het lichamelijke en psychologische leed van hun slachtoffers, voelde vrij sterk. Er was maar één ding dat haar dwarszat: zij was Abigails moeder.

Het was gewoon dat... nou ja, zou het niet wat gewichtiger voelen als het van een advocaat kwam die géén familie van Abigail was? Een externe bron. Iemand anders. Iemand als... Ardie.

Haar vingers zweefden boven het toetsenbord. Het was maar een klein beetje artistieke vrijheid. Een leugentje om bestwil, eigenlijk. Sloane wist zeker dat Ardie ermee zou hebben ingestemd als ze het haar had gevraagd, maar het kwam op timing aan en morgen was Michaels verjaardagsfeestje. Ardie had geen tijd om ermee lastiggevallen te worden en eigenlijk was het niet echt verkeerd wat ze voorstelde. Plagiaat was verkeerd. Dit was het tegenovergestelde. Sloane kende Ardie de eer toe voor een memorandum dat ze zelf had geschreven. Het was eigenlijk best aardig van haar, toch? Niks aan het handje, en wat al niet meer.

Sloane nam de beslissing. Ze ondertekende het juridisch memorandum met: *Adriana Valdez, advocaat*. En voordat ze opstond – met zere knieën van de kleermakerszit op haar ergonomische stoel – zocht ze op internet naar het e-mailadres en kopieerde het naar de 'Aan'-regel. *Ik stuur een kopie naar onze advocaat, Adriana Valdez,* typte ze, *om waar nodig assistentie te verlenen in deze zaak. In de bijlage treft u een juridisch memorandum aan dat ze heeft geschreven over het onderwerp voor u om in te zien en in aanmerking te nemen. Met vriendelijke groet.*

## Proces-verbaal van verklaring onder ede

*26 april*

Mw. Yeh: Mevrouw Garrett, ik zal me even aan u voorstellen. Mijn naam is Helen Yeh en ik treed op als raadsvrouwe voor de gedaagden. Ik zal de formele ondervraging aan u leiden. In uw getuigenverklaring zal ik u vragen stellen en u zult ze onder ede beantwoorden. De griffier probeert alles wat we zeggen vast te leggen. Het is belangrijk dat we elkaar niet onderbreken en dat u elke vraag verbaal beantwoordt. Laten we beginnen.
Mw. Yeh: Hoe lang bent u getrouwd met Ames Garrett?
Getuige: In mei zevenentwintig jaar.
Mw. Yeh: Hoe zou u uw huwelijk omschrijven?
Getuige: Nou, na zoveel jaren is het niet meer elke dag vuurwerk en rozengeur en maneschijn, maar ik zou het wel omschrijven als gelukkig. Hij plande nog steeds altijd een weekendje weg voor mijn verjaardag. Hij vergat nooit onze trouwdag. We hadden etentjes met familie. We praatten. Niet alleen maar gezellig kletsen over de kinderen. We praatten echt. Hij vertelde me over zijn werk en hij nam mijn carrièreadvies serieus, ook al heb ik in jaren niet gewerkt. Ik heb dat altijd gewaardeerd. Natuurlijk is zijn houding de afgelopen weken volkomen veranderd. Gedeprimeerd, humeurig, gestrest.
Mw. Yeh: Was daar een reden voor?
Getuige: Ik weet zeker dat het kwam door de SKUD-lijst. Al die leugens.
Mw. Yeh: Oké, dus u hebt de lijst gezien en u zegt ons dat meneer Garretts naam erop voorkwam?

Getuige: Ja.
Mw. Yeh: En u vond dat het niet terecht was dat zijn naam op de lijst stond?
Getuige: Ik wist al vanaf het begin dat hij niet op die lijst thuishoorde, maar zodra ik erachter kwam dat Sloane Glover degene was die hem erop had gezet, nou, toen wist ik genoeg.
Mw. Yeh: Als we mevrouw Glover even buiten beschouwing laten, welk motief zou een vrouw kunnen hebben om te liegen bij het doen van beschuldigingen van seksuele intimidatie en andere beschuldigingen die op de spreadsheet werden aangetroffen?
Getuige: Aandacht. Bevordering van de loopbaan. Financieel gewin.
Mw. Yeh: De lijst was anoniem.
Getuige: Maar nu is hij niet meer zo anoniem, toch? Als het de bedoeling was dat hij zo anoniem was, waarom heeft Sloane mijn echtgenoot en zijn bedrijf dan een proces aangedaan met haar naam op de rol?
Mw. Yeh: Dat is een goede vraag. Laten we eens kijken. Mevrouw Garrett, weet u wie Clarence Thomas is?
Getuige: Een rechter van het Hooggerechtshof.
Mw. Yeh: Kent u de naam van de vrouw die rechter Thomas van seksuele intimidatie heeft beschuldigd?
Getuige: Ik geloof dat ik dat ooit wel heb geweten, maar ik kan het me op dit moment niet herinneren.
Mw. Yeh: En de vrouwen dan die betrokken waren bij de beschuldigingen van seksuele intimidatie aan het adres van David Letterman? Bill Cosby? Kunt u zich hun namen herinneren?
Getuige: Nee, dat kan ik niet.
Mw. Yeh: Ik zou nog door kunnen gaan, maar is het redelijk als ik aanneem dat deze mannen, Bill Cosby, David Letterman en rechter Clarence Thomas, bekender zijn dan uw echtgenoot Ames Garrett?
Getuige: Ja.
Mw. Yeh: Het lijkt er dus niet op dat deze vrouwen enige soort van algemene bekendheid hebben bereikt als gevolg van hun beschuldigingen van seksuele intimidatie. Weet u wie Tyson Grange is?
Getuige: Hij is een basketballer. Hij speelt voor de Los Angeles Lakers,

meen ik. Een vriend van mijn echtgenoot, in feite.
Mw. Yeh: Dat klopt. Hij speelt voor de Lakers en wordt gesponsord door Truviv. Misschien kent u ook de naam Ariel Lopez, een turnster die een zilveren olympische medaille heeft gewonnen. Zij werd ook gesponsord door Truviv. Zes maanden geleden beschuldigde mejuffrouw Lopez Tyson Granger van seksuele intimidatie. Weet u wat er vervolgens gebeurde?
Getuige: Nee.
Mw. Yeh: Ik zal het u vertellen. Er gebeurde niets met Tyson Granger. Mejuffrouw Lopez echter verloor haar sponsorschap bij dat bedrijf waar uw echtgenoot voor werkt. Dat leverde niet echt financieel gewin op, zou je kunnen zeggen. En Tyson was, zoals u al vermeldde, een vriend van uw man.
Getuige: Dat zijn verschillende zaken. Appels en peren. Ik heb nooit gezegd dat alle vrouwen beschuldigingen van seksuele intimidatie doen uit financieel gewin of om algemene bekendheid te verwerven. Ik geloof vrouwen. Of in elk geval de meeste vrouwen. Maar op elke regel is een uitzondering. We kunnen toch niet zomaar iedere vrouwelijke beschuldiger carte blanche geven? Kijk, ik ben een vrouw en ik zeg dat. Dat "geloof alle vrouwen, wat er ook gebeurt", kom op, zeg, dat is belachelijk. Sorry dat ik me zo stellig uitdruk, ik weet dat het een impopulaire mening is, maar het is de waarheid.
Mw. Yeh: En als Sloane Glover dus zoals u hebt gezegd de naam van uw echtgenoot op de lijst heeft gezegd, met de bewering dat hij een verleden van seksuele intimidatie heeft, zegt u dat u haar niet gelooft. Klopt dat?
Getuige: Kijkt u eens. Er zijn mensen die op alles een etiket willen plakken, alleen maar om zich er zelf beter door te voelen, om zich slachtoffer te kunnen voelen. Ik zeg u dat dat het geval is bij Sloane. U zou moeten horen wat er op de school van Abigail is gebeurd, alleen omdat haar tienjarige dochtertje niet populáír genoeg was! Kinderen die gewoon doen wat kinderen nou eenmaal doen en Sloane gaat meteen op het oorlogspad om iedereen die het maar horen wil te vertellen dat het hier om pésten gaat. Ik weet wat er is gebeurd,

en dat ging niet om pesten. Hier gaat dat ook op. Nu is het plotseling 'seksuele intimidatie'. Helaas is mijn echtgenoot – mijn gezin – in feite het slachtoffer geworden van boosaardig pesten, en aan wie hebben we dat te danken? Sloane.

# 19

*31 maart*

Michael sliep nog steeds met een luierbroekje aan. Ardie koesterde weinig dingen zozeer als haar slaap en elke keer midden in de nacht opstaan om hem op het potje te zetten zou hebben betekend dat ze een deel van zichzelf zou hebben opgeofferd dat ze niet bereid was op te offeren. *Cars 3* brulde op de achtergrond, maar de afstandsbediening lag een paar centimeter te ver weg, zo ver dat ze geen moeite deed om het volume lager te zetten. Ze had zich sterk gemaakt voor *Rapunzel*, maar dat had ze verloren en nu keek ze op van de overal verspreid liggende karkassen van kartonnen dozen, waarvan ze gebouwen aan het vervaardigen was voor het superheldenfeestje van morgen, om te zien wat de pratende auto's nu weer van plan waren. Michael snelde de woonkamer in en uit in zijn luierbroekje en zijn Spider-Man-T-shirt, zwaaiend met oranje met witte pompons die hij 'vuur' noemde.

Ardies benen waren gespreid tot een slappe V op de vloer, met nog een vel wit slagerspapier ertussen. Haar rug deed pijn terwijl ze er met een viltstift piepkleine raampjes op tekende. Ze zou de inkt wekenlang niet van haar handen krijgen. Maar het was het waard. Schalen met boterhammen met pindakaas en jam die in de vorm van schilden waren gesneden stonden af te koelen in de koelkast. Er lagen superheldenmaskers klaar op de feesttafel. En zo meteen zou Ardie klaar zijn met de levensgrote – of tenminste kinderlevensgrote – stad die de kleine gasten van haar zoontje zouden doorworstelen en redden. En dus voelde Ardie zich zelf ook een beetje een superheld.

Ardie had, zoals zovelen van ons, perfectionisme opgelopen, een ziekte waarvan we hoorden dat hij ruwweg twintig keer zo vaak voorkwam bij vrouwen als bij mannen. Voor zover we begrepen, werd ze overgedragen via sociale media en de pagina's van dure tijdschriften die prominent bij de kassa uitgestald stonden, en als we de aandoening eenmaal op twaalf- of dertienjarige leeftijd hadden opgelopen, bleek ze ongeneeslijk, hoeveel opinieartikelen op de Jezebel-website we ook lazen of hoeveel venijnige romantische komedies we ook zagen waarin de hoofdrolspeelster een diepgezonken vrouw of een slechte moeder neerzette. Voor onze kinderen joegen we de gouden standaard van kleinsteedse tevredenheid na die was ingesteld door onze eigen thuisblijfmoeders, terwijl we tegelijkertijd in de schoenen van onze broodwinnende vaders stapten. En we zorgden er wel voor dat iedereen wist dat we het allemaal moeiteloos voor elkaar kregen, door de manier waarop we briefjes schreven op servetjes die we plichtsgetrouw in de lunchtrommels van onze kinderen vouwden en halloweenfeestjes gaven met Zwitserse kaas uitgesneden in de vorm van spoken.

Want zeg nou zelf, als dat niet succes was, wat was het dan wel?

Wat Ardie betreft: zij had niet de behoefte om te psychoanalyseren wát ze nou precies probeerde te bewijzen of aan wíé met dit onkarakteristieke vertoon van huiselijke bekwaamheid. Ze nam net een grote slok cola light toen de deurbel ging.

Ardie keek geïrriteerd naar de voordeur. Hoe vaak had ze nou al tegen Tony gezegd dat hij níét moest aanbellen als Michael zou kunnen slapen? Of Michael nu daadwerkelijk sliep of niet was nauwelijks een voorwaarde voor haar ergernis.

'Michael, je vader is er,' riep ze in de richting van de slaapkamer van haar zoon. Ze haatte zichzelf omdat ze 'je vader' had gezegd in plaats van iets wat van meer betrokkenheid getuigde, zoals 'papa' of 'pappie'.

Ze was heel slecht in gescheiden zijn. Maar het was dan ook niet echt een vaardigheid die ze van plan was geweest nodig te hebben. Zoals fikkie stoken. Of naaien.

Haar gewrichten voelden honderd jaar ouder toen ze van de vloer overeind krabbelde.

'Ik kom al, ik kom al,' riep ze terwijl Michael haar voorbijschoot en als eerste bij de deur was.

'Hé daar, kanjer.' Tony woelde door Michaels haar. Michael leek absoluut niet op Ardie of Tony, wat niet verwonderlijk was. Michael had bruin haar en sproeten, grote, schattige oren en benen die net zo dun waren als Ardies pols, helemaal tot aan zijn middel. Toen Tony haar verliet, was ze bang dat hij Michael in de steek zou laten. Dat hij en Braylee een leuk biologisch gezinnetje zouden stichten. En dat de zoon die ze met elkaar gedeeld hadden niet genoeg zou zijn om haar ex-man vast te houden zonder de aantrekkingskracht van DNA. Maar ze had ongelijk gehad. Zo erg zelfs dat ze zich bijna schuldig voelde. Het was eerder zo dat Tony zich twee keer zoveel had toegewijd aan Michael, en blijkbaar waren hij en Braylee helemaal niet van plan om kinderen te nemen.

Ze had gedacht dat het feit dat ze een geadopteerd kind had en in scheiding lag, zou betekenen dat ze niet de hele tijd geïrriteerd zou denken: je bent ook net je vader. Maar ook daarin had ze geen gelijk. Michael leek in zoveel opzichten op Tony, en dat deed iets met haar hart waarvoor ze nooit de juiste woorden zou hebben.

'Waar is Braylee?' vroeg Ardie, want ze wilde niet de vertrouwde steek van jaloezie voelen als Michael het als eerste aan Tony vroeg.

'Lekker thuis op de bank.' Tony had zijn geruite pyjamabroek aan. Hij had tien minuten gereden en was aan haar deur verschenen in een pyjámabroek, en dan werd er van Ardie verwacht dat ze zou accepteren dat zij en haar ex-man niet perfect bij elkaar pasten. 'De ballonnen liggen in de pick-up. Ik zal ze pakken.'

‘Ik wil meehelpen! Ik wil meehelpen!’ Michaels kleinejongenshaar fladderde boven op zijn hoofd terwijl hij om zijn vaders benen heen stuiterde.

‘Je hebt geen schoenen aan,’ zei Tony.

‘En geen broek,’ zei Ardie wijzend.

Maar het was al een verloren zaak. Tony glimlachte verontschuldigend en de twee kwamen terug met drie cellofaanzakken vol rode en witte ballonnen.

‘Dank je, je mag ze aan de keukenstoelen vastknopen.’

‘Wauw, je hebt wel alles uit de kast getrokken. Wat zal hij het geweldig vinden.’ Ze was het zo zat dat Tony zo complimenteus was, alleen maar omdat hij degene was geweest die was vertrokken. Dat liet haar geen andere keuze dan beschaafd te blijven.

‘Ja, dat denk ik ook,’ zei ze.

‘Vier jaar alweer. Hoe is dát gebeurd?’

‘Verandering is onvermijdelijk.’ Wat ze wilde zeggen was dat Michael gisteren het volledige rapcouplet van ‘You’re Welcome’ uit *Moana* had gezongen, en betekende dat niet dat hun kind een genie was? Vroeger hadden ze dit soort kleine anekdoten over Michael verzameld en ze opgewonden uitgewisseld terwijl ze hun gezicht wasten en hun tanden poetsten, nog steeds over Michael pratend terwijl ze naast elkaar in bed stapten. Was dat een deel van het probleem geweest? Of deed hij dat nu met Braylee?

Ardie deed geen poging om de stilte gemakkelijker te maken, al was dat een kenmerk dat al lang voor de scheiding had bestaan. Ze keken naar het jongetje tussen hen in totdat Tony ten slotte met zijn handen op zijn dijen duwde en zijn knieën vertrouwd kraakten toen hij overeind kwam. ‘Goed,’ zei hij, wat betekende dat hij wegging. Ze moest nog steeds wennen aan die rustige openbaring. Tony was iemand die wegging. Ardie, aan de andere kant, was iemand die bleef.

## Proces-verbaal van verklaring onder ede

*27 april*

Mw. Sharpe: Mevrouw Valdez, u had het eerder over een feestje. Op welk feestje doelt u?
Gedaagde 2: Een verjaardagsfeestje. Voor mijn zoon. Hij was net vier geworden.
Mw. Sharpe: En daar waren een aantal van uw collega's bij aanwezig, is dat correct?
Gedaagde 2: Dat is correct.
Mw. Sharpe: Mag ik vragen welke collega's?
Gedaagde 2: Sloane Glover, Grace Stanton en Katherine Bell, hoewel ik achteraf gezien denk dat het uitnodigen van Katherine niet zo'n heel goed idee was.
Mw. Sharpe: Waarom zegt u dat?
Gedaagde 2: Nou ja, om wat er daarna gebeurde.

# 20

*1 april*

We moeten wel zeggen: geen van ons had gedacht dat moederschap en werk harmonieus naast elkaar konden bestaan. Het waren eerder juist twee krachten die lijnrecht tegenover elkaar stonden. Wij waren de gevangenen, vastgebonden op het middeleeuwse rad, waarbij we het zeldzame privilege hadden genoten om én onze folteraars lief te hebben, én ze uitgekozen te hebben. Er was alleen die kleine kwestie dat onze ledematen uit elkaar werden getrokken en ons hart uit onze ribbenkast stroomde.

Midden in de nacht werden we wakker door het geluid van stemmetjes en sjokten we half slapend door gangen naar gezichtjes die het niet kon schelen of we morgen nog voor de lunch een conceptvoorstel moesten inleveren. We hielden onze adem in terwijl we keken of ze koorts hadden, bladerden wanhopig heen en weer door de ravage die een ziek kind in onze agenda teweeg zou brengen en pleegden dringende telefoontjes naar familie en vrienden in een wanhopige poging om kinderopvang te regelen of wat er ook maar minimaal nodig was om iemand ervan te weerhouden jeugdzorg te bellen. We zeiden tegen onze kinderen dat ze 'moesten doen of ze niet ziek waren' zodat we ze naar het kinderdagverblijf konden sturen, waar ze vervolgens de kinderen van alle andere ouders aanstaken. Daarbij bedachten we dat die gunst ons ook vaak genoeg was verleend. We maakten onszelf wijs, terwijl het snot uit onze neus liep, ons hoofd pijn deed en onze maag voedsel weigerde, dat het prima met ons ging. Omdat wat er ook gebeurde, wij het vangnet waren, diegenen die waren opgezadeld met de taak om te bedenken wat we moesten doen aan, nou ja, alles.

Was het dan gek dat een van ons doorsloeg? Was dat niet precies de opzet van het systeem?

Rosalita liep met haar zoon naar een huis dat de twee richtingen vertegenwoordigde waarin hun leven nu al werd getrokken en ze maakte zich zorgen hoe haar hart het zou opnemen als hij op een dag naar haar om zou kijken, niet met trots maar met medelijden. En ze bedacht dat het moederschap daar nou eenmaal uiteindelijk op neerkwam.

'Het ziet er verlaten uit.' Salomon keek op naar het huis aan Morningside Avenue terwijl hij met zijn moeder over het stenen paadje liep. Rosalita had een onpersoonlijk groot landhuis verwacht, maar het huis van Ardie had de stijl van een cottage – een heel mooie grote cottage – met blauwe sierlijsten en klimop die langs de witte muur omhooggroeide. De eik in de voortuin was zo dik als een beer en gaf schaduw aan het gazon, waar een ijzeren bankje wachtte totdat er iemand op kwam zitten. Rosalita begreep niet hoe je leven stressvol kon zijn als je thuiskwam op een plek die zo mooi was. Goed gedaan, Ardie.

'Je gaat aan het werk, Salomon. Als je naar je werk gaat, kom je ten minste tien minuten eerder.'

Terwijl ze naar de voordeur liepen, speelde Salomon zenuwachtig met de rand van zijn honkbalpetje. 'Maar waarom dan?'

'Omdat je hier bent om nuttig te zijn. Niet om een feestje te vieren.' Ze deed een heupwiegend dansje om hem te plagen en duwde Salomon toen zachtjes naar de deurbel. 'Denk eraan dat je je pet ophoudt, *pajarito*,' voegde ze er snel aan toe terwijl hij op de deurbel drukte.

'Denk je dat er snoep is?' Hij draaide zich om om het te vragen en sloeg met zijn hand op zijn petje.

Het geluid van voetstappen kwam dichterbij van de andere kant van de deur. 'Ik heb tussendoortjes voor je meegenomen.

Je gaat aan het wérk,' herhaalde ze. 'Mevrouw Valdez betaalt je. Ze gaat je niet betalen omdat ze iemand nodig heeft om haar eten op te eten.' Ze kneep in zijn nek.

'Misschien doet ze dat wel,' mopperde hij terwijl hij haar hand wegveegde.

Rosalita had maar een seconde over om terug te komen op het hele idee, om te overwegen weg te gaan voordat ze haar zoon toestond om een voet in dit prachtige huis te zetten. En toen was het te laat.

Ardie verscheen en liet hen binnen, en Rosalita zei tegen zichzelf dat ze belachelijk bezig was. Het ging om honderdvijfentwintig dollar. Op een zaterdag. Het was allemaal prima. Meer dan prima zelfs.

Zodra ze binnen was, werd Rosalita geconfronteerd met wat directer zorgen. Zoals of ze wel of niet haar schoenen moest uittrekken. Ze leek zich vaag te herinneren dat dit iets was wat witte mensen deden. Haar oom werkte als airconditioningreparateur en hij zei dat hij schuimrubberen overschoenen over zijn laarzen moest dragen voordat hij het huis van een klant binnenkwam. Dit voelde als een gelegenheid waar ze zich enorm voor schut zou kunnen zetten als ze de verkeerde keuze zou maken.

Ze keek naar Ardies voeten. Ze droeg instapschoenen – loafers, dacht Rosalita dat ze heetten – en leek zich totaal niet druk te maken over Rosalita's voeten. Dus hield ze haar schoenen aan, en toen Ardie haar verder het huis in wenkte zonder het over schoenen te hebben, ontspande ze. Een beetje.

'Ik heb je kostuum al helemaal klaargelegd. Je kunt je omkleden in de logeerkamer,' zei Ardie tegen Salomon, en ze wees door de gang. 'Je gaat een geweldige Spider-Man worden.' Salomon grijnsde. Hij was dol op Spider-Man.

'Rosalita, wat kan ik voor je halen? Mimosa-cocktail? Cola? Bronwater? IJsthee?'

Ze volgde Ardie naar de keuken. Haar huis was veel schoner dan Rosalita had verwacht. Vergeleken met de rest van de vrouwen op de veertiende verdieping was Ardie Valdez minder... beheerst. Alsof ze iemand was bij wie de stiksels bij de naden barstten. Haar haar was nooit helemaal geborsteld aan de achterkant. Haar blazers waren te lang bij de armen. Ze droeg wijde broeken die kreukten wanneer ze ging zitten. Maar Rosalita had gemerkt dat Ardie bepaalde investeringen deed. Een mooie handtas. Prachtige leren schoenen, ook al waren het niet de puntige, gevaarlijk uitziende schoenen die de andere vrouwen droegen.

Rosalita strengelde haar vingers bij haar middel door elkaar. 'Ik hoef niets, dank je.'

'We krijgen zo meteen tien kinderen van onder de vijf in huis, dus misschien heb je iets nodig om een beetje te ontspannen.' Ardie veegde een werkblad schoon met een stuk keukenpapier.

'Ik hoef niks.'

Ardie perste haar dunne lippen op elkaar en knikte. 'Ik ook niet. Ik hou het bij ijsthee. Pak gerust wat als je je bedenkt.' Ze gooide het vochtige keukenpapier in de vuilnisbak. 'Salomon doet het geweldig bij onze lessen, trouwens. Hij is bijna klaar voor het toelatingsexamen, daar twijfel ik niet aan.'

Rosalita fleurde op. Salomon was een onderwerp dat ze niet kon weerstaan. En zo waren de bijlessen ook in het leven geroepen. 'Heb je kinderen?' vroeg Ardie haar ooit nadat ze maandenlang hun snippertjes gesprek hadden gevoerd. En Rosalita was trots geweest, trots om Ardie te vertellen hoe slim haar jongetje was, en Ardie had geluisterd, en elke keer dat ze Ardie daarna zag, vroeg die: 'Hoe gaat het met Salomon?' En Rosalita vertelde haar dan dat het goed met hem ging, tot op een dag zijn onderwijzer hem naar huis had gestuurd met een briefje in een lastig, onleesbaar handschrift. Timide had ze het aan Ardie laten zien, die het voor haar had vertaald. Waar het op neerkwam, was dat Salomon naar een andere school moest. Hij zou zijn potentieel niet bereiken op de buurtschool. Hij was, daar was zijn onderwijzer van overtuigd, begaafd. Begaafd!

Rosalita had gehuild. Geen tranen van geluk. Radeloze tranen. Maar een paar dagen later had Ardie een paar uitgeprinte bladzijden boven op haar bureau gelegd, samen met een zelfklevend memoblaadje waarop stond: *Voor Rosalita.*

Een nieuwe school met een toelatingsexamen en beurzen, en Ardie zou Salomon helpen erop te komen.

'Denk je dat echt?' vroeg Rosalita. 'Begrijpt hij de wiskunde of leert hij die gewoon uit zijn hoofd?' Ze raakte heel even met een vinger haar slaap aan.

Voor het grootste deel van hun sessies nam Rosalita Salomon mee naar een afspraak met Ardie bij de Barnes & Noble-boekwinkel, waar Ardie koude koffieslush bestelde, met een toef slagroom erop. Rosalita liep langs de paden, trok reisboeken tevoorschijn en stelde zich reisjes voor naar plekken die ze niet zou bezoeken. Sinds die tijd had Rosalita al heel vaak willen vragen waarom Ardie haar hielp, maar ze vermoedde dat het iets te maken had met niet alleen thuis willen zitten wanneer haar eigen zoon in het huis van zijn vader was. Rosalita had niet veel geluk in haar leven, maar ze had wel het geluk dat ze hem niet hoefde te delen.

'O, hij begrijpt het heus wel. Hij wordt alleen zo nu en dan lui in het toepassen van alle stappen. Ik blijf het tegen hem zeggen: wiskunde is een vak waarvoor je je best moet doen.'

Rosalita knikte. 'Ik zal thuis met hem werken. Ik zal het tegen hem blijven zeggen.' Daarna keek ze over haar schouder of Salomon al verscheen, alsof het prachtige huis hem helemaal kon hebben opgeslokt. Maar hij kwam terug, uitgedost in een Spider-Man-pak. Hij nam een pose aan en stak zijn onderarm uit, zijn vingers uitgespreid om een denkbeeldig web te werpen.

Ardie klapte in haar handen. 'Perfect. Salomon, wil je me alsjeblieft helpen deze schalen naar de achtertuin te dragen?'

Rosalita zou Ardie graag meer hebben gevraagd over de voortgang van Salomon. Eigenlijk had ze graag naar complimenten willen vissen. Die voor haar zoon waren de allerbeste.

Zijn vader was in elk geval slim. Het was een van Rosalita's enige bronnen van troost wat de vaderlijke afkomst van Salomon betrof.

Al snel vulde het huis zich. Gedurende het halfuur daarna stormden de kinderen het huis in, met vaders en moeders in hun kielzog. Rosalita stond geduldig in een hoekje van de keuken, met haar handtas om haar pols geslagen. Ze probeerde zich niet te verstoppen, maar probeerde ook niet zich onder de andere gasten te mengen. Ze droeg een spijkerjurk van Old Navy met instapsandalen en was blij te zien dat het een goede keuze was voor het feest.

Door de ramen kon ze Salomon superheldenmaskers en capes aan de jongere kinderen zien uitdelen. Hij stelde zich voor aan volwassenen. Hij liet de kleuters zien hoe ze hun spieren moesten spannen. Hij paste erbij. Dit was wat ze wilde. Echt. Maar het was niet helemaal zonder ongemak.

Zelfs vanuit haar plek in de keuken kon ze de binnenkomst van de vrouw die Sloane heette niet missen. Ze droeg een getailleerd blauw-witgestreept T-shirt, een skinny spijkerbroek en sleehakken met open hielen, met een lief ruitjesdessin. Haar haar was naar achteren geborsteld in een glanzende blonde paardenstaart die tegen haar nek stuiterde. Ze sprak met luide stem, alsof ze haar gezin de binnenkomst beschreef. Haar handen rustten op de schouders van een meisje. De man – haar echtgenoot – deed de deur achter hen dicht. 'Kijk toch eens!' riep Sloane uit tegen de kamer in het algemeen. 'Ardie heeft zich uitgesloofd.'

Sloanes dochter keek op, fluisterde iets in haar moeders oor en huppelde toen naar buiten. Rosalita's ogen volgden en even later had het meisje Salomon gevonden, en de twee oudere kinderen namen gezamenlijk de rol van hoofdorganisatoren op zich.

'Is hij van jou?' Sloane liep door de keuken en pakte een van de champagneglazen. 'Wil jij iets, lieverd?' vroeg ze over haar schouder. Maar haar echtgenoot stapte al naar buiten om te kijken waar de kinderen en de andere volwassenen zich hadden verzameld.

'Ja. Hij heet Salomon.'

Sloane schonk een glas bijna vol met champagne, en het schuim bruiste zo gevaarlijk dicht bij de rand omhoog dat Rosalita er zeker van was dat het eroverheen zou stromen. Maar dat deed het niet, en Sloane vulde het bij met een scheut jus d'orange. 'Ze zien eruit alsof ze bijna van dezelfde leeftijd zijn, mijn Abigail en Sal–Salomon.' Ze struikelde over zijn naam.

'Ik ben Sloane, trouwens. Ik geloof niet dat we officieel aan elkaar zijn voorgesteld. Ik herken je van... van...' Ze draaide haar vinger rond in de lucht alsof ze probeerde het woord te pakken en knipte toen met haar vingers. 'Het kantoor!'

'Rosalita.' Ze stak haar rechterhand uit.

Maar net op dat moment ging de deurbel omdat er nieuwe gasten waren, en de hand van Sloane, koel en glad in die van haar, gleed weg terwijl ze achter zich naar de deuropening keek.

'Grace! Katherine! Excuseer.' Ze stak een verontschuldigende vinger op. 'Eén momentje.' Ze wankelde weg op haar sleehakken, met het champagneglas in haar hand. 'Jullie zijn gekomen! Zijn jullie samen gekomen? Kijk jullie nou eens.'

Er werd heel veel geknuffeld. Zo'n specifieke vanuit het middel buigende, met rechte rug halsstrekkende omhelzing van vrouwen als Sloane. En Rosalita zag dat Katherine een vrouw was met kort haar – die vrouw van het kantoor – en wendde snel haar gezicht af.

Rosalita zorgde ervoor dat ze niet de gang in keek en liet in plaats daarvan haar ogen door de kamer zwerven naar de koektrommel in de vorm van een kat, naar een lege fruitschaal, naar een kinderrugzak die aan een miniatuurstoel bij een dito tafel was gehangen.

En nu klosten de vrouwen over de houten vloer.

'Wijn!' zei Sloane tegen Katherine, die de hals van een fles vasthield. 'Voor een kinderverjaardagspartijtje! Dat mag ik wel.'

Sloane pakte de fles aan alsof het haar huis was en zette hem op het aanrecht. 'Kom binnen, kom binnen, ik was zojuist aan het kletsen met Rosalita hier.' Ze sprak Rosalita's naam overdreven Spaans uit.

'Grace.' Een andere blonde vrouw, net even jonger en heel knap, stak haar hand uit naar Rosalita.

'Hallo,' zei Rosalita. 'Mijn zoon helpt met het feestje.' Ze wees naar buiten, naar waar haar Salomon rondrende met Ardies zoon Michael op zijn rug. Hij was een succesnummer.

'Ik heb net een kindje gekregen. En ik gebruik dit als een excuus om een paar uurtjes weg te sluipen. Ik voel me een ietsiepietsie schuldig, maar...' Ze haalde haar schouders op. Ze zag er eigenlijk niet uit alsof ze zich schuldig voelde. Rosalita wist al van de baby door het kolfapparaat dat onder haar bureau was weggeborgen, maar ze deed net alsof dat niet zo was.

Toen Salomon net geboren was, had ze hem nog niet eens één uur alleen willen laten. Maar ze moest wel. Soms hoorde ze vrouwen op kantoor klagen dat ze niet hadden kunnen wachten om weer aan het werk te gaan nadat ze een kindje hadden gekregen. Maar Rosalita wist dat ze wel konden wachten. Want dat deden ze.

Katherine had Rosalita gezien. Daar was ze zeker van. Katherine had haar gezicht ongeveer op dezelfde manier afgewend op het moment dat hun blikken elkaar hadden gekruist, als een afketsende kogel. Katherine liep recht op de plek af waar de drankjes stonden. 'Wil jij iets, Grace?' vroeg ze, zonder nog eens in de richting van Rosalita te kijken. Niemand anders leek het te merken. Katherine liet de jus d'orange helemaal achterwege en toen ze klaar was met schenken, stelde ze voor dat ze naar buiten zouden gaan. Ze stelde het zo voor dat het haar lukte om Rosalita daar niet bij te tellen. Maar Rosalita zag het. Rosalita zag altijd alles. De vraag was in dit geval: wat hád ze precies gezien die avond in het kantoor van Ames?

# 21

*1 april*

De champagnebubbels waren rechtstreeks naar Sloanes hoofd gestegen. Ze dacht erover om Rosalita te vragen een speelafspraakje te regelen met haar zoon – hoe heette hij ook alweer? Sal... Sal... Sal-nog-iets. Ja, dat moest ze dóén. Ze zette haar glas weer aan haar lippen, met één hand op haar heup, en ze dacht na. Maar... zou dat ruimdenkend zijn of neerbuigend? Om Rosalita's zoon te vragen met Abigail te spelen, bedoelde ze.

En was je áfvragen of het ruimdenkend was eigenlijk niet zelf al een bewijs van een gebrek aan ruimdenkendheid? Dit was een hersenbreker. Sloane had de pest aan dit soort ethische legpuzzels. Was het niet genoeg dat ze iedereen aardig vond? Ze was nog nooit iemand tegengekomen met wie ze niet gewoon kon praten. Maar nee, dat was blijkbaar naïef van haar. Of, een akeliger woord dat ze had geleerd: geprivilegieerd.

In Ardies achtertuin scheen de zon met precies de juiste felheid. Takken zwiepten boven hun hoofd en het gegil van kinderen die kartonnen gebouwen omgooiden, voelde als een kiekje uit een catalogus van een verantwoorde speelgoedwinkel. Ze zou zich later wel druk maken over de principes achter een speelafspraakje.

Ze genoot echt van de gewaarwording van bubbels die omhoogzwommen naar haar hoofd.

Ze bleef nog iets langer aan de zijlijn van het feestje staan, wat ongebruikelijk voor haar was, en keek hoe haar dochter superheldje speelde met Rosalita's zoon. Twee kinderen van vergelijkbare leeftijd die in deze specifieke context daardoor relatief belangrijk werden.

Ze had de berichtjes op Abigails telefoon gewist. Poef! Weg! En kijk nu eens! Haar dochter was vrolijk buiten aan het spelen en Sloane had daarvoor gezorgd. Abigails bemoeizuchtige moeder.

Misschien was het memorandum dat ze had gemaild een beetje té, op klaarlichte dag bezien, maar de school moest een lesje geleerd worden en wie zou het haar kwalijk nemen? Ze was een móéder.

Ze lachte de ontspannen glimlach van iemand die anderhalf drankje achter de kiezen had en keerde toen terug naar het terras, waar Grace, Ardie en Katherine om haar echtgenoot heen stonden.

'Verzuip je al in het oestrogeen?' Ze haakte haar arm door zijn elleboog. Zijn zachte, versleten poloshirt streek langs haar wang. Hij was een papa die er fantastisch uitzag in achtertuinen. Geboren om een bal te gooien en om kinderen op zijn schouders te dragen. Ze twijfelde nog steeds of ze hem zou vertellen dat ze aan het schoolbestuur had geschreven. Ze neigde naar niet. Het was tenslotte een formele klacht aan het adres van zijn werkgever, maar dat was ook precies waaróm ze de zaken zo stevig in eigen handen had moeten nemen. Het was beter als hij van niets wist. Onschuldig. En trouwens, een juridisch memorandum schrijven lag toch niet binnen zijn mogelijkheden.

Hij boog zijn hoofd, zodat zijn stoppelbaard in haar haar bleef haken. 'Ik wist nog dat ik mijn adem in moest houden voordat ik erin dook.'

Ze grijnsde naar de groep. 'Uitstekend. En wat heb ik gemist?'

Grace hield een fles champagne vast bij de hals. Ze droeg een chambray blouse die in een bloemetjesrok met een A-lijn was gestopt. Sloane had er nooit zo smaakvol gekleed uitgezien nadat Abigail geboren was. Ze was het zwangerschapsgewicht betrekkelijk snel kwijtgeraakt, hoewel ze zo'n twintig kilo was aangekomen, maar haar figuur was een ander verhaal. Het was alsof haar lichaam een centimeter naar links was verschoven en bijna een jaar na de bevalling pas op zijn plek terugkwam. 'Ik schonk net Katherines glas bij.' Ze maakte een kleine reverence. 'Het lijkt erop dat ze een uitgroei heeft.' Grace bewoog vals haar wenkbrauwen op en neer.

Katherine nam een agressief grote slok champagne en Sloane keek naar haar met een beetje dichtgeknepen ogen. Ze was te jong om al grijs te worden.

'Ze complimenteerde me net in een heel plat Bostons accent met mijn *potty platta*.' Ardie hield een schaal met fruit en kaas met prikkers erdoor op.

Sloane aarzelde en toen werden haar ogen groot, wat waarschijnlijk een beetje té was, maar dat kon haar niet schelen. 'Heb jij een Bostons accent voor ons verborgen gehouden?'

De gedachte prikkelde haar al net zo als de champagnebubbels. Die volmaakt keurige Katherine Bell. Met haar perfecte uitspraak. Sloane pakte een van de prikkers met een stukje watermeloen eraan en stopte het in haar mond. 'Ik dacht dat je op een dure kostschool had gezeten of zoiets?' zei Sloane al kauwend.

'Niet bepaald,' zei ze, nog een slok nemend. 'Ik kom uit Zuid-Boston. Openbare school.'

'Je bent een eind van huis, Dorothy,' zei Grace.

'*Dah-thy*,' grapte Katherine.

'O! O! Zeg nog eens iets!' Sloane klapte in haar handen. En ze rolde maar een beetje met haar ogen toen Derek daarna haar glas weggriste. Op en top een leraar. Maar ze kon er altijd nog wel ergens een vinden.

Katherine hield haar glas op naar Grace, die het gebaar beantwoordde met een zacht, medeplichtig lachje. 'Ik geloof dat ik maar moet rijden.'

Katherine wees naar Sloane. Haar nagels waren kinderlijk kort. Bijna tot op het vlees afgekloven. 'Sloane Glovah, jij bent echt verdorven slim,' zei ze met vet Bostons accent.

Misschien was het het heerlijke weer of de geur van pas gemaaid gras, maar Sloane nam de impulsieve en onomkeerbare beslissing om Katherine te mogen. Katherine was geen ingénue. Ze was een vrouw die zichzelf van afzonderlijke stukjes had omgevormd tot een mozaïek van een aan Harvard afgestudeerde rechtenstudente en een advocate bij een groot advocatenkantoor. Ze was bijdehand.

*Ik wil zoals jij zijn.* Wat Katherine had gezegd – misschien had gezegd – borrelde naar de oppervlakte, samen met de bubbels. Of... wacht eens, had ze gezegd: ik wil jou zijn? Maakte het uit? Sloane had een raar heen en weer klotsend schuldgevoel dat ergens op haar geweten drukte. Mijn hemel, ze hoopte maar dat ze geen kater zou krijgen.

'Oké,' zei Derek terwijl hij Sloanes halfvolle glas op de buitentafel zette. 'Laten we het over American football hebben: wie is een grotere klootzak, Jerry Jones of Bill Belichik?'

'Nou, ik weet wel wie meer een winnaar is.' Katherine trok een wenkbrauw op.

'O, die zit!' Derek wapperde lachend met zijn hand. Hoewel hij toch echt verzot was op de Cowboys. Elk jaar bemachtigde Sloane voor zijn verjaardag twee Truviv-kaartjes voor zitplaatsen op het niveau van het veld. 'En, hoe kom je hier zo verzeild uit "Beantown"?' vroeg hij.

Sloane zuchtte en pakte stiekem haar glas weer terug van de tafel. 'Moet je mijn echtgenoot nou zien proberen cool te zijn,' plaagde ze.

Katherine sloeg haar eigen drankje achterover. 'O, ik werd ontslagen.'

Grace veegde haar mond af met een opgevouwen servetje.

Ardies voorhoofd rimpelde. 'Je werd ontslagen? Bij Frost Klein?'

'Yep.'

Als baas van Katherine wist Sloane niet zeker of ze dit wel hoorde te horen. Maar als onverbeterlijk nieuwsgierige persoon kon ze de verleiding niet weerstaan.

'Het was een nachtmerrie, eigenlijk,' zei Katherine, naar de bodem van haar glas starend. 'Wat zit er in deze dingen?'

Ardie hield haar hoofd schuin. 'Champagne,' antwoordde ze langzaam.

'Dat verklaart alles.' Katherine knikte ernstig.

'Dus, wat was er gebeurd?' vroeg Grace.

Sloane herinnerde zich vaag waar ze waren, namelijk op een kinderverjaardagsfeestje, vlak na twaalf uur 's middags. Derek verontschuldigde zich om even bij Abigail te gaan kijken. De goede ouder, merkte Sloane met lichte irritatie op. Meer over zichzelf dan over hem.

Ardie trok haar schoenen uit en strekte haar voeten even uit op de terrastegels terwijl ze luisterde.

'Het jaar voordat ik werd ontslagen,' zei Katherine, 'had de firma een of andere statistische analyse uitgevoerd over gelijke werkgelegenheidskansen voor een beursgenoteerd bedrijf waarin de cliënt er veel beter voor leek te staan dan het geval was doordat de compagnon, die trouwens hoofd van de afdeling was' – ze bewoog de steel van haar glas in een spiraal – 'de verkeerde gegevens had gebruikt. Het advies met die analyse was gebruikt, openbaargemaakt en doorslaggevend geweest voor de afronding van een fusie waar veel publiciteit mee gepaard ging en waar onze firma de leiding over had.'

Ardie bedekte haar mond met haar hand en Grace perste haar lippen op elkaar.

Katherine keek naar haar schoenen en toen weer omhoog. Er was iets onleesbaars zichtbaar in haar trekken. 'Ik had al in andere hoedanigheden voor het bedrijf gewerkt, maar was dat jaar aangesteld om te helpen de nieuwe financiële gegevens voor de gefuseerde bedrijven te verzamelen. Ik merkte een afwijking op in de statistische analyse en bracht die onder de aandacht van de compagnon.'

Sloane had ook haar schoenen uitgedaan en ze sloeg haar benen over elkaar, zodat haar blote tenen op en neer wipten van het been waar haar elleboog een krater in drukte. 'Ja, tuurlijk.'

Ze voelde de plaatsvervangende angst opzwellen bij het vertellen van een werkelijk angstaanjagend spookverhaal. Bij Jaxon Brockwell had een beginnende advocaat een keer het woord 'niet' weggelaten uit een cruciale zin in het pensioenplan van een bedrijf, en die fout had miljoenen dollars aan extra uitbetalingen tot gevolg gehad. Sloane had er absoluut niets mee te maken gehad, en toch had ze er wekenlang niet van kunnen slapen.

'Hij zei dat ik de analyse dit jaar met de juiste gegevens moest uitvoeren,' ging Katherine verder. 'Niemand zou ze lezen, en als ze het wel deden, zouden ze hun op dat moment wel vertellen over de vergissing. Ik was niet blij met die regeling.' Ze benadrukte die woorden. 'Maar hij was het hoofd van de afdeling. Bij Frost Klein nota bene. En de compagnon zei dat als het bedrijf ernaar vroeg, we de fout openbaar zouden maken.' Katherine streek met haar hand door haar haar. 'Maar bij het overgebleven bedrijf waarmee het oorspronkelijke bedrijf was gefuseerd lazen ze het nieuwe rapport wel, ze merkten de discrepantie wél op, en ze klaagden ons aan voor fraude. Ik dacht: prima, de compagnon gaat de verantwoordelijkheid op zich nemen. Ik werd er misselijk van, maar hij was de eindverantwoordelijke.'

De uitdrukking op Grace' gezicht was niet opgewekt meer. Ze hield haar handen lichtjes over haar oren. Het was rampenporno, opwindend en schokkend, voor het advocatengezelschap. 'Hij had een vergadering met het bedrijf, waarvoor ik niet was uitgenodigd. Ik ging lunchen. Toen ik terugkwam, zaten de directeur-compagnon, het afdelingshoofd en het hoofd van Personeelszaken bij elkaar in een vergaderruimte op me te wachten. Ik werd op staande voet ontslagen. De cliënt had geëist dat de firma actie zou ondernemen tegen mij, hoewel ik ervan overtuigd ben dat de compagnon het had voorgesteld. Ik begreep er niets van.' Ze knipperde nu met haar ogen terwijl ze het moment opnieuw beleefde. Sloanes maag draaide er ook van om. 'Ik was bereid om mijn standpunt toe te lichten.' Haar ogen bleven ongefocust. 'Maar de compagnon keek me recht in de ogen en schoof documenten over tafel, documenten waarvan ze zeiden dat ze ze in mijn kantoor hadden gevonden en die betrekking hadden op de analyse van het jaar ervoor, waar ik niet eens aan meegewerkt had, dat zweer ik. Dat waren die gegevens. De compagnon zei dat ik degene was die verantwoordelijk was. Hij zei dat hij me een strafproces zou aandoen voor mijn fraude bij mijn werk voor een beursgenoteerd bedrijf onder de effectenwetgeving. En aan de andere advocaten daar kon ik wel zien dat ze het zo wilden. Dus vertrok ik. Ik kon niets doen. Ze dreigden me uit de orde van advocaten te zetten.' Haar stem werd hees. 'Het was beangstigend. Ik kan nauwelijks geloven dat ik daar levend vandaan ben gekomen.'

'Jezus,' zei Ardie, die eindelijk de schaal met hapjes neerzette en haar handen afveegde. 'Je had, weet ik veel, wel 750.000 dollar per jaar kunnen verdienen als je was gebleven en compagnon was geworden bij Frost Klein.'

Dat was kilometers verwijderd van wat een advocaat die bij een bedrijf werkte gewoonlijk verdiende. Honderdduizenden kilometers, om precies te zijn.

'Yep.' Katherines huid zag er vochtig uit, van het zweet of de alcohol of de zon, dat wist Sloane niet goed. Maar Katherine probeerde het onderwerp niet mooier in te kleden door te zeggen dat het haar niet om het geld ging. (We waren jaren geleden al opgehouden dat riedeltje van succes-staat-niet-gelijk-aan-geld te geloven, toen we ons realiseerden hoeveel minder geld we verdienden en, in het verlengde daarvan, hoeveel minder succesvol we waren. We hadden door schade en schande geleerd dat geld wel degelijk nodig was om succes te hebben, en niet andersom. Geld betekende dat je opties had. Geld betekende dat je risico's kon nemen. Dat je naar een volgend niveau kon springen. Met geld is niet alles te koop, was ons altijd verteld. Met geld kun je geen tijd kopen. We waren erachter dat dat gelul was. En we hadden de accounts bij Care.com en

Instacart om het te bewijzen. Geld was waar we op uit waren.)

Grace trok haar kin in van walging. 'Wie was de compagnon?'

'Jonathan Fielding,' antwoordde Katherine zonder aarzeling.

'Wauw.' Sloane smakte met haar lippen. 'Het lijkt me dat je hem wel kon vermoorden.'

'Sloane,' waarschuwde Ardie.

Maar in Katherines ogen flitste een blik van herkenning. 'Als ik de kans had gehad, had ik het denk ik gedaan.'

'Chíps.' Ardie keek uit over de achtertuin, waar de kinderafdeling van het feestje was ontaard in relschoppersgebied waar handjes en voetjes de kartonnen stad uit elkaar trokken en in elkaar stampten. Overal in het afgesloten gedeelte lagen snippers karton. 'Ik moet de taart gaan halen.'

'Ik help wel!' Sloane hief haar glas en volgde Ardie naar de keuken. De hordeur sloeg met een klap achter hen dicht.

Ardie deed de deur van de koelkast open en Sloane, die eigenlijk niet bijzonder behulpzaam was bij sociale gelegenheden, leunde met haar bovenlichaam op het keukeneiland.

'Katherine lijkt een beetje onbeheerst vandaag, vind je niet?' fluisterde Sloane, over haar schouder door het raam turend. 'Denk je dat het echt zo is gegaan?'

'Ja.' Ardie schoof een rood-wit-blauwe taart van het middelste rek. Ze hield hem in haar armen en zette hem voorzichtig neer naast waar Sloane stond.

'Zij die altijd zo sceptisch is. Is dat alles?'

Ardie deed de la open en begon kaarsjes door het glazuur om de rand van de taart te steken. 'Dat is alles.'

'Wat zeggen ze als mannen blunders maken? Leer van je fouten?' Sloane keek naar het glazuur en stond in dubio of ze even snel haar vinger door de blauwe krullen zou halen.

Ze streek met een lucifer over de zijkant van het doosje. Er sprong een oranje vlam uit de kop tevoorschijn. Sloane hield hem schuin bij de lontjes en keek toe hoe er was op de taart begon te druppelen, totdat het vlammetje nog maar een seconde van haar vingertoppen verwijderd was en ze hem uitblies. Er krulde een wolkje grijze rook omhoog en dat loste op.

'Ik zal één ding zeggen,' zei Sloane. 'Ik ben nog nooit op een kinderfeestje geweest waar zoveel drank werd geschonken. Nou ja, op de eerste verjaardag van Abigail na dan,' mijmerde ze.

Ze hield de deur open voor Ardie, die de taart in evenwicht hield. De gasten braken uit in 'Happy Birthday', dat Sloane met overtuiging zong. Ze merkte op dat Rosalita ontbrak in de kring van gezichten, maar alleen vluchtig.

Toen het zingen klaar was, werden er plakken taart gesneden en opgediend. De zon was net begonnen de temperatuur op te stuwen tot onaangenaam warm. Al zou dat ook kunnen liggen aan het feit dat ze haar champagneflûte in de keuken had laten staan. De volwassenen liepen door elkaar heen, rusteloos rondlopend terwijl iedereen probeerde zich op tijd los te maken van het feestje om nog boodschappen te kunnen doen, of om zich klaar te maken voor de babysitter die avond, of om een dutje te doen.

Het was met haar eigen huis en een joggingbroek in gedachten dat Sloane Derek opspoorde en hem vervolgens in de richting van Ardie begon te leiden om afscheid te nemen. Grace was al papieren bordjes aan het verzamelen en ze in een openstaande vuilniszak aan het schuiven. En Sloane bedacht dat het misschien gemakkelijker zou zijn als ze gewoon allemaal wat geld inlegden voor een schoonmaakploeg. Zou dat niet net zo aardig zijn? Zo niet aardiger, voegde ze eraan toe.

Abigail kwam naar haar toe om de paardenbloem te laten zien die ze in het gras had gevonden, voordat ze een wens deed. En het was allemaal zo'n waas dat ze nauwelijks opmerkte wie het was die tegen Ardie had gezegd 'Wat een fantastisch feestje. Dank je wel', totdat Braylee en Tony voor hun neus stonden en Tony tegen Derek zei: 'Er is volgende maand een whisky- en chocoladeproeverij in onze club. Misschien lijkt het je leuk om er met zijn vieren heen te gaan. Braylee kan met Sloane overleggen over de details.'

En, nou ja, toevallig smachtte Sloane op datzelfde moment naar chocola, en dus knikte ze enthousiast en beloofde ze om snel van zich te laten horen.

Toen ze zich omdraaide, ontdekte ze dat Ardies gezicht zich vlak voor dat van haar bevond, volledig ontdaan van welke uitdrukking dan ook. 'Je gaat met Bráylee overleggen over de detáils.' Het was geen vraag.

Sloane stond op het punt haar hand naar haar voorhoofd te brengen en af te geven op de effecten van te veel champagne. Maar daarmee zou ze moeten wachten tot ze thuis was met Derek. Want Ardie Valdez, dat zag ze wel, wilde er niets van horen.

'Het was maar één of twee keer.' Of drie of vier, dacht Sloane. Of vijf. 'Derek kwam Tony een keer tegen in de supermarkt.' Ze probeerde haar woorden een gevoel van verbazing mee te geven, een wat-een-ongelooflijk-toevalachtig verhaal. 'En Tony vroeg of hij zin had om een keer te komen tennissen op de club. Derek wil altijd tennissen, en je weet dat hij van mij nooit bij een club mag.' Eigenlijk lag er een lidmaatschapspakket op het aanrecht, en Sloane had er serieus over nagedacht.

Ardie luisterde, zonder een woord te zeggen kinderfeestzakjes uitdelend.

Sloane was begonnen met haar handen te praten. 'Van het een kwam het ander en... ik was van plan het tegen je te zeggen.'

Ardies mond was een messcherpe lijn. 'Maar je had er geen tijd voor in de iets meer dan tien uur dat we met elkaar werken, vijf dagen per week.'

Weet je wat er erger is dan een berichtje? Dit. Dit is erger!

Sloane zuchtte, en haar houding zakte in één keer in. 'Reageer alsjeblieft niet zo. Ik weet dat je een hekel hebt aan Tony.' Ardie keek Sloane scherp aan. 'Maar Derek heeft nauwelijks mannelijke vrienden. Hij werkt met een stelletje vróúwen. En volgens mij vond hij het heel leuk om uitgenodigd te worden.'

Derek stond bij het poortje in het hek, met zijn hand op Abigails nek. Ze zwaaide op kniehoogte met een kinderfeestzakje. Kom op, gebaarde hij.

'Ik probeerde alleen maar om, weet ik het, een beetje te steunen.'

'Wie te steunen?'

Sloane stak een vinger op naar Derek: één seconde.

'Ardie, wees alsjeblieft niet boos.' Sloane had de indruk gehad dat mensen van middelbare leeftijd niet meer boos op elkaar móchten worden. En dus kwam de lichte kilte in de lucht als een onplezierige verrassing.

'Ik ben niet boos.'

'Het was niet de bedoeling om er een soort geheimpje van te maken.' Daarna wist Sloane niet goed wat er verder nog gezegd kon worden. Want ze waren te oud geworden voor kinderachtige wrok, toch? En ze waren al te lang vriendinnen en collega's van elkaar. En ze waren, wat nog het belangrijkste was, carrièrevrouwen. Ze hoorden geen tijd te hebben voor drama's.

'Sloane!' blafte Derek.

'Ik moet gaan. We zullen het er maandag over hebben. Of daarvóór nog. Wanneer je maar wilt.' Sloane liep achter Derek en Abigail aan het poortje uit, zichzelf verzekerend dat de confrontatie niets te betekenen had gehad, dat het allemaal goed zat, dat Ardie haar niet kwalijk nam wat ze had gedaan, maar Sloane kon haar eigen leugen niet slikken. Ardie was wel degelijk boos op haar. Ze voelde zich rot, en dat nog wel terwijl ze mooie schoenen aanhad. Haar roes verdween. Ze klom op de stoel van Dereks SUV en voelde hoofdpijn opkomen in het midden van haar voorhoofd. Ze staarde uit het raam; plotseling was het te warm buiten, de vogels zongen te luid, de puffende sprinklers waren te verspillend. Ze had nog andere geheimen. Geheimen die onder de oppervlakte lagen te slapen, veilig weggeborgen voor haar geliefden. Ze had altijd geloofd dat ze ze bewaarde omdat ze niemand pijn wilde doen. Maar misschien, heel misschien, was dat ook weer een leugen die haar op een dag zou opbreken.

# 22

*3 april*

De maandagen brachten ons gemengde gevoelens: schuldgevoel, angst, stress, vermoeidheid en opluchting. Tegen het einde van het weekend verlangden we hevig naar het internet. We begonnen te kwijlen bij het vooruitzicht webwinkels te kunnen bekijken en ongestoord door het bedrijf gefinancierde koffie te drinken. We wisten dat we op zondag meer boodschappen hadden moeten doen. Dat we de lampjes in de badkamer hadden moeten verwisselen en de doktersrekening hadden moeten betalen die sinds vorige maand op het werkblad van de keuken lag. Op maandag waren we ons er bitter van bewust dat we sinds lange tijd de zomervakantie waren ontgroeid, dat de monotonie van het werk dwars door de vier seizoenen stroomde zonder te stoppen, dat een weekend in essentie maar één echte dag vrij was, gevolgd door een dag lang ons schrap zetten voor de aanslag van de komende week, omdat we onze vrije uren niet hadden gebruikt om uitgavenoverzichten bij te werken zoals we van plan waren geweest. We hadden per ongeluk in plaats daarvan een marathon aan afleveringen van *Jane the Virgin* gekeken. Maandagen brachten dezelfde belofte als goede voornemens met oud en nieuw: we zouden gezonder eten, meer bewegen, minder uitstellen en onze kinderen niet zoveel televisie laten kijken. Tegelijk met die belofte kwam het nederig makende instinct dat zodra het vrijdag was we in minstens de helft van die zaken gefaald zouden hebben.

Op deze specifieke maandag drukten we op de knop van ons

beeldscherm, luisterden we onze voicemail af, bekeken we onze e-mailberichten, vulden we onze nietmachine, krabbelden op gele memobriefjes, ongevoelig voor de barsten die zich als een waaier uitspreidden in het glas onder onze voeten. Deze maandag bracht niet meer ophef dan normaal gesproken, niets wees erop dat het de laatste maandag was waarop alles normaal zou zijn.

Grace Stanton kon uitstekend schrijven. Ze had in de schoolteams voor zowel voetbal als tennis gezeten. Ze kon best goed koken. Ze had rechten gestudeerd aan de universiteit van Texas en was niet als een van de besten van de klas afgestudeerd, maar zat toch zeker bij de bovenste vijfentwintig procent. Ze maakte op tijd haar koelkast schoon. Ze las één boek per week. Ze sprak Frans.

Kortom, Grace Stanton was bijna overal goed in.

Waarom kwam ze dan op maandagochtend bij haar bureau aan met het gevoel dat ze een mislukkeling was?

Ze kon het gewoon niet verklaren. Ze probeerde zichzelf toe te spreken zoals ze bij een vriendin zou doen: Je bent te streng voor jezelf. Je bent geweldig. Hou op met jezelf op je kop te zitten om kleine dingen. Niemand heeft het in de gaten.

Het probleem was dat wanneer ze die dingen tegen een vriendin zei, ze ze ook echt meende.

Grace sloot de website van The Skimm, een op vrouwen gerichte nieuwsbrief die een toelichting geeft op de belangrijkste nieuwsitems van de dag, en ging toen door naar een blog over binnenhuisarchitectuur dat ze volgde, totdat ze haar dag niet meer kon vermijden.

Een binnengesmokkeld kacheltje gonsde bij haar voeten terwijl ze zich richtte op een samenvatting van de meest recente updates op het gebied van wet- en regelgeving en de dossiers begon te scannen op eventuele voorgestelde veranderingen die gevolgen zouden kunnen hebben voor Truviv. Ze voegde aantekeningen toe aan een Word-document met onderwerpen die aan de orde gesteld moesten worden bij externe advocaten die de juiste zoektochten voor haar zouden doen via Westlaw, de juridisch-onderzoeksdatabase.

Ze begon eindelijk in een soort workflow te komen, toen er een luide klap op haar deur klonk. Ze keek op en zag Ames' hand de binnenkant van de deurlijst vastgrijpen, alsof hij terwijl hij langsliep zichzelf nog net kon tegenhouden voordat hij zijn afslag miste.

Hij trok zichzelf weer haar blikveld in. 'O, hé.' Hij knipte met zijn vingers een ritme voordat hij met zijn vuist op zijn hand sloeg, een ritme van een-twee-drie. Haar vader deed dat ook vaak. 'Heb je toevallig nog de kans gehad om dat ene te doen waar we het vorige week over hadden?' Hij krabde aan zijn wang op de plek waar de weekendstoppels die daar nog zaten zilverig oplichtten.

Grace was het gewend dat mannen even langskwamen in haar kantoor en wist dat het bij haar vaker gebeurde dan bij Ardie, bijvoorbeeld. En als dat haar meer dan lichte ergernis had bezorgd, had ze misschien overwogen om haar uiterlijk te veranderen. Maar ze stamde uit een familie van zuidelijke vrouwen die op hoge hakken naar de supermarkt gingen. Oude gewoonten verdwenen niet langzaam. Ze verdwenen helemaal niet.

'Nog niet, eigenlijk.' Ze probeerde net zo nonchalant te praten als Ames.

Hij ging met zijn hand door zijn haar, waardoor de witte streep in de lok bij zijn voorhoofd even verdween. 'Aha.'

Grace' vingers zweefden nog steeds boven het toetsenbord. 'Maar het staat op mijn to-dolijst.' Het was nou niet zo dat ze de gunst van Ames was vergeten. En het was nou niet zo dat ze het niet wilde doen.

Waarom zou ze ook niet? Het was een kleine moeite. Ze mocht Ames en hij zag iets in haar. Ze mocht Ames toch mogen?

Ze glimlachte terug naar haar baas en probeerde terug te halen hoe ze een man ook weer op zijn gemak moest stellen. Eigenlijk was dat simpel. Een warme glimlach, even lachen en – boem – wie de man ook was tegen wie ze sprak, hij voelde zich onmiddellijk gelukkiger. Kijk, het werkte nu al.

Hij sloeg zijn armen over elkaar en leunde met zijn schouder tegen de deurlijst. 'Je weet dat ik je nooit zou vragen iets te doen waar je je niet prettig bij zou voelen.' Hij legde een knokkel tegen zijn mond terwijl hij haar aandachtig aankeek.

'Juist.' Ze haalde haar handen van het toetsenbord en drukte ze tegen haar schoot. 'Natuurlijk niet.' En, dacht ze, hij zou waarschijnlijk ook nooit willen dat ze iets deed waar híj zich ongemakkelijk bij voelde.

Ze zou kunnen liegen. Dat was een optie. Maar een goede? Waarschijnlijk niet.

'Hoe dan ook, ik moet ervandoor. Vergadering van de beloningscommissie.'

Heel even vroeg ze zich cynisch af of het feit dat hij beloning noemde toevallig was of een suggestie. Toen herinnerde ze zich weer hoe aardig hij was geweest daar boven op het balkon, toen ze plannen hadden gemaakt hoe ze Grace' carrière binnen het bedrijf konden bevorderen, en had ze spijt.

'Maar ach.' Hij knipte met zijn vingers en wees naar boven. 'Als je klaar bent, kunnen we misschien naar het balkon gaan voor een snelle...' Hij maakte gebaren alsof hij rookte. 'Ik heb een paar projecten in de pijplijn waar je misschien voor in aanmerking komt. En ik zou het geweldig vinden om jouw input te krijgen over een paar wet- en regelgevingskwesties.'

'Nou,' zei ze, 'je weet hoe dol ik ben op... wet- en regelgevingskwesties.' Nietszeggende kantoorklets. Heerlijk vond ze dat.

'Ik wist wel dat ik je leuk vond, Grace.' Hij knipoogde. 'Ik kom straks nog wel even bij je langs.' En op zijn weg naar buiten tikte hij twee keer tegen de deurlijst.

Haar beeldscherm was in de slaapstand gegaan. Ze duwde tegen de muis om het weer tot leven te wekken. Ze dacht na over de interactie en dacht er nog eens over na, en zag bijna geen andere optie dan te doen wat Ames had gevraagd. Maar was dat verkeerd? Was het niet de bedoeling van het bedrijfsleven om alles te pakken waar je dacht mee weg te komen?

Ze bekeek het vanuit een andere invalshoek en vroeg zich af wat ze zou doen als ze wel een keuze had, een keuze zonder gevolgen.

Misschien maakte dat geen verschil voor het antwoord. En als dat echt het geval was, zou dat een geruststelling moeten zijn. Ames was een vader en een echtgenoot, iemand die een gecompliceerd verleden met Sloane had, maar dat maakte nog geen monster van hem.

Hij kón een klootzak zijn, daar twijfelde ze niet aan. Niet tegen haar, maar hij was, daar was ze het mee eens, ertoe in staat. Maar ze betwijfelde of Sloane en Ardie, bijvoorbeeld, net zoveel ervaring met mannen van een bepaald slag hadden als zij. Want Grace was als twaalfjarige geschoold in de etiquette van het zuidelijke bal, was debutante geweest en had zich vervolgens aangesloten bij een meisjesstudentenclub, en bij elke halte had ze begrepen wat het onopvallende fundament van het gedrag van deze mannen was. Het was het idee dat ze ergens recht op hadden.

Het kon trouwens op zich niet zoveel kwaad als je vond dat je ergens recht op had, tenzij je er zelf kwaad mee in de zin had. Het betekende gewoon dat je vond dat je iets verdiende wat waardevol was.

Grace vond dat ze meer geld en meer erkenning verdiende. Sterker nog, ze geloofde dat ze er recht op had. Ze vroeg zich af of ze dit ding moest doen om het te krijgen. Om iets anders te zijn dan Grace de 'nieuwe mama'.

Ze opende een leeg document en typte de datum in de linkerbovenhoek. Ze aarzelde. Ze zette haar kiezen op het roze vlees aan de binnenkant van haar wang. Ze keek hoe laat het was. De cursor knipperde.

Er was alleen één zaak die ze nog af moest maken.

'Katherine?' Grace stak haar hoofd in het kantoor van Katherine. Daarbinnen waren nog steeds drie lege muren, wit als albast, zonder foto of diploma om de steriele monotonie van de plek te doorbreken. Het leek een beetje op een gesticht.

'Hoe voel je je?' Grace nodigde zichzelf naar binnen.

'Lichamelijk? Prima.' Katherine kneep haar ogen heel even dicht. 'Op emotioneel gebied een beetje beschaamd. Een verjaardagsfeestje van een vierjarige.' Ze kneep in de brug van haar neus.

Grace wuifde haar weg. 'Dat hoeft niet. Ik tel de dagen af totdat mijn borsten weer eigen baas zijn en ik zomaar alle alcohol kan consumeren die ik wil.' Ze staarde omlaag naar haar borsten, die al begonnen op te zwellen van de melk. Het aftellen naar het gevreesde proces van zichzelf opsluiten in de cel van een kamer en haar borst weer verbinden met het laboratoriumachtige apparaat was in haar hoofd stilletjes alweer begonnen. Ook al had ze één sessie door een dutje vervangen, ze probeerde nog steeds trouw te blijven aan het kolven. Trouw aan alles, eigenlijk. Aan perfectie. Het was één heel kleine misstap. Het was nou niet zo dat Grace Emma Kate een fopspeen had gegeven of wat dan ook.

'Hashtag-Bevrijd-Grace'-borsten,' zei Katherine. 'Dat zouden ze op een T-shirt moeten zetten.'

'Hé.' Grace knipte met haar vingers. Ze knipte echt. Net als Ames. Ze strengelde haar handen in elkaar om zich in te houden. 'Wat ik wilde vragen: verblijf je nog steeds in het Prescott?'

'Nee.' Katherine duwde tegen haar muis en leunde toen achterover in de ergonomische stoel. Waar Katherine woonde, was op de een of andere manier dit weekend niet ter sprake gekomen en het leek vreemd, nu Grace erover nadacht. 'Ik ben net in mijn nieuwe huis getrokken in de binnenstad. Je... je moet een keer langskomen.' Grace merkte dat Katherine niet naar haar keek toen ze dit zei, pas toen ze klaar was met het stellen van de vraag en daarna... Grace had het mis kunnen hebben, maar ze geloofde dat Katherine haar adem inhield.

'Dat zou ik heel leuk vinden,' zei Grace snel, en ze meende het. Katherines glimlach was snel en vluchtig. 'Maar weet je, ik vroeg me af... wie zei je ook weer dat die kamer voor jou had geregeld? In... in het Prescott.' Het was nogal doorzichtig wat ze deed, hè? Zo voelde het. Maar waarover deed ze dan doorzichtig? Ze kon nergens doorzichtig over doen als er niets te verbergen viel. Grace ontspande zich.

Katherine richtte haar aandacht weer op het scherm en schoof haar stoel dichter bij het bureau. 'Gewoon, een kennis. Hoezo?' Ze sloeg heel even haar ogen op naar Grace en keek daarna weer naar het scherm.

'O, eh, zomaar.' Grace vond het nooit fijn om in iemand anders' kantoor te staan met haar rug volledig blootgesteld aan de gapende glazen wand achter zich. 'Ik was gewoon nieuwsgierig. Misschien ook wel op zoek naar iemand die iets kon regelen, mogelijk. Niet gratis, natuurlijk. Hoe heet ze?'

Katherines ogen dwaalden over het scherm. Haar mond bewoog een heel klein beetje, in stilte iets lezend. 'Alice,' zei ze. Weer keek ze heel even naar Grace. 'Alice Baxter.'

'Alice,' herhaalde Grace.

'Maar ik weet niet of ze die contacten nog steeds heeft, weet je.' Katherine hield Grace tegen toen ze zich omdraaide om te vertrekken. 'Ik zou het wel voor je kunnen navragen.'

'Dat zou geweldig zijn. Dank je wel.'

Grace zag haar spookachtige omtrek in het glas terwijl ze naar de deur liep, en enkele momenten later was ze weer in haar eigen kantoor, haar thuisbasis, waar ze zich achter haar eigen computerscherm kon verbergen.

Alice Baxter. Had Katherine de waarheid verteld? Had Grace het gewoon ronduit aan Katherine moeten vragen: betaalde Ames Garrett voor je kamer in het Prescott? Nee, dat zou onbeschoft zijn geweest.

Ze dacht terug aan haar eigen leugen tegen Liam, hoe gemakkelijk het was geweest om te zeggen dat ze de hele nacht door had moeten werken. Misschien waren vrouwen gewoon goed in liegen.

Grace ging zitten en dacht even na. Facebook werd geblokkeerd op de computers van Truviv, maar ze trok haar telefoon tevoorschijn en navigeerde naar de app. Ze tikte Katherines naam in, ging op zoek naar de juiste vermelding en stuurde haar een vriendschapsverzoek. Ze kon haar aandacht weer op haar werk richten tot een kwartier later, toen haar telefoon haar liet weten dat ze nu verbonden was met Katherine Bell. Hun vriendschap was officieel.

Grace swipete met haar wijsvinger over het scherm en opende Katherines vriendenlijst. Die was kort. Heel kort voor een vrouw van haar leeftijd. Maar daar bovenaan stond de naam: Alice Baxter.

Grace legde de telefoon neer. Zo. Het bleek te kloppen. Ze voelde zich nu beter. Schoon geweten. Grace opende het Word-document, voerde de datum in boven aan het scherm en begon al snel te typen.

## Proces-verbaal van verklaring onder ede

*27 april*

Mw. Sharpe: Geef uw naam, alstublieft.
Gedaagde 3: Grace Stanton.
Mw. Sharpe: Wat is uw beroep, mevrouw Stanton?
Gedaagde 3: Ik ben advocaat, en ik maak deel uit van het interne team bij Truviv. Ik hou me bezig met wet- en regelgeving, voornamelijk SEC-kwesties.
Mw. Sharpe: Hoe lang werkt u al voor Truviv?
Gedaagde 3: Ongeveer zes jaar.
Mw. Sharpe: En aan wie legt u verantwoording af?
Gedaagde 3: Ik legde verantwoording af aan Sloane Glover, adjunct-directeur Juridische Zaken voor de afdeling Noord-Amerika.
Mw. Sharpe: En Ames Garrett dan?
Gedaagde 3: Ja, hij zat in mijn supervisorketen. Het hoofd van de juridische afdeling. Iedereen van de juridische afdeling legt strikt genomen verantwoording af aan meneer Garrett.
Mw. Sharpe: Kende u meneer Garrett goed?
Gedaagde 3: Ik kende hem in zakelijk opzicht.
Mw. Sharpe: Heeft meneer Garrett u ooit seksueel geïntimideerd, mevrouw Stanton?
Gedaagde 3: Mij persoonlijk niet, nee. Mijn aanklacht viel onder Statuut VII, gebaseerd op een onveilige werkomgeving.
Mw. Sharpe: Ja, ik ben me bewust van de juridische basis van uw aanklacht. Waar ik moeite mee heb, is de feitelijke basis ervan. Mevrouw

Stanton, kunt u alstublieft een blik werpen op bewijsstuk 13, dat ik u nu voorleg? Ik zal even wachten.
Mw. Sharpe: Hebt u deze brief geschreven?
Gedaagde 3: Dat heb ik.
Mw. Sharpe: Kunt u, voor het proces-verbaal, deze brief aan ons beschrijven?
Gedaagde 3: Het is een referentiebrief, zou je kunnen zeggen. Een aanbeveling aan de raad van bestuur.
Mw. Sharpe: Een aanbeveling ten gunste van wie?
Gedaagde 3: Ames.
Mw. Sharpe: Een aanbeveling, of referentie, ten gunste van Ames Garrett voor de positie van algemeen directeur van Truviv, klopt dat?
Gedaagde 3: Ja, dat klopt.
Mw. Sharpe: U schreef, en ik citeer: 'Ames Garrett is een mentor geweest. Hij is slim en ambitieus en zijn deur stond en staat altijd voor me open, elke keer dat ik een probleem had, of dat nu op persoonlijk of professioneel vlak was. Ik waardeer mijn relatie met Ames en kijk ernaar uit om die voort te zetten bij Truviv, welke rol hij in de toekomst ook mag vervullen.' Dat zijn nogal gunstige bewoordingen voor een man die u nog geen – wat is het? – twee weken later aanklaagde.
Gedaagde 3: Ik geloof dat het aantal dagen of weken veel minder van belang is dan wat er tijdens die periode is gebeurd, en ook waarom ik in eerste instantie de brief heb geschreven, vindt u niet?
Mw. Sharpe: Waarom hebt u de brief geschreven?
Gedaagde 3: Ik voelde me onder druk gezet om het te doen. Ik dacht dat het goed voor mijn carrière zou zijn om hem te helpen met deze gunst die hij had gevraagd.
Mw. Sharpe: Waarmee heeft hij u precies onder druk gezet?
Gedaagde 3: Hij vroeg het. Omdat hij mijn superieur was, had ik het gevoel dat de implicatie was dat ik moest doen wat hij vroeg. Hij had invloed op het traject van mijn carrière en mijn beloningen.
Mw. Sharpe: Hebt u de gewoonte om te liegen als u onder druk staat?
Gedaagde 3: Nee.
Mw. Sharpe: En als u daarmee uw carrière vooruithelpt?

# 23

*3 april*

Ardie had gezworen dat ze zich vandaag op haar werk zou concentreren. Ze was vanochtend van huis gegaan terwijl dat er nog steeds uitzag alsof er een wervelstorm doorheen was geraasd. Michael had de nacht bij zijn vader doorgebracht, dus kon ze zelfs hem niet als excuus opvoeren. Het had geregend en de overblijfselen van de kartonnen stad waren tot pulp aan het oplossen in de achtertuin. Ze had gedacht dat ze ze misschien zou kunnen bewaren. Op zaterdagochtend was ze zo trots geweest op het feestje.

En toen was het afgelopen. Tony was weggegaan, en hij had Michael meegenomen om haar 'tijd te geven om even bij te komen'. Er was niemand geweest om nog eens het succes van het feestje mee door te nemen of te praten over wat Michael had gedaan en gezegd, wat hij er het leukst aan had gevonden, om te lachen om de foto's waarop hij chocolade-'taat-taat' in zijn mond propte, omdat hij het nog steeds zo noemde; dat deed hij al sinds hij een peutertje was. Zaterdagavond had ze zich opgerold op haar kingsize matras ('Verkoop dat bed toch,' hadden vrienden tegen haar gezegd na de scheiding; dat had ze nooit gedaan), en ze had pas vanochtend weer de moeite genomen zich aan te kleden. Het was een sombere maandag en ze was weer op het werk.

Nu waren er nieuwe bevindingen van de belastingdienst die doorgenomen moesten worden. Er was taal die geïnterpreteerd moest worden. Oplosbare problemen die uitgezocht moesten worden. Ardie vond het fijn als haar hoofd productief in beslag werd genomen.

Buiten hing er een grijze sluier die regen op het glas van haar kantoorraam spuugde. Als het waaide, klonk het als een hagelgeweer dat de ruit onder vuur nam. Het kantoor had een ander soort energie als het regende, en vandaag was die ingetogen. Gekooid. Stille energie. Er gingen trillingen door de vloer bij elke donderslag.

Om elf uur ging de vaste telefoon. Het was een plaatselijk nummer en Ardie nam de hoorn op. 'Met Adriana Valdez.'

'Mevrouw Valdez,' klonk een warme stem aan de andere kant van de lijn, 'u spreekt met Tonya Loughlin van het Highland Park Independent School District. Ik bel om een afspraak te maken voor een formeel onderhoud met uw cliënte, Abigail Glover, aangaande de aanklacht wegens pesterij die u onlangs hebt ingediend.' Geweldig, precies datgene waar Ardie níét aan probeerde te denken. Fantastische timing. Ardie leunde achterover en legde haar hand in de hoek van haar elleboog terwijl ze de telefoon vasthield. 'Ziet u, het beleid van de school schrijft voor dat we een formeel onderhoud regelen tussen alle partijen die betrokken zijn bij het vermeende wangedrag. Als advocate van de familie hebt u uiteraard het recht daarbij aanwezig te zijn. Zou u me een aantal tijdstippen kunnen geven die in uw agenda passen?' De vraag hing verwachtingsvol in de lucht terwijl Ardie door haar bureau begon te zoeken naar een schrijfblok. Ze vond er een en sloeg het bovenste blad om.

Ardie benadrukte haar irritatie met een klap op de bovenkant van de pen, zodat de punt met inkt in het papier stak. 'Dank je, Tonya. Ik zal met Abigails moeder praten en dan neem ik contact met je op voor een afspraak. Mag ik je contactinformatie, alsjeblieft?'

Tonya gaf die, en toen Ardie de hoorn had teruggelegd, scheurde ze het papier van de plakvoeg en vouwde het met een scherpe vouw dicht.

In de loop van het weekend had Sloane Ardies telefoon gevuld met een overvloed aan berichtjes en voicemails, die Ardie allemaal ijverig had genegeerd. Het was precies wat Ardie van Sloane had verwacht. Haar opjagen om zich eroverheen te zetten, om deze platonische affaire die Sloane en Derek blijkbaar met haar ex-echtgenoot hadden gehad, te vergeten. En nu had Sloanes ongeduld om het met een kus weer bij te leggen Ardie gedegradeerd tot de positie van wrokkoesteraar. Sloane wilde 'erover praten'. Maar wat verwachtte ze nou eigenlijk dat ze zou zeggen? Sloane, je hebt me gekwetst? Ze zaten niet op de kleuterschool. Tony was een volwassen man. Derek en Sloane waren volwassen. Ze mochten omgaan met wie ze maar wilden.

Maar wat was dat een ontzettende onzin. Sloane had nooit met Tony om moeten gaan, en dat wist ze best. Sloane hóórde zich er schuldig over te voelen. Heel schuldig, het liefst.

Maar dat voelde ze zich waarschijnlijk al.

'Hier, dit is voor jou,' zei Ardie toen ze naar Sloanes einde van de gang was gelopen en haar het vel papier gaf waarop ze netjes de contactgegevens van Tonya had overgeschreven. 'Het is voor Abigail. Ik ben trouwens niet je secretaresse. En ook niet je advocate.' O ja, naast Tony vond Sloane blijkbaar ook nog dat ze het recht had om een juridisch memorandum op te stellen... op naam van Ardie.

Het was niet eens een goed memorandum.

Nou, misschien een beetje.

Maar daar ging het niet om. Ardie had niet eens de gelegenheid gekregen om het door te lichten, en Ardie hield er niet van om onbezonnen te werk te gaan. Dat wist Sloane.

Sloane stond op en pakte de contactgegevens aarzelend aan. 'O fuck, Ardie. Het spijt me, je hoefde niet...'

'Tja, jij bent de baas.' Ardie had dat eigenlijk niet hardop willen zeggen. Dat was gemeen. Verdomme. Ze had niet gemeen willen klinken. Het zorgde ervoor dat Ardie klein en bekrompen overkwam. Daarom had ze ook nooit iets naars tegen Tony gezegd. Hoe beter zij zich gedroeg, hoe slechter hij zich zou voelen. 'Je weet dat ik dol op Abigail ben,' voegde ze eraan toe terwijl ze de kussentjes van haar duimen tegen elkaar aan drukte. Dat was tenminste waar. Ze zou alles hebben gedaan voor Abigail. Hoe Sloane en Derek zo'n geweldig vreemd kind hadden grootgebracht, daar begreep Ardie helemaal niets van, maar Abigail was echt fantastisch en Ardie zou ieder jongetje – of meisje – dat haar lastigviel net zo snel tegen de grond slaan als Sloane zelf.

'Ardie, het spijt me.' Sloane leunde op haar bureau. Ze zag er perfect uit in haar zijden blouse met een geometrisch patroon erop, die vrijwel zeker design was. 'Ik heb met de vijand geheuld,' zei ze plechtig.

'Ik heb nooit gezegd dat hij de vijand was. Het ging me om het feit dat je erover had gelogen.'

Sloane stak een vinger op. 'Strikt genomen niet.' Ardie trok haar wenkbrauwen op. 'Nee. Je hebt gelijk. Ik ben niet eerlijk geweest. Ik was steeds van plan om een moment te vinden om het je te vertellen, maar...'

'Dat deed je niet,' maakte Ardie de zin voor haar af.

'Dat deed ik niet,' beaamde Sloane. 'Maar ik heb ook mijn auto al negen maanden niet laten wassen, dus.' Sloane was een goede onderhandelaar. Altijd geweest. Ze had die meer-vliegen-vangen-met-stroop-vaardigheid die ervoor zorgde dat mensen het met haar eens wílden zijn. Grace had weleens aan Ardie gevraagd of ze ermee zat dat Sloane eerder dan zij promotie had gekregen, maar dat was niet zo. In Sloanes functie werd er van haar verlangd dat ze goed met mensen om kon gaan, terwijl Ardie ze koste wat het kost wilde vermijden. Ardie vroeg zich af of er iets mis met haar was. Een of andere echte diagnose. Een persoonlijkheidsstoornis. Iets concreters dan alleen maar: van nature introvert. Maar, nou ja, om daarachter te komen zou ze daadwerkelijk voor langere tijd met iemand moeten praten die ze nauwelijks kende, en dat wilde ze absoluut niet.

Sloane drukte haar handen op het bureau, alsof ze haar argumenten op tafel legde. 'Maar Braylee is wél vreselijk.'

'Nee hoor,' zei Ardie. Geen emotie.
Sloanes mond vertrok. 'Je hebt gelijk, dat is ze niet. Niet in traditionele zin. Maar toch.'
Maar toch, wát? Ardie wilde het weten. Het was echt een irritante manier, typisch voor Sloane, om een gedachte niet af te maken. Was het dat Sloane Braylee wilde blijven zien, maar dat ze dat toch niet ging doen vanwege Ardie? Of was het misschien dat Sloane vond dat Ardie zich onredelijk opstelde, maar dat ze toch de gevoelens van haar vriendin zou respecteren? Of was het dat Ardies echtgenoot haar had verlaten voor een andere vrouw, maar dat Ardie toch nog van hem hield?
Dat was er een van Ardie.
Afgelopen nacht had ze de nummerherkenning van haar telefoon uitgezet en vervolgens Tony's nummer gebeld. Ze had in bed gelegen met de telefoon tegen haar oor geklemd en geluisterd hoe hij 'Hallo? Hallo?' zei terwijl zij haar adem inhield. Ze had opgehangen en nog een keer gebeld, en was toen in slaap gevallen met het geluid van de stem van haar ex nog vers in haar oren.
'Het is oké.' Ardie stak haar vingers op: oké.
'Nee, dat is het niet.'
Oké, dan niet, maar Ardie zag niet in wat voor nut het had om het uitgebreid uit te praten met Sloane. Ardie kon er ofwel voor kiezen om zich eroverheen te zetten, of niet, en logisch gezien zou ze voor het eerste moeten kiezen. Het zou wel oké wórden tussen haar en Sloane. Uiteindelijk. Grotendeels. Al herinnerde ze zich dat er een tijd was geweest dat ze hetzelfde had gedacht over haar relatie met Tony.
Sloane zuchtte. 'Heb jij nooit iets gedaan waar je spijt van hebt?'
Ja, dacht Ardie meteen. Nee. Had ze dat? Ja. Eén keer.
Hoe dan ook, het was niet iets wat ze aan Sloane wilde – of kon – vertellen.
Op de weg terug naar haar kantoor zag ze Katherine zitten werken achter het glas, met haar hoofd over het toetsenbord

gebogen. Ze wilde er bijna voorbijlopen, maar op het laatste moment bleef ze staan, omdat ze zich opeens iets herinnerde. Ze roffelde zachtjes met haar knokkels op de open deur en Katherine keek glimlachend naar haar op. Een leesbril waarvan Ardie niet had geweten dat Katherine die droeg, weerspiegelde twee oplichtende schermen naast elkaar.

'Katherine.' Ze probeerde nonchalant te klinken. Niet bepaald Ardies sterkste punt. 'Ik zat te denken.' Ze stak haar handen in de ruime zakken die haar broek met wijde pijpen haar bood. Jeetje, wat had ze zaterdag allemaal tegen Katherine gezégd? Grace was weggelopen om te gaan kolven en, o mijn god, Ardie was zo boos geweest op Sloane. Onverwacht in de zij aangevallen door Braylee, en ze had net daarvoor pas de e-mail gezien met de memo die zij zogenáámd had geschreven, en toen was er iets in haar geknapt, min of meer.

Ze hakkelde onbeholpen. 'Zou je het erg vinden om waar we het over hadden na Michaels verjaardagsfeestje, je weet wel, over Sloane, voor jezelf te houden?' Katherines glimlach verdween. 'Het is gewoon dat... Ik blies alleen maar stoom af.'

# 24

*3 april*

Ze flirtte. Ze probeerde zich een weg naar de top van het bedrijfsleven te neuken. We hadden iemand gekend op de universiteit die haar van de studie rechten had gekend die had gezegd dat ze dit soort dingen al eerder had gedaan. Wat was het ook alweer dat ze deed?

Ze had te veel hooi op haar vork genomen. Er werd op haar gejaagd. Ze waagde zich in het hol van de leeuw. Ze was een femme fatale. Affaires hoorden bij het leven. We moesten niet zo moralistisch zijn. We gedroegen ons naïef. Meer dan genoeg legitieme relaties waren begonnen op het werk. Konden we geen vrienden van de andere sekse hebben? Ze had talent. Ze compenseerde voor een gebrek aan talent. Ze was een slet. Ze was een flirt. We vonden haar leuk. We vonden haar op professioneel gebied leuk. Op persoonlijk vlak zouden we waarschijnlijk geen vrienden met haar zijn. Ze was een van ons.

Met dit allemaal in het achterhoofd hadden we gehoord dat wie in een glazen huis woont niet met stenen moet gooien. Maar niemand had ons verteld hoe we ons moesten gedragen binnen de vitrinekasten van kristallen vergaderruimtes en gebouwen die opgebouwd waren uit duizenden zielloze glazen ogen. Klaar om gegooid te worden tussen onze vingertoppen lagen geen stenen, maar het gewicht van een gladde, baksteenvormige smartphone. Zien en gezien worden. Dát was de aard van ons specifieke glazen huis. En we waren zo gewend aan de glazen kooien dat we alles wantrouwden wat buiten het bereik van ons perifere gezichtsveld lag. Misschien was bemoeizucht wel een biologische aanpassing. Degenen die het best geïnformeerd zijn, overleven.

Wie waren wij om te oordelen? Of beter: wie waren we om dat níét te doen?

Sloane beoordeelde haar verschijning in het wazige metaal van de liftdeuren op weg naar haar persoonlijke-trainingsafspraak met Oksana. Ze had al een paar keer overwogen om af te zeggen. Maar Oksana deed eigenlijk niet aan afzeggingen, en bovendien was er een kans dat de work-out zou helpen. Ze voelde zich vreselijk. Voornamelijk vanwege dat gedoe met Ardie, maar dat was niet alles.

De lift kwam langzaam tot stilstand. De stalen muil ging open en Chrissy Ladner liep binnen, hoofd Financiële administratie bij Truviv, met een waterfles van het bedrijf in haar hand. Ze groetten elkaar vriendelijk en Chrissy nam plaats naast Sloane, zodat ze schouder aan schouder stonden.

'Hoe gaat het op de financiële administratie?'

Chrissy, klein van stuk maar met veel lef, haalde haar schouders op. 'Z'n gangetje. Juridische afdeling?'

Sloane verplaatste haar gewicht op de andere voet. 'Z'n gangetje.' Wat wel waar was, maar dan wel een heel afschuwelijk gangetje.

Chrissy snoof zachtjes. 'Ik snap niet hoe je voor die vent kunt werken,' zei ze, opkijkend naar de rode digitale cijfers die versprongen boven aan de lift.

'Wie?' vroeg Sloane terwijl ze het al wist. Hoe kun je voor die vent werken? Het voelde eerder als een beschuldiging dan als medeleven.

'Ames. We vroegen ons allemaal af wanneer je hem op die lijst zou zetten.'

Sloanes mondhoeken zakten omlaag. 'Wie zegt dat ik dat heb gedaan?'

Chrissy hield haar fles omhoog alsof ze zich overgaf. Ze was altijd rechtdoorzee geweest en Sloane vond het leuk om haar bij evenementen van Truviv tegen te komen. Als ze voor dezelfde sectie hadden gewerkt, stelde Sloane zich voor, waren ze vast goede vriendinnen geweest. 'Hoe dan ook, ik geloof dat we misschien binnenkort allemaal voor hem zullen werken.' Ze deed de dop weer op de waterfles en draaide hem strak dicht.

'Geloof je dat?'

Chrissy trok haar potloodwenkbrauwen op en zoog aan de fles. 'Ik wou dat het niet zo was. Maar heb je het niet gehoord? Het bestuur heeft vanochtend vergaderd. Het schijnt dat het zo goed als beklonken is.'

Chrissy stapte op de volgende verdieping uit, waardoor Sloane dit nieuws in haar eentje tot zich door moest laten dringen.

De realiteit was dat Sloane, die het gewend was om op het uiterste randje van de chaos te opereren, plotseling het gevoel had dat ze haar evenwicht verloor, dat ze over de rand van het klif in echte, onvervalste anarchie stortte. Tuurlijk, ze had de touwtjes nu al een tijdje voelen trekken, maar ze was ervan overtuigd geweest dat ze ze in handen had gehad, daar aan de eindjes, waar ze ze weer kon binnenhalen als dat nodig was. Chrissy's nieuws had nauwelijks als een grote verrassing moeten komen. Maar toch bleek ze er niet op voorbereid.

Ze geloofde dat ze voor het eerst de wankele toren zag waarop haar leven gebaseerd was. Sloane bleef maar aan haar nagelriem peuteren. Ze had het gevoel alsof alles – haar leven – uit elkaar zou spatten. Ardie, Abigail, het schoolbestuur, Ames, haar baan, haar creditcardsaldo, haar to-dolijst, en zelfs Katherine. Katherine, die iets vertegenwoordigde voor Sloane, iets onprettigs: *Ik wil zoals jij zijn.*

Duw tegen een willekeurig houtje en... jenga!

Op de zevende verdieping haalde ze haar sleutelhanger over het controlepaneel en de glazen deur van de fitnessruimte klikte. Haar personal trainer Oksana stond al bij de receptie te wachten en ze zag er niet blij uit. Sloane was volkomen vergeten dat ze te laat was.

'Misschien maakt het uit,' zei Sloane terwijl ze haar haar in een paardenstaart bond, 'maar ik heb alleen een mueslireep gehad vandaag.' Hoewel Sloane er eigenlijk twee had gehad, een voor het ontbijt en een voor de lunch, en hoewel ze gezond waren, waren ze waarschijnlijk niet bedoeld om een heel mens op gang te houden.

Oksana had vroeger aan mixed martial arts gedaan. Daarbij vochten de vrouwen in een kooi, probeerden ze elkaars armen en neuzen te breken, en rolden ze over de vloer terwijl ze elkaar in de ribben trapten tot de dood erop volgde.

'Twintig push-ups.' Oksana wees voor zich op de grond. Sloane was nog niet in de kleedkamer geweest en droeg nog steeds haar nauwsluitende pak en Dolce & Gabbana-hakken. Ze aarzelde, totdat Oksana met haar vingers knipte, en plichtsgetrouw zette Sloane haar tas op de grond en liet zich op haar knieën vallen, waar ze hijgend aan een serie push-ups begon, alsof ze op de militaire academie zat in plaats van dat ze Oksana een buitensporig bedrag per uur betaalde om gestraft te worden voor te laat komen.

Bij de laatste drie push-ups zette Oksana een voet op Sloanes rug, waardoor de oefening exponentieel zwaarder werd. Sloane merkte tot haar chagrijn dat ze in de wol zweette.

'Twintig,' kondigde Sloane buiten adem aan. En eindelijk mocht ze naar de kleedkamer rennen en gepaste work-outkleding aantrekken. Zolang het niet meer dan honderdtwintig seconden duurde.

Sloane hield meestal wel van mensen die hun werk te serieus namen. Zoals de vrouw die haar wenkbrauwen deed en die beweerde beeldend kunstenaar te zijn. Het gaf blijk van ondernemingslust. En daarom was Sloane bereid, gedurende de een uur durende sessies, om zich over te geven, geheel en al, aan de wereld van Oksana.

Toen ze terug was, vertelde Oksana haar dat het een 'benendag' zou worden, en Sloane wist dat ze de klos was. Dubbele pulse jump lunges gevolgd door squats met lange halters boven op met gewichten verzwaarde lunges naar achteren. Aan het eind van het eerste rondje schoot het melkzuur door Sloanes dijspieren als slangengif.

'Met de hoeveelheid pijn die ik heb, begrijp ik echt niet waarom mijn benen er niet uitzien als die van Carrie Underwood.' Ze hijgde.

Oksana's kauwgom spatte uit elkaar over haar lippen.

'Wat?' Sloane zag er beledigd uit. 'Wou je zeggen dat de benen van Carrie Underwood meer pijn doen dan die van mij? Ik lijd, Oksana. Je mag echt leed niet bagatelliseren. Dat is heel erg passé.'

'Denk jij dat je de eerste cliënt bent die me met gesprekken probeert af te leiden zodat ik jou niet flink aan het werk zet?'

'Nee, natuurlijk niet. Ik geloof alleen wel dat ik er het beste in ben.' Het was waar. Sloane gebruikte inderdaad haar geklets als een schild tegen Oksana's sadomasochisme. Dat was waarschijnlijk de reden waarom ze haar personal trainer meer vertelde dan ze haar therapeut ooit had verteld. Dat en het feit dat ze maar één keer naar haar therapeut was geweest, en dat was vijf jaar geleden. Ze ging ervan uit dat trainers op kappers leken, in die zin dat je hun alles kon vertellen. Maar op dit moment wilde Sloane net zozeer zichzelf afleiden als iemand anders. Ze dacht nog steeds aan Chrissy. Aan Ames.

'Sumo squats. Nu.' Oksana zette een timer op haar horloge. Sloane kreeg nooit te horen hoeveel tijd erop stond, en daar werd ze gek van.

'Maar ik wil je wel één ding vragen.'

Oksana haalde diep en geërgerd adem.

'Sorry, squats doen en praten.' Sloane zette haar benen uit elkaar en probeerde het branden te negeren terwijl ze ballerinapliés imiteerde. Oksana keek op haar horloge. 'Oké.' Sloanes stem was gespannen. 'Dus mijn vraag aan jou is deze.' Ze ging zachter praten, zich bewust van de zweterige mannen bij hen in de buurt die aan kabels trokken en zichzelf een hernia gaven. 'Is er hier weleens een man geweest die, je weet wel, iets geprobeerd heeft?'

Oksana snoof.

Sloane kromde haar handen om haar middel terwijl ze haar squats deed. Ze begon een steek in haar zij te krijgen. 'Is dat een ja- of een nee-snuif?'

'Wat denk jij?'

'Ja.'

Oksana kreeg medelijden met haar en liet haar stoppen met de sumo squats, maar toen moest ze in plaats daarvan overgaan op lunges terwijl ze liep. Oksana liep naast haar met haar mee.

'Je hebt de relatief onschuldigen,' begon ze. 'Degenen die langslopen en adviezen uitdelen terwijl ik met mijn work-out bezig ben, alsof ik me iets zou moeten aantrekken van de mening van een kerel die één keer naar crossfit is gegaan.' Dat was ook precies het aantal keren dat Sloane naar crossfit was gegaan. Ze piepte waarderend. 'Maar dan heb je ook nog de anderen.' Ze keek van opzij naar Sloane. 'Ze horen nee en zetten dat om in een gelegenheid om "doorzettingsvermogen" of "meedogenloosheid" te laten zien, of wat voor andere modieuze managementterm ze ook net hebben geleerd van de meest recente TED-talk die ze op YouTube hebben gezien. Dat zijn de types waarvoor je moet uitkijken. Zo stijf. Gevéstigd. En praat me al helemaal niet van mijn Instagram-privéberichtjes.'

'Smerig?' vroeg Sloane met trillende benen.

'Smeriger dan de binnenkant van een mobiel toilet op het Coachella-festival.'

'Oké dan,' zei Sloane. 'Laat je het gewoon maar over je heen komen?'

Oksana lachte. 'Nee. Het is eigenlijk allemaal vrij goed georganiseerd. De vrouwelijke trainers hier hebben zo hun eigen systeem. Ten eerste stellen we vrouwelijke receptionisten aan. Alleen vrouwelijke receptionisten. Dat is heel belangrijk.'

Sloane keek naar de jonge, roodharige vrouw die achter de receptiebalie stond.

'Als een cliënt problematisch wordt,' vervolgde Oksana, 'vragen we de receptioniste om zijn naam met geel te markeren in het computerbestand. Als die cliënt vraagt om een training op de avond of vroeg in de ochtend, zegt de receptioniste tegen hem dat de vrouwelijke trainers volgeboekt of vrij zijn. Als een probleemcliënt te ver gaat, geven we hem code rood. En als dat het geval is, hebben alle vrouwelijke trainers het te druk om met hem te werken.'

'Dat is best briljant.'

'Hoezo, is er iemand die je lastigvalt?'

'Niet meer dan de gebruikelijke situatie. Code geel, denk ik dat je zou kunnen zeggen.' Ze hoopte dat dat waar was. Ze had het gevoel alsof ze zich erop had vastgelegd dat het waar was. Ze had geprobeerd het gesprek op kantoor met Ames, waarbij ze er ogenschijnlijk mee had ingestemd om te negeren wat er wel of niet met Katherine gebeurde, achter zich te laten. En alles wat er zeker wel was gebeurd in de jaren voor Katherine. Maar het was net als de wasmand thuis: het maakte niet uit hoe vaak ze de kleren omlaagdrukte, uiteindelijk vielen ze over de rand van de mand. Ze was echter wel beter geworden in het negeren van de was.

Groter kantoor. Hoger salaris. Betere arbeidsvoorwaarden.

Ze probeerde ertegenaan te kijken zoals Ardie dat zou doen. Het draait allemaal om de pegels.

'Aha. Nou, denk eraan: handen op de schouders. Voorste voet stevig neerzetten. Richt hoger dan je denkt dat goed is.' Oksana demonstreerde het in de lucht: knie tegen testikels.

'Ben nog steeds op zoek naar iets subtielers, denk ik, maar dank je wel.' En dat meende ze.

Nadat ze haar lichaam had afgespoeld en haar kantoorkleding weer had aangetrokken, ging Sloane terug naar haar kantoor. De telefoons rinkelden. De printers ronkten. Secretaresses waren aan het typen. Alles was normaal. Behalve één ding: Ames Garrett stond op het punt om de volgende algemeen directeur van het bedrijf te worden.

## Verklaringen van werknemers

*13 april*

Marvin Jefferson:
Ames was een eerlijke vent. Iedereen die hem ooit heeft ontmoet wist dat. Hij had een prachtig gezin. Hij werkte zich de pleuris voor dit bedrijf. Iedere werknemer in dit bedrijf die aandelen heeft, zou een buiging van dankbaarheid moeten maken voor de man. Dat is de waarheid. Toen ik hoorde dat zijn naam was toegevoegd aan die stomme lijst die destijds rondging, nou, dat was onmiddellijk bewijs voor mij dat het hele ding een hele hoop onzin was. Ondank is 's werelds loon, dat kan ik je verzekeren. Dat heeft Ames door bittere ervaring wel geleerd.

Bob Rogers:
Wat ik wil weten is: waar is de lijst met vrouwen? Een vrouw van de financiële administratie vroeg me iets te gaan drinken en ik heb niet de politie op haar afgestuurd. Ze is zeven jaar ouder dan ik. Denk je dat dat gewénste aandacht was? Ik dacht het niet.

Zane Spivey:
Ik denk dat je vrij naïef moet zijn als je niet weet dat het soort dingen waarover wordt uitgeweid op de SKUD-lijst aan de orde waren. Ik bedoel, ik heb een condoom en damesondergoed in de heren-wc gevonden. Of ik iets wist van het gedrag van Ames in het bijzonder? Dat vertel ik liever niet.

Josiah Swift:
Weet je wat ik denk? Ik denk dat iemand, iemand uit de hogere geledingen die niet wilde dat Ames algemeen directeur werd, die vrouwen heeft betaald om zijn naam op de lijst te zetten. Die lijst richt levens te gronde. Ik wil wedden dat dat soort dingen vaker gebeurt dan we denken. Bedrijfsspionage, achterbakse streken en dat soort dingen. Dit zijn hoogbetaalde posities. Is het echt zo gek om te denken dat de opzet van de lijst precies was om mensen professioneel te gronde te richten? Ik denk dat het het waard is om dat te onderzoeken. Schrijft u dat op?

# 25

*3 april*

Wat we duidelijk naar voren wilden brengen, veel te laat, zoals zou blijken, was dat als een gebouw in brand staat, niemand op fluistertoon 'Brand!' roept. Niemand blijft stilletjes aan zijn of haar bureau zitten, ijverig zijn of haar werk afmakend en controlerend of er geen spelfouten in zitten terwijl de rook boven zijn of haar hoofd komt binnendrijven. Niemand roept zachtjes om hulp, fluisterend, om de buren maar niet te storen.

Dus waarom deden wij dat dan wel?

*Sst, aan niemand vertellen, hoor, maar... Hou dit alsjeblieft voor je, maar... We hebben het aan niemand anders verteld, maar... Dit blijft tussen ons, maar...*

Misschien zou het de mensen die het dichtst bij ons waren, lukken om het gebouw te verlaten, en de mensen die het dichtst bij hen waren en die weer het dichtst bij hen en bij hen, maar er was een grens aan hoe ver gefluister droeg. Dat was juist het doel van fluisteren: je ervan verzekeren dat niet iedereen het hoorde.

*Niet doorvertellen, maar het gebouw staat in lichterlaaie.*

Rosalita had nooit begrepen waarom haar zoon met een van zijn oren niet kon horen. Ze dacht daar vaak over na terwijl ze een stofzuiger over de tapijtvloeren voortduwde, en dan probeerde ze zich voor te stellen hoe het moest zijn binnen in het hoofd van haar kleine jongen. Stil-luid, had hij ooit tegen haar gezegd.

Ze had een hekel aan stofzuigdagen, waarop ze een volle

twee uur eerder op haar werk moest zijn, ook al werkte ze alleen de derde dienst. Het betaalde echter wel beter.

De klok op haar telefoon gaf 19.01 uur aan toen ze klaar was met de lobby. Ze haalde de schakelaar over en het gebrul van de stofzuiger stierf weg. Ze wikkelde het snoer om haar duim en elleboog heen, tevreden over de strakke bundel spieren die haar biceps deed opbollen. Ze had krachttrainingsfilmpjes gevolgd op YouTube.

Ze duwde de stofzuiger naar het volgende stopcontact en stak de stekker erin. Crystal was vandaag niet op komen dagen voor haar werk. Het was een feit dat Rosalita vervelend vond, voornamelijk omdat Rosalita niet dubbel betaald zou worden omdat ze Crystals helft van het werk ook had gedaan. Misschien hoorde ze zich zorgen te maken over Crystal, die tenslotte jong en zwanger was, en op dit moment op haar werk werd verwacht, maar ze probeerde dat juist met opzet te vermijden. Ze was haar moeder niet.

De gangen waren voor het grootste deel leeg. De secretaresses en loopjongens waren allemaal al naar huis. Rosalita neuriede een toonloos liedje terwijl ze werkte, niet omdat ze blij was, maar omdat ze zich verveelde en gefrustreerd was. De gelukkige tv-serieversie van haar zou dankbaar zijn voor dit baantje. Rosalita zag niet in hoe ze dankbaar kon zijn voor een baantje waarvoor het nodig was dat ze haar hersenen acht tot tien uur achter elkaar uitschakelde, dat ze een machine werd. Niet eens een machine, want het enige wat ze hoefde te doen was er een voortduwen, heen en weer, heen en weer, totdat ze zichzelf in een verdoofde toestand had gesust, die uiteindelijk werd verbroken door het geluid van een mannenstem die afgemeten in een telefoon praatte.

Toen ze hem hoorde aankomen – het dichtingsmateriaal van de haldeuren die van elkaar gleden, pantalonpijpen die aan de binnenkant langs elkaar gleden – had Rosalita twee tegenstrijdige neigingen: zich bukken om te doen alsof ze met het snoer bezig was, of dat niet doen. Het resultaat was iets ertussenin.

Ze stond midden in zijn vizier. De stem, met een West-Texaans accent dat ze herkende van de vrouw van haar oom, die was geboren in het dorpje Rule, was dan weer hoorbaar en dan weer niet, in het ritme van het gesprek, en elke keer dat hij boven kwam drijven, was hij weer iets dichterbij.

Ames Garrett. Pas later zou ze zijn volledige naam uit haar hoofd leren.

Hij griste de telefoon van zijn oor en begon onmiddellijk iets op het schermpje te tikken. De witte lok kronkelde door zijn donkere haar. Er waren plekken met scheeruitslag zichtbaar, spikkels opgedroogd bloed in zijn nek.

De mensen op de bovenste verdiepingen liepen met een snelheid die recht evenredig was met hoe belangrijk ze zichzelf vonden. Als Ames liep, vlogen er losse papieren wapperend op van de bureaus van de secretaresses waar hij langs kwam.

Hij zou voorbijlopen zonder haar op te merken, hoopte ze. Maar toen keek hij toevallig op, instinctief, om niet te botsen op wat er – wie er – in de weg stond. Ze deed een stap opzij en maakte zich klein tegen de muur, die de textuur had van koele vingerafdrukken die tegen de achterkant van haar armen drukten.

Ames bleef recht voor haar staan. De broekomslagen van zijn pantalon vielen tot zijn enkels. 'O, eh,' zei hij afgemeten. Twee keer. Het deed haar denken aan een duim die op het ontstekingswieltje van een aansteker werd gedrukt. 'Blij dat ik je tref. Heb je er bezwaar tegen om even binnen te komen om mijn afvalbak te legen?' Hij maakte een volg-me-gebaar met zijn hele arm. 'Eten laten bezorgen voor de lunch. Ben het zat om naar Koreaanse barbecue te ruiken.'

Heb je er bezwaar tegen?

Het was een formaliteit. Het creëerde de illusie van keuze en beleefdheid. Ze was verbaasd geweest toen hij die dag tegen haar had gesproken in Ardies kantoor. Was dat maar een opwarmertje geweest voor dit, wat dit ook was?

Ze volgde hem zonder commentaar en liep recht naar de

hoek achter het bureau, waar Ames' afvalbak stond. Haar lichaam luisterde of ze de klik kon horen van de deur die achter haar dichtsloeg.

Maar Ames was er voorbijgelopen zonder de moeite te nemen haar binnen te sluiten. Hij pakte een blikje cola van een onderzetter op zijn bureau en trok het lipje open. Hij legde zijn hoofd in zijn nek en maakte een tevreden smakkend geluid toen hij een grote slok had genomen. Hij was in een goede bui.

'Hoe lang maak je hier al schoon?' vroeg hij, alsof ze oude vrienden waren die elkaar na lange tijd toevallig tegen waren gekomen.

Ze stond met haar voeten op heupwijdte van elkaar en met de volle bak op de hoogte van haar middel. Het verschil in macht was torenhoog. Ze wist niet genoeg van Koreaans eten om te weten of er nog iets van in de bak zat.

'Negen jaar, zo om en nabij.' Ze had dat altijd een leuk zinnetje gevonden, zoals met de meeste uitdrukkingen die ze had geleerd. Onder de knie krijgen. Voor je 't weet. Stoom afblazen.

Zijn mondhoeken gingen naar beneden, alsof hij onder de indruk was. Hij bracht het blikje cola weer naar zijn mond. 'Misschien heb je gehoord dat ik op het punt sta om gepromoveerd te worden tot CEO van het bedrijf. Algemeen directeur,' legde hij uit.

Ze lette goed op dat ze haar gezichtsuitdrukking onbewogen hield. 'Het zijn dikke muren,' zei ze. Ze had het niet gehoord. Wat haar betrof konden de functies van de mannen en vrouwen die op deze verdiepingen werkten net zo goed bestaan uit het intypen van onzin op hun toetsenborden, schreeuwen in telefoons die op speaker stonden en met papieren schuiven. In hoofdzaak was het een zwart gat voor Rosalita, net zoals haar wereld voor hen was, nam ze aan.

'Desmond was een groot verlies, geen twijfel aan.' Ames stak een hand in zijn zak. 'Maakte me echt verdrietig. We hebben veel meegemaakt samen.' Hij keek naar Rosalita, die meteen begreep dat er voor deze ontmoeting een script bestond dat zij niet had gekregen. Ze zei niets. 'Ik verwacht geen problemen van het schoonmaakpersoneel. Is dat juist?'

Ze pakte de afvalbak met haar andere hand vast. 'Ik kan me niet indenken waarom die er zouden zijn, net zomin als waarom er problemen vanuit het management zouden zijn,' zei ze, tevreden met de vastheid van haar stem.

En daarmee, wist ze, had ze toestemming gekregen om te gaan. Dat was geïmpliceerd. Hij had gezegd wat hij wilde zeggen. Maar zij niet.

Ze keek naar zijn bureau, waar foto's van twee kleine kinderen in mooie lijstjes stonden. 'Van u?' vroeg ze, een van de foto's oppakkend. Een van de jongens leek meer op Ames dan de andere, maar zonder de witte streep in zijn haar.

Het gebrom van een printer die papier uitspuugde, klonk van verderop in de gang. Hij liet het blikje zakken, deze keer zonder een slok te nemen.

'Ja.'

'Nog steeds getrouwd?'

Zijn blik werd scherper. 'Ja. Nog steeds.'

Ze knikte. Ze stonden tegenover elkaar. Rosalita en Ames. Hij droeg nog steeds hetzelfde horloge – zilveren en gouden schakels – het horloge dat ooit een schram op haar arm zo lang als haar hand had achtergelaten.

'Mooi,' zei ze. 'Dat is heel mooi.'

## Proces-verbaal van verhoor van Adriana Valdez
## Deel 1

*18 april*

Aanwezig:
Rechercheur Malika Martin
Rechercheur Oscar Diaz

Verslag:
Rech. Diaz: Dit vraaggesprek vindt plaats in verband met een dodelijk ongeval dat is opgeslagen onder rapportnummer 14-83584 van de politie van Dallas County. De geïnterviewde persoon is Adriana Valdez. Oké, eh, mevrouw Valdez, vóór deze opname hebben we eerder met elkaar gesproken over de gebeurtenissen op 17 april. Kunt u ons in uw eigen woorden vertellen wat u zich herinnert?
Mw. Valdez: Het was een gewone dag. Ik kwam om een uur of halfnegen op mijn werk nadat ik mijn zoontje naar het kinderdagverblijf had gebracht.
Rech. Diaz: Naar welk kinderdagverblijf gaat uw zoontje?
Mw. Valdez: Children's Courtyard in Preston Center.
Rech. Diaz: Gaat u alstublieft verder.
Mw. Valdez: Ik ging aan mijn bureau zitten en werkte aan een paar lopende vermogensbelastingbezwaren, wat bijna de hele ochtend in beslag nam. Ik haalde een salade en een croissant van de cafetaria beneden – Al's – en nam die mee naar mijn bureau voor mijn lunch.
Rech. Diaz: En hoe laat was dat?

Mw. Valdez: Ik weet het niet, waarschijnlijk om een uur of halftwaalf, kwart voor twaalf. Zo laat eet ik gewoonlijk.
Rech. Diaz: En hebt u het bonnetje van die lunch indien nodig?
Mw. Valdez: Ik ben ervan overtuigd dat het wel te verkrijgen is. Ik heb mijn creditcard langs een van die iPad-dingen gehaald, die dingen die je een fooi willen laten geven voor elk dingetje dat je daar bij de kassa koopt.
Rech. Diaz: Dank u, dat zullen we napluizen. Gaat u verder.
Mw. Valdez: Ik werkte tijdens de lunch door. Deze tijd van het jaar is druk voor ons. Net genoeg tijd voor de slapte van de zomer om een beetje vooruitgang te boeken.
Rech. Diaz: Waar was u rond halftwee 's middags?
Mw. Valdez: Rond die tijd was ik op weg om een loonbelastingformulier te laten ondertekenen.
Rech. Diaz: Heeft iemand u daar gezien?
Mw. Valdez: De salarisadministrateur. Daarna ging ik weer terug naar mijn bureau.
Rech. Diaz: Hoe laat was dat?
Mw. Valdez: Dat weet ik niet precies meer.
Rech. Diaz: Is er iemand die dat zou kunnen bevestigen?
Mw. Valdez: Grace Stanton of Sloane Glover, misschien.
Rech. Diaz: Verder nog iemand?
Mw. Valdez: Ik weet het niet. Misschien mijn secretaresse, Anna Corlione.
Rech. Diaz: Mevrouw Valdez, wanneer zag u het slachtoffer voor het laatst?
Mw. Valdez: Rechercheur Diaz, wie bedoelt u in dit geval precies met 'het slachtoffer'?

# 26

*3 april*

Ardie dacht vroeger altijd dat het een fase was. Dat verlangen om zich in zichzelf terug te trekken, om als een heremietkreeft binnen in haar eigen huid te kruipen. Zo was het altijd al geweest. Op de middelbare school kwam ze altijd vroeg aan bij het klaslokaal en wachtte ze buiten de deur totdat haar leraar haar vroeg binnen te komen. Wanneer haar klasgenoten dan aankwamen, deed ze net alsof ze een boek las of, nog erger, zorgde ze ervoor dat haar ogen vreemd ongefocust werden alsof ze een beetje aan het dagdromen was, alleen maar om een gesprek te vermijden. Het gebeurde niet altijd, maar de bui en het verlangen konden haar onverwacht in hun greep krijgen, als een buikvirus, en dan was ze gedwongen ernaar te luisteren. Op de universiteit had ze ontdekt dat deze specifieke aandoening geen fase was, maar had ze geconcludeerd dat het een ziekte moest zijn die door haar vader was doorgegeven. Iets wat slechts ten dele een handicap vormde, maar niet genezen kon worden of waarvoor geen hoop op duidelijke verbetering was.

Dus toen Ardie een verlaten lift in stapte en even later voetstappen hoorde, waarna er een hand uitschoot om de uit elkaar geweken deuren tegen te houden, kwam er meteen frustratie bij haar opzetten. Ze had al lang geleden het idee laten varen dat de knop om de deuren te sluiten iets anders deed dan psychologische geruststelling bieden.

Ames duwde zich met zijn schouders door de opening en zag haar daar staan. Hun identieke blikken van teleurstelling moesten het enige zijn wat zij tweeën gemeen hadden. Hij maakte zo'n soort gebaar waarbij hij zijn mond half opende en een zuchtje liet horen bij wijze van begroeting, en schudde toen bijna onmerkbaar zijn hoofd terwijl hij zich omdraaide naar de sluitende deuren. Ardie zag in gedachten zo'n blacklight van de politie voor zich dat bloedspetters kon laten zien, en dacht dat als er zo'n licht bestond dat wederzijdse minachting liet zien, de lift ervan zou oplichten.

Ardie staarde naar de achterkant van Ames Garretts hoofd. Hij haalde zijn hand uit zijn rechterzak. Heel even bleef zijn wijsvinger boven de noodstopknop zweven. Daarna ging hij omhoog naar een lager nummer. Aarzeling. Vervolgens stak hij zijn hand weer in zijn zak. Nog een zucht.

De irritatie straalde in golven van hem af. Nu haalde hij zijn handen uit zijn zakken. Met gebogen hoofd pakte hij zijn linkerpols vast. Hij verplaatste zijn gewicht van de ene voet op de andere. Hij wachtte in het midden van de lift, zo dicht bij de deuren dat de punten van zijn schoenen ze bijna aanraakten. Ardie keek op naar de bovenste hoek van de lift. Ze werden door camera's in de gaten gehouden.

Dat moest ze Ames nageven: hij was nu beter in het maskeren van zijn opvliegendheid. In de periode voordat zowel Grace als Sloane bij Truviv was komen werken, had ze hem een nietmachine tegen de muur zien gooien na een telefoontje over een verkoopovereenkomst, en later had ze een jongere collega het verhaal horen vertellen met eerbiedige, geïmponeerde stem, waarbij de strekking opeens bleek te zijn veranderd in hoe serieus Ames zijn werk nam.

Maar tegenwoordig kon ze die onderhuidse agressie voelen aankomen, alsof ze haar handpalm boven het oppervlak hield van water dat op het punt stond te koken. De lift kwam in beweging en schoot met een vaart omlaag, en geen van hen zei iets tegen de ander. Op het laatste moment besloot hij de knop voor de zevende verdieping in te drukken, en hij wachtte tot de deuren opengingen.

'Jullie zijn allemaal fucking gestoord. Weet je dat?' zei hij net voordat de deuren trillend weer dichtgingen.

Een kwartier later kwam Ardie terug naar de kantoorkeuken met een broodje gyros en trof daar Katherine aan, die op zoek was naar mineraalwater. Katherine struikelde bijna bij het geluid van de deur achter zich.

'Woho, sorry.' Ardie hield haar pas in. 'Ik wilde je niet laten schrikken.'

Katherine liet haar adem ontsnappen en drukte haar hand stevig tegen haar borst.

'Gaat het wel goed met je?' Ardie kneep haar ogen een beetje dicht en keek haar onderzoekend aan.

Katherine duwde een van de koude blikjes tegen haar nek en daarna haar wangen, en zag er schuldbewust maar nog niet helemaal hersteld uit. 'Ja, hoor.' Haar stem was een beetje schor. 'Ik dacht dat je misschien...'

# 27

*3 april*

'... Ames was.'

De krachten waardoor vier vrouwen zich verzamelden in een kolfruimte om een man te bespreken wiens opvallende aanwezigheid als een onbehandelde herpesaanval onder hen leek te etteren en op te spelen, gingen Ardies begrip te boven. Ze wist alleen maar dat ze nog maar een paar weken geleden op vrijwel precies dezelfde plek over precies dezelfde man had zitten praten en ze bedacht dat het een soort zwaartekracht moest zijn. Zelfs zwarte gaten hadden die.

Sloane deed haar ogen dicht terwijl ze door de kamer ijsbeerde en haar wijsvinger tegen haar duim zette. 'Wacht, wacht, vertel me precies wat er is gebeurd,' zei ze.

Blijf ademhalen, wilde Ardie tegen Katherine zeggen. Je mag niet vergeten adem te halen.

Ardie had een veilige plek nodig gehad om Katherine naartoe te brengen en ze had veilige second opinions nodig gehad. De kolfkamer voelde nu aan als een atoomschuilkelder, donker en klam en afgesloten van eventuele rampen die zich buiten voltrokken. ('Heb je die kaars bij Anthropologie gekocht?' had Sloane aan Grace gevraagd toen ze binnenkwam.) Voorlopig in elk geval hield Grace haar borsten opgeborgen. Dat was gemakkelijker luisteren, waarschijnlijk. En Ardie had haar gekwetstheid lang genoeg opgeborgen om Sloane binnen te laten, omdat ze haar eigen tekortkomingen op dit gebied – het troosten van Katherine – ogenblikkelijk had erkend.

En dus kwamen de vier vrouwen bij elkaar om te bespreken hoe ze een onoplosbaar probleem konden oplossen.

'Ik... heb hem boos gemaakt.' Katherines woorden waren doordrenkt met een onmiskenbare toon van verbittering. Maar dat deel hadden ze al gehoord. 'Ik geloof dat we verschillende ideeën hadden over de aard van onze relatie en hoe die zich zou ontwikkelen.' De manier waarop ze het hun vertelde, had iets automatisch, alsof ze het al ettelijke keren aan zichzelf had uitgelegd.

'Nou, het lijkt erop dat niemand hierbinnen binnen afzienbare tijd gaat slagen voor de bechdeltest.' Grace had haar hakschoenen uitgedaan en was haar blote tenen als een ballerina aan het strekken op de tegels.

'Ik zag hem daarnet in de lift,' bekende Ardie. 'Hij zei: "Jullie zijn allemaal gestoord, weet je dat?"' Ze zette een lage en norse stem op om hem na te bootsen.

Natuurlijk had Ardie toen meteen moeten weten dat de opmerking een preventieve aanval was. De verleiding voor mensen als Ames was altijd al geweest om een beeld te scheppen van verveelde huisvrouwen in formele zakelijke outfits, die telefoonspelletjes deden via de interne telefoonlijnen. Het kon niet anders dan dat we overdreven reageerden en ons hysterisch gedroegen, een woord dat letterlijk was ontleend aan het Latijnse *hystericus*, oftewel 'van de baarmoeder'. Sterker nog, er was heel wat tijd en taal gestoken in de kunst van het ons niet echt geloven. Bijvoeglijke naamwoorden als 'kattig' en 'pittig' en 'lastig' en 'emotioneel' werden subtiele excuses om selectieve hardhorendheid te rechtvaardigen.

Toen Ardie Katherine in de keuken had aangetroffen, had ze dezelfde uitdrukking op haar gezicht gezien als ze zoveel jaar geleden bij Sloane had gezien. Wat moet ik nu in godsnaam, had die betekend. En nu begon het weer van voren af aan. Het was alsof het plotseling tot je doordrong dat je hoewel je ervan overtuigd was geweest dat je meedeed aan een wedstrijd in werkelijkheid al die tijd alleen maar op een loopband had gestaan.

'Maar... heb je de lijst dan niet gelezen?' vroeg Sloane.

Ze hadden zich allemaal vastgeklampt aan de belofte van de SKUD-lijst als een klein vlot dat op de zeeën van het internet dobberde. Het was de disclaimer geweest die op het bordje naast de attractie in het amusementspark had gestaan. BETREDEN OP EIGEN RISICO. Als de waarschuwing eenmaal gegeven was, hadden ze aan hun juridische plicht voldaan. Maar nu pas beseften ze hoe onwaar dat was.

'Ik heb hem gelezen.' Katherine blies haar wangen vol op de plek waar ze zat op de bank. Ze stak haar voeten onder zich. 'Toen je hem verstuurde. Maar ik wist niet wat ik ermee moest dóén. Ames heeft me deze baan bezorgd. Ik ben niet achterlijk.' Ze keek de kamer rond, ieder van de andere vrouwen uitdagend het met haar oneens te zijn. 'Je vertelde me niets wat ik niet ergens al wist. Ik wist dat ik al op het slappe koord liep. Ja, ik heb de kwalificaties.' Alsof het feit dat ze op Harvard had gezeten en bij *Law Review* had gewerkt slechts minder belangrijke punten aan haar waren. 'Maar ik kwam helemaal zonder aanbevelingen. Erger nog: mijn vorige werkgever had overduidelijk een hekel aan me. Ik kwam Ames tegen in een bar in Boston. Ik merkte dat hij, nou ja, zich waarschijnlijk tot me aangetrokken voelde. Maar ik heb heel hard gewerkt om te komen waar ik nu ben. En ik had een nieuwe start nodig. Ergens waar het niet voelde alsof het een stap achteruit was. Wat klinkt dat vreselijk.' Ze drukte haar schouders tegen de kussens van de bank. 'Maar welke vrouw doet dat niet een beetje? Je komt zonder benzine te staan aan de kant van de weg en, oké, plotseling is het niet zo erg om een beetje... je weet wel, schattig te doen om hulp te krijgen. Kijk niet zo naar me,' zei ze tegen hen allemaal. 'Dat doen we allemaal.'

Sloane knikte. 'Dit is een oordeelvrije zone. Je bent een van ons.'

'Hoe dan ook.' Katherine zuchtte. 'Ik bedacht dat als ik eenmaal een voet tussen de deur had, ik geleidelijk wat afstand kon creëren en dat het dan geen rol meer zou spelen. Hij toonde belangstelling, maar eerlijk waar, het leek erop dat dat goedbedoeld was. Hij hielp me en hij had er niets voor teruggevraagd. Het was onder controle.'

Grace liet haar hakschoenen op de grond vallen en staarde haar aan. 'En het Prescott dan?' vroeg ze.

Katherine keek omhoog naar Grace, die bij de tv stond. Op het zwarte scherm was een miniafbeelding van Sloane en Katherine zichtbaar. 'Ames betaalde ervoor,' antwoordde ze langzaam. 'Hij vroeg me om het tegen niemand te zeggen. Het spijt me. Hij zei dat het bedrijf gewoonlijk geen verhuiskosten vergoedde, maar dat ik zijn hulp moest beschouwen als deel van mijn welkomstpakket. Hij gebruikte een creditcard van het bedrijf en alles. Ik vertelde hem dat ik jou was tegengekomen, en dat was de eerste keer dat hij er een beetje, ik weet niet, stiekem over deed.' De huid rond Grace' ogen verstrakte. Ze sloeg haar armen beschermend voor haar borst over elkaar. 'Maar ik zweer je dat er niets is gebeurd in het Prescott.'

'Oké, dus er is niets gebeurd in het Prescott.' Sloane maakte een rollend gebaar met haar handen in de lucht: ga door. 'Wat is er dan wel gebeurd?'

Katherines keel trok samen toen ze slikte. 'Hij vroeg of ik langer wilde blijven om te helpen met... ik weet het eerlijk gezegd niet eens meer, en ik ging naar zijn kantoor en we begonnen te praten en toen begon hij een soort van...' Ze hield haar hoofd schuin opzij alsof ze de situatie in gedachten onderzocht. '... intiemer te worden, denk ik, en... Dit gaat een beetje raar klinken, maar het was donker, omdat hij zei dat dat prettiger was voor zijn ogen met het computerscherm 's avonds. En toen bleef het gewoon maar... ik dacht iets anders, maar hij was... Hij kúste me. En toen.' Haar mond vertrok even bij de onplezierige herinnering. 'En in het begin was ik alleen min of meer verrast. Niet in goede zin. Maar. Ik probeerde me los te maken, weet je wel, op een beleefde manier. Maar hij is vasthoudend. Hij probeerde... hij bleef maar, je weet wel, dus ik probeerde... Hoe dan ook, hij pakte mijn hand en legde hem op zijn...' Ze bewoog haar ogen zodat ze allemaal begrepen wat ze bedoelde. Er ontbraken zoveel woorden aan wat Katherine vertelde, en toch begreep Ardie heel goed wat ze betekenden. 'Iemand betrapte ons, trouwens. De schoonmaakster.'

Ardie knipperde met haar ogen. 'Rosalita?'

'Ik weet het niet zeker. Ik denk het wel. Ik weet het niet.' Katherine boog zich over haar knieën en legde haar handen om haar voorhoofd. 'Ik zei iets betrekkelijk onschuldigs tegen hem, dacht ik. Iets van: "O, het spijt me heel erg, maar ik wil geen relatie met iemand van het werk." Hij gooide een pen op de grond en zei dat ik verdomme een geintje maakte zeker. Ik ging weg. Ik dacht dat we het later wel weer konden uitpraten, als we een beetje afgekoeld waren.'

'Misschien heb je bepaalde signalen afgegeven? Kan het zijn dat hij het verkeerd interpreteerde...' Je moest het haar nageven, Grace klonk niet oordelend, niet echt. Maar ze klonk ook niet begripvol. 'Affaires op het werk bestaan, toch?' Ze keek niet naar Sloane, maar dat had ze net zo goed wel kunnen doen.

'Grace.' Sloane draaide zich om. 'Ze is... Ik weet niet, hoe oud ben je, Katherine? Het doet er niet toe; denk je niet dat ze dat wéét?'

Grace gaf geen antwoord.

Want Sloane verwoordde iets wat we allemaal geloofden, en dat was dat we wísten wat het verschil was. Hoe wisten we wanneer gedrag ongepast was? Dat wísten we gewoon. Iedere vrouw van boven de veertien wist dat waarschijnlijk. Geloof het of niet, maar we wílden niet beledigd worden. We zaten geen duimen te draaien, wachtend tot er iemand zou verschijnen en ons zou beledigen zodat we die dag iets te doen zouden hebben. Sterker nog, we verzonnen tientallen smoesjes om het niet te zijn. We gaven het voordeel van de twijfel. We beschouwden de opmerking van een man over hoe onze hoge hakken onze kuiten uit lieten komen als goedbedóéld. We begrepen onze behoefte om een grens te trekken: dit was oké, dit was niet oké. Zo'n grens bestond niet, of tenminste niet een die we konden uittekenen. Maar geloof maar dat tegen de tijd dat we gingen werken, onze meters al tientallen keren waren getest. We waren experts op ons gebied.

'Dat dacht ik al.'

'Het spijt me, Katherine,' zei Grace zacht. 'Ik probeer het alleen heel goed te begrijpen. Het is gewoon... Ik kén die kant van Ames niet, dat is alles.'

'Dus?' vroeg Ardie.

'Dus Ames reageert niet goed op de afwijzing,' kwam Sloane tussenbeide.

'In het begin dacht ik van wel. Het leek alsof... oké, het is gebeurd. Het was niet de bedoeling, maar wie weet, misschien heb ik signalen afgegeven.' Ze wierp een blik opzij naar Grace. 'Of zoiets, en we konden er allemaal als verstandige volwassenen mee omgaan. En toen kwam hij het te weten van de lijst.'

'Wacht even, wat?' Sloanes ogen sprongen zowat uit hun kassen.

Aha, nu komen we eindelijk bij waar het om draait, dacht Ardie. Dat werd weleens tijd.

'Vandaag, in feite. En hij denkt dat ik hem erop heb gezet,' zei Katherine.

Sloane kneep in haar zij en zoog de onderkant van haar ribbenkast hol terwijl ze door de kamer ijsbeerde. 'O, fuck,' zei ze. 'Fuck-fuck-fuck-fuck.' Ze liep nu in rondjes. Kleine, zielige rondjes. Ardie vroeg zich af welk percentage hiervan beschouwd kon worden als haar schuld.

'Jíj hebt hem er niet op gezet,' zei Sloane. 'Heb je hem dat verteld? Heb je hem verteld dat jij hem er niet op hebt gezet?'

'Natuurlijk heb ik hem dat verteld.'

'En wat zei hij toen?' vroeg Ardie minzaam. Ze waren feiten aan het verzamelen. Dat was alles. Ze waren bezig met feitenvergaring. Research. Dit was een kamer vol advocaten. Ze hadden bij elkaar tweeëndertig jaar hoger onderwijs gehad. Het doel: uitzoeken wat wat was en hun collega helpen een weg uit een penibele situatie te vinden zonder dat ze haar baan verloor.

Misschien was 'penibel' niet zo'n goede woordkeuze.

Katherine legde haar armen over elkaar en sloeg haar ene been over het andere. Ze kreeg er een heel slechte houding van. Ardie had haar nog nooit anders dan in een perfecte houding gezien en het voelde aan als een bijzonder duidelijk verontrustend symptoom.

'Hij geloofde me niet,' zei ze, meer tegen haar knieën pratend dan tegen hen. 'Hij zei dat dat gelul was. Hij zei dat hij al jaren met alle mensen in dit kantoor werkte en dat ik begonnen was en dat ik, ik weet niet, ja, dat ik gemengde signalen had afgegeven.' Ze maakte aanhalingstekens in de lucht. 'En dan zou het plotseling allemaal zijn schuld zijn en gaat er een lijst rond met zijn naam erop, en dat is duidelijk geen toeval. Zijn woorden, niet die van mij.'

De blikken van Ardie en Sloane vonden elkaar. Ze stonden weer helemaal op één lijn. Gisteren was Sloane in haar kantoor verschenen en had verklaard: 'Ik heb geen olijftak, dus heb ik iets lekkers van Olive Garden voor je meegenomen.' En al zou het toch wel gebeurd zijn, de soepstengels bespoedigden het helingsproces absoluut. Ze waren, uiteraard, weer bondgenoten. En ze waren oude bondgenoten. Ervaren. Wat absoluut het beste soort bondgenoten was dat je kon hebben. En Sloane was haar beste vriendin. Ze tastte rond in haar hart om te kijken of dat nog steeds waar was en hoopte heel erg van wel.

Ames' redenering was in feite behoorlijk steekhoudend. Sloane en Ardie werkten al meer dan tien jaar met Ames. Waarom zouden zij, plotseling, besluiten om hem eruit te werken, vooral wanneer Sloanes eigen promotie binnen het bedrijf op het spel stond?

Hij onderschatte hen.

'Tja,' zei Grace. 'Dat is zeker een lastig parket.'

'O god. Ik had je duidelijker moeten waarschuwen, Katherine,' zei Sloane, die plotseling bleef staan waar ze stond. 'Het spijt me. Ik dacht gewoon...' Ze schudde haar hoofd. 'Ik weet niet wat ik dacht. Ik had je zelf over Ames moeten vertellen.'

Katherine hief haar kin op. 'Heb jíj Ames' naam op de lijst gezet?' De kamer werd een ogenblik stil. Er trok een rimpeling van woede over Katherines gezicht.

'Ja,' zei Sloane. Ze betrok Ardie er helemaal niet bij. Ardie was er wel bij geweest. Ardie had Sloane niet tegengehouden om Ames' naam toe te voegen. Sterker nog, ze had ermee ingestemd.

'Ik heb het zelf meegemaakt,' zei Sloane. Katherine keek taxerend naar Sloane, of tenminste, dat was hoe Ardie het interpreteerde. Ze nam het leeftijdsverschil in zich op, de andere esthetiek. De een leek niet op de ander. Maar ging het bij dit soort dingen ooit om uiterlijk? 'O mijn god, jaren geleden. Eeuwen, eigenlijk.' Sloane wuifde met haar hand. 'We hebben ooit iets met elkaar gehád, om de waarheid te zeggen.' Sloane Glovers slechtst bewaarde geheimen waren gewoonlijk die van zichzelf. 'Maar we hebben nog altijd onze... meningsverschillen.'

'Het was niet precíés hetzelfde,' merkte Grace op, maar de andere drie negeerden haar.

Katherine legde haar hoofd in haar nek en staarde naar het plafond. 'Maar wat moet ik nu?' vroeg ze. 'Ik weet vrij zeker dat mijn carrière geen negen levens heeft. Misschien niet eens twee.'

Hoe zou het zijn om je omhoog te werken van Zuid-Boston naar Harvard en er dan achter te komen dat dat niet eens het moeilijkste deel was?

'Wil je een klacht indienen?' vroeg Sloane. 'Want wij zullen je steunen. Daar is geen twijfel over mogelijk.'

Katherine ging geschrokken rechtop zitten. 'Wat? Néé. Nee. Jullie mogen het aan níémand vertellen. Dat moeten jullie zweren. Ik ben al één baan kwijtgeraakt.'

Het voelde alsof er iets zwaars op Ardies maag lag.

'Dat was anders.' Sloane praatte tegen Katherine op de manier waarop Ardie haar soms tegen Abigail had horen praten.

Grace keek toe. 'Een klacht lijkt me een goede optie. Volgens mij is er zelfs een kliklijn.'

'Het is mijn woord tegen dat van hem. Lijkt me niet zo heel anders.'

'Oké...'

Ardie keek naar Sloanes hoofd, de netjes gekapte lijn blond haar.

'Ardie?' Sloane wendde zich tot haar voor ideeën.

'Ik weet niet wat we nu kunnen doen. Wat kun je ooit doen?' zei Ardie. 'Weten jullie nog toen Debra bij het bedrijf werkte? Jullie waren hier waarschijnlijk nog niet eens. Misschien jij wel, Sloane. Andere verdieping. Ze diende een klacht in wegens ongewenste intimiteiten bij Personeelszaken tegen een van haar supervisors. Een paar maanden later was er zomaar een bezuinigingsronde, een kleine maar. Lachwekkend klein. Zij lag eruit. Zomaar op straat gezet.'

Er waren nog andere voorbeelden die ze wegliet.

'Dat zou toeval geweest kunnen zijn,' zei Grace. 'We moeten niet te snel...'

'Hij gaat algemeen directeur worden,' zei Sloane, haar afkappend. 'Het bestuur is bijeengekomen. Ik heb gehoord dat het zo goed als beklonken is. Als dat eenmaal wordt aangekondigd, blijven er zelfs nog minder opties over. Misschien niet één.'

'Jullie hadden zijn gezicht moeten zien.' Katherine duwde haar haar van haar voorhoofd. 'Ik ben ook zo dom.' Ze was in de fase gekomen waarin ze zichzelf de schuld gaf. Sloane had hetzelfde traject gevolgd. 'Dit kwam niet bepaald uit de lucht vallen.'

Niemand vroeg wat dat betekende. Als iemand het zou moeten doen, was het Sloane wel, maar zij liet het in de lucht hangen. Hoeveel informatie hadden ze nou werkelijk nodig, trouwens? Of ze geloofden Katherine, óf niet. Moest Katherine elke interactie gedetailleerd uit de doeken doen, alleen zodat zij voor zichzelf konden bepalen hoe problematisch bepaald gedrag werkelijk was? Of misschien zelfs: wiens probleem was het?

Ardie en Sloane keken elkaar aan. 'Hoe meer dingen veranderden, hoe meer ze hetzelfde bleven', waar kwam dat uit? Uit een liedje? Ardie vond dat de tekst niet klopte. Beter was: hoe meer dingen niet veranderden, hoe meer ze hetzelfde bleven.

Sloane legde haar hand in haar nek, en haar vingers begonnen daar te kneden. 'Goed.' In de stilte die viel, voelde Ardie dat ze dadelijk uit elkaar zouden moeten gaan, terug de wereld in waar dit allemaal gebeurde en waar dit van belang was. Het vond plaats, Ames bestond, net achter die gesloten deur. 'Ik denk niet dat we maar kunnen blijven zitten wachten en hopen dat hij geschept wordt door een bus,' zei ze.

Maar mijn god, dacht Ardie, zou dat niet een mooi toeval zijn?

# 28

*3 april*

'Je wilt je baas voor de rechter slepen.' Derek negeerde de twee vingers whisky die Sloane voor hem had ingeschonken voordat dit gesprek begon. Ze zaten op hun superkingsize bed. Om de een of andere reden vonden al hun belangrijke gesprekken plaats op dit bed. Het was multifunctioneel. Zoals ook in de reclame werd beweerd.

'En Truviv,' herhaalde ze. Ze probeerde het zo goed mogelijk uit te leggen, omdat Derek geen juridische achtergrond had, zonder daarbij neerbuigend te worden.

Hij liet zijn hoofd naar achteren zakken op een sierkussentje. 'O, dat maakt het veel minder erg.'

'Sarcasme staat je helemaal niet.' Sloane trok een kussen tegen zich aan. Ze lag op haar heup, met haar benen naar één kant gekruld. Derek was gekleed in een hemd en een boxershort. Een uur geleden had ze gevraagd om een 'gezinsvergadering', ook al was Abigail al naar bed, omdat Derek die term zo leuk vond. Hij had hem gehoord in een luisterboek over ouderschap, wat iets was waar zij naar zou hebben geluisterd om een betere ouder te lijken, maar waar hij naar luisterde om er ook echt een te zijn.

Hij hief zijn hoofd op. Hij had geweldig haar voor een man van boven de veertig. Ze kon zich wel voorstellen wat de brugklasmeisjes op zijn school over hem zeiden. 'Kijk nou eens naar dit huis, Sloane.' Hij stak zijn armen uit. In alle eerlijkheid was dit huis waarnaar ze moest kijken niet bijzonder groot, maar het was ‘locatie, locatie, locatie’, zoals ze zeiden. ‘Hoeveel geld denk je dat ik verdien?’

Sloane rook onraad. Ze was getrouwd met een man die het niet kon schelen als zijn vrouw meer dan drie keer zoveel verdiende als hij, zolang niemand daarover sprak.

‘Ik meen het, Sloane. Wat denk je dat er precies zal gebeuren als dit in het honderd loopt? Als jij bijvoorbeeld je baan verliest vanwege Ames? Voor het geval je het niet hebt gemerkt: het geld groeit hier niet aan de bomen.’ Hij kneep in zijn nek en wreef erover.

‘Alleen maar omdat we het uitgeven alsof dat wel zo is,’ zei ze. ‘We hóéven de badkamer niet opnieuw in te richten met Ann Sacks-tegels.’ Ze had nooit gedacht dat de duurste gewoonte van haar echtgenoot zijn heimelijke liefde voor binnenhuisarchitectuur zou zijn, maar zo was het nu eenmaal.

‘En we hebben ook niet vijf paar Louboutins nodig.’ Wat niet echt eerlijk was, vond ze, omdat zíj het geld verdiende om voor die Louboutins te betalen en het háár niet kon schelen als haar badkamer met tegels van de bouwmarkt werd bekleed. Dat zou ze nooit zeggen, want ze wist dat als het een werkende mán was die dat tegen zijn vrouw zei, ze het ontzettend ongepast zou hebben gevonden, en dus hield ze zich aan diezelfde standaard. Het geld was van hen allebei. En Derek had gelijk: als ze haar baan kwijtraakte, zou er een domino-effect komen: eerst een auto, dan misschien een vakantie, en daarna uiteindelijk het huis. Tenzij ze een manier vond om het bloeden te stelpen.

Maar ja, een baan zou je meer moeten opleveren dan dat hij je kostte. De werkelijkheid van haar situatie was dat als ze iets aan Ames wilde doen, het nu of nooit was.

Ze trok het kussen dichter naar zich toe. ‘Wat voor voorbeeld geven we Abigail?’

Hij gooide het dichtstbijzijnde tweehonderd dollar kostende handgeschilderde sierkussen achteloos van het bed. ‘Geen. Want ze weet niet dat dit aan de orde is. Jij bent degene die het voor het voetlicht gooit.' Ze staarde naar hem. 'Schik buiten de rechtszaal om.'

'Dat zou ik kunnen doen. Maar dan moet ik toch eerst het proces aanspannen. Geen proces, geen schikking.' Het voelde goed om degene te zijn die kalm en rationeel was. Dat zou ze vaker moeten proberen. Hij liet zijn hoofd slap op zijn schouders zakken. 'Als ik een rechtszaak aanspan wegens seksuele intimidatie kunnen ze me in feite niet ontslaan.' Haar ontslaan niet, nee. Haar een deel van haar verantwoordelijkheden ontnemen? Haar geen promotie geven? Haar opzadelen met slechte referenties? Haar het leven zuur maken? Haar aanmoedigen om zelf ontslag te nemen? Ja, maar het leek niet verstandig om in detail te treden. 'Dat is de reden waarom het beter is dan alleen te klagen. Heb ik je ooit verteld over de keer dat Ames tegen de verdediging van de tegenpartij zei dat ik te emotioneel was om een goede onderhandelaar te zijn? "Uit de weg, laat ons die deal maar sluiten."' Sloane zei het in een of ander oubollig Amerikaanse-elite-accent, iets waarmee ze meestal een glimlachje aan haar echtgenoot wist te ontlokken. 'Míjn deal, Derek,' zei ze, nu ernstiger.

'Daar eh... heb je het misschien wel over gehad, ja.'

'Misschien verdíénen we hier zelfs wel geld aan.' Ze wist niet op welk moment het idee was veranderd van alleen maar een idee in een idee waarvan ze echt wilde dat het werkelijkheid werd. Waarschijnlijk terwijl ze bezig was geweest Derek te overtuigen. Zo overtuigend was ze wel, echt waar. 'Ik ging erin mee dat Ames algemeen directeur werd omdat ik dacht: oké, Ames wordt algemeen directeur, ik word hoofd van de juridische afdeling, ik leg me erbij neer, ik krijg een flinke loonsverhoging, hopelijk komt alles in orde. Maar... maar... als dat nu eens niet zo is? Op deze manier wordt Ames geen algemeen directeur. Dan is er nog steeds een vacature voor mij om over te onderhandelen. Er zijn wetten die represailles tegen werknemers verbieden. Maar het belangrijkste is dat ik niet meer toekijk hoe die man dezelfde macht heeft over andere vrouwen als hij over mij heeft geprobeerd te krijgen. We kunnen deze situatie in de hand blijven houden als we zelf de controle erover grijpen. Op dit moment heeft hij de controle. Volledig. Dat begrijp je wel, toch? Dat zal nog eens tien keer zoveel worden als hij algemeen directeur wordt, wat hij zal worden tenzij ik... tenzij wij er iets aan doen voordat het wordt aangekondigd.' Ze schoof over de matras, dichter naar haar echtgenoot toe. 'Jij vindt dat ik een goede advocaat ben, toch, dat ik dit verdien?'

'Je staat in mijn top vijf, absoluut.'

Haar schouders ontspanden een paar centimeter. 'Heb jij een top vijf?'

Hij snoof. 'Natuurlijk heb ik een top vijf. Ben je mal? Laten we eens even kijken. Hij begon op zijn vingers te tellen. 'Johnny Cochran. John Adams. Robert Kardashian. Sloane Glover. Ruth Bader Ginsburg.'

Ze glimlachte. 'Ha. Dus ik kom vóór RBG, maar na Robert Kardashian.' Dingen konden nog steeds grappig zijn. Haar echtgenoot was er een van. Dat had ze nodig. Ze had hém nodig, eigenlijk.

'Hé, het is mijn lijst.' Derek was veren uit de donzen sprei aan het plukken, waarbij hij ze er aan de pen uit trok. Het was nooit een eerlijk gevecht. Sloane kreeg haar zin in bijna elke relatie waarvan ze deel uitmaakte. Het was niet zo dat Derek geen meningen had; het was gewoon dat Derek van haar hield. Hij was de betere persoon en zij vond het prima hem dat terrein af te staan zolang het alléén dat terrein was.

Hij vertrok zijn mondhoeken tot diepe ronde haken. 'Oké,' zei hij. 'Oké. Als dit is wat we moeten doen om vooruit te gaan, dan hebben we dit nodig om vooruit te gaan. Jij bent de baas.'

En ze deed heel erg haar best om dat niet als een steek onder water op te vatten.

'Dank je wel, Derek.' Sloane liet zich van het bed glijden. Het was laat en ze had nog steeds haar werkkleding aan, verkreukeld en gedeeltelijk opengeritst. Ze voelde zich voornamelijk opgelucht. Als ze zich al zorgen maakte dat ze impulsief bezig was, ontkrachtte ze dat met het feit dat een zaak tegen Ames er al jarenlang aan zat te komen. Ze wist dat zij gelijk had en Sloane vond het heerlijk om gelijk te hebben, bijna meer dan wat ook. Het was een van de redenen dat ze had besloten advocaat te worden.

Ze trok haar la open en haalde er een Thaise zijden pyjama uit. Derek las zijn telefoon terwijl ze zich uitkleedde.

Ze haalde diep adem. 'Er is alleen één ding waarvan ik het idee heb dat ik het je moet vertellen, voor het geval dat het uitkomt,' zei ze terwijl ze een blauw streepje tandpasta op haar tandenborstel deed. Vijf jaar geleden zou ze niet eens hebben overwogen om het hem te vertellen, omdat het te snel zou zijn geweest. Maar nu, met dubbele cijfers, voelde het als een eeuwigheid geleden. Ze merkte dat ze zich dingen begon af te vragen als: wanneer heeft Derek ook alweer een aanzoek gedaan, was het nou maart of was het november?

'Hm?' Hij keek niet op van zijn telefoon.

Dit was het laatste moment waarop ze zich nog kon terugtrekken. Maar ze keek naar haar echtgenoot, zijn vertrouwde blote voeten, zijn lange, kromme tenen. Ze hadden zo vaak misdaaddrama's gekeken waarin een kind was ontvoerd en een van de ouders druk bezig was zijn of haar affaire te verbergen, en ze hadden tegen elkaar gezegd: 'Godsamme, als je een affaire hebt, als er iets belangrijkers gaande is, zeg het dan gewoon!'

Sloane was een moderne vrouw met een moderne echtgenoot. Ze onderhandelde bij autohandelaren. Ze verdiende geld en nam de beslissingen. Ze schoof de helft van haar huishoudelijke taken af. Ze kookte niet. Ze had seks gehad. Haar affaire was geen reden om andere vrouwen misbruikt te laten worden, of aangevallen te laten worden, toch?

'Ames en ik hebben ooit iets gehad.' Hij richtte met een schok zijn aandacht op haar. Ze stak haar hand op. 'Vóórdat we getrouwd waren.'

Hij ontspande zich een beetje. 'Wannéér voordat we getrouwd waren?' Het was bijna alsof hij met een advocate getrouwd was.

Ze stak de tandenborstel in haar mond. 'Een paar maanden ervoor.'

'Dus we waren al aan het daten.' Hij legde zijn telefoon neer zodat ze zijn volle aandacht had. Van haar had dat niet gehoeven. Alleen deze ene keer.

'Verloofd. Strikt genomen. Denk ik,' zei ze.

'Verloofd,' herhaalde hij. Ze spuugde in de wastafel en spoelde haar mond met water. 'En hij was getrouwd?'

'Hij was absoluut getrouwd. Het was vlak nadat je een aanzoek had gedaan. Ik wist niet zo goed wat ik wilde. Ik maakte een gewetenscrisis door.' Ze dacht dat het goed was om er een etiket op te plakken. Het was net een diagnose. Iedereen moest je steunen als je er eenmaal een had of anders het risico lopen dat je een afgrijselijke, egoïstische persoon was met een vooroordeel tegen geestelijke-gezondheidskwesties. En dat was Derek absoluut niet.

'Nou, dat is geruststellend om te horen.' Derek pakte ten slotte de whisky van het nachtkastje, rook eraan en nam een slok. Het was heel goede whisky. Ze vond dat dat hoorde uit te maken.

'Het spijt me, wat wil je precies dat ik zeg?' En er zat absoluut een sneer in zijn stem.

Oké dan, dacht ze, laat hem maar. Ze had het verdiend.

Sloane zette haar tandenborstel weg. Ze begon antwoord te geven en trok toen een rimpel in haar voorhoofd, behalve dat haar voorhoofd natuurlijk helemaal niet rimpelde. 'Ik ben aan het nadenken,' zei ze. 'Je kunt het alleen niet zien omdat ik ervoor heb gekozen mijn gezicht te vergiftigen als gevolg van de oneerlijke schoonheidsmaatstaven van de maatschappij.' Ze ging voorzichtig met een vinger over haar voorhoofd. 'Zo moet het aanvoelen om verlamd te zijn.'

Sloane praatte te veel. Het was haar belangrijkste vertragingstactiek en Derek wist dat. Het bleek dat ze in haar hoofd niet precies duidelijk had gemaakt hóé ze dacht dat Derek op haar bekentenis zou reageren. Ze had zich vaag voorgesteld dat haar echtgenoot de teleurstelling van een strenge ouder zou tonen die net had gehoord dat zijn veertigjarige dochter vroeger altijd het huis uit sloop om bier te gaan drinken toen ze op de middelbare school zat. Dereks gezicht vertelde een ander verhaal: gekwetstheid en woede die in een nek-aan-nekrace om de overhand verwikkeld waren.

'Telt het eigenlijk wel mee voordat we getrouwd waren? Denk er eens over na. Dat is nou juist het hele idee achter het jawoord geven.' Ze was bang om het nu te zeggen, maar ze had altijd het idee gehad dat alles vóór het huwelijk min of meer, weet ik veel, geoorloofd was? Oefenen? Of misschien had ze dat zichzelf alleen maar wijsgemaakt omdat ze vóór Derek op die manier met haar relaties was omgegaan. 'Er is nooit meer iets gebeurd nadat ik die eed heb gezworen.'

'Wat fucking nobel, Sloane.'

Ze gebruikten allebei weleens scheldwoorden. Maar nooit tégen elkaar. En er was heel wat zelfbeheersing voor nodig om zichzelf niet de rol van de geschoffeerde partij op zich te laten nemen. Daar was ze zoveel beter in.

'Derek.' Ze kwam terug uit hun gezamenlijke badkamer, met een klodder nachtcrème klaar voor gebruik op haar vingertop. 'Het was twaalf jaar geleden. Ik begrijp het. Ik was jong en vreselijk en dom. Maar.' De matrasveren piepten. Derek pakte zijn twee kussens en trok een van de dekens van het bed. Hij moest hem om zijn onderarm wikkelen om het allemaal mee te kunnen nemen. 'Derek? Derek, waar ga je heen?' Ze volgde hem naar de woonkamer terwijl hij de trap op liep in de richting van de logeerkamer. 'Ik dacht dat je ermee had ingestemd dat we aan dezelfde kant zouden staan.' Ze smeerde de nachtcrème op haar been. Vijftig milliliter ervan kostte vijfenzeventig dollar en ze kon niet geloven dat ze dat zojuist had verspild. Haar voeten dreunden te luid op de treden. Ze zou Abigail wakker maken als ze niet voorzichtig was.

Derek keek omlaag naar haar vanaf de bovenkant van de trap. 'Ja, ik vind dat dát nou juist het hele idee erachter is als je het jawoord geeft.' En hij verdween in de logeerkamer, waar ze het slot op zijn plek hoorde klikken.

Sloanes voetstappen waren zachter op de terugweg naar beneden. Ze krulde zich op aan Dereks kant van het bed en pakte zijn nog grotendeels volle glas whisky. Het kwam allemaal wel goed, zei ze tegen zichzelf. Toen ze nog begin dertig waren, zou een vergelijkbare ruzie hebben geleid tot slaan met deuren, lange sms'jes die razendsnel werden verzonden, een van hen die wegging met de auto – waarschijnlijk zij – en daarna terugkeerde en de ander negeerde totdat het geschreeuw weer begon.

Nu gonsde het huis van de stilte. Ze goot het restje whisky in haar mond. De grondige smaak van turf vulde haar neus. Je hebt het er zelf naar gemaakt, dacht ze.

Derek en zij zouden vanavond eigenlijk naar de laatste aflevering van de serie *Orphan Black* hebben gekeken. In plaats daarvan ging ze naar de keuken om haar glas bij te vullen.

## Proces-verbaal van verklaring onder ede

*27 april*

Mw. Sharpe: Hoeveel verdient u per jaar bij Truviv?
Gedaagde 1: Waarom is dat relevant?
Mw. Sharpe: Als u bezwaar maakt, kan uw advocaat het beargumenteren voor het hof. Hoeveel verdient u per jaar bij Truviv?
Gedaagde 1: Mijn basissalaris is 310.000 dollar per jaar, plus een bonus.
Mw. Sharpe: Bent u zich ervan bewust dat dit salaris binnen de bovenste één procent van alle salarissen van het land valt?
Gedaagde 1: Nogmaals, ik zie niet in waarom dat relevant is. Het is geenszins een buitensporig bedrag om te verdienen voor iemand van mijn ervaringsniveau.
Mw. Sharpe: Was u in staat om comfortabel te leven van dit inkomen, mevrouw Glover?
Gedaagde 1: Dat is toch zeker relatief? Vergeleken met jou, bijvoorbeeld, Cosette? Waarschijnlijk niet. Maar meer in het algemeen gesproken: ja, dat lukt ons prima.
Mw. Sharpe: Dus de enige overweging toen u een rechtszaak aanspande tegen Truviv en meneer Garrett was om de strijd aan te gaan tegen seksuele intimidatie? Klopt dat? Dit was in geen geval een plan om er geld aan te verdienen?
Gedaagde 1: Natuurlijk niet. En daar bedoel ik mee: natuurlijk was het niet bedoeld als een manier om geld te verdienen, behalve in zoverre dat het dwingen van een bedrijf om geld te betalen een van de

doeltreffendste manieren is om een bedrijf, en trouwens ook mensen, aan te sporen om hun gedrag te veranderen.
Mw. Sharpe: Stond u onder buitensporige financiële druk waardoor uw eigen gedrag misschien is veranderd in de periode van de rechtszaak, mevrouw Glover?
Gedaagde 1: Niet meer dan normaal is.
Mw. Sharpe: Interessant. Ziet u, ik heb hier een kredietoverzicht. Daaruit blijkt dat u behoorlijk hoge schulden hebt.
Gedaagde 1: Ik denk dat dat vrij normaal is. Zeven jaar aan studieleningen. Een hypotheek. Creditcards. Twee auto's. Dat tikt aan.
Mw. Sharpe: Dus u was niet op zoek naar nog meer geld? Meer geld zou u niet van pas zijn gekomen?
Gedaagde 1: Sorry, Cosette, hoeveel betaalt Truviv je om zulke sterke vragen te stellen als 'Zou meer geld u van pas komen'? Cosette, ik wil bij Truviv blijven werken. Zoals je hebt gezegd, verdien ik 310.000 dollar per jaar, en mijn gezin en ik genieten van een zekere levensstandaard. Ik had niet bepaald verwacht dat ik vroegtijdig van mijn pensioen zou kunnen gaan genieten aan de Côte d'Azur van de eventuele opbrengst die ik aan deze rechtszaak zou overhouden. Maar stuur me alsjeblieft een ansichtkaart van het vakantiehuis waar deze rechtszaak jóú helpt om het voorschot van te betalen, goed?

# 29

*3 april*

Grace kwam die avond vroeg thuis en legde haar handtas op de keukentafel. Liam was al thuis, de vaatwasser aan het inruimen. De magnetron zoemde en de sterilisator draaide erin rond. Flesjes – met waterdruppels aan de binnenkant – stonden klaar in de matjes van plastic gras naast de gootsteen. Grace had een theorie dat de voornaamste reden dat Liam zo behulpzaam was in huis in feite was dat hij zoveel verdiende. Al die carrièrevrouwen die ze kende die klaagden dat zíj de broodwinners waren maar dat hun echtgenoten nog steeds de boodschappen niet deden, en zij dacht: dat komt doordat ze zich bedreigd voelen! Het was een voorlopige theorie geweest, en dat was het nog steeds.

Grace begroette Liam en liep naar de woonkamer, waar ze op haar knieën naast Emma Kate ging zitten. Ze lag op haar rug te spelen op haar speelkleed, omhoogstarend naar de verzameling olifanten, leeuwen en toekans die boven haar hoofd waren opgehangen om haar aandacht vast te houden. Ze hield haar dochters voet vast en Emma Kate schopte. Ze kon niet veel bedenken om te zeggen, dus liep Grace terug naar de keuken en pakte een pak zoute koekjes uit de voorraadkast.

Ze leunde over het granieten aanrecht, met haar hakschoenen nog aan. 'Liam, waarom denk je dat ik nog nooit te maken heb gehad met, je weet wel, ongewenste intimiteiten?' Ze vroeg zich af of de vooronderstelling van haar vraag eigenlijk wel waar was. Ze was nagefloten op straat, er was haar gevraagd om te glimlachen in de rij voor de lunch, mannen hadden tijdens vergaderingen naar haar borsten gestaard. Haar tennisleraar op de middelbare school had zelfs een keer gevraagd of ze bij hem op schoot kwam zitten tijdens een rit in een volle auto (ze had geweigerd en de schoot van een van haar teamgenootjes gekozen). Maar al die dingen hadden haar geen tráúma bezorgd.

Liam sloeg een theedoek over zijn schouder en duwde de klep van de vaatwasser omhoog. Hij was lang en goedgebouwd, en zat vroeger in het lacrosseteam van Vanderbilt University in Nashville. 'Je hebt ook nooit waterpokken gehad.'

Emma Kate koerde in de andere kamer.

'Volgens mij is dit niet zo willekeurig. Ik bedoel, ik ben toch niet immuun? Ik bedoel, zonder dat ik nou als een ontzettende bitch wil overkomen.' Grace wás waarschijnlijk een ontzettende bitch. 'Ik ben, zeg maar, knap. Knapper dan sommige vrouwen die ik ken die wel negatieve ervaringen hebben gehad.'

Hij stak zijn hand uit. Ze gaf hem een koekje. 'Voel je je tekortgedaan omdat niemand je heeft lastiggevallen?'

'Natuurlijk niet.' Misschien ook wel. 'Ik probeer het te begrijpen.'

'Ik weet het niet.' De timer van de magnetron ging en het was Liam die in beweging kwam om de sterilisator eruit te halen en die hem begon leeg te halen. Grace deed haar schoenen uit. De tegels koelden haar voetzolen. 'Je vraagt me om in de hoofden van mensen te kruipen met wie ik niet al te veel gemeen heb.'

Ze hoopte dat dat waar was. Ze geloofde van wel. Ze vond het vervelend dat ze niet wist of Ames' vrouw Bobbi er net zo over dacht.

Liam dacht na. 'Maar waarschijnlijk is het een soort dierlijk instinct. Ze jagen op de zwaksten in de kudde. De jonkies. De kwetsbaren.'

Grace snoof. Kruimels van het koekje vlogen uit haar mond en ze sloeg haar hand ervoor. 'Sorry. Sloane zou ik niet kwetsbaar noemen.'

Ze liep snel op haar tenen de hoek om – zo'n goede moeder, zoals Liam zou zeggen! – om bij Emma Kate te kijken, die nu stil was en haar eigen pols in haar mond had.

'Nee.' Liam stak een vinger op. 'Maar ze maakte zichzelf kwetsbaar met die affaire, of niet? Hij had iets om tegen haar te gebruiken.' Grace wist niet of ze volgens de regels Liam wel of niet over Sloanes affaire had mogen vertellen. Als volwassene geloofde ze dat de ongeschreven regel was dat als een vriendin je een geheim vertelde, je het wel aan je echtgenoot mocht vertellen. Maar dat had ze nooit ter bevestiging nagevraagd bij een van haar vriendinnen voor het geval ze het mis had, en dat alleen al betekende waarschijnlijk dat dat zo was.

'Dus het is hun schuld? Ik ben nooit lastiggevallen omdat ik niet lastigvalbaar ben?'

'Nee.' Liams mond vertrok even. 'Het is zoiets als een gelegenheidsmisdrijf, denk ik. Je zou een moordslachtoffer ook nooit de schuld geven. De moordenaar probeert alleen maar een moord te plegen waarvan hij denkt dat hij ermee weg kan komen.'

'Dat is een duistere gedachte.'

'Gaan we eten bestellen of was je van plan om te koken?'

Het berichtje van Sloane kwam ergens vlak voor tienen, toen Liam al naar bed was. Grace was aan het wachten om een zogenaamde 'droomvoeding' te doen, die ze voor ongeveer half-elf had ingepland. Een droomvoeding hield in dat ze Emma Kate oppakte en zonder haar helemaal wakker te maken aan de borst legde en haar aanmoedigde om een volledige voeding te drinken zodat ze de rest van de nacht door zou slapen. Dat was het idee. De werkelijkheid was meestal dat Emma Kate wakker werd, boos omdat ze gewekt was, met haar kleine vuistjes gebald en haar oogjes dichtgeknepen. Maar Grace kon de belofte van zes uur ononderbroken slaap niet zomaar opgeven. Dat het nog nooit gelukt was, maakte niet uit.

Ze was aan het scrollen geweest door Mijn lijst van Netflix, die behoorlijk was afgenomen met alle extra tijd dat ze tv-keek sinds de geboorte van Emma Kate, toen haar telefoon zoemde.

**Sloane Glover**
*Ga rechtszaak aanspannen. Openbaar = enige manier om bescherming te krijgen + voorkomen dat Ames bedrijf overneemt. Heb met Katherine gepraat. Ze is bang ivm wat er is gebeurd bij Frost + ik voel me beetje verantwoordelijk. Ben het zat om het allemaal te negeren! Kusjes.*

Grace wachtte tot Ardie, die ook een van de geadresseerden was, zou reageren, maar toen ze dat niet deed, besefte ze dat Ardie waarschijnlijk al naar bed was. Grace besloot te doen alsof dat bij haar ook het geval was. Wat wilde Sloane trouwens nou eigenlijk dat ze zouden zeggen? Zet hem op, meid?

Eigenlijk zat Grace meer te denken aan hoe schadelijk een rechtszaak van Sloane voor hun banen zou zijn. Was er niemand die zich dáár zorgen om maakte?

Twintig minuten later had ze zich gepositioneerd in de krater die nu permanent in hun bank was geslagen door daar onafgebroken in kleermakerszit te zitten, met het U-vormige kussen om haar heupen. Emma Kate was van schreeuwen overgegaan op zuigen, en op dat moment besefte Grace dat ze was vergeten het glas water op het bijzettafeltje naast zich te zetten. Ze kreeg altijd enorme dorst als Emma Kate zich vastzoog. Ze moest zichzelf afleiden. De tv stond aan met het geluid zacht, en de afstandsbediening lag net een paar centimeter buiten haar bereik. Ze pakte haar telefoon. Het bericht van Sloane stond nog steeds op het scherm en ze voelde dezelfde steek van irritatie die ze altijd kreeg als haar moeder haar te vaak sms'te.

Ze wilde met iemand praten die het met haar eens was. Het was al laat, maar ze scrolde door haar contactpersonen en belde Emery Bishop, een van haar beste vriendinnen van de studentenclub. Ze maakten nog altijd elk jaar een uitstapje naar

Fredericksburg, meiden onder elkaar. Emery woonde in Houston. Ze werkte niet 'buitenshuis' en zat in het bestuur van zowel een aidsstichting als een plaatselijk theater. Ze nam op bij de tweede keer overgaan. 'Is alles oké?' Emery had een chronisch schorre stem als gevolg van knobbeltjes op haar stembanden, en een licht zuidelijk accent.

'Ja, ja,' zei Grace zacht om Emma Kate niet te storen. 'Sorry, sliep je?'

'O god, nee.' Emery was altijd al een avondmens geweest. Op de universiteit at ze om middernacht altijd een tweede keer. 'Emma Kate?'

'Ook prima. Ben haar nu de borst aan het geven.' Het blauwe licht van de televisie weerkaatste van het hoofdje van haar baby.

'Jezus,' zei Emery met lijzige stem. Grace riep het beeld van haar vriendin op. Haar haar ontdaan van kleur door middel van bleekmiddel, een blijvende voorliefde voor turquoise sieraden. 'Ik kan me die tijd nog herinneren. Zorg ervoor dat je niet vier kinderen krijgt, Gracie.' Grace glimlachte in de telefoon. Er waren maar weinig vriendinnen die je na de middelbare school leerde kennen die je kon bellen om gewoon te praten. Emery was een van de laatsten van Grace.

'Vind jij dat vrouwen te gevoelig zijn?' vroeg Grace na een korte stilte.

Emery maakte een hummend geluid. Grace hoorde geritsel aan de andere kant van de lijn en toen het kraken van een koelkastdeur die openging. 'Hangt ervan af wie het zegt. Als Clark me bijvoorbeeld te gevoelig noemt, snij ik zijn ballen eraf en voer ik ze aan Willie.'

Grace begon te lachen, maar hield zich toen in omdat Emma Kate bijna loskwam. 'Op mijn werk zijn er vrouwen die klagen dat ze, zeg maar, aangerand zijn. Niet met die woorden, maar dat is de strekking ervan.'

'O.' Er ging een la open. Het geluid van tafelzilver. 'Ik weet het niet. Niet alle vrouwen zijn zoals wij, weet je wel? Mijn moeder zegt altijd: na de middelbare school verandert er eigenlijk niets meer.'

'Dat is deprimerend.'

'Bepaalde meisjes moeten op de een of andere manier aandacht krijgen. Ik zeg niet dat ze het met ópzet om die reden doen. Ze geloven waarschijnlijk ergens dat dat is wat er gebeurt. Weet je wel?' Grace zei niets. 'Ik maak me altijd zorgen dat Clark ergens van beschuldigd zal worden terwijl hij niets heeft gedaan. Of Tyler of Mason, als ze ouder worden. Maakt me doodsbang. Wat moet ik tegen Tyler of Mason zeggen? Zorg ervoor dat je nóóit alleen bent in een kamer met een meisje dat je niet extreem goed kent? En is dat zelfs wel genoeg?'

Grace drukte haar telefoon tegen haar oor, gebruikte haar pink om Emma Kate los te maken zoals de lactatiekundige haar had geleerd en verhuisde haar naar haar linkerborst. 'Eh, ik weet het niet,' zei ze afwezig terwijl ze zich probeerde voor te stellen dat Ardie hetzelfde gesprek had over haar zoon Michael.

'Toen Clark op de Luchtmachtacademie zat, vertelde hij me verhalen over kadetten die eruit werden getrapt, alleen omdat een vrouw had bewéérd dat ze zich hadden misdragen. Die vrouwen hadden de macht om het leven van die jongemannen te ruïneren en ze kozen ervoor om die te gebruiken.' Het klonk alsof Emery nu roomijs aan het eten was, aan het getinkel van een lepel tegen haar tanden te horen.

Grace luisterde en stelde zich voor dat Ames' vrouw Bobbi het zei. En dat zette Grace aan het denken: stel nou dat iemand naar haar toe kwam en zei dat Liam vrouwen had lastiggevallen? Wat dan?

Ze luisterde hoe Emery praatte over Tylers footballteam – hij was elf – en Masons voetbal en Annabelles ballet en Finleys fysiotherapie tot Emma Kate klaar was met drinken. Toen kon ze haar ogen niet langer openhouden. Ze zei welterusten tegen Emery en wikkelde Emma Kate in een dekentje en klopte haar op haar rug tot ze erin toestemde om in haar Rock 'n Play-schommelwiegje gelegd te worden, dat nog steeds in de werkkamer op de begane grond stond, niet in de kinderkamer boven, die nooit daadwekelijk in gebruik was genomen.

Grace werd wakker door het geluid van haar dochter die aan het huilen was. Ze had ergens gelezen dat het gehuil van een baby luider klonk voor de moeder. Liam sliep. Ze had het gevoel dat ze maar twintig minuten had geslapen, maar het was drie uur later. Schrale troost. Al snel was ze klaarwakker, en ze liet het wiegje schommelen nadat ze de borst had gegeven. Heen en weer, heen en weer, en heen en weer, zelfs nadat Emma Kates ogen dicht waren gegaan en haar wangetjes slap waren geworden.

Grace trok haar telefoon van de plek waar hij tegen haar huid geplakt zat aan de achterkant van haar been. Ze veegde het scherm open en typte een berichtje aan Sloane.

## Proces-verbaal van verklaring onder ede

*26 april*

Mw. Sharpe: Ik zeg niet dat u er per se op uit was om Ames Garretts leven te ruïneren. Ik zeg niet dat dat uw bedoeling was, uw voornaamste doel.
Gedaagde 1: Is je leven per definitie geruïneerd als je er niet in slaagt om het hoofd te worden van een beursgenoteerd bedrijf dat in de Fortune 500 staat? Ik hoop het niet, anders hebben een heleboel van ons een behoorlijk zielig leven.
Mw. Sharpe: Wat ik maar wil zeggen, is dat ik weet dat het moeilijk is om objectief over dit soort kwesties te praten. Ik weet dat er gevoelige kwesties verborgen liggen in de prikkelende details van deze aanklacht. Ik probeer niet lichtvaardig te doen over de ernst van de aantijgingen. Ik ben ook een vrouw. Maar ik ben ook advocate, en als advocate ben ik op zoek naar feiten. Naar bewijzen. Truviv heeft zelfs een eigen onafhankelijk onderzoek ingesteld, en ik zal dit zeggen: er zijn geen andere vrouwen naar voren gekomen om te klagen over het gedrag van Ames Garrett.
Gedaagde 1: Je bedoelt afgezien van de drie die het al wel hebben gedaan. Hoeveel zou genoeg zijn?
Mw. Sharpe: Ja, we hebben drie vrouwen met gecompliceerde motieven. Zet alstublieft uiteen wat uw redenering was op de dag dat u besloot juridische stappen te ondernemen.
Gedaagde 1: Katherine had ons verteld dat Ames haar agressief had benaderd, in seksuele zin, en dat hij kennelijk van plan was haar be-

roepsmatig te vergelden voor haar afwijzing. Tegelijkertijd had hij tegen Ardie gezegd dat alle vrouwen gestoord waren. Ten slotte ging er een knop om. Ik besefte dat ik niet kon blijven doen wat ik zoveel jaren had gedaan. Er zou niets veranderen aan het gedrag van Ames, tenzij ik er zelf iets aan veranderde.
Mw. Sharpe: Dus spande u een rechtszaak aan, en we weten allemaal wat er daarna gebeurde.
Gedaagde 1: Is dat zo?
Mw. Sharpe: Een tragedie.

# 30

*6 april*

We wilden ons werk doen, was dat te veel gevraagd? We waren de geplande platlegging van servers zat, en de verplichte trainingssessies om over de meest recente updates van Adobe Acrobat Pro te leren. We hadden een beetje een hekel aan dagen dat er taart was omdat er iemand jarig was, en aan degene die langskwam om ons een stuk op te dringen, hoewel we al heel publiekelijk hadden aangekondigd dat we deze maand paleo probeerden te eten. We konden niet begrijpen wie er nou nog steeds op die virus-e-mails klikte die een stortvloed aan nog veel méér e-mails opriep die ons aanspoorden om op te houden met erop klikken, maar je kon er zeker van zijn dat er één in het rechterbovenhoekje van ons scherm verscheen, net op het moment dat we Outlook afsloten om eens wat echt werk te gaan doen. (Wacht eens, was e-mailen echt werk?)

We waren altijd bezig met het ondertekenen van onze levensverzekeringsformulieren, van vorig jaar, dit jaar en volgend jaar, vaker dan de kalender kon bijhouden, met de grootste moeite om het burgerservicenummer van de mensen die we onderhielden, te onthouden. We hadden een vaag vermoeden dat aanwezigheidsvereisten een onderdrukkingsinstrument waren. We zouden liever vijfenzestig procent minder netwerken, maar moesten dat waarschijnlijk juist vijftig procent meer doen. Er waren elke dag wel honderd kleine en grote dingen die ons afhielden van ons werk, uiteenlopend van totaal bijkomstige dingen tot ronduit schandelijke. Dus als we zeiden dat ons liever niet ook nog eens werd gevraagd om te glímlachen boven op het werk, dan meenden we dat: we wilden ons werk doen, alsjeblieft. Als we zeiden dat we geen opmerking wilden horen over de lengte van onze rok, dan meenden we dat: we wilden ons werk doen, alsjeblieft. Als we zeiden dat we niet wilden dat iemand ons probeerde aan te raken in ons kantoor, dan meenden we dat: we wilden ons werk doen. Alsjeblieft.

We wilden behandeld worden als de mannen op het werk, om dezelfde reden dat mensen smartphones kochten: het maakte het leven gemakkelijker.

Ardie had vanochtend geprobeerd haar werk te doen terwijl ze worstelde met een trage computerverbinding, toen de twee mannen in pak langs haar kantoorraam liepen op weg naar Ames Garrett. Het was één dag geleden sinds Sloane Helen Yeh had ingehuurd om een rechtszaak aan te spannen tegen Truviv en Ames, een rechtszaak waarvan Ardie had besloten mede-eiser te worden. Nu Ames elk moment als de volgende algemeen directeur kon worden aangekondigd, was de tijd gaan dringen.

Twee uur nadat de mannen in pak langs haar kantoor waren gelopen, verscheen er een uitnodiging voor een bespreking op haar scherm waarvoor ze over twintig minuten bij Personeelszaken aanwezig moest zijn. Ze koos voor 'accepteren' en de bespreking verscheen op haar kalender.

Ardie was een alleenstaande moeder, betekende dat dat ze het minst te verliezen had of het meest?

De twee mannen waren ongeveer drie kwartier in het kantoor van Ames gebleven voordat ze weer vertrokken. Of dit lang of kort was, wist Ardie niet. Ze keek naar de klok. Haar eigen twintig minuten slaagden er ook in zowel lang als kort te duren.

Ze stond op, haalde haar blazer van de achterkant van de deur en propte haar armen door de mouwen. Sloane wachtte op haar bij de rij liften.

'En we zijn begonnen,' zei Sloane. 'Ben je er klaar voor?' Ardie had nooit begrepen waarom het handig zou zijn om al je aandacht op je verschijning te richten als er iets belangrijks gebeurde, maar vandaag was dat duidelijk Sloanes plan van aanpak. Ze droeg een fris koningsblauw mantelpak met een witte blouse, met haar haar in een strakke, lage paardenstaart gebonden, geen haartje waar het niet hoorde. Het was net alsof ze Superjuriste was en dit haar uitverkoren superheldenkostuum was.

'Ik laat het je absoluut niet in je eentje doen.' Dat was gedeeltelijk waar. Of misschien kon iets helemaal waar zijn zonder dat het de hele waarheid was, in welk geval dat was wat ze bedoelde.

Sloane drukte op de knop. Even later kwam Grace uit de toiletten tevoorschijn.

'Zo,' zei ze, 'als we iemand nodig hebben die met de bloederige tampon naar ze moet zwaaien: ik ben zojuist voor het eerst in vijftien maanden weer ongesteld geworden.' Met z'n drieën stapten ze in een lege lift. 'Ik dacht dat ik niet ongesteld zou worden zolang ik borstvoeding gaf.'

*Jullie zullen me nodig hebben.* Dat was het berichtje dat Grace midden in de nacht had verstuurd toen Sloane had besloten de rechtszaak aan te spannen. Ardie vroeg zich af of Grace kon zien hoezeer ze haar verkeerd had ingeschat, of het van haar gezicht was af te lezen.

Na een kort ritje naar boven stond er een kale man, die geen mosterdvlekken op zijn overhemd had en ook geen bril droeg, maar het type persoon leek dat allebei had, in de foyer te wachten om hen te begroeten. 'Al Runkin.' Hij greep elk van hun handen met allebei die van hem aan. 'Kom binnen, dames, laten we eens zien wat we voor jullie kunnen betekenen.'

Sloane en Ardie wisselden een blik. Er was een merkbaar verschil in het landschap tussen de achtste verdieping, waar Personeelszaken zat, en de veertiende. Alsof je de trein van Upper West Side naar een slechts gedeeltelijk geüpgradede buurt in Queens nam. De medewerkers bevolkten hier voornamelijk hokjes in plaats van eigen kantoren. Het personeel was over het algemeen jonger, uitgezonderd de uitzonderingen, die vanwege de tegenstelling met hun collega's gevangen leken te zitten.

Al Runkin leidde de vrouwen naar een vergaderkamer. Hij nam plaats in een ergonomische stoel van gebarsten leer tegenover hen en strengelde zijn vingers in elkaar op zijn achterhoofd. De zoutige restanten van okselzweet teisterden zijn chique overhemd. 'Dus.' Hij keek langs zijn neus omlaag naar de stapel papieren op de tafel voor zich. 'Dit kennen jullie al.' Hij kneep in zijn kin langs zijn hals omlaag, waardoor er een vouw in zijn huid kwam.

Sloane vouwde haar handen op het bureau. 'Het is waarschijnlijk beter als we het gedeelte dat als overbekend mag worden beschouwd overslaan. Ja. We hebben als mede-eisers een rechtszaak aangespannen tegen Ames Garrett, als hoofd van de juridische afdeling, en tegen Truviv, Inc. meer in het algemeen, onder Statuut VII. Terwijl ik tijdens de ambtstermijn van Ames Garrett direct met seksuele intimidatie te maken heb gehad bij dit bedrijf, hebben mijn collega's Ardie en Grace hun aanklachten onder diezelfde wet ondergebracht onder de overkoepelende titel van een onveilige werkomgeving, die aanklachten toestaat waarbij werknemers indirecte maar negatieve impact hebben ondervonden door het gedrag van degene die intimideert. Zo. Dat zou ons beiden wat tijd schelen, denk je niet?'

'Advocaten.' Zijn dunne lippen werden nog dunner. 'Zo verfrissend.' Hij ging abrupt rechtop zitten. De scharnieren van zijn stoel piepten. 'Luister. We hebben procedures voor dit soort dingen. Een proces? Nou, als ik het goed heb, zijn jullie allemaal advocaten, dus dit is jullie – hoe zeg je dat? – "natuurlijke omgeving", maar het is niet nodig.' Hij trok een gezicht alsof hij iets smerigs had geroken. 'Het is zelfs zo dat er al een onderzoek is ingesteld. In de toekomst hebben we een kliklijn waar je dit soort klachten kunt melden. Dat helpt om de kosten van advocaten en rechtszaken en dat soort dingen voor iedereen te vermijden.'

Ardie sloeg haar handen om haar knie. Ze wist niet hoe ze het zou vinden om in deze ruimte te zijn. De ziekelijke lichten boven haar hoofd. De koffiemokken met potloden erin. 'Een kliklijn,' zei ze, 'die vaak rechtstreeks wordt teruggeleid naar de persoon over wie je de klacht indient. Je hoeft er niet echt voor gestudeerd te hebben om dan vast te stellen wie de betreffende klacht heeft ingediend.' Kijk eens aan, Ardie klonk als zichzelf. Haar hart begon te kloppen. Waarschijnlijk had het al die tijd al geklopt.

'We hebben beleid waarbij werknemers die een klacht indienen de gebruikelijke stappen mogen overslaan en rechtstreeks naar het hogere management mogen gaan.'

Grace zei: 'De persoon over wie we een klacht indienen, ís hoger management.'

Hij gooide zijn handen in de lucht. Zijn voorhoofd was als een glanzende bol was; de weerspiegeling van het licht verplaatste zich voortdurend over het oppervlak ervan. 'Wat willen jullie dat we doen?'

Sloane, die in het midden zat, legde een hand op elk van hun armleuningen. 'Om te beginnen vinden we dat het dienstverband van Ames Garrett beëindigd moet worden.'

'Zoals ik al zei: er is een onderzoek gestart.'

'Hoe lang verwacht je dat dit onderzoek zal duren?' Ze was bang dat 'onderzoek' een stadium was dat net zo lang kon duren tot iedereen die het voorheen iets kon schelen de wil daartoe had verloren. Er kwam een beeld bij haar op van harmonicamappen vol betekenisloze papieren die eindeloos op magazijnvloeren waren gestapeld. Misschien was dit een belediging voor het harde werk dat de medewerkers van Personeelszaken anders verrichtten, maar het was een vooroordeel dat Ardie nou eenmaal had en ze stond zichzelf toe het te hebben.

'Dat is moeilijk te zeggen. Ik verwacht drie dagen, op zijn hoogst een week.' Al haalde zijn schouders op.

'Geweldig,' zei Sloane op een toon die uitdrukte dat ze het niet bijzonder geweldig vond. 'Dan verwachten we tegen die tijd een vervolgstap te horen. Intussen denk ik wel dat onze advocaat contact met je zal opnemen.'

Onze advocaat. Ardie kon zich indenken dat iemand die geen advocaat was zich machtiger zou voelen bij de kans om dat zinnetje te zeggen, maar Ardie had achter het gordijn gekeken naar de tovenaar van Oz.

Ze stonden als één man op. De zuidelijke etiquette dicteerde dat Al ook zou opstaan, maar zijn buik bleef steken tussen de stoel en de tafel, dus hurkte hij wat onhandig terwijl hij probeerde op te staan en te zwaaien.

'Ardie.' Hij duwde de stoel op wieltjes van zich af en die knalde tegen de muur erachter. Ze bleef in de deuropening staan. 'Het is fijn om je weer te zien. Het was een tijdje geleden,' zei hij met zachte stem.

Ze aarzelde. 'Ja. Volgens mij had je toen nog haar.'

Ardie Valdez had een hekel aan Al Runkin.

## Verklaringen van werknemers

*14 april*

Kimberley Lyons:
Nee, ik was er niet bij toen het gebeurde. Kijk, ik neem waar voor de secretaresse tijdens de lunchpauze, wat inhoudt dat mijn lunchpauze later plaatsvindt, en dus was ik net een kwartier daarvoor weggegaan. Het spijt me. Ik vind het moeilijk om erover te praten. Ik heb nog nooit eerder iemand gekend die is doodgegaan, behalve dan mijn grootouders, en dat gebeurde toen ik te jong was om het me te herinneren. Het is een schok voor iedereen op de veertiende verdieping. We zijn net familie.

Kunal Anand:
De vrouwen werden helemaal gek. Als er iemand zegt dat dat niet zo is, is hij of zij aan het liegen of probeert politiek correct te zijn of zoiets. Het waren net hondsdolle honden, snakkend naar mannelijke tranen. Van hondsdolheid krijg je dorst, voor het geval je dat niet wist. Dat heb ik op Viceland gezien.

Katherine Bell:
Ik ben hier nog maar net begonnen. Ik ben vanuit Boston hierheen verhuisd, dus de omgeving van Dallas is ook nieuw voor mij. Dit is een moeilijke eerste indruk, zou je wel kunnen zeggen. Ik was helemaal niet betrokken bij kantoorpolitiek.

Al Runkin:
Ik ben me er niet van bewust dat er iemand agressief gedrag heeft vertoond, nee. Onze afdeling neemt het personeel, en in het bijzonder geestelijke-gezondheidskwesties, heel serieus. Je kunt ons beschouwen als schooldecanen voor volwassenen. Moord? Dat betwijfel ik.

# 31

*7 april*

De bar waar Sloane van een glas merlot van dertien dollar nipte, had een uitstraling van zwart leer en koper. De atmosfeer was luxueus en uitnodigend, hoewel ze de bar voornamelijk had gekozen vanwege de nabijheid – hij zat in dezelfde straat als het Truviv-gebouw – en vanwege het feit dat de gedempte verlichting haar er minstens tien jaar jonger uit deed zien. Ze kon zichzelf zien in de spiegel achter de bar, tussen de halfvolle flessen met plastic tuiten erop die ingewikkelde drankjes beloofden die gemixt werden door bebaarde mannen met tattoosleeves en plugpiercings in hun oorlellen.

Ze kon eigenlijk beter naar huis gaan. Haar telefoon had de hele dag gezwegen. Derek was al weg geweest tegen de tijd dat ze opstond en hij had niet gereageerd op haar berichtjes. Het gaf haar het gevoel dat ze een middelbareschoolmeisje was, een en al onzekerheid, met jeugdpuistjes en een gemene interne monoloog die uit de lucht was komen vallen. *Hij zou een jongere vrouw kunnen krijgen, Sloane. Mannen konden dat doen. Knapper ook. Het kon altijd knapper. En nu heb je hem toestemming gegeven om dat te doen met een zuiver geweten. Bravo.*

*Ja, maar Abigails moeder zou hij niet kunnen krijgen*, beet ze terug. *Míj zou hij niet kunnen krijgen.*

'Mag ik nog een glas voor u bestellen?' Ze keek hem waarschijnlijk aan met zo'n verschrikte blik, met pezen in haar nek die uitwaaierden als een reptiel. De man die op de stoel naast haar was komen zitten, moest in de twintig zijn. Hij was jongensachtig knap, pas geschoren, met een tengere bouw en met genoeg donker haar om opzij te kunnen vegen. Hij droeg een roze overhemd met korte mouwen dat trendy was zonder té hard te proberen trendy te zijn.

Ze zag met milde verbazing dat er nog maar een paar slokken in haar glas zaten.

'Ik ben getrouwd,' zei ze. En bijna twee keer zo oud als jij, hoewel ze niet het idee had dat ze dat eraan toe hoefde te voegen.

'Dan is het maar goed dat ik niet vroeg: wilt u met me trouwen?' Hij trommelde op de bar. 'Want dan zou ik me pas echt generen.' Hij had kuiltjes in zijn wangen, want ja, natuurlijk had hij die.

Ze richtte haar aandacht ergens anders op. Ze had er een hekel aan als mannen dat deden, als ze net deden alsof zij aanmatigend deed – of erger nog, vol was van zichzelf – omdat ze ervan uitging dat iemand een drankje aanbieden neerkwam op vragen: heb je misschien interesse voor mij?

Ze zaten een tijdje ongemakkelijk zwijgend naast elkaar.

'Sloane Glover, toch?' Vanuit haar ooghoek zag ze dat hij zijn rechterhand uitstak.

Ze draaide zich langzaam om en keek naar de barman, die longdrinkglazen aan het afdrogen was aan het andere einde van de bar. 'Ja,' zei ze, zijn hand aannemend.

'Cliff Colgate. *Dallas Morning News*.' Hij schoof een visitekaartje over het gladde hout naar haar toe. Het woord 'journalist' verscheen onder zijn naam. 'Hebt u een minuutje?'

Sloane maakte geen aanstalten om te vertrekken.

'Ik werk al een tijdje aan een verhaal over een spreadsheet die de ronde doet onder een groep carrièrevrouwen in de omgeving van Dallas. De SKUD-lijst – ik ben ervan overtuigd dat ik u niets nieuws vertel – vertelt in detail over het roofdiergedrag van mannen op machtsposities in deze stad.'

'Interessant.' Ze liet de onderkant van haar wijnglas ronddraaien, zodat de vloeistof die nog over was langs de rand wervelde.

Er verscheen een opschrijfboekje in zakformaat, plus zo'n potlood dat mensen gebruikten om hun score op te schrijven bij midgetgolf. 'Wilt u daar commentaar op geven?'

'Waarop?' Sloanes hersenen waren aan het rekenen.

'Op de SKUD-lijst, op de inhoud, het nut, de ethiek ervan, alles.' Zijn elleboog rustte nonchalant op de bar, met het potlood tussen zijn vingers. Ze had een vage gedachte over hoe het zou zijn om met hem te neuken, maar die ging snel weer voorbij. Sloane was de leeftijd voorbij waarop ze een onenightstand kon hebben, omdat het er nooit van was gekomen om er een te hebben. Ze wist niet of ze daarom moest treuren of dat ze er dankbaar voor moest zijn.

Ze nam een slokje wijn. Die was bijna op en ze had nog niet besloten of ze nog een glas zou bestellen of niet nu ze gezelschap had. 'Waarom denk je dat ik daar iets op te zeggen zou hebben?'

'De naam Ames Garrett verscheen op die lijst.' Hij had de uitstraling van een schooljongen, misschien een beetje het lievelingetje van de leraar. 'Niet lang daarna spanden u en uw collega's, Adriana Valdez en Grace Stanton, een rechtszaak tegen hem aan wegens ongewenste intimiteiten.' Hij tikte met de achterkant van zijn potlood tegen zijn slaap. 'Deductievermogen.' Hij maakte een grapje, uiteraard.

'Je hebt het gevolgd.' Ze nam nog een slokje wijn. Er waren nog maar zo weinig rode druppels die naar de bodem terugstroomden toen ze haar glas neerzette, dat ze er wanhopig uit zou zien als ze ze zou proberen te bereiken met nog een slok. 'Sorry, maar je ziet er niet uit als een "carrièrevrouw", zoals je het noemde.' Ze verschoof op haar stoel; haar rok schoof een centimeter of vijf omhoog over haar dij, maar dat was zuiver per ongeluk.

Ames was achter het bestaan van de lijst gekomen – ze wist niet precies hoe – en dus had ze ervan uit kunnen gaan dat iedereen hem had kunnen zien, en toch had ze geen journalist verwacht. Plotseling had ze het gevoel alsof ze aan de startstreep van een wedloop stond; het startschot was net gegaan en ze had geen flauw idee hoe ver ze zou moeten rennen.

'Meer dan drieduizend mensen hebben toegang tot die lijst, Sloane.' Haar voornaam. Haar stekels kwamen een heel klein beetje overeind. 'Denk je nou echt dat drieduizend mensen een geheim kunnen bewaren?'

# 32

*11 april*

Het natte wegdek strekte zich uit als een tong die uit het open laadstation van de kelderverdieping kwam. Het holle, donkere betonnen gebouw rook naar benzine en oude compost. Mannen trokken dolly's vol kratten frisdrankblikjes voort.

'Ik heb de sleutels van de voorraadkamer nodig,' zei Rosalita tegen de voorman. Crystal wachtte bij de lift, waar ze de wacht hield over hun schoonmaakkarretje. Ze was er weer.

De voorman zat op een stapel kartonnen dozen over een klembord gebogen. Zijn buik bolde op onder zijn gele poloshirt. Een ondiepe kuil gaf aan waar zijn navel zat. 'Als je iets vraagt, schoonheid, kun je dat het beste op je knieën doen,' zei hij zonder op te kijken. Hij ondertekende haar looncheques.

'Geen probleem, maar ik waarschuw je: ik bijt.'

'Fuck you.' Hij spuugde op de betonnen vloer. Maar hij haalde de sleutelbos van de lus aan zijn riem en gooide twee sleutels naar haar toe. 'Niet jatten. Daar controleer ik op.'

Crystal en Rosalita sleepten het schoonmaakwagentje over de richels van de lift op de bovenste verdiepingen: *bonk, bonk, bonk.*

'Hij heeft me gevraagd hem af te zuigen.' Crystal trok rubberen handschoenen aan.

'Hij vraagt iedereen hem af te zuigen. Moet je gewoon niet doen.'

Crystal gaf geen antwoord. Ze bestudeerde de vingertoppen van haar handschoenen en kneep erin: te groot.

Ach ja.

Soms bedacht Rosalita dat de voorman ooit een kind was geweest dat waarschijnlijk van Batman, speelgoedautootjes en lego en zo hield. Ze duwde het karretje voort. Haar kuiten kwamen tot leven. Ze parkeerde het halverwege de gang. 'Ik ben zo terug,' zei ze tegen Crystal.

'Je weet dat ik het niet fijn vind om alleen gelaten te worden.'

'Zegt de bitch die niet voor haar werk kwam opdagen,' zei Rosalita lachend over haar schouder. 'Met wie denk je dat ik toen was?'

Bij de voorraden- en kopieerkamer om de hoek liet Rosalita de sleutel in het slot glijden en duwde de hendel naar beneden. De ruimte rook naar warm papier: chemisch en houtachtig. De kopieerapparaten straalden blauw licht uit terwijl ze sliepen. De automatische lampen boven haar hoofd gingen knipperend aan terwijl ze door de ruimte liep naar de kasten met twee niveaus. Ze hurkte en las de geplastificeerde etiketten die op elk van de kastdeuren verschenen. Ze koos drie pennen uit, markeerstiften in vier verschillende kleuren, een pakje notitiekaartjes, drie enveloppen en een notitieboek voor Salomon. Rosalita was aan het stelen, maar de mannen en vrouwen die op deze verdieping werkten, deden dat op dezelfde manier, voor de schoolprojecten van hun kinderen. En zij voelden zich niet schuldig, dus waarom zou zij dat doen?

Nog twee dagen voor het toelatingsexamen van Salomon.

Ze kwam terug en legde de voorraden op de onderste plank van het karretje. 'Waar zijn die voor?' vroeg Crystal.

'Gaat je niks aan.' Rosalita keek op het bungelende klembord.

'Ik heb nooit gestudeerd.' Crystal gluurde naar de kantoorartikelen.

'Misschien had je dat wel moeten doen.'

Ze maakten de donkere kantoorverdiepingen schoon. De lichten van de stad drongen tussen de latjes van de gesloten jaloezieën door. Hun spookachtige silhouetten gleden over de glazen scheidingswanden. Zo nu en dan keek ze in de vergaderruimten door de ramen en zag ze een gebouw opgeslokt door de duisternis, afgezien van één of twee gouden kubussen van licht waarin iemand de vloeren stofzuigde en de boekenkasten afnam.

Ze liep door de kantoren van de veertiende verdieping en zag daar alleen secundaire tekenen van leven – een verandering van geur, een wikkel van een mueslireep achtergelaten op een bureau, een open sportschooltas – en onder in een prullenbak in het kantoor van Ames Garrett: een plasje soepachtig bruin braaksel.

## Artikel in *The Dallas Morning News* van 11 april: 'In ongenade gevallen aspirant-algemeen-directeur beschuldigd van seksuele intimidatie'

LEES REACTIES

**Anonieme ex-medewerker van Truviv**
11 april om 6.26 uur
Dit is niet de enige boosdoener bij Truviv.

**Anonieme huidige medewerker van Truviv**
11 april om 6.31 uur
Ik heb jarenlang met Ames Garrett gewerkt. Hij is een goede man met een bewezen nalatenschap. Hij heeft nooit lof geëist, maar heeft het bedrijf rustig door woelige wateren en allerlei potentiële juridische gevaren geloodst naar de voorspoedige periode van het recente verleden. Deze beschuldigingen zijn ongefundeerd en het is beschamend dat dit tegenwoordig voor verslaggeving moet doorgaan.

**Ruth McNary**
11 april om 6.36 uur
Stop. Geloof vrouwen. De verdediging 'Hij is een goeie vent die goeie dingen heeft gedaan voor het bedrijf' heeft geen waarde. Dit verdiende loon had al veel eerder moeten komen.

**Anoniem & Schoon Genoeg**
11 april om 6.45 uur
Er is geen enkel bewijs. Elke valse aanklacht maakt het moeilijker om vrouwen te geloven en op de een of andere manier zorgt de wens om echte feiten op tafel te krijgen ervoor dat we boemannen worden. Ja, mensen. Is er iemand verkracht? Is er iemand aangerand? Nee. En niemand beweert ook dat dat wel zo is.

**Werknemer van Truviv**
11 april om 7.01 uur
Echt, Anoniem & Schoon Genoeg? Jawel, iemand, iemanden in feite, zijn aangerand. Dat is precies wat er wordt beweerd. En iemand hoeft trouwens niet verkracht te worden wil er een aanranding plaatsvinden. We leven niet meer in de jaren vijftig.

**Anoniem & Schoon Genoeg**
11 april om 7.02 uur
Was jij erbij, Werknemer van Truviv? Weet jij wat er is gebeurd? Prima, dan weet je het dus niet.

**Anoniem Slachtoffer**
11 april om 7.16 uur
Ik zou de vrouwen willen bedanken die naar voren zijn gekomen om Ames Garrett te beschuldigen. Het heeft me geïnspireerd om zelf de naam te noemen van de man die mij bij Truviv heeft misbruikt. Hij heet Lamar O'Neill.

**Lamar O'Neill**
20 april om 14.11 uur
Ik weet wie deze reactie heeft geschreven en ik weet ook wie deze valse beschuldigingen tegen me heeft geuit. Uit respect en goedheid kies ik ervoor deze persoon niet publiekelijk te noemen, maar ik zal wel onmiddellijk juridische stappen tegen deze persoon nemen.

**Ruth McNary**
11 april om 7.35 uur
@Anoniem Slachtoffer, ik geloof je. Ik vind het heel erg dat je dit hebt moeten meemaken.

**Anoniem & Schoon Genoeg**
11 april om 8.12 uur
Echt, @Ruth McNary? Op basis waarvan? Is het al zover gekomen in dit land? Geven we niet meer om een eerlijke rechtsgang of bewijzen? Waarom keuren we overduidelijke laster goed? Je ruïneert het leven en de carrière van mensen. Kom maar eens met bewijzen. Berichtjes, e-mails, dit is een digitaal tijdperk, dus als de beschuldigingen van de vrouwen en van jou kloppen, laat het ons dan zien. Iedereen is onschuldig totdat wordt bewezen dat hij of zij schuldig is. Ik heb nog steeds een beetje respect voor de stichters van ons land.

**Anoniem**
11 april om 8.45 uur
Je weet niet wat daar is gebeurd. Dat weet niemand.

# 33

*12 april*

Sinds ze de rechtszaak had aangespannen, had Sloane de deur van haar kantoor vaker dicht dan open. Ze zat teruggetrokken in haar kantoor toen de commotie begon. Het was een aanzwellen van geluid, eigenlijk. Stemmen. Dat gebeurde soms. Een senior advocaat gaf iemand van IT op zijn lazer, of iemand had zich verloofd of iemand had een pasgeboren baby meegenomen om aan collega's te laten zien, en dan brak er voor even een drukte van belang uit op de verdieping.

Sloane maakte de e-mail af die op haar pc stond. Toen stak ze, nieuwsgierig geworden, haar hoofd om de deur. Een kluitje secretaresses had zich om de werkplek van Beatrice verzameld.

'Wat is er aan de hand?' vroeg Sloane.

Anna, Ardies secretaresse, draaide zich om. 'Ze zeggen dat er iemand van het gebouw is gesprongen.'

Sloane stapte de gang in naar hen toe. 'Van het gebouw gesprongen? Van dit gebouw?' Ze wees naar de vloer. 'Wie zegt dat?'

Corey, de receptioniste van de veertiende verdieping, gaf antwoord. 'Ik heb net ingevallen voor de achttiende verdieping zodat zij konden lunchen. Dat vertelde de receptioniste daar aan me.'

Er ging een telefoon over. Beatrice keek naar het knipperende toestel, maar nam niet op. Nog twee lijnen lichtten op. Toen drie. Beatrice liet ze allemaal naar de voicemail gaan. Maar binnen een paar seconden waren de lijnen weer rood aan het knipperen. Ze nam op. 'Hallo?'

Anna tikte op Beatrice' bureau. 'Ik heb net een berichtje gekregen.' Ze stak een vinger op. En liet hem weer zakken. Anna drukte haar vuist tegen haar mond. 'Ik heb net een berichtje gekregen van mijn vriendin Kristen op de achttiende. Ze zei dat ze had gehoord... dat ze had gehoord dat het Ames zou kunnen zijn geweest.'

Sloanes mond vormde zich om woorden waarvan de meeste weer verdwenen. 'Wie? Wacht. Wat?'

Sirenes. Absoluut zeker sirenes nu. Het geluid kwam steeds dichterbij. Rees als hete lucht langs de verdiepingen omhoog.

Corey maakte zich los van de groep en liep een niet-bezet kantoor binnen. Ze drukte haar neus tegen het raam. 'Er staat daar beneden een brandweerwagen,' bracht ze verslag uit. Haar handen lieten vegen achter op het glas. 'Een paar politieauto's. En een ambulance.'

Beatrice had opgehangen. Er waren diepe groeven zichtbaar aan weerszijden van haar mond. De lijn tsjilpte. 'Bobbi belt.' Ze zette haar vingernagels tussen haar tanden. Haar wang vertrok van de zenuwen. 'Zal ik opnemen?' Ze keek over het bureau naar Sloane. Sloane veegde haar haar van haar voorhoofd. Haar blazer schoof ongemakkelijk omhoog.

'Anna, ga eens in Ames' kantoor kijken.' Sloane haastte zich al door de oostelijke helft van de gang. 'Wacht even, Beatrice,' riep ze. 'Grace? Ardie?' Ze stak haar hoofd in hun kantoren. Allebei verlaten. Ze keerde terug.

'Hij is niet in zijn kantoor,' vertelde Anna hun grimmig.

Corey zei: 'Ik zei dat er daar beneden een ambulance staat. Jullie denken toch niet dat hij nog lééft, of wel? Denken jullie dat hij nog leeft?' Ze wendde haar gezicht af van het raam om de mening van de groep te vernemen.

'We weten niet of hij het is.' Sloanes hart begon sneller te kloppen.

'Bobbi belt nog steeds.' Beatrice' hand lag op de hoorn, die nog op de haak lag. 'Wat moet ik doen?' Ze zag er getroffen uit.

Sloane haalde diep adem, dacht na en liep toen naar haar

kantoor om haar mobiele telefoon van haar bureau te pakken en stopte hem in haar jaszak. 'Geef me tien minuten,' zei ze tegen Beatrice. 'Ik ga naar beneden om te kijken wat er aan de hand is. Hou vol. Doe nog niets. Ik ben zo terug, oké?'

Rode en witte lichten flitsten buiten de draaideur. Ze duwde zich erdoorheen naar waar mensen zich hadden verzameld voor de voorgevel van het gebouw. Twee agenten in donkerblauw uniform stonden met hun handen te gebaren naar omstanders en tegen hen te schreeuwen dat ze achteruit moesten gaan.

Sloane stond op haar tenen en schoof een paar mensen naar links om beter zicht te hebben. Een wit laken gedrapeerd over een hoopje in de vorm van een mens lag op het trottoir een paar meter van de gevel van het Truviv-gebouw. Sloane keek om zich heen. Was hij het? Was het Ames?

Shit.

Sloane liep om de menigte heen naar de andere kant, waar minder mensen rondhingen. Ze was verbaasd over hoe ordelijk het allemaal verliep, alsof de straat en degenen die zich er bevonden met elkaar hadden afgesproken om op half volume te werk te gaan. De sirenes waren uitgezet. Het meeste geluid leek te komen van het verkeer en het gekraak van walkietalkies aan de heupen van de politieagenten.

Ze liep langzaam om de mensen heen, met haar ogen op de bedekte gestalte. Haar hart bonsde in haar keel. Sloane hurkte op één knie. Ze haalde haar mobieltje tevoorschijn en scrolde naar Ames' nummer. Toen kroop ze centimeter voor centimeter dichterbij, zo dichtbij als ze kon, en belde.

Ze hield haar adem in. Een tel. En toen steeg het geluid van de marimbaringtone op vanonder het bewegingloze witte laken.

Vanuit een telefoon waarvan Sloane maar al te goed wist dat hij opgeborgen zat in een kogelkleurig beschermdoosje van OtterBox. De telefoon intact, de man niet.

Uit, uit. Ze haastte zich om op het rode icoontje op haar scherm te drukken. Het belsignaal – fuck, het belsignaal – stopte. Haar maag trok samen.

Ames was dood.

Ames Garrett was gesprongen.

De man had zelfmoord gepleegd. Hier.

Ze had voor hem gewerkt; ze had hem verdragen. Ze was boos op hem geweest. Ze had hem aangeklaagd. Ze had hem zelfs gezoend, vroeger. Maar het was de gedachte aan Ames' twee kinderen die haar keel verstikte in een opwelling van medelijden.

Jezus christus, Ames.

Waarom?

# 34

*13 april*

Het vreemdste was wel hoe weinig er meteen in het begin gebeurde. De gebeurtenissen volgden elkaar die eerste uren op als kiekjes. Een ogenblik van duisternis, en vervolgens werd er scherpgesteld terwijl de sluiter tot een speldengaatje werd dichtgedraaid en daarna weer openging. De eerste belangrijke gebeurtenis, waarmee wordt bedoeld de eerste merkbare sfeerverandering die optrad toen het hoofd van de juridische afdeling van een van 's werelds grootste sportmerken van een kantoorgebouw sprong, was dat iedereen die op zijn verdieping werkte, uiteenstoof als mieren voor een overstroming en wegging.

'Dát was een vergissing,' werd Sloane verteld. In haar gedachten was de lens net weer opengegaan, waardoor er werd scherpgesteld op de tweede belangrijke gebeurtenis: de komst van de rechercheurs. 'Om iedereen te laten gaan. Wie heeft die beslissing genomen?' Rechercheur Diaz was kort, en hij had dunner wordend, glad naar achteren gestreken haar en een korte, dikke snor. Zijn holster kantelde omlaag onder de bolling van zijn buik. Naast hem zat rechercheur Martin, met een forse boezem en dik, natuurlijk haar dat uit een paardenstaart in haar nek ontsproot.

Vandaag functioneerde het kantoor onder slechts een dunne dekmantel van doelmatigheid, met personeel dat heen en weer liep met rood onderstreepte documenten van de printer terwijl ze openlijk probeerden af te luisteren. Beatrice keek elke drie of vier seconden over haar balie naar de plek waar Sloane de agenten in de hal begroette.

'Komt u alstublieft binnen in mijn kantoor en ga zitten.' Sloane gebaarde tegen de twee dat ze met haar mee moesten komen en werd zich onmiddellijk hyperbewust van de rommelige stapel papieren op haar bureau. Ze ging op haar stoel achter haar bureau zitten en duwde haar toetsenbord dichter naar haar beeldscherm toe om meer ruimte te hebben. 'Om uw vraag te beantwoorden: ik geloof niet dat iemand de beslissing heeft genomen. Ik denk dat iedereen gewoon uit de weg wilde gaan.'

Rechercheur Diaz had dikke armen en hij moest even manoeuvreren om ze over zijn borst te slaan. Een halfronde Oakley-zonnebril met spiegelende glazen balanceerde op zijn hoofd. 'Maar u had er toch op kunnen staan dat iedereen bleef?'

'Ik? Persoonlijk?' Sloane dacht hierover na. 'Dat had ik misschien kunnen proberen, ja. Het spijt me. Ik dacht vast niet helder na.'

Grace was asgrijs geweest en had gehuild. Katherine beefde terwijl ze probeerde Grace te helpen. Sloanes emoties waren heen en weer geschoten tussen shock omdat Ames was gesprongen en woede omdat hij dat had gedaan, en afschuw omdat zij misschien een rol had gespeeld in zijn beslissing. Ardie had niet gedaan alsof ze verdrietig was, maar ze had wel bijna onmiddellijk opgemerkt dat dit alles zou veranderen.

'Hoe hoorde u dat Ames Garrett was overleden?' Rechercheur Martin duwde haar heupen naar voren vanonder de armleuningen. Ze haalde een notitieboekje uit haar zak.

'Het spijt me, is dit...' Sloane liet haar ellebogen – gehuld in zwarte zijde – op het bureau rusten. Ze zette haar kin op de ruggen van haar handen. 'Vindt u het erg als ik vraag: is dit normaal voor een zelfmoord?' Ze wees naar het notitieboekje van rechercheur Martin. Het was moeilijk om het woord – 'zelfmoord' – hardop te zeggen. Het voelde onbehoorlijk.

Sloane vroeg zich af of er misschien een ander, aardiger woord was dat ze in plaats daarvan zou moeten gebruiken.

'We bekijken het vanuit alle invalshoeken, mevrouw,' antwoordde rechercheur Diaz. De pareltjes pommade op zijn voorhoofd deden haar denken aan oude kaas.

'En wat houdt dat in? Het spijt me, ik ken het jargon niet.' Ze stak een hand in de la van haar bureau en haalde er een schrijfblok en een blauw schrijvende pen uit. Ze drukte op de bovenkant van de pen met haar duim. 'Ik heb in mijn leven choquerend weinig naar *Law & Order* gekeken, als je bedenkt dat ik advocaat ben.' Er borrelde zenuwachtig gelach op, een tic die ze had onderdrukt nadat Derek haar in het begin van hun relatie had verteld dat het haar 'losgeslagen' deed klinken.

'Dat zal niet nodig zijn.' Rechercheur Martin keek omlaag langs haar neus.

'Hm?' Sloane had zojuist de punt van haar pen op het vel laten rusten en keek op. 'O.' Ze legde braaf de pen neer, maar nu wist ze niet wat ze met haar handen aan moest.

'Zelfdoding is inderdaad een van de mogelijkheden, mevrouw.' Terwijl ze praatte, schreef rechercheur Martin de datum op boven aan haar notitieblok, gevolgd door Sloanes naam, die ze onderstreepte. Twee keer. 'Een andere is dat het overlijden van meneer Garrett niet vrijwillig was.'

Sloanes ogen schoten van de ene rechercheur naar de andere. 'Maar hij is van de zijkant van een gebouw gesprongen.'

'Zoals ik al zei, dat is een van de mogelijke scenario's.' Rechercheur Martin had een leuke glimlach.

Op dit moment leunde rechercheur Diaz naar voren, met zijn ellebogen op zijn knieën, en wreef in zijn handen. 'Mevrouw Glover, er was geen briefje en meneer Garrett had een verrassend bescheiden levensverzekering afgesloten voor een man in zijn positie. Het is onze taak om boze opzet uit te sluiten.'

Waarom wilde rechercheur Martin in hemelsnaam niet toestaan dat ze dingen opschreef? 'Dus dan zou dat betekenen, eh, dat hij dingen niet goed gepland had?'

'Misschien.' Rechercheur Martin ging door met schrijven. 'Dat komt voor.'

'Mevrouw Glover.' Rechercheur Diaz stak zijn hand in het zakje van zijn overhemd en haalde er een tandenstoker uit, die hij tussen zijn tanden stak. 'Er zat een slijtplek achter op zijn schoen, een verse schram op zijn hand en een snee boven zijn rechteroog. Een spoortje bloed...'

'Dat nog moet worden geanalyseerd door het lab.' Rechercheur Martin keek niet naar hen op.

'... werd gevonden op het balkon in de buurt van waar hij moet zijn gesprongen of gevallen. Waren daar verwondingen bij die u eerder hebt opgemerkt?'

Sloane strengelde haar vingers door elkaar. 'Nee. Niet dat ik heb gemerkt, maar we hadden niet... we hadden elkaar al ten minste een paar dagen niet gesproken.'

Hij knikte en haalde diep adem, waardoor een aantal van de grove haren van zijn snor wapperden.

Sloane zat op het randje van haar stoel, met getuite lippen. Nou goed dan, ze kon het net zo goed maar meteen hardop zeggen: 'Probeert u me nu te vertellen dat u denkt dat Ames geduwd zou kunnen zijn? Dat is krankzinnig.' Behalve dan dat op het moment dat ze het zei, ze een greintje twijfel voelde opkomen in haar achterhoofd. Die ene procent kans.

'Meestal wordt dit allemaal binnen een paar dagen, op zijn hoogst een paar weken, opgelost. Het is alleen dat het om zo'n hooggeplaatste figuur gaat.'

'Zoals we al hebben gezegd,' – Martin liet het potlood op het notitieblok rusten – 'we moeten grondig te werk gaan. Standaardprocedure.'

'Natuurlijk.' Sloane bewoog haar handen onder het bureau en legde ze daar op elkaar terwijl ze in gedachten al door de vragen snelde, vooruitkijkend, op de manier waarop iedere goede advocaat dat zou doen. Iedere goede advocaat – eigenlijk iedere advocaat – was verplicht de waarheid te vertellen. Maar het was niet verplicht om alles uit vrije wil te vertellen.

Dus hoeveel ervan zou ze vertellen? Hoeveel ervan wist ze eigenlijk?

De lens was alweer opnieuw aan het scherpstellen, en een nieuw filter kleurde alles wat er gisteren was gebeurd. Die uren voorafgaand aan de dood van Ames. Als er één ding was waar Ames Garrett van hield, dan was het wel Ames Garrett. Wat was er veranderd? Was er wel iets veranderd?

Rechercheur Martin richtte haar aandacht op haar. 'Dus, Sloane,' zei ze, 'laten we eens helemaal aan het begin beginnen.'

## Opiniestuk in *The Dallas Morning News* van 18 april: 'Hoe drie vrouwen een man over de rand duwden'

De feministische heksenjacht heeft zijn eerste slachtoffer geëist en, sorry, maar waar is de publiekelijke verontwaardiging? In deze zoektocht naar de boemannen die zogenaamd ongehinderd Dallas zouden teisteren, lijkt het erop dat, net als in Salem, diegenen die de beschuldiging aanvoeren allergisch zijn geweest voor nuchtere, harde feiten (waarschijnlijk omdat die er niet zijn of omdat ze te ongemakkelijk zijn om herhaald te worden) en zich in plaats daarvan hebben gericht op wat voor gevóél ze hebben bij diegenen die zijn beschuldigd. Het begon met een niet-gestaafde lijst, verplaatste zich naar het terrein van de rechtspraak en heeft nu als resultaat dat er een man van de zeventiende verdieping te pletter is gestort. Komt dat als een verrassing? Dit land hoort zijn burgers eigenlijk te beschermen tegen het zonder eerlijk proces afnemen van leven, vrijheid en bezit, maar wat er in deze stad is gebeurd, is een aanslag op de reputatie van mannen, en ik zou persoonlijk willen zien dat de pestkoppen die zich voordoen als degenen die gepest worden, voor het gerecht komen.

# 35

*13 april*

Op de avond nadat Ames was overleden, had Grace voor het eerst sinds de komst van de baby seks met Liam. Ze droeg een zwart kanten slipje om alle eventuele verwarring over wat er qua avondvermaak op het menu stond te vermijden. Geen avondnieuws met Lester Holt voor jou vandaag, Liam liefje!

Liam stond er geen moment bij stil dat het raar was dat zijn vrouw zich wulps voelde – eindelijk! – op de dag dat haar baas was overleden. Integendeel, hij viel maar al te graag meteen aan.

Onder normale omstandigheden zou Grace hebben gezegd dat zij en haar echtgenoot goede seks hadden. Ze had haar vriendinnen nooit begrepen die, toen ze in de twintig waren, maar bleven babbelen over dat je echt nooit moest trouwen met een man met wie je geen fantástische seks had. Grace vond niet dat ze ooit fantastische seks had gehad. Ze hield van seks. Heel erg. Maar fantástisch? Het leek haar dat als je van iemand hield, je in de eerste paar jaar toch vast wel de details kon vaststellen waarmee je allebei tevreden was. En het was nou ook niet zo dat ze ooit slechte seks had gehad. Tenminste, dat wás zo geweest. Tot precies dat moment. Dat moment dat ze had geluisterd naar Liams onregelmatige ademhaling terwijl ze het gevoel had alsof iemand haar binnenste aan het opvullen was als een kerstkalkoen.

Wil je weten wat ik vandaag heb gedaan, schatje? Ze dacht

erover om het hem te vragen terwijl ze omhoogkeek naar zijn blote borst.

De seks deed pijn. Dat viel niet te ontkennen. Ze kromp ineen zonder een geluid te maken. Maar ja, dat was ook de bedoeling. Ze verdiende het om een beetje te lijden. Ze smachtte naar heilige boetedoening.

Na afloop, toen de delen tussen haar benen aanvoelden alsof iemand er met schuurpapier overheen was gegaan, liet ze zich uit bed glijden en haalde ze een vochtige handdoek over haar lichaam.

Liam lag languit achterover op het kussen. Plukjes haar stonden overeind onder elk van zijn armen. 'Is alles goed met je?' vroeg hij terwijl hij toekeek hoe ze haar gezicht natmaakte bij de wasbak. Ze trok een pyjama uit haar la en trok hem aan. 'Met... alles wat er gebeurd is?'

Zeg nou zelf, wat zou hij daar toch mee bedoelen?

'Je lijkt een beetje, ik weet niet, afwezig.' Hij trok het gekreukte laken om zijn middel. O, echt waar, Liam? Lijk ik een beetje afwezig? Tjongejonge, wat ben je toch opmerkzaam.

Ze deed gemeen. Al was het maar in haar hoofd.

'Het gaat best,' zei ze. 'Je kent me toch?'

Hij was een goede echtgenoot. Kleedde zich onberispelijk, kocht sieraden, kookte, belde elke dag op weg naar huis van zijn werk, nam boodschappenlijstjes mee naar de supermarkt. Moest je haar nou zien, zat ze haar eigen echtgenoot te verdedigen tegen zichzelf.

Hij pakte zijn mobiele telefoon en legde hem op zijn buik. Dat deden ze allebei: hun e-mails van het werk bekijken tot aan het moment dat ze gingen slapen. 'Je bent geweldig, weet je dat?' zei hij.

Ze draaide zich om van de spiegel. 'Ik ga een glas water halen. Wil jij ook?' Ze klonk hetzelfde als altijd, dus het feit dat Liam – haar allerliefste – verder niet aandrong, was bijna volledig haar schuld. Net als al het andere.

Een ogenblik, voordat ze wegging, keek ze hoe de groef in

zijn schouderspier dieper werd toen hij zich uitrekte om de lamp op zijn nachtkastje uit te doen. En toen was het donker in hun slaapkamer.

Ze liep op blote voeten de woonkamer in. Het huis werd 's nachts kunstmatig koel gehouden – hun elektriciteitsrekening was nog weer een luxe in haar leven, een bewijs dat ze niet het recht had om te klagen – en haar armen prikten van kippenvel. Ze vond haar handtas, die naast de voordeur lag. Ze stak haar hand in het middenvak en haalde er een pakje Marlboro en een aansteker uit. Zachtjes deed ze de voordeur open en ging op de veranda zitten. Het papieren buisje plakte aan de vochtige binnenkant van haar lippen. Ze stak het uiteinde aan en ademde in.

Terwijl ze pufte, staarde ze de nacht in, naar de huizen van haar buren, met hun aantrekkelijke schijnwerpers die omhoogschenen over de stammen van oude bomen. Ze vroeg zich af wat er zou zijn gebeurd als ze Ames' bericht niet had gezien op haar computerscherm: *Ik dacht dat we vrienden waren.*

Zou er überhaupt iets gebeurd zijn? Zou hetzelfde gebeurd zijn?

Vrienden.

Er waren geen antwoorden hier op de veranda. Ze liep de straat op, wreef de peuk van haar sigaret tegen de bakstenen brievenbus en gooide hem vervolgens opzij de bosjes in. Weer binnen waste ze haar gezicht opnieuw en liet ze mondwater over haar tong en tanden spoelen. Liams ademhaling ging langzaam en gelijkmatig onder het dekbed. Ze schudde hem wakker. 'Liam. Liam,' fluisterde ze. 'Emma Kate is aan het huilen.'

Hij draaide zich om, en zijn ogen pasten zich aan aan het donker. 'Huh?'

Ze luisterde.

'Emma Kate is aan het huilen.' Grace gaapte. 'Wil jij haar een flesje geven?'

Liam wreef met de muis van zijn hand over zijn oogkassen en steunde zijn bovenlichaam op zijn elleboog. 'Flesje? Ja, ik kan wel een flesje doen.'

'Dank je,' fluisterde ze. 'Ik heb een paar nieuwe zakjes moedermelk in de koelkast gelegd.'

Een leugen. Grace was drie dagen geleden gestopt met borstvoeden en had een blik met poedermelk onder een zeil in de garage verborgen. Wat niet weet, wat niet deert, dacht ze, bijna als geheugensteuntje aan zichzelf. En toen ging ze naar bed.

Dat was twee dagen geleden, en sindsdien was ze er nauwelijks uit gekomen.

# 36

*14 april*

Het tij was gekeerd op het moment dat het lichaam van Ames op het asfalt klapte. Een top-pr-bureau had geen effectievere campagne in elkaar kunnen zetten om het imago van Ames Garrett te rehabiliteren dan de dood van de man zelf. De volgende middag al kreeg Ardie een eerste indruk van de effecten toen ze een kluwen van jonge collega's tegenkwam – allemaal mannen met geperste kakibroeken en corpsbalachtige roeiverenigingskapsels – terwijl ze over de snoepschaal bij de receptie leunden, Skittles pikkend terwijl ze praatten. 'Ze zouden er ziek van moeten zijn,' hoorde ze een van hen zeggen; ze wist nog steeds niet wie van hen.

Ze bleef achter hen staan zodat ze zich wel moesten omdraaien en haar moesten opmerken. 'Waarom?' vroeg ze. Als ze ouder waren geweest en meer invloed hadden gehad, zou ze hebben gedaan alsof ze het niet had gehoord. 'Waarom zou ík me er ziek door moeten voelen?'

Ze probeerden niet te ontkennen dat ze het over haar hadden gehad. Niet alleen over haar, maar dat maakte het niet minder persoonlijk. Ze probeerden niet-overtuigend een houding aan te nemen alsof ze er geen spijt van hadden, met hun borst naar voren gestoken alsof ze precies hetzelfde in haar gezicht zouden hebben gezegd. De derde man/jongen keek naar zijn vriend, met een op- en neergaande adamsappel, expressiever dan een penis. 'Sorry,' mompelde hij.

Ardie wierp hun een blik toe die testikels tot rozijnen zou

doen verschrompelen, maar ze dacht dat ze toen ze eenmaal verder was gelopen een paar nasale tonen van onderdrukt gelach opving.

Later kwam ze terug in haar kantoor en trof ze een blanco vel papier aan met het woord *bitch* er keurig op getypt, en ze vroeg zich af of het daar was achtergelaten door dezelfde jonge collega's of dat er heel veel mensen op kantoor waren die een hekel aan haar hadden. Ze had het met niemand over het briefje.

Het was net alsof iemand tegen de vitrine van het terrarium waarin ze woonden had getikt en de glazen wanden waren gebarsten. Wat de dood van Ames had gedaan, was iedereen toestemming geven om hem te verdedigen.

Het was stom toeval dat ze Katherine alleen aantrof. De gebruikelijke stroom van groepsberichtjes en instant-messengerkanalen was opgedroogd, en ook het komen en gaan van normale kantoorgesprekken. Ardie was ervan overtuigd dat het instinct was, dat ze zich allemaal bewust waren van de gevoeligheid van alles wat ze elkaar schreven, en dachten: ik brand hier mijn vingers niet aan. Het woord 'aansprakelijkheid' gilde door hun advocatenhersenen. Dus hielden ze op met berichtjes sturen.

Zij en Katherine kwamen op hetzelfde moment uit hun afzonderlijke toilethokjes, en hun ogen ontmoetten elkaar in de spiegel terwijl ze hun handen wasten.

'Is de politie al met jou komen praten?' vroeg Ardie haar.

Katherine sloeg haar ogen neer en schrobde haar handen hard onder het hete water. Er verscheen een rode vlek die zich op de huid om haar duim heen verspreidde. 'Ja.'

'Hoe ging dat?'

Ardie draaide zich weg van de wastafel zodat haar handen dropen op de tegelvloer. Ze boog omlaag om onder de deuren van de hokjes te kijken.

'Ik ben eerlijk geweest.' Elk woord kreeg evenveel nadruk. 'Ik heb hun verteld dat ik hier nog niet zo lang werkte en dat ik van streek was door wat er was gebeurd.' Ze zette de kraan uit en pakte een papieren handdoek. Ardie vroeg zich af hoe ze Katherine aan een vriendin zou hebben beschreven, als ze het soort persoon was geweest dat mensen aan vriendinnen beschreef. Als ze andere vriendinnen had gehad dan Sloane en Grace. Deze vrouw, die zoveel van hun gemeenschappelijke mentale ruimte had ingenomen... plotseling had Ardie het gevoel alsof ze haar voor de eerste keer zonder filter zag. Ze was niet, zoals Ardie voorheen had gedacht, rijp en vrouwelijk. Ze was knokig, met een wit litteken op haar droge, schilferige elleboog. Ze was net een konijntje dat in de tuin van de buren was gespot, zenuwachtig en alert. Ardie wilde haar hand uitsteken, haar naar zich toe lokken. Maar Ardie kon nog steeds iets zien smeulen van de koppigheid, intensiteit en moed die haar zover hadden gebracht en die nog steeds in haar ogen rondwaarden. Het vuur was niet gedoofd, en dat was iets moois.

'En?'

'Ze stelden nog wat vragen en toen vertrokken ze.' Haar tong ging onzichtbaar heen en weer over haar tanden, zichtbaar in de manier waarop haar wang opbolde.

Het leek alsof er geen enkel moment in het leven van een vrouw was waarin er niet vaak intense gesprekken plaatsvonden in de damestoiletten. Ardie herinnerde zich nog haar broers obsessie met damestoiletten toen ze jonger waren. 'Hoe zien ze eruit?' vroeg hij, en ze beschreef braaf allerlei toiletten die ze had bezocht alsof het allemaal vreemde landen waren: ligstoelen, tamponautomaten, haken voor handtassen en soms, als ze bijzonder exotisch waren, spuitbussen met haarlak en deodorant.

'Ames vroeg me om met hem af te spreken. Daarvóór.' Er zat iets dringends in wat ze zei, wat ervoor zorgde dat Ardie haar hand stilhield terwijl ze de papierenhanddoekautomaat liet draaien. 'Misschien heeft iemand gezien dat ik naar hem op zoek was. Als ze dat nu eens aan de politie vertellen?'

Onvermijdelijk had Ardie ook gedacht aan 'daarvóór'. Ze was

naar boven gegaan om een loonbelastingformulier te laten ondertekenen door een loonadministrateur. Dat had ze tegen rechercheur Martin en rechercheur Diaz herhaald. Tegen de tijd dat ze op de veertiende verdieping terugkeerde, was Ames dood.

'Op zoek gaan naar je baas is geen misdrijf.' Ze gaf een ruk aan de rol. 'Wie weet het nog meer?' vroeg Ardie kalm. Seismische activiteit onder de grond.

Op de achtergrond stroomde water door pijpen als bloed door aderen, rondgepompt door het levende organisme van het kantoorgebouw.

'Grace,' zei ze, met een stem zo dun als papier. 'Ik zag Grace die ochtend. Ik heb haar verteld dat Ames me wilde spreken en ze vroeg wat ik ging doen.'

'Oké,' zei Ardie. Sinds het incident had Grace zich twee keer ziek gemeld. Het Incident. Dat was hoe Ardie het zich in gedachten was begonnen voor te stellen. Een mooi eufemisme voor iemand die te pletter was gevallen.

'Ga je de aanklacht intrekken?' Katherine richtte haar aandacht weer op haar spiegelbeeld.

'Ik weet het niet,' antwoordde Ardie naar waarheid. 'Ik denk dat we dat maar even op pauze moeten zetten.' Hun advocaat Helen had de formele aanklacht ingediend en had de procesgronden aangevoerd. Ze had contact opgenomen met Personeelszaken om een tijd vast te stellen voor bespreking en bemiddeling. En toen was Ames van een balkon van de zeventiende verdieping gevallen, en dat had dingen veranderd. Hoeveel kon Ardie niet zeggen. 'Totdat het onderzoek is afgesloten, en daarna zullen we uitzoeken hoe we het best verder kunnen gaan.'

We bekijken het vanuit alle invalshoeken, had de vrouwelijke rechercheur tegen haar gezegd toen zij en haar partner in Ardies kantoor waren verschenen, allebei met een vuurwapen aan hun heup. Truviv was een groot, machtig bedrijf. Mensen in Dallas zouden er aandacht aan schenken. Dus begreep Ardie waarom de politie vragen moest stellen. Ze wilden zeker weten dat ze niets over het hoofd zagen.

'Soms denk ik dat ik vervloekt ben,' zei Katherine tegen de versie van zichzelf – wat die ook was – die ze in de spiegel zag. 'Het is net alsof het heelal aanvoelt dat ik eigenlijk in een fabriek zou moeten werken of hamburgers zou moeten bakken in Boston, en het evenwicht wil herstellen.' Haar stem was te hoog. Ze liet haar handen zakken en haalde diep adem. 'Ik maak maar een grapje,' zei ze nu tegen Ardie. 'Als ik echt had gedacht dat dingen op die manier werkten, zou ik hier niet zijn. Toch?' Haar gezicht veranderde en als bij toverslag was Katherine weer aantrekkelijk om te zien.

'Ik weet zeker dat je je nergens zorgen over hoeft te maken.' Het was zo'n prettig idee dat ze besloot dat zij het ook zou gaan geloven.

## Proces-verbaal van verhoor van Sloane Glover
## Deel 1 (vervolg)

*13 april*

Aanwezig:
rechercheur Malika Martin
rechercheur Oscar Diaz

Verslag:
Rech. Diaz: Mevrouw Glover, is het waar dat u op een gegeven moment hebt gezegd 'Het zou gemakkelijker zijn om hem gewoon te vermoorden' over Ames Garrett?
Mw. Glover: Ik weet niet zeker of ik dat precies heb gezegd, en als ik dat heb gedaan, was het een grapje. Toen we bespraken hoe we verder zouden gaan – of we een aanklacht wegens seksuele intimidatie zouden indienen, bedoel ik – zou ik erop kunnen hebben gewezen dat logistiek gezien het ene eenvoudiger zou zijn dan het andere. Nogmaals, voor de grap.
Rech. Diaz: Is dat uw gebruikelijke soort humor, grappen maken over iemand vermoorden, iemand die – ik wil daar even op wijzen – toevallig is overleden, mevrouw Glover?
Mw. Glover: Het moge duidelijk zijn, rechercheur Diaz, dat we ervoor hebben gekozen hem aan te klagen en niet te vermoorden. Als we allebei hadden gedaan, was dat een beetje een overkill geweest, denkt u niet? Sorry, slechte woordkeuze, maar u weet wat ik bedoel.
Rech. Diaz: In de liften bevinden zich beveiligingscamera's.

Rech. Martin: U stond in de lift vlak nadat Ames Garrett was overleden. Sterker nog, u, Grace Stanton, Adriana Valdez en Katherine Bell stonden allemaal in de lift rond het moment dat meneer Garrett overleed.
Mw. Glover: Dat zou heel goed kunnen. Het is een kantoorgebouw.

# 37

*17 april*

De vrouw die in de lobby van het Truviv-gebouw stond, had de houding van iemand die eraan begon te wennen dat ze kreeg wat ze wilde. Ze was lang en fit, niet echt een model, maar absoluut hoger op de schaal dan Sloane, die alleen ooit betiteld was als 'driftkopje' of 'pittig' (vreemd genoeg geen woorden die normaal gesproken voor langere vrouwen werden gebruikt). Het kastanjebruine haar van de vrouw – onmogelijk dat het haar natuurlijke kleur was – was vastgezet in een Franse wrong, en ze had een rechte neus die niet zou misstaan op een Grieks standbeeld. Een jongere vrouw, misschien dertig, en een grijzende maar knappe man stonden naast haar, als goedbetaalde accessoires.

'Cosette?' Sloane snelde naar de vrouw toe, die beide duimen gebruikte om een bericht op haar apparaat te typen. Sloane raakte zachtjes haar elleboog aan. 'Hoi, het spijt me heel erg, maar hadden wij een afspraak?' Sloane was in gedachten al bezig de verplichtingen van deze week op een rijtje te zetten, maar er kwam geen herinnering aan een bespreking met Cosette boven.

Cosette Sharpe stak haar telefoon in de zak van haar blazer. Ze glimlachte naar Sloane en boog zich om haar op beide wangen te kussen. 'Nee, nee, ik ben net aangekomen.' Alsof iemand net aankwam uit New York. Er stak een met diamanten bezette Rolex uit Cosettes mouw, minstens veertig mille, volgens Sloanes schatting. Cosette gebaarde naar haar twee collega's dat ze haar even moesten excuseren, en er ging een kille vlaag, net zo ijzig als de karaten aan Cosettes pols, door Sloane heen.

Cosette was een voormalig klasgenootje van de universiteit, een goede vriendin van haar beste vriendin op de universiteit, Jenny, en zeven jaar geleden had Jenny een koffieafspraakje voor hen tweeën geregeld toen Cosette 'in de stad' was. Cosette had een pitch gehouden om een groot deel van Truvivs externe werk op het gebied van fusies en overnamen over te nemen, en Sloane was persoonlijk naar Ames gegaan om een goed woordje voor haar te doen, omdat ze geloofde dat ze dat soort dingen moest doen voor andere vrouwen als het in haar macht lag. Nu was Cosette partner bij een bedrijf dat in de Fortune 500 stond en verantwoordelijk voor de relaties met partnerbedrijven, en had Sloane een uitstekende externe raadsvrouw, en ze ontving elk jaar met Kerstmis een doos Veuve Clicquot. Het was een win-winsituatie geweest.

Sloane staarde naar Cosette en probeerde erachter te komen of ze iets had laten doen. 'Sloane. Het bestuur heeft me erbij gevraagd om de aanklacht van ongewenste intimiteiten af te handelen.'

Altijd begint een vrouw een zin met een verontschuldiging, maar net nu niet!

'Je bent geen strafpleiter,' zei Sloane.

'Weet ik. Geloof me, dat heb ik hun gezegd. Maar we zijn een grote firma. Ik heb andere leden van ons team meegenomen.' Ze gebaarde naar achteren met haar hoofd, naar de twee advocaten die op hun telefoon stonden te kijken. 'Truviv voelt zich veilig bij ons. En ik ben als verantwoordelijke voor de onderlinge relatie hier om het bedrijf te adviseren.'

'Kom op. Dat kun je niet menen.' Het vergde echt een hele hoop zelfbeheersing van Sloane om niet te vloeken.

'Luister.' Cosette boog zich naar haar toe. 'Persoonlijk weet je dat ik geneigd ben je te geloven. Maar dit is een belangrijke cliënt voor onze firma en voor mij in het bijzonder. Het is niets persoonlijks.'

‘Ik heb je deze baan bezorgd, Cosette.’ Warmte kroop omhoog door Sloanes beha. ‘Jij hebt mij gevraagd om je te helpen. Vrouwen in de juridische wereld moeten voor elkaar opkomen.’ Ze zette een onoprecht lief stemmetje op. ‘Ik geloof dat je dat letterlijk zo hebt gezegd.’ Ze hield haar hoofd schuin en wachtte op Cosettes reactie terwijl ze zich afvroeg hoe lang het zou duren voordat de bewakers in het hokje aan de andere kant van de lobby Sloane hadden bereikt als ze Cosettes nek zou omdraaien. (Het was maar een gedachte.)

Cosette kneep in Sloanes schouder. ‘Dat weet ik nog, en geloof me, ik zal doen wat ik kan voor je vanaf mijn kant van de tafel, oké?’

Daar deed ze dat overdreven geknipper met de ogen weer. Derek had waarschijnlijk gelijk, het was niet haar beste gezichtsuitdrukking, maar... ‘Eh, nee, Cosette. Niet oké.’ Ze greep de hand die op haar schouder lag vast en verwijderde hem van haar persoon.

Cosette zuchtte. Haar ondertanden begonnen naar voren te steken. ‘Ik draag op mijn eigen manier bij aan het doel, besef je dat wel? Ik ben de jongste partner in de directiecommissie en ik ben een vrouw. Ook niet zo’n heel slechte boodschap voor jonge vrouwen, toch? En ik kan mijn bijdrage leveren van binnenuit. Meer macht, meer invloed.’ Cosette streek de voorkant van haar blouse glad en strekte zich in haar volle lengte uit.

‘Ik hoop dat je een warming-up hebt gedaan voor je begon aan die mentale acrobatiek.’

‘Wat ik hoop, is dat we onze zakelijke relatie weer kunnen oppakken als dit is overgewaaid.’ Ze glimlachte. ‘Ik kan je zelfs helpen een baan te vinden die beter betaalt dan hier, als dat de route is die je besluit te bewandelen. Net zoals jij mij hebt geholpen. Je bent een goede advocaat.’ Cosette sloeg haar handen in elkaar en in plaats van Sloanes hand te schudden, maakte ze een kort buiginkje naar haar voordat ze terugliep naar haar collega’s, die bij de liften op haar stonden te wachten.

Sloane wachtte totdat ze een paar stappen verder had gezet. 'En jij bent een bitch.'

De woorden galmden door de lobby en Sloane dacht dat ze Cosettes rug kon zien verstijven.

# 38

*17 april*

'Cosette is er.' Sloane was ervan overtuigd dat echte vrienden niet klopten of aan de deurbel trokken; ze kwamen gewoon binnen en pakten de wijnfles die toevallig openstond in de koelkast. Ze paste deze filosofie vrijelijk op haar hele leven toe.

'Waar?' vroeg Ardie vanachter haar bureau. Het was bijna lachwekkend hoe ze met z'n allen nog steeds in het gebouw rondhingen, hun bureaus bemannend alsof alles volkomen normaal was. Een rechtszaak. Een dode baas. Een – durfde ze het zelfs maar te denken? – onderzoek naar een moord? En daar zaten ze dan met z'n allen in hun strak moderne pakken van Theory, concepten aan het opslaan op iManage alsof die ertoe déden.

Behalve Grace. Waar was Grace in godsnaam mee bezig?

Sloane ijsbeerde door de smalle ruimte die Ardie toegekend had gekregen op de veertiende verdieping en dat had nu eens helemaal niets te maken met het aantal stappen dat ze vandaag wilde halen. 'In het gebouw, Ardie. Cosette Sharpe is op dit moment in dit gebouw. Voel je het?' Ze hield haar hoofd schuin naar het plafond gericht. 'Ik geloof dat de lucht daadwerkelijk kouder is geworden.'

'Waarom is ze hier?'

'Dat zal ik je vertellen. Ze helpt met de seksuele-intimidatiezaak. Onze seksuele-intimidatiezaak, Ardie. Niet om ons te helpen, let wel. Ze helpt Truviv.' Ze cirkelde haar vinger in de lucht om het te laten zien.

'Wauw.'

Sloane knarste met haar tanden als een stamper in een vijzel. '*Et tu,* Cosette?'

'Maar...' Ardie dacht erover na en Sloane kon zien dat Ardie ging proberen rationeel te zijn. Waarom hechtte Sloane er toch zo aan om zich met zulke rationele mensen in haar leven te omgeven? Grote vergissing. 'Misschien betekent dat dat ze het echt serieus nemen. Onze aanklachten.'

Daardoor bleef Sloane stilstaan, vlak voor de vioolbladplant die in de hoek stond. 'Denk je dat?' vroeg ze terwijl ze het idee van alle kanten bekeek. Ardie haalde haar schouders op. Het rare van Ardie was dat ze geen rekening hield met de gevoelens van de andere persoon als ze ervoor koos om goed of slecht nieuws te brengen. Het nieuws was gewoon wat het was: nieuws. En dat betekende dat Sloane haar kon vertrouwen. Ze was een kompas dat recht naar het noorden wees. En ze had Sloane in de richting van een mogelijkheid gewezen die ze nog niet had gezien. 'Misschien heb je gelijk,' zei ze terwijl ze een paar graden afkoelde. 'Dat zou één zorg minder zijn.' Hun ogen ontmoetten elkaar. Een kleine, onbedoelde bekentenis.

En in alle eerlijkheid was het niet eens zo dat Sloane zich zórgen had gemaakt over het onderzoek zelf. Of was 'in alle eerlijkheid' iets wat alleen leugenaars zeiden? Daar zou ze in het vervolg op moeten letten.

De politie was Ames' spullen komen halen. Op de dag dat de Forensische-opsporingsdienst kwam om Ames' kantoor leeg te halen, had Sloane zich afgevraagd wat ze zouden vinden. De sfeer op kantoor was opgewonden geweest, bedacht op de mogelijkheid van een sappig hapje, wat stukjes om te delen. Het was alsof ze met zijn allen naar de dragers bij een begrafenis keken waarvoor geen van hen was uitgenodigd. Instant-messengerapps bliepten van de berichtjes van informatiebedelaars, hunkerend naar die stukjes. *Hebben ze iets gevonden? Was er een briefje? Zaten die vrouwen hem te chanteren? Heeft hij echt 'vaarwel' in het balkon gekrast? Waarom doen ze nog steeds onderzoek?*

Veel van Sloanes collega's hadden onbenullige excuses verzonnen om de balies van de secretaresses te bezoeken, kopieën te maken of een buitensporig aantal keren naar de toiletten te gaan om een glimp op te vangen van het naar buiten dragen van Ames' pc of het van de muur halen van zijn galerij met foto's van beroemdheden. Er had zich een populaire theorie ontwikkeld dat Ames een zelfmoordbriefje had verborgen achter een van de foto's, maar tot nu toe was er geen één opgedoken. En zelfs Beatrice was niet in staat geweest om betrouwbare informatie los te krijgen.

Het niet-weten was het probleem. Als hij niet was gesprongen, dan moest iemand iets weten... maar wie? Sloane had een begin gemaakt door de mogelijkheden die ze kende onder de loep te nemen.

Katherine gedroeg zich onbeholpen, maar ja, ze wás dan ook een beetje onbeholpen. Ze had waarschijnlijk het idee dat, in een bepaald opzicht, zij dit allemaal in werking had gezet. De dood van Ames volgde op de rechtszaak, die volgde op het verhaal van Katherine. Dus ja, Katherine was een katalysator. Grace was niet meer op haar werk gekomen sinds de dag dat Ames was overleden. Dat was niets voor haar, maar ze was ook zo gevoelig sinds ze Emma Kate had gekregen, dus misschien zat ze gewoon in een zelfbehoudmodus. Of misschien was ze echt ziek. Ardie leek tenminste haar gebruikelijke onverstoorbare zelf te zijn.

Sloane wilde weten wat er echt was gebeurd en of haar vriendinnen iets wisten wat ze niet zeiden, maar ze was er nog niet uit hoe ze dat moest aanpakken.

Laat je nooit verrassen. Dat was een degelijke juridische strategie. Laat je nooit verrassen door wat de andere partij zou kunnen vinden. En nu moest ze het opnemen tegen zowel Cosette als de politie. Was het dan, in alle eerlijkheid, niet van het grootste belang dat ze wist wat er vóór de dood van Ames was gebeurd, om zichzelf en haar vrienden te kunnen beschermen?

In alle eerlijkheid, daar had je het weer. Dat irritante uitdrukkinkje.

Sloane ging zachter praten en boog zich naar haar toe. 'Hoe denk je dat dat bloed op het balkon is gekomen?' fluisterde ze.

Ardie: 'In alle eerlijkheid, dat weet ik niet.'

# 39

*18 april*

Toen Rosalita op de veertiende verdieping aankwam, zat Ardie aan de telefoon. Ardie zag haar en gebaarde dat ze moest blijven. Blijf, vormde ze geluidloos met haar mond. Kom, kom. Enorme zwaaiende gebaren met haar arm, waardoor Rosalita geen andere keus had.

'Wanneer kom je terug?' zei ze in de hoorn. Vraagje: waarom gebruikte niemand in luxe kantoren een mobiele telefoon? Was het een eer om vastgeketend te zijn aan een bureau, met een snoer vol lussen als een leiband die de werknemer weer terug naar zijn werk rukte? Er kwamen willekeurige gedachten bij Rosalita op terwijl ze wachtte, alsof ze uit verveling scheuren in de muur volgde. Ze probeerde niet te luisteren, maar ze was Salomon niet. Zij was niet half doof. 'Ik weet niet wat ik ervan moet denken.' Ardie zuchtte. Ze draaide haar stoel opzij, met haar pantalon als hangende gordijnen over haar knieën gedrapeerd. Onder andere omstandigheden had Rosalita zich misschien geërgerd dat haar was gevraagd om stil te blijven zitten. Ze had het kunnen opvatten als een belediging, dat haar tijd minder waard was dan die van de advocate alleen maar omdat haar tijd letterlijk minder waard was. 'Nee, ik heb er geen spijt van dat we hem hebben aangeklaagd, hem aanklagen... Ja, natuurlijk is het betreurenswaardig. Maar het is... Ik weet het niet... Waarschijnlijk, ja. Uiteindelijk. Maar het ligt allemaal nog heel gevoelig.' Ze glimlachte naar Rosalita. 'Alles goed met jou?' Rosalita dacht dat ze het tegen haar had en deed maar net op tijd haar mond dicht toen Ardie zei: 'Ik maak me zorgen om je. Je klinkt... oké. Ik moet gaan. Heb je geslapen? Probeer wat te rusten. Dag.' De telefoon viel kletterend op de haak.

'Problemen hebben er een handje van om zich te vermenigvuldigen, vind je ook niet?' zei ze tegen Rosalita, die niet wist of dat waar was, alleen dat problemen zich uitzaaiden als ze niet werden behandeld. Ardie keek haar verwachtingsvol aan en toen herinnerde Rosalita zich weer waarom ze hier was. Het fantastische iets.

'Ik heb iets voor je meegenomen,' zei ze, een eenvoudige bruine papieren zak ophoudend.

Ardie kneep sceptisch haar ogen een beetje samen. In een ander leven hadden ze zussen kunnen zijn. Of ten minste nichtjes. 'Ik dacht dat we quitte stonden.' Maar ze nam de zak aan.

'Tamales. Ik heb een vriendin die ze maakt. Lekkere.'

Ardies ogen werden week. Ze deed de zak open en ademde de geur van gekookte mais in.

'Salomon is toegelaten tot het programma.'

Ardie propte de zak weer dicht. 'Is hij geslaagd?' Haar ogen veranderden in schoteltjes. Een blos kroop omhoog over haar wangen.

Rosalita knikte, met een brok in haar keel.

Ardie snelde om het bureau heen naar haar toe, omvatte Rosalita in een omhelzing, trok haar stevig tegen zich aan en kuste haar voorhoofd. Rosalita stond het allemaal toe omdat het een hunkering binnen in haar iets minder hevig maakte. Toen Ardie zich losmaakte, veegde ze een traan vanonder haar onderste ooglid weg, en Rosalita had een malle poppengrijns die op haar gezicht geschilderd leek, en haar ogen glinsterden blij. 'Dat is het beste nieuws dat ik in een week heb gehoord,' zei Ardie. In haar jeugd waren de momenten waarop meisjes oprecht blij voor elkaar waren moeilijk te vinden geweest. Rosalita was dankbaar. 'In een maand. Misschien wel in een jaar.'

Het was een paar dagen geleden dat Ames Garrett van de zijkant van het gebouw was gesprongen. Twee mannen uit de kelder hadden een drilboor gebruikt om het blok trottoir uit de grond te halen en hadden toen een pompmixer laten komen om vers beton te storten waar het lichaam was gevallen.

Dat was de dag geweest voordat Salomon slaagde voor het toelatingsexamen voor het programma van de speciale school. Dat vertelde Rosalita niet aan Ardie: dat de twee gebeurtenissen altijd met elkaar verbonden zouden zijn in haar gedachten, dat ze op de een of andere manier met elkaar te maken hadden.

Toen de twee vrouwen alles hadden gezegd wat er te zeggen viel, wat niet veel was als je in aanmerking neemt wat voor gedenkwaardige gebeurtenis ze met elkaar hadden gedeeld, bleef er voor Rosalita niets anders meer over dan wachten tot het donker werd.

Ze haalde Crystal op zonder haar gebruikelijke gemopper. Vanavond werkte ze met extra doelmatigheid de verdiepingen van het kantoor af, en zelfs Crystal had geen aansporing nodig. Het was betaaldag. De belofte van een volle – of in elk geval vollere – bankrekening wachtte op hen.

De avond ging met aangename eentonigheid voorbij. Dun tapijt onder haar voeten. Ademloze gangen die knipperend wakker werden. Het valse geneurie van Crystal die in zichzelf zong. Of voor een kindje. Rosalita was in gedachten verzonken, dwalend door gelukkige gangen, waarvan de meeste naar Salomon leidden.

Ze zag een nat papier liggen in het herenurinoir op de achttiende verdieping, het laatste toilet van hun dienst.

'Kijk.' Crystal had er nog een gevonden, in de afvoer aan het einde van de rij.

Rosalita voelde de buitenste randen van haar neusvleugels omhooggaan. Ze trok latex handschoenen aan en plukte aan de vingertoppen om de zuiging te verbreken. Ze kneep in een hoekje van het eerste stuk papier. Daarop was een portret van Sloane Glover te zien, geprint uit het adresboek van het bedrijf, waarvan de printerinkt uitliep in de pis waarin het gedrenkt was. Rosalita haalde er nog twee uit: het gezicht van de nieuwe moeder die Grace heette en, ten slotte, Ardie. Ze viste de foto's uit de urinoirs met de plechtigheid van iemand die een lichaam omdraait dat levenloos in ondiep water is gevonden en ontdekt dat de mond, de ogen en de huid opgezwollen en vol water zijn.

'Wat zijn het?' vroeg Crystal, opzijstappend toen druppels urine een spoor vormden op weg naar de vuilnisbak. Rosalita trok de latex van haar handen. De geur van ammonia werd sterker.

'Schietschijven. Zo lijkt het.' Rosalita wilde douchen om de akeligheid van mannen kwijt te raken – de dingen die ze deden als ze dachten dat niemand hen kon zien, en erger, als het hun niet kon schelen of iemand het wel of niet zag.

Rosalita en Crystal maakten het toilet op de achttiende verdieping niet verder schoon. In plaats daarvan rolden ze hun karretje terug naar de lift en daalden af naar de kelder. Hun ruggen deden pijn, hun handen waren droog van het ontsmettingsmiddel, hun voeten waren moe.

Nu stond Rosalita voor de voorman. 'Heb je onlangs nog iets gehoord over daar boven, helemaal bovenaan?' vroeg ze toen hij haar de envelop gaf met haar naam erop.

'Behalve dat die vent die tien keer zoveel verdiende als ik zichzelf van kant heeft gemaakt? Neuh. Kan me ook niet schelen.' Rosalita dacht aan het braaksel in de prullenbak in het kantoor van die man en vroeg zich af of zij alleen de eerste tekenen had gezien en of dat iets betekende.

Afwezig nam ze de envelop aan. Er was iets aan de hand daar boven. Ze had de vrouw met het korte haar en de dode man betrapt terwijl ze aan het... íéts aan het doen waren. Ze had de kots in de plastic zak gezien. Ze was erachter gekomen dat de mannen op de directieverdiepingen urineerden – letterlijk pisten – op de beeltenissen van de vrouwen die voor hen werkten, vrouwen die ze kende. Het feit dat alle drie die dingen zo kort achter elkaar waren gebeurd, dacht Rosalita, moest betekenen dat ze verband hielden met elkaar. Maar hoe?

Rosalita scheurde de envelop open met haar wijsvinger, en een flapje huid opende zich als een kieuw onder het papier waar dat haar sneed. Ze las de cijfers één keer, twee keer, drie keer. Ze was nooit goed geweest in rekenen. Maar hoe Rosalita ook naar de cheque keek, hij was maar voor minder dan de helft van het gebruikelijke bedrag.

# 40

*18 april*

We leefden met schuldgevoelens zoals andere mensen leefden met chronische medische aandoeningen, alleen waren die van ons minder goed te behandelen, zou je kunnen zeggen. We hadden schuldgevoel in alle smaken: we hadden een werkendemoederschuldgevoel, kinderloosheidschuldgevoel, schuldgevoel omdat we een sociale verplichting hadden afgewezen, schuldgevoel omdat we een uitnodiging hadden geaccepteerd waarvan we wisten dat we er geen tijd voor hadden, schuldgevoel omdat we werk hadden afgewezen en omdat we het niet hadden afgewezen terwijl we het gevoel hadden dat er al misbruik van ons werd gemaakt. We hadden schuldgevoel omdat we om meer vroegen en omdat we niet genoeg vroegen, schuldgevoel omdat we thuis werkten, schuldgevoel omdat we een bagel aten, katholiek schuldgevoel, protestants schuldgevoel en joods schuldgevoel, waarvan er geen precies hetzelfde smaakte. We voelden ons schuldig als we ons niet genoeg schuldig voelden, zo erg zelfs dat we er trots op begonnen te zijn dat we nog onder deze morele dilemma's konden functioneren. Soms gingen we zover dat we vrijwillig een korting op ons salaris accepteerden, gewoon om het schuldgevoel te verlichten dat we een baan hadden en tegelijkertijd moeder waren.

We vroegen ons voortdurend af: deden we wel wat juist was? Waren we het allemaal aan het verkloten? We wilden dat we konden zeggen dat, in het licht van alles, dit veranderd was, dat we een of ander nieuw perspectief hadden verkregen. In plaats daarvan brachten we alleen maar nog een laag deodorant aan, maakten we een buisje maagzuurremmers open, zetten we ons leugenachtige gezicht op en schaafden we onze verzameling vaardigheden bij.

Want een van ons, daar zouden we achter komen, was echt schuldig.

'Tuut, tuut!' Sloane rolde het raampje van haar Volvo SUV omlaag, het nieuwste model. Met haar vuist duwde ze op het zachte plekje van het stuur, dat meegaf als het sponsachtige deel van een babyhoofdje. De auto tetterde. Het was haar moeder die altijd woorden aan geluiden had verbonden: klop klop, toet toet, boing boing – en Sloane had plichtmatig met haar ogen gerold, totdat ze zelf was bevallen en prompt hetzelfde was gaan doen voor Abigail. Het was een tweede natuur geworden en zo gingen die dingen; ze werd haar eigen moeder, elke dag een beetje meer.

Ze kwam slippend tot stilstand op de grindoprit van het huis van Grace en Liam. De voordeur – geschilderd in Hague Blue van Farrow & Ball – ging op een kier open en Grace verscheen op de veranda.

Een witte pashmina omslagdoek was om haar schouders gedrapeerd, waardoor ze het kwetsbare voorkomen kreeg van een origamicreatie, met haar armen om zich heen geslagen. 'Ik zei toch dat ik niet wist of ik me wel goed genoeg voelde om vandaag naar het werk te komen.' Ze kneep haar ogen dicht alsof de zon pijn deed aan haar ogen.

Sloane had Grace nooit gevraagd om zich aan te sluiten bij de rechtszaak tegen Ames, maar de afgelopen tijd was ze bekropen door de knagende zorg dat Grace zich misschien onder druk gezet had gevoeld, aangezien Sloane net zozeer haar meerdere was als Ames dat was geweest. Sloane had een hekel aan zorgen, vooral aan zorgen die knaagden.

Toch deed het er nauwelijks nog toe nu Ames dood was en de

rechtszaak was aangespannen. Sloane voelde gewoon de drukkende behoefte om haar vriendinnen te verzamelen, bij elkaar te roepen en hen onder haar hoede te houden. De rand van de afgrond voelde zo dichtbij de afgelopen dagen. Er was een balk verschenen en nu stonden ze er met z'n vieren – Sloane, Ardie, Grace en Katherine – bovenop te balanceren. De ene voet voor de andere, het asfalt tolde duizelingwekkend onder hen. Een fatale val, dacht ze zorgelijk, zou besmettelijk kunnen zijn.

Net als een duwtje.

'Grace.' Ze riep boven het zachte geronk van de motor uit. 'Je weet dat we je nodig hebben op kantoor. Het komt... merkwaardig over.'

Grace sprak haar niet tegen. Ze was geen tegenspreker.

Grace dook het huis in en kwam terug met haar handtas. Op de passagiersstoel trok ze de riem over haar borst en zat aarzelend naast Sloane, met haar nagels aan de leren stiksels van de zoom plukkend.

'Wil je erover praten?' vroeg Sloane terwijl ze de auto achteruit de straat op reed en de auto in DRIVE zette. Sloane reed met de SUV over de brede straten van Highland Park, waar politieagenten niets beters te doen hadden dan mensen aanhouden omdat ze niet volledig tot stilstand kwamen bij een verlaten kruising. Ze waren Highland Park Village al gepasseerd, het winkelplein van de wijk, met zijn onbereikbare winkelpuien als Carolina Herrera, Fendi en Balenciaga, voordat Grace iets zei.

Ze keek strak door de voorruit. 'Het gaat goed met me, echt, het gaat goed. Het spijt me. Je weet toch nog hoe het was toen jij Abigail had gekregen?' Haar ogen schoten heel even naar Sloane: hoop en beschuldiging. 'De combinatie van alles wat er gebeurt... Ames, het bedrijf, het is gewoon zoveel. Het begint zijn tol te eisen.'

'Voel je je... verantwoordelijk?' vroeg Sloane, wetend dat dat zoveel verschillende dingen zou kunnen betekenen.

'Nee.' Grace hield haar handen stil. 'Ik weet het niet. Rechercheur Martin belde me thuis. Ik voel me schuldig. Ik had haar niet veel te vertellen.'

Die zijdelingse blikken naar elkaar waren zo gevaarlijk.

Sloane draaide met haar handen om het stuur heen en bevochtigde haar lippen. 'Volgens mij is het tijd dat je met Katherine gaat praten.' Ze had een aanloop genomen naar dit gesprek en een afweging gemaakt wanneer ze het zou hebben en met wie. Grace had een doel nodig en zij hadden Grace nodig.

Sloane was er nu vrij zeker van dat Ardie tegen haar had gelogen. Eerst over dat ze geloofde dat het bedrijf Cosette erbij had gehaald omdat ze overwogen te buigen voor de vrouwen en ten tweede over iets anders. Het was de manier waarop ze 'in alle eerlijkheid' had gezegd waardoor er bij Sloane alarmbellen waren gaan rinkelen. Ardie wist iets over iemand; Sloane wist alleen niet wat, of waarom Ardie het haar niet wilde vertellen. Sloane had een beetje rondgeneusd en Ardie had niet gelogen over het feit dat ze het loonbelastingformulier had laten ondertekenen, maar aan de andere kant: waarom zou ze liegen over loonbelastingformulieren? Dus, vroeg Sloane zich af, wat zou Miss Marple nu doen?

Miss Marple was niet van middelbare leeftijd, dommerik.

Toch wilde ze de eerste zijn die met Grace praatte.

'Ja,' zei Grace, even simpel en elegant als de parels om haar hals. 'Daar ben ik het mee eens.'

Ze kwamen bij een rood licht en bleven even zwijgend naast elkaar zitten. Toen zei Grace: 'Hij probeerde me te manipuleren, weet je. Dat is eigenlijk de reden waarom ik me heb aangesloten, voor het geval je het je afvroeg. Ik wilde gewoon niet dat hij rondliep met het idee dat hij me te slim af was geweest.'

Sloane zuchtte. 'Hoe dan?'

Grace lachte zacht en speelde met het puntje van een van haar nagels. 'Hij vroeg me een paar keer om met hem te gaan roken op het balkon. Hij...' – een soort hikje of oprisping – 'deed alsof hij oprecht geïnteresseerd was in mijn carrière.'

Mijn god, had Grace gerookt? Gerookt met Ames? Sloane

wilde haar vriendin een heel klein beetje veroordelen, of zich eigenlijk verlustigen. Ze stelde zich voor dat ze het aan Derek zou vertellen: Dat is toch niet te geloven? Die onberispelijke, keurige Grace Stanton die rookt terwijl ze borstvoeding geeft. Dat heb ik nooit gedaan. Wie is er nu een betere moeder? Maar hemeltjelief, het was Grace en, nou ja, Sloane was niet bepaald een heilige, en Derek en Sloane praatten op het moment niet echt met elkaar, dus was het allemaal een beetje hypothetisch, eigenlijk. En toch kon ze niet ontkennen dat het een pikant nieuwtje was. Grace en Ames. Sigaretten.

'Waar rookten jullie?' Ze dacht dat ze nonchalant klonk. Grotendeels nonchalant in elk geval. Er was geen subtiele manier om het te vragen. Zeventiende verdieping? Het balkon? O, heb je nog iets ongebruikelijks gezien daar boven? Hoe is de wind daar?

'Op een van de rookterrassen.' Grace kromde haar vinger en drukte hem tegen haar lippen. 'Zodra Katherine ons had verteld dat ze tegen Ames had gezegd dat ze me had gezíén bij het Prescott, bedacht ik hoe dom ik was. Wat een makkelijk doelwit moest ik voor hem zijn geweest. Mij een beetje stroop om de mond smeren. Aanbieden om me te helpen met mijn carrière. En dan zou ik aan zijn kant staan, en het zielige ervan was dat dat nog zo was ook.' Ze haalde haar vinger weg en er zat een opvallende felrode veeg van haar lippenstift op de zijkant ervan.

Sloane fronste haar wenkbrauwen. 'Het een sluit het ander niet uit, weet je,' zei ze. 'Misschien zag hij je echt als veelbelovend en bood hij daarom aan om te helpen.'

'Misschien. Maar ik zag de sleutel van de kamer. Van het Prescott. Toen hij me een foto van zijn kinderen liet zien. Zelfs als er niets is gebeurd in die kamer in het Prescott, had hij toch een sleutel omdat hij wilde dat er iets gebeurde. Ik denk dat dat de reden is waarom hij zo graag wilde dat ik de brief schreef. Mensen proberen misbruik te maken van aardige mensen.'

'Wat deed je dan in het Prescott?' vroeg Sloane.

'Slapen.'

Ze reden langs Dealey Plaza, de plek waar John F. Kennedy was vermoord. Sloane was er nooit voorbijgereden zonder er op zijn minst een vluchtige gedachte aan te wijden: bloed en hersenen.

'Heb je Katherine ooit gezien daar boven? Op de rookterrassen?' Het was nogal een gok, maar Sloane had geen andere keuze dan rond te tasten in de duisternis, in de hoop ergens tegenaan te botsen. Het idee dat de enige die de gelegenheid had gehad misschien wel Grace was, beviel haar niet. Maar nee, dat zou totaal niet logisch zijn, want ze had Grace er zelfs nog nooit op betrapt dat ze vergat 'alsjeblieft' te zeggen.

'Ik denk niet dat ze daar tijd zou doorbrengen. Katherine heeft vreselijk last van hoogtevrees.'

Toen ze bijna bij het kantoor waren, had Sloane nog een ander idee: 'Dus wat nu? Waarom deze verdwijningstruc?' vroeg ze. 'Voel je je schuldig? Waarvoor? Omdat je Ames een proces hebt aangedaan? Omdat je hem geloofde? Waarom?'

Grace liet haar hoofd achterover op de hoofdsteun zakken. 'Ik heb me de afgelopen paar maanden schuldig gevoeld over zoveel dingen dat ik niet eens zou weten waar ik moest beginnen.'

Sloane stak haar hand uit over de bekerhouders heen, waarin nog twee lege blikjes cola light stonden, en kneep in Grace' hand. 'Welkom bij het moederschap,' zei ze, en toen: 'Hé, waar is je trouwring?'

# 41

*18 april*

Grace aarzelde voor Katherines kantoor. Ze stond net uit het zicht, zichzelf afschermend van de meedogenloze glazen wanden. Ze betastte de lege plek op haar linkerringvinger. Weggebracht om te laten schoonmaken, had ze tegen Sloane gezegd, wat strikt genomen ook waar was.

Grace glipte Katherines kantoor in en deed de deur zo zachtjes achter zich dicht dat er maar een heel zachte klik hoorbaar was toen hij dichtviel.

Katherine zei: 'Je bent terug.'

'Ja.' Grace' hart kon geen besluit nemen in welk tempo het wilde kloppen. Ze had twee dingen nodig van Katherine. Ze wist nog niet om welk van de twee ze het eerst moest vragen. 'Katherine, we zouden je nooit vragen iets te doen waar je je niet prettig bij voelt.' Dit was natuurlijk precies de verkeerde manier om te beginnen. Een versie van die woorden was waarschijnlijk sowieso het begin van deze hele onverkwikkelijke affaire geweest.

Katherines gezicht werd een vraagteken.

Het was belangrijk dat Grace dit niet verklootte. Geen enkel onderdeel ervan. Maar hoewel ze dagenlang had geslapen, had ze toch moeite om helder na te denken. Ze zou zweren dat er iets was veranderd in haar hersenen, iets anatomisch en kwantificeerbaars sinds ze was bevallen van Emma Kate.

Welkom bij het moederschap, had Sloane gezegd.

Maar was dit echt wat iedereen bedoelde als ze het hadden over het 'moederbrein'?

'Sorry.' Grace begon opnieuw. 'Sloane, Ardie en ik zijn ons aan het beraden over nieuwe stappen. De media, mensen bij Truviv, ze zijn allemaal bezig, soort van, om het hele verhaal te verdraaien, ze doen net alsof Ames een of andere heilige was,' zei ze. 'En nu heeft Truviv er een groot advocatenkantoor uit New York bij gehaald, en wij willen ervoor zorgen dat onze kant van het verhaal niet ondergesneeuwd raakt. Dat we niet verketterd worden door de omstandigheden, zeg maar. Nu Ames er niet meer is, dachten we dat je misschien minder moeite zou hebben om naar buiten te komen met je verhaal.'

Grace hield zichzelf tegen voordat ze iets kon zeggen als 'dapper' of 'sterk', de hemel behoede haar. Ze weerstond ook de nog sterkere neiging om te zeggen dat ze had 'gebeden voor' deze zaak en nu naar Katherine toe kwam omdat ze zich daartoe 'geroepen voelde', wat populaire manieren waren om te manipuleren in haar moeders sociale kringetje.

Katherine deed iets raars met haar kaak en Grace dacht dat ze zachte knakkende geluiden hoorde waar ze zelf psychologische pijn van in haar mond kreeg. 'Ik...'

'We denken dat het echt zou kunnen helpen.' Grace begon precies tegelijk met Katherine weer te praten. Wanneer dit gebeurde, nam ze meestal bewust het besluit om haar zin af te maken om het beleefde stoppen en weer verdergaan van twee mensen die proberen niet op elkaar aansluitend een gesprek te voeren te vermijden.

'Ik begrijp het,' zei Katherine. 'Ik zal vertellen wat er gebeurd is. Geen probleem.'

Ames had hen allebei gemanipuleerd. Grappig dat zelfs als wat twee mensen gemeen hadden iets onplezierigs was, het feit dat ze iets met elkaar gemeen hadden nog het belangrijkst was. Dat was de theorie achter ontgroeningen, nam Grace aan, en ze had er gebruik van gemaakt bij Katherine om haar akkoord te laten gaan met wat de groep van haar nodig had.

Maar er was meer. Er was ook nog wat Grace zelf nodig had. En wat ze nodig had, was dat ze niet meer elke nacht droomde dat ze van een gebouw af sprong en wakker werd vlak voordat haar lichaam tegen de grond kwakte.

'We hebben er nooit meer over gepraat. Na afloop,' zei Grace. Een etiketje aan haar hemdjurkje deed haar rug jeuken. Katherines ogen waren groot, bruin en oplettend. 'Ben je uiteindelijk nog naar Ames toe gegaan?'

Hij wil met me praten, had Katherine tegen haar gezegd. Alhoewel Grace op dat moment zo uitgeput was geweest van een week slaaptraining volgens de Babywise-methode dat het bijna mogelijk was dat ze het zich had ingebeeld. Was Grace... was Grace paranoïde? 'Ik vroeg me gewoon af of je, nou ja, of je naar hem op zóék was gegaan?'

De vrouwen bleven elkaar een ogenblik lang aankijken.

'Nee. Ik bedoel, ik heb geprobeerd hem te vinden, maar dat is niet gelukt. We hebben nooit meer gepraat.' Katherines glimlach was vermoeid. 'Ik denk dat hij... nou ja, hij moet iets anders van plan zijn geweest op het eind.'

Vertelde Katherine de waarheid? Had Katherine eigenlijk wel iets gezien? Wat wist ze?

'Waarschijnlijk ook maar het beste,' zei Grace. Er hing een soort spanning in de lucht tussen hen in.

Toen Katherine met haar hand door haar haar kamde, merkte Grace de waterige streep bloed op, een rood lint van ontvelde huid dat zich uitstrekte bij de rand van de nagel van haar wijsvinger.

Enige tijd later kwamen Sloane en Ardie samen met Katherine en Grace om Katherine te begeleiden naar de afdeling Personeelszaken. Grace omhelsde Katherine, waarbij haar slanke schouderbladen tegen Grace' handen prikten. Ze zeiden dingen tegen haar die vriendinnen zeiden op momenten dat er weinig te zeggen viel. Ze zeiden dat het wel goed zou komen, dat ze er goed aan deed, dat zij er voor haar waren, dat ze geweldig was, en het was bijna onmogelijk om je voor te stellen dat een gelijksoortige gebeurtenis zich zou voordoen bij een groep mannelijke vrienden of collega's en dat het dan ook maar enigszins op dezelfde manier zou gaan. Grace zag Katherine achter matglas verdwijnen en de overgebleven drie vrouwen wachtten nog een paar seconden, totdat duidelijk was dat ze niet meer nodig waren.

Het zou allemaal wel goed komen. Ze deed er goed aan. Grace' vriendinnen waren er voor haar. Maar toen ze weer de lift in stapte, haar spiegelbeeld vervaagd in de grijze metalen deuren, vroeg Grace zich af wanneer ze zou ophouden met denken aan het laatste wat ze tegen Ames Garrett had gezegd daar op dat balkon. Als dat al ooit zou gebeuren.

Drie uur later had Grace nog steeds niets gehoord, en Ardie en Sloane ook niet, maar het was gemakkelijk genoeg om tegen zichzelf te zeggen dat dat normaal was, hoe betrekkelijk die term ook was onder de omstandigheden. Ze kon redenen bedenken. Het bedrijf overwoog een schikking in het licht van het feit dat Katherine zich had gemeld. Misschien zouden andere vrouwen zelfs ook wel vertellen wat ze hadden meegemaakt. Grace had weleens gehoord dat dat gebeurd was bij een landelijke nieuwszender. Een domino-effect. Misschien wachtte het bestuur met het aankondigen van de nieuwe algemeen directeur totdat dit gedoe van die seksuele-intimidatierechtszaak achter de rug was – goed nieuws als buffer voor het slechte nieuws.

Maar toen zag ze de twee facilitair medewerkers van het gebouw een karretje met dozen uit Katherines kantoor rijden, en haar hart begon te bonzen in haar borst: klop, klop, klop, wie is daar, Grace?

Grace repte zich erheen. 'Pardon.' Ze hield hen staande. 'Wat zijn jullie precies aan het doen?'

Ze hadden Katherine ontslagen. Grace wilde het niet geloven. Katherine had gelijk gehad dat ze niet het risico wilde nemen om het op te nemen tegen het bedrijf. Ze had zich moeten aansluiten bij de rechtszaak of ze had haar mond moeten houden. 'Personeelszaken is geen vriend van je!' Dat had ze ergens gelezen, maar ze had nooit echt vermoed dat het waar was.

De facilitair medewerkers tilden het bovenste gedeelte van een kar van zijn onderstel en zetten het op de grond. Een man met bovenarmen zo dik als haar dijen keek naar haar. En niet alleen naar haar gezicht, merkte ze op. 'We verhuizen de bezittingen van mevrouw Bell naar een tijdelijk kantoor boven.'

'Boven?' Grace had een bezorgde uitdrukking op haar gezicht die tegelijk eerlijk en gemaakt was. Haar gespannenheid werd minder. Haar schuldgevoel daalde tot het oorspronkelijke niveau, dat hoog was, maar dat had ze tenminste kunnen verdragen.

'Ja, mevrouw.'

'Waarom boven?' vroeg ze.

De man schraapte zijn keel. 'Ik neem aan omdat dat is waar mevrouw Bell voortaan zal zitten. Dit is toch het goede kantoor?' Hij kneep zijn ogen tot spleetjes en wreef over de eerste letter van het naamplaatje, waar voor de rest duidelijk leesbaar stond: KATHERINE BELL.

'Dat klopt,' zei ze, en hij haalde zijn schouders op en sjorde de dozen weer van de grond. Ze probeerde hem niet tegen te houden.

Er stond een man in een poloshirt dat er vochtig uitzag voor haar kantoor toen ze terugkwam. 'Grace Stanton?' Hij droeg een kaki bandplooibroek en zijn voorhoofd glansde.

'Dat ben ik,' zei ze. Hij hield een pakket vast ter hoogte van zijn middel en ze registreerde het met hetzelfde surreële paniekgevoel als iemand bij wie doordringt dat er een loop van een pistool tegen haar hoofd is gericht.

'Grace Marie Stanton.' Hij stak haar het pakje toe en ze had een impuls om uit lijfsbehoud weg te rennen en niet meer om te kijken. 'U bent gedagvaard.'

## Proces-verbaal van verklaring onder ede

*26 april*

Mw. Sharpe: Geef uw naam, alstublieft.
Getuige: Katherine Bell.
Mw. Sharpe: Wat is uw beroep, mevrouw Bell?
Getuige: Ik werk als advocaat bij Truviv, Inc., voornamelijk in de procedures van het ondernemingsrecht en het transactierecht.
Mw. Sharpe: Kende u Ames Garrett?
Getuige: Ja, ik kende hem. Pas sinds ik begon bij Truviv. Hij was het hoofd van de juridische afdeling. Ik werkte onder zowel Ames als Sloane Glover, die direct onder hem werkte.
Mw. Sharpe: Wat was uw indruk van meneer Garrett? Wat voor ervaring was het voor u om voor hem te werken?
Getuige: Ik vond hem buitengewoon scherpzinnig. Hij had me gerekruteerd bij een firma in Boston en ik was dankbaar voor de kans. Vóór deze functie had ik nog nooit intern voor een bedrijf gewerkt, dus was hij bereid als mentor voor me op te treden en me wegwijs te maken. Hij bood interessante taken voor de advocaten voor wie hij verantwoordelijk was. Ik was heel enthousiast dat hij mogelijk promotie zou maken tot algemeen directeur van het bedrijf. Ik ging ervan uit dat het per saldo een positieve uitstraling zou hebben op de juridische afdeling.
Mw. Sharpe: Heeft hij ooit ongewenste avances gemaakt jegens u? Heeft hij u ooit op enige manier aangeraakt?
Getuige: Nee.

Mw. Sharpe: Bent u er getuige van geweest dat hij dergelijke avances jegens andere vrouwen in het gebouw maakte? Bent u getuige geweest van enigerlei gedrag van meneer Garrett dat je 'ongewenste intimiteiten' zou kunnen noemen?
Getuige: Nee.
Mw. Sharpe: Was u zich bewust van het feit dat er andere vrouwen in het bedrijf waren die daar anders over dachten en die zelfs van plan waren om meneer Garrett en Truviv, Inc. aan te klagen?
Getuige: Dat was ik.
Mw. Sharpe: Hoe bent u zich daarvan bewust geworden?
Getuige: Sinds ik hier begon, was het vrij duidelijk dat Sloane en Ardie een hekel hadden aan Ames. Ik wist niet zeker wat Grace van hem vond, maar Sloane was absoluut de leider van het stel, dus waren we allemaal zo'n beetje gedwongen mee te doen. Het voelde alsof je er ofwel bij hoorde, of niet. Je was voor hen of je was tegen hen. Ik had het gevoel alsof ik, als ik bij de groep wilde horen, bereid moest zijn om te luisteren naar hun geklaag over Ames. Het was heel erg een groepsdenkenmentaliteit. Sloane was mijn directe superieur, dus wilde ik in een goed blaadje bij haar staan. Ik ging mee lunchen en ging om met Sloane, Ardie en Grace – ik was nieuw bij het bedrijf – en het werd me duidelijk dat ze een soort persoonlijke vete hadden opgevat tegen Ames. Het was een soort tijdverdrijf voor hen. Zo'n beetje het enige waar ze over konden praten. Ik wil vrouwen geloven. Echt. Maar toen Sloane Ames' naam op de SKUD-lijst zette, was het net alsof ze daar plezier aan beleefde. Alsof ze erover opschepte.

# 42

*20 april*

We hebben nooit de neiging begrepen om ons te onderschatten, wij die met pijn gedoopt en geboren waren, die grijnzend helse pijnen verdroegen terwijl we in staat waren om winged eyeliner aan te brengen met een chirurgisch vaste hand. We plukten onze wenkbrauwen, waxten onze bovenlip, kregen scheeruitslag in ons kruis, hielden scheermesjes tegen onze oksels. Schoenen maakten putjes in de huid van onze hielen en verminkten de ballen van onze voeten. We verdroegen weeën, bevallingen en keizersneden, waarbij artsen letterlijk onze ingewanden op een tafel naast ons lichaam legden terwijl we bij bewústzijn waren. We namen zuurpeelings. We prikten ons voorhoofd door met botox en vulden onze lippen en onze borsten op. We doorboorden onze oren en droegen broeken die te strak waren. We kregen te veel zon. We straften onze lichamen met spinninglessen. Al die kleine opofferingen om een elegantere en vrouwelijker uitstraling te krijgen: het wijfje van de soort. De zwakkere sekse. Heimelijk maakten ze onze huid dikker en werden we er feller van. We waren sterker dan we eruitzagen. Het enige verschil was dat we het nu eindelijk lieten merken.

Ardie was er helemaal op voorbereid dat de komende bespreking pijnlijk zou zijn. Cosette Sharpe zat aan de andere kant van de tafel tegenover hen. Haar puntige ellebogen staken naar beide kanten uit toen ze haar handen voor zich vouwde. Met acht mensen in de kamer dacht Ardie werkelijk dat ze de zuurstof kon voelen afnemen.

'Dood door schuld, Cosette.' Sloane sloeg met haar hand op de stapel documenten. Ze had de neiging om overdreven te gaan articuleren als ze kwaad werd, alsof de hele ruimte plotseling alleen Engels als tweede taal sprak. 'Je klaagt ons aan voor dood door schuld.'

Voor de goede orde – en eigenlijk zou Ardie wel wat erkenning willen krijgen in dit opzicht – ze had Cosette Sharpe nooit gemogen. Advocaten uit New York dachten over het algemeen dat iedereen die geen advocaat uit New York was een door inteelt voortgebrachte debiel was. Ze sloten telefoontjes af met: 'Sorry, maar ik moet hangen.' Cosette Sharpe was schuldig op beide punten, en toch was zij niet degene die hier terechtstond.

'Ik ben blij dat we allemaal in de gelegenheid zijn om bij elkaar te komen en te praten.' Cosettes ogen stonden te dicht bij elkaar om haar knap te kunnen noemen. Ardie had niet de gewoonte om het uiterlijk van andere vrouwen te analyseren, en al helemaal niet als het niet relevant was, maar zo nu en dan gaf ze zich eraan over als de gelegenheid en de persoon het rechtvaardigden.

'Waarom zou je ons aanklagen? Wat heeft het voor nut?' vroeg Grace zachtjes.

Een tegenaanklacht betekende niet alleen dat Truviv niet overwoog om een schikking te treffen vanwege hun aanklacht van seksuele intimidatie, maar dat ze, sterker nog, geld wilden éísen van Grace, Ardie en Sloane, ten gunste van zichzelf en de familie Garrett vanwege de dood van Ames. Het verschuldigde bedrag als ze verantwoordelijk zouden worden bevonden voor dood door schuld was gebaseerd op de letterlijke waarde van het leven dat verloren was gegaan. En Ames Garrett was, op z'n zachtst gezegd, heel waardevol.

Een schadevergoeding kon omvatten: de kosten van zijn opleiding en training, plus het salaris dat hij in de loop van zijn carrière zou hebben verdiend (inclusief opslag en promotie), waarbij nog eens aandelen en bonussen, leed en pijn kwamen, en wat Truviv verder ook nog maar zou vinden dat het hun had gekost om hun volgende algemeen directeur te verliezen en, kortom, ze zouden miljoenen dollars eisen.

'Bij bedrijven als Truviv zullen we, hoewel we beschuldigingen van seksuele intimidatie heel erg serieus nemen, niet door het stof gaan voor vrouwen die denken dat het indienen van een valse aanklacht een route is naar een snelle loonsverhoging. Het stelt een slecht precedent.'

Ardie duwde haar mouwen omhoog over haar armen. 'Er is geen "wij" waar jij deel van uitmaakt, Cosette. Truviv is jouw cliënt. *Wíj* zijn onderdeel van Truviv: Sloane, Grace en ik. *Wíj* nemen dit heel erg serieus. Op dit moment voelt het alsof je probeert deze zaak in een tijdschriftartikel te veranderen dat je op je naam kunt zetten.' Ardie had een pesthekel aan raadslieden van buiten die zich in de cliënten binnendrongen alsof ze volledig onderdeel waren van dezelfde grote, happy family, terwijl in werkelijkheid diezelfde raadslieden hun cliënten helemaal suf factureerden voor elke zes minuten die ze aan het uittikken van een e-mail besteedden. 'Ames is van het balkon van de zeventiende verdieping gesprongen, hij liet een vrouw en twee kinderen achter en jij klaagt óns aan wegens dood door schuld?'

Een vrouw die links van haar zat, met een rond gezicht en waarschijnlijk maar één nacht doorwerken verwijderd van dood door uitputting op haar kantoor, schoof een schrijfblok met iets erop gekrabbeld naar Cosette om te lezen. Ze keek langs haar rechte neus omlaag en knikte. 'Naar men beweert. Maar inderdaad, dat is de veronderstelling waarmee we werken.'

'Heremijntijd, hoe is het in hemelsnaam mogelijk.' Sloane duwde haar rug tegen de stoel aan. Het was niet bepaald een goed teken dat ze al zo vroeg in het spel terugviel op zuidelijke grootmoedersgezegden.

'En het spijt me, maar hoe wil je betogen dat drie vrouwen verantwoordelijk zijn voor een volwassen man die zich van het leven berooft?' Er zat een zweem van ergernis onder Grace' vraag. Als er iemand van streek was door het verraad van Katherine, was het Grace wel. Sinds ze had gehoord dat Katherine getuige voor Truviv zou zijn, gedroeg ze zich heel koel.

Waarom zou ze dit doen? Ik heb met haar gepraat. Ze zei dat ze zou vertellen wat er was gebeurd. Waarom? Het duizelde Grace. Ze kon het niet bevatten.

Dus waarom dan? Ardie kon wel redenen bedenken. Truviv had haar iets in het vooruitzicht gesteld. Ze was bang. Ze was een mooiweerspeler en had gekozen voor het team waarvan zij geloofde dat het aan de winnende hand was (ze was tenslotte supporter van de Red Sox). Of misschien was er iets anders aan de hand.

Ardie had van tevoren met haar moeten praten. Of anders hadden ze Katherine er nooit bij moeten betrekken. Maar dat was achterafgelul.

'Feitelijk' – Cosette hanteerde het woord als een mes – 'hebben we dat aan Ardie en Sloane te danken.' Sloanes ogen schoten naar die van Ardie. En Ardie rechtte haar rug nauwelijks merkbaar. 'We hebben de klacht kunnen achterhalen die Ardie had geschreven over hoe Sloanes dochter op school was behandeld, en die was eigenlijk buitengewoon goed geschreven.' Cosette schoof drie exemplaren van een ander document over de tafel naar hen toe, een brief op officieel voorgedrukt Truviv-briefpapier, met de automatische ondertekening op de derde pagina van Adriana Valdez, advocaat. Uiteraard had Sloane dat geschreven. Niet Ardie, maar dat moesten ze hebben geweten van... Ze moesten het van Katherine hebben gehoord. Haar hart sloeg over terwijl ze een ongemakkelijk verband van hier naar daar begon te leggen. 'De zaak-Laney Presper, Jackson Worrall, en nu zelfs de wet-Matt Renard. Deze hebben allemaal te maken met incidenten waarbij mensen zowel straf- als civielrechtelijk verantwoordelijk werden gehouden voor het overlijden van zelfmoordslachtoffers als gevolg van systematische pesterijen die het slachtoffer over de rand hadden geduwd, zogezegd.'

Sloane snoof. 'Kom op, Cosette. Dat zijn geen eerlijke vergelijkingen.'

Het had zo onbeduidend geleken om haar hart te luchten bij Katherine, en Katherine had net ver genoeg buiten hun kring van getrouwen lijken te staan om zich veilig te voelen. Ardie had niet de bedoeling gehad om zo hatelijk te klinken. Ze herinnerde zich nu met enige schaamte dat ze dat wel had gedaan.

'De pestkoppen in jouw aanklacht waren voornamelijk tieners. Die onderkenden nauwelijks de ernst van hun daden; ze waren nog maar net begonnen consequenties te beseffen. Maar jij?'

Ardie voelde de woede door haar aderen gieren. 'We hebben Ames niet gepést.' Haar stem was gereserveerd, niet kalm, maar degenen die aan de tafel zaten, moesten naar haar toe buigen om het te horen.

Cosette trok haar wenkbrauwen op. 'De SKUD-lijst waaraan Sloane de naam van Ames Garrett had toegevoegd, is onzes inziens een vorm van online pesten. Op dit moment is hij meer dan drieduizend keer op sociale media gedeeld. Gezien de ongefundeerde aard van de spreadsheet dient het weinig ander doel dan publiekelijk diegenen die op een onlineforum staan te schande te maken.' Cosette had haar toontje van ik-ben-van-het-meest-prestigieuze-advocatenbureau-dus-ik-heb-uiteraard-gelijk opgezet. Truviv had hier al wat geld in gestoken. Cosette en haar team waren al betaald. Ze waren het stadium van het feitenonderzoek al voorbij. Ze waren hun betoog aan het formuleren. Ardie, Sloane en Grace zaten in de problemen.

'Daar houden de parallellen nog niet eens op,' vervolgde Cosette nu met de intonatie van een makelaar die pronkte met een indrukwekkende listing. 'Net als bij de zaak-Presper begon het pesten toen het gepeste meisje begon te daten met het ex-vriendje van de pestkop.'

'We zitten niet in de brugklas, Cosette,' zei Sloane vlak.

'Maar is dat niet min of meer wat er is gebeurd, Sloane? Werd je niet boos toen je dacht dat Ames, iemand met wie je een relatie had gehad, belangstelling kreeg voor een jongere vrouw: Katherine?'

Het was alsof Ardie een alternatief universum was binnengestapt. Als er een gelegenheid voor haar was geweest om de dingen anders aan te pakken, haar stem te laten horen, dan had ze die gemist. Ze had nooit hier terecht willen komen, en nu was ze er.

'Hoe gaat het eigenlijk met je dochter, Sloane? Ik denk dat we het allemaal vervelend vinden om hier te zijn onder deze omstandigheden.' Ze wierp haar team meelevende blikken toe en Ardie zag dat Grace haar hand op Sloanes dij drukte om haar tegen te houden. 'Toch ben ik bang dat we niet kunnen negeren dat het feit dat je Ardie hebt gevraagd om jou juridische vertegenwoordiging te verlenen een grote inbreuk op het beleid van het bedrijf is. Ik heb Truviv gevraagd om die kwestie voorlopig op te schorten totdat de huidige zaken zijn opgelost, maar ik weet zeker dat je zult beseffen dat dit een ernstige zaak is. Een ontslagwaardige overtreding zelfs, en Truvivs instemming om niet onmiddellijk maatregelen te treffen is extreem vrijgevig, onder de omstandigheden.' Sloane perste haar lippen op elkaar en gaf niet toe terwijl Cosette met haar ogen knipperde, in afwachting van een bedankje, leek het wel. 'Juist. Nou. Laten we allemaal onze agenda pakken en daar met potlood de getuigenverklaringen in zetten,' stelde Cosette ten slotte voor.

De bespreking werd besloten met net zoveel warmte als een gijzelaarsonderhandeling. Grace, Ardie en Sloane glipten de lift in. De deuren gingen dicht en niemand maakte aanstalten om op de knop te drukken.

'Dus jij hebt Katherine over Abigail verteld,' zei Sloane. 'Over de memo?' vroeg ze met een valse luchtigheid in haar stem.

'Ja.' Ardie staarde recht voor zich uit.

'Wanneer?'

'Na Michaels feestje, denk ik.'

Sloane knikte en duwde haar onderkaak naar voren. 'Dus... wat, was je dan over mij aan het klagen bij Katherine? Je irritante baas Sloane? Je vreselijke vriendin Sloane?' Ze liet alle sporen van luchtigheid varen. 'Ik weet niet waarom je Abigail erbij moest halen. Cliëntvertrouwelijkheid. Heb je haar dat niet verteld, Ardie? Heb je niet rechtstreeks tegen mijn dochter gezegd dat je niets aan niemand zou vertellen? En nu zal dit openbaar worden, weet je. Ze gaan die memo opnemen bij het bewijs. Mensen zullen denken dat... mensen zullen zeggen dat Abigail in feite zelfmoordneigingen had.' Sloane ademde zwaar. 'De hele school zal weten hoe gemeen die kinderen tegen haar waren, wat ze haar genoemd hebben. Alsof het dit jaar allemaal nog niet moeilijk genoeg voor haar is geweest. Ze vertrouwde je, Ardie. Om nog maar te zwijgen van het feit dat ik nu misschien geen baan meer heb.'

Ardie wist dat ze zich niet defensief zou moeten voelen, en toch... 'Ik heb die memo niet geschreven, Sloane. Die heb jíj geschreven. En je hebt het niet eens gevraagd. Je weet dat ik zo niet te werk ga. Als ze die memo niet hadden gehad, zouden we hier nu niet zijn.'

'Dat doet er niet toe,' zei Sloane. Ze slaagde er zowaar in haar volume te beperken. 'Je had het recht niet.'

'Nou, jij had het recht niet om gezellig te doen met Tony. En ook nog eens met Braylee.'

'Ik was niet gezéllig aan het doen met Tony en Braylee om over jou te klagen, Ardie. Ik zat geen vuil te spuiten over jou,' snauwde ze. 'Ik mag jou namelijk graag.'

Een veeg mascara liet een lichte zwarte streep achter op de bovenkant van Grace' wang. Een paar te veel bewerkte lokken haar vielen van achter haar oren vandaan. 'En het lijkt erop dat ze op de hoogte zijn van de affaire.' Grace stak voorzichtig haar vinger op om tussenbeide te komen.

'Kijk niet zo naar me. Dat kun je míj niet kwalijk nemen,' zei Ardie.

Nu pas drong het tot haar door dat de luidsprekers in de lift de vrolijke klanken uitstootten van een opgepepte radiomix van 'Cheerleader'.

De lift begon te dalen, elektronische rode lijnen vormden zich tot steeds lagere cijfers totdat ze verdwenen en werden vervangen door een pijl.

Sloane tikte met haar belachelijk rode pump op de vloer. 'Ik zou nooit hebben geklaagd over jou, Ardie. En ik zou absoluut Michael er niet bij betrokken hebben als ik dat deed. En ik zou nooit jouw baan in gevaar hebben gebracht. Je bent hier echt voor de triple gegaan.'

'En ik zou mijn echtgenoot nooit hebben bedrogen.'

'Ha! Blij dat je dat er eindelijk uit hebt gegooid,' zei Sloane zonder venijn, wat de reden was waarom, diep vanbinnen, ondanks alle aanwijzingen voor het tegendeel, Sloane in feite de betere persoon van hen tweeën was.

Sloane haalde rammelend haar sleutels tevoorschijn – met minstens zes sleutelhangers, voor haar gekocht door Abigail en Derek op de gezinsvakanties naar plekken als Atlantis in Florida, Jackson Hole in Wyoming en Big Sur in Californië. Ik neem aan dat we nu quitte staan?' Ze stapte de lift uit zonder Ardie de kans te geven te reageren.

De lobby was groot, weids en beangstigend. Toen Grace een smoes verzon over dat ze een salade nodig had – of misschien was het een hamburger – deed Ardie geen poging om met haar mee te gaan. In Ardies zak klonk het geluid dat er een berichtje was gekomen. Toen ze het ophaalde, knalde de vuuremoji op haar schermpje. Zonder enige omhaal veegde Ardie met haar duim om het te openen.

*SMUalmn75: Hoi, ik vind je profiel leuk, wil je een afspraak maken?*

# 43

*26 april*

Daarna zagen ze Katherine niet meer. Maar dat betekende niet dat ze er niet was. Ze werd een soort spook dat hen kwelde. Ze leek des te groter in hun verbeelding omdat ze plotseling zo ongrijpbaar was geworden. Ontastbaar. Weggestopt. Een blanco ruimte die ingevuld kon worden met vermeende motivaties, een achtergrondverhaal en doortraptheid. In haar afwezigheid trokken ze hun eigen oordeel in twijfel. Ze trokken zichzelf in twijfel.

De getuigenissen begonnen. Het was al een paar dagen geleden dat Sloane voor het laatst iets van de rechercheurs had gehoord en ze had geen enkele aanwijzing hoe het er met het onderzoek voor stond.

Sloane, Grace en Ardie hadden Helen Yeh van Scott, Wasserstein and McKenna ingehuurd. Eigenlijk had Sloane een wederdienst gevraagd. Sloane had Helens zoon een jaar geleden een stageplek bij Jaxon Brockwell bezorgd en nu begon hij aan zijn eerste jaar aan de rechtenfaculteit van de universiteit van Pennsylvania. Meteen vanaf het begin had Helen ermee ingestemd om de zaak aan te nemen op basis van no cure, no pay, wat betekende dat als ze iets zouden winnen, zij veertig procent zou krijgen. Ze hoefden geen cent vooraf te betalen, ook al begon het er al snel naar uit te zien dat er ook geen cent mee naar huis te nemen zou zijn, en Helen begon zich waarschijnlijk af te vragen hoeveel de rechtenstudie van haar zoon haar werkelijk waard was.

Truvivs strategie, zo leek het, was om systematisch de geloofwaardigheid van de vrouwen af te breken, vooral die van Sloane. Om hun aanklachten overgevoelig te laten klinken. Om een zo duidelijk mogelijke lijn te trekken van de spreadsheet, via de rechtszaak die ze hadden aangespannen, naar Ames' overlijden. Uren gingen voorbij, onderbroken door lauwe koffie uit een thermosfles, waarin Sloane elk woord dat uit haar mond kwam, moest wegen. Laat in de middag werd er gestopt om de volgende dag verder te gaan, en dan kwamen Sloane, Ardie en Grace opnieuw bijeen in een van de vele saladebars in de binnenstad van Dallas. Tijdens die besprekingen probeerde Sloane het moreel op te vijzelen. Ze bestudeerde de richting die de vragenstellers namen – de affaire deed niet ter zake, het briefje van Grace was onder druk geschreven, wat in feite beschouwd kon worden als een punt voor hen. Ze waren verantwoordelijke werknemers met een lange staat van dienst en met een bewezen trouw jegens het bedrijf.

Maar deze tijd die ze samen doorbrachten, was niet prettig, en bovendien kon Sloane de ongerustheid in haar toon niet verbergen. Ze voelde ergens nog steeds een doffe pijn om het feit dat Ardie over haar had geklaagd. Was Sloane iemand over wie mensen klaagden? Ze maakte zich zorgen. Ze maakte zich zorgen dat Derek zich opmaakte om bij haar weg te gaan. (Wat deed hij al die uren alleen in de logeerkamer?) Ze maakte zich zorgen dat ze haar baan zou verliezen.

Maar toch. 'Hoe kunnen ze nou zeggen dat iets wat wij hebben gedaan ervoor heeft gezorgd dat Ames zelfmoord pleegde?' zei Sloane boven een bord paarse sla en geitenkaas waar ze helemaal geen trek in had.

Maar vervolgens kwam het gesprek altijd weer op Katherine.

# 44

*27 april*

Grace schreef een cheque uit voor de oppas toen ze thuiskwam van de tweede dag van de getuigenverklaringen. Ze had haar oppas Julieta gevonden via een door vrijwilligers geleid opvanghuis dat immigrantenvrouwen hielp om werk te vinden. Julieta was ongeveer van dezelfde leeftijd als Grace, had zelf twee kinderen en sprak redelijk Engels, niet dat Grace daar een oordeel over kon hebben, als je bedacht dat zij helemaal geen Spaans sprak. Grace voelde haar gebruikelijke knauw van schuldgevoel toen ze het bedrag opschreef dat ze voor die week verschuldigd was. Vrouwen als Grace hoorden te verlangen naar meer tijd om moeder te zijn, en vrouwen als Julieta wilden meer geld, ook om moeder te kunnen zijn. De relatie zou symbiotischer moeten voelen dan het geval was.

Nu Julieta weg was en Liam nog niet thuis was van zijn werk, was het huis stil. Emma Kate lag op haar rug met haar beentjes trappelend naar de ventilator aan het plafond te staren. De televisie was uit, omdat Grace ervoor had gezorgd dat Julieta iets had ondertekend waarnaar de vriendinnen van Grace verwezen als een 'oppascontract'. Schijnbaar was het een absolute noodzaak, tenzij je wilde dat je oppas de nog in ontwikkeling zijnde babyhersentjes liet smelten met televisiegolven of Oreo-koekjes in hun tandeloze mondjes stopte terwijl jij aan het werk was. Grace had door het hele huis vier beveiligingscamera's laten plaatsen van 199 dollar per stuk en een maandabonnement afgesloten waarmee ze de tape van die dag kon terugspoelen om te kijken of Julieta haar dochter niet kneep of haar op de mond kuste. Ze bekeek ze nooit. Ze was er toch wel van overtuigd dat Julieta beantwoordde aan alle eisen waarmee ze had ingestemd: ten minste één kwartier per dag klassieke muziek opzetten, voor elk slaapje twee boekjes lezen, nooit moedermelk in de magnetron opwarmen, Spaans spreken, flessen steriliseren, twee uur buiklig inplannen en zwart-witfoto's ophouden zodat haar baby ernaar kan kijken.

Grace voelde zich evengoed een vreselijk slechte moeder.

Ze plofte op de bank en zette meteen de televisie aan. Emma Kate hief haar hoofdje op en sloeg haar oogjes op naar de flitsende beelden, terwijl Grace in gedachten de boodschap citeerde van het pamflet van dr. Tanaka: 'Geen televisie voor twee uur 's middags!'

Als iemand haar ernaar vroeg, zou ze liegen.

'En als we ons oude leventje nu eens gaan missen?' had Liam gevraagd toen ze vier maanden zwanger was. De heerlijke vrijheid om na zonsondergang in de buurt een ommetje te maken was iets waarvan Grace achteraf niet had gedacht dat ze ernaar zou verlangen. En als ik nu eens net zoveel van mijn werk hou als van mijn kindje, had ze in reactie daarop moeten vragen.

Een paar minuten zat Grace met glazige ogen naar een herhaling van *Friends* te kijken die ze woord voor woord mee kon praten, en ze herinnerde zichzelf eraan dat ze hier over een paar maanden, als Emma Kate weer wat ouder was, mee zou ophouden. Er prikten haarspelden in de achterkant van haar schedel toen ze haar hoofd tegen de kussens van de bank liet zakken en haar blote voeten op de leren ottomane legde die ze onlangs voor duizend dollar bij Pottery Barn had gekocht.

Dat deed haar eraan denken: ze moest Emma Kates studiefonds nog opzetten.

Er kwam reclame voorbij, met twee keer zo hoog volume, strikt genomen een overtreding waarvan Grace vond dat daar veel harder tegen moest worden opgetreden dan tegen overtreders van de wet die burgers tegen financiële wanpraktijken beschermt. Ze zette het geluid van de televisie uit en kroop op haar knieën naar Emma Kate, die haar tong uitstak en lag te kwijlen. Als er één ding was wat Grace altijd heerlijk vond aan haar dochter was het haar adem: onverklaarbaar lekker. Ze drukte haar neus tegen Emma Kates gezicht en haar dochter duwde haar voetjes in de lucht en glimlachte.

Emma Kate leek op Liam. Dat zei iedereen. Grace had in een van haar zwangerschapsboeken gelezen dat het een aanpassing van de evolutie was, bedoeld om de vader gerust te stellen dat het kind van hem was, dus had ze besloten het zich niet persoonlijk aan te trekken.

Er begonnen zich alweer vezels van het kleed op Grace' zwarte jurk te verzamelen. Als ze een broek aan had gehad, had ze zich nu al omgekleed. Emma Kate leek een uitbarsting van onverwachte energie te hebben. Ze gleed op haar rug over het tapijt en sloeg haar ene beentje over het andere. Haar gezichtje rimpelde van de concentratie en haar mondje trok zich samen tot de afmeting en vorm van één Cheerio.

'Goed zo,' zei Grace spontaan. Ze keek hoe haar kindje schoppend en worstelend probeerde haar lichaampje te laten doen wat ze wilde. Wat moest het zwaar zijn om zo weinig controle te hebben. Grace pakte de pluizen van het tapijt en besefte dat ze Emma Kate met opzet niet hielp, niet omdat ze dat niet wilde maar omdat ze dit moment van triomf voor het persoontje naast zich aanmoedigde.

Emma Kate kronkelde. Haar kruippakje verfrommelde. En toen, in slow motion, draaide Emma Kate zich op haar buik, en Grace klapte. Spontaan. Ze klapte voor Emma Kate, die eruitzag alsof ze buitengewoon tevreden over zichzelf was, en daarna – want waarom ook niet – tilde Grace Emma Kate op en draaide haar in het rond terwijl ze riep 'Het is je gelukt! Het is je gelukt! Je bent de kampioen!' met die fluisterachtige babystem waarvan ze voorheen overtuigd was dat die maar net iets minder irritant was dan wanneer moeders tegen hun kinderen spraken met mierzoete stem op een decibelniveau dat specifiek was ontworpen om aan te zetten tot meeluisteren: 'O nee, Timmy, de versiering is er om met je oogjes van te genieten, niet met je handjes!'

Grace zette haar hand tegen die van haar kindje in een miniatuurhigh-five en – ze wilde de bezwering niet verbreken – ze dacht dat ze met zijn tweeën mogelijk iets hadden gedeeld wat sommige mensen (maar niet Grace, god, nee zeg) een 'momentje' zouden noemen.

Zonder zich schuldig te voelen zette ze het geluid weer aan bij *Friends*, en ze ontspande zich weer op de bank, deze keer met Emma Kates kin op haar schouder.

Daar ging de bel. Grace liet haar baby een beetje op en neer stuiteren in haar armen terwijl ze, nog steeds op blote voeten, naar de deur liep en hem van het slot haalde. Aan de andere kant stonden rechercheur Martin en rechercheur Diaz, met vergelijkbaar slappe gezichten, alsof ook die door het bureau waren verstrekt.

'Als u verder nog iets kunt bedenken, belt u ons dan op,' had rechercheur Martin gezegd.

Nou, Grace had wel iets bedacht. Ze had gedacht, gedacht en nog eens gedacht.

Rechercheur Martin knipperde met haar ogen. Er zat een glinsterend blauw poeder op haar oogleden. Bruin haar sproot als een suikerspin uit haar achterhoofd. 'U zei dat u zich iets herinnerde wat relevant zou kunnen zijn, mevrouw Stanton?'

## Proces-verbaal van verhoor van Grace Stanton
## Deel 1 (B)

*27 april*

Aanwezig:
rechercheur Malika Martin
rechercheur Oscar Diaz

Verslag:
Rech. Martin: Mevrouw Stanton, u hebt ons gebeld omdat u zich iets herinnerde wat relevant zou kunnen zijn voor de dood van Ames Garrett. Kunt u voor het proces-verbaal herhalen wat u ons hebt verteld?
Mw. Stanton: Vlak voor het moment dat Ames overleed, kwam Katherine mijn kantoor binnen om me te vertellen dat Ames haar wilde spreken.
Rech. Martin: Weet u waarover meneer Garrett met haar wilde spreken?
Mw. Stanton: Niet precies, nee. Maar ze liet doorschemeren dat het te maken had met een ruzie die ze onlangs hadden toen, zoals ik het begrijp, zij zijn avances afwees.
Rechercheur Martin: U bent zich ervan bewust dat Katherine beweert dat zulke avances nooit zijn gemaakt.
Mw. Stanton: Ze liegt.
Rech. Martin: U gelooft dat ze niet de waarheid vertelt en dat Ames Garrett seksuele avances naar haar heeft gemaakt.

Mw. Stanton: Ik geloof dat ze tegen een van ons liegt. Of ze vertelde ons destijds niet de waarheid of ze vertelt u nu niet de waarheid. Wat gelooft u dat waarschijnlijker is? In het bijzonder gegeven het feit dat Ames haar hielp te betalen voor haar hotelkamer in het Prescott. Heeft ze u dat verteld? Dat niet alleen, maar ik zag een sleutel van het Prescott in zijn portemonnee. Ik weet niet zeker of die er nog steeds was toen hij... toen hij overleed. Maar toch. Die wás er wel.
Rech. Martin: Waarom hebt u deze informatie niet vermeld in ons eerste gesprek?
Mw. Stanton: Ik herinnerde me het pas later. Er gebeurde veel. Ik had mijn gedachten niet op een rijtje. Ik heb het wel aan mijn advocaat verteld. Onlangs. Het deel, tenminste, over dat Ames betaalde voor Katherines hotel.
Rech. Martin: Dus de timing heeft niets te maken met het feit dat, sinds onze eerste ontmoeting, Katherine aan de kant van uw werkgever Truviv is gaan staan en getuigenverklaringen geeft die lijnrecht tegenover de beweringen van u en uw collega's staan?
Mw. Stanton: Nee, natuurlijk niet.
Rech. Martin: Grace, rook je?

# 45

*27 april*

Sloane kwam zelden thuis in een donker huis, een van de kleine luxes die het gevolg zijn van het feit dat je als laatste van je werk thuiskomt, maar vanavond zag het huis er levenloos uit, alsof het toebehoorde aan een gezin dat op vakantie was, met een paar lampen die aan gelaten waren in strategische kamers om inbrekers af te schrikken.

'Abigail!' brulde ze.

'Ik ben boven,' riep een zachte stem terug. Sloane kon het geluid van een televisie horen. Ze staarde omhoog naar het plafond, alsof ze Abigail erdoorheen kon zien. Haar moederbrein vulde zich met alle akelige dingen waarmee een meisje zich zou kunnen inlaten als ze aan zichzelf werd overgelaten. Hou op over je huis 'babyveilig' maken, Sloane wilde haar huis liever tíënerveilig maken. Ze zou de scheermesjes, de schaar, alles wat scherp was, de wc-potten en de vuilnisbakken, de meidenbladen, de appjes, de mobiele telefoons, de potten met pillen en de flessen drank, en de camera's allemaal weghalen.

Sloane trok haar jasje uit en schopte haar schoenen onder de rand van een kast.

'De supervisor van het schooldistrict heeft me gebeld.' Bij het geluid van een stem draaide ze zich vliegensvlug om naar de verduisterde woonkamer. Haar hart bonsde als dat van een gevangen konijn.

'Je liet me schrikken,' zei ze tegen Derek. Het silhouet van haar echtgenoot was zwart afgetekend tegen de bank. De straatlantaarns die door de jaloezieën schenen, verlichtten de rand van een bierflesje zodat het zeeglasgroen oplichtte. 'Hij zei dat hij teleurgesteld was dat hij een klacht van ons had ontvangen.'

'Ik heb geen "we" gebruikt,' zei Sloane, met haar heup tegen het granieten aanrecht leunend.

'Je weet wat ik bedoel.' Derek bracht het biertje naar zijn mond. Hij klonk altijd meer als een zuiderling als hij een biertje of twee ophad. 'Hij wilde maar dat we niet met een proces hadden gedreigd en hoopte dat we van gedachten zouden veranderen. We van gedachten zouden veranderen. We.'

'Jij hebt de berichtjes niet gezien die Abigail kreeg.'

'Ja, dat heb ik wel.' Derek wees met de hals van het bierflesje naar haar.

'Er waren er nog meer.'

Hij begon te lachen en stond op van de bank om op het kleed te gaan ijsberen. 'En jij hebt ze verborgen gehouden? Goh, Sloane, dat is helemaal niets voor jou.'

Ze hapte niet. 'Ik wilde jou buiten schot houden,' zei ze. 'Ik wilde je er niet bij betrekken. En dus... heb ik de verantwoordelijkheid op me genomen.'

'Dit is mijn báán, Sloane.' Hij stompte op zijn borst.

'Dat begrijp ik.'

'O ja?' Hij draaide zich op zijn hakken om en keek haar aan. 'Want ik denk dat jij denkt dat het feit dat je meer geld verdient dan ik jou belángrijker maakt voor dit gezin. Degene die de verantwóórdelijkheid op zich neemt, toch?'

'Zo denk ik niet.'

'Jij verdient meer geld, maar we werken allebei even hard. We hebben allebei een fulltimebaan. Jij zou ergens anders kunnen werken, Sloane.' Hij wees met zijn vinger naar haar en bracht zijn kin omhoog. 'Dat wil je niet, maar het zou kunnen. Er zijn niet zo heel veel andere schooldistricten in deze stad.'

'Ze gaan je heus niet ontslaan, en al deden ze het wel...'

'Al deden ze het wel, wat dan? Dan zou het niet erg zijn?' Hij schraapte met zijn handen over zijn gezicht. Met die handen had hij de schommel in de achtertuin gemaakt.

'Natuurlijk zou het wel erg zijn. Het spijt me. Zoals ik al zei, ik wilde je erbuiten houden. Het probleem zit hem niet in het zeggen, Derek, het probleem is dat het überhaupt gebeurt.' Waarom leek niemand dat te begrijpen?

'Juist. Nou, ik hoop dat Ardie en Grace weten waar ze aan zijn begonnen met jou.'

En daar had je het. Haar grootste angst blootgelegd door degene die haar het liefst was. Ze was een vreselijk slechte ambassadeur voor hun zaak. Ze was een risicofactor. Ze had zichzelf wijsgemaakt dat ze dan misschien geen perfecte gezant was voor hun boodschap, maar dat ze de enige was die beschikbaar was en dat het dus beter was dan niets. Maar nu was er een proces, een contraproces en, nou ja, misschien nog wel meer. Misschien zelfs echte, permanente vertakkingen waardoor haar leven of dat van een van haar vriendinnen volledig zou veranderen. En ze wist niet hoe of waar dit allemaal zou eindigen. Alleen maar dat het nog maar net was begonnen toen Ames overleed. En het was aan de vrouwen om er iets mee te doen, wat dat ook was. En als ze uiteindelijk met lege handen stond, als ze niets overhield? Niets kon erger zijn dan niets.

# 46

*28 april*

Ze woonde in een huis waarvan Rosalita's oma zou uitroepen 'Maar de onroerendezaakbelasting dan!', alsof het de verspilling van buitensporige aantallen belastingdollars zou zijn die Rosalita's gezin buiten deze buurten hield. Rosalita's auto, een krakkemikkige tien jaar oude Kia, viel volkomen uit de toon zoals hij daar tegen de stoeprand geparkeerd stond en ze vroeg zich af hoe lang het zou duren voordat de buren de politie belden, en hoe lang het vervolgens weer zou duren voordat de politie kwam, gezien het feit dat ze niets te doen hadden in Highland Park behalve snelheidsbekeuringen uitdelen. Rosalita staarde omhoog naar het huis. Charmante witte bakstenen. In figuren gesnoeide struiken die uit terracotta potten klommen. IJzeren lantaarns die een kersenrode deur omlijstten. Een brede cirkelvormige oprit die niet eens nodig was, omdat er een aangebouwde garage stond met plaats voor drie auto's.

*Maar de onroerendezaakbelasting dan!*

Rosalita perste haar lippen op elkaar en tilde haar handtas met zware bodem van de met stof beklede passagiersstoel. Ivoorkleurige gordijnen blindeerden de ramen. Haar sportschoenen hadden de zomen van haar spijkerbroek afgetrapt zodat er vochtige witte draden over de grond sleepten. Het schuren van de spijkerstof was het enige geluid dat haar schoenen op het pad maakten.

Ze probeerde zich een beeld te vormen van de vrouw achter de kersenrode deur, die in het perfecte witte bakstenen huis woonde met planten die beter werden verzorgd dan Rosalita's benen. Waarschijnlijk poetste ze 's ochtends haar tanden zodra ze opstond, was ze met opzet luidruchtig tijdens de seks, droeg ze een bij elkaar passend pyjamasetje en las ze artikelen over gezonde voeding. Zo'n leven wilde Rosalita niet, al begreep ze wel dat die gedachte net zoiets was als opbellen om het uit te maken met een man die maanden geleden al was opgehouden haar te bellen. Het was haar nooit aangeboden.

Ze pakte de zware ijzeren klopper – een ring door de bek van een leeuw – en bonkte hem tegen de deur. Ze wachtte en telde zwijgend. Ze klopte weer. Toen er niemand opendeed, drukte ze haar duim op de deurbel, waar een stuk plakband overheen zat. Het klingelen galmde door het huis. Rosalita kon het van hieraf horen, net als de voetstappen die volgden. Ze keek toevallig even op en zag dat er een camera in een hoekje van de deur was bevestigd. Rosalita stelde zich haar gestalte voor, weerspiegeld in de vissenooglens, vervormd en rond gemaakt, het openingsshot van een televisieprogramma over waargebeurde misdrijven.

En toen ging de deur open en stonden de twee vrouwen aan weerszijden van de drempel.

'Mijn naam is Rosalita Guillen. Ik moet even met u spreken.' Ze hield een envelop op met een duidelijk handschrift erop.

De vrouw had een roze huid bedekt met sproeten. Ze had haar dat eruitzag alsof iemand aan de uiteinden ervan had geknaagd. Ze wierp één blik op Rosalita en deed zachtjes maar krachtig de deur dicht.

# 47

*1 mei*

Twee bestelbussen van televisiezenders stonden met draaiende motor op de parkeerplaats naast het gebouw, met twee verschillende presentatrices die aan camera- en microfoonsnoeren vastzaten. Iedere nieuwslezeres die Sloane ooit had gezien, uit welke stad ze ook kwam, zag eruit alsof ze uit Dallas kwam, maar de nieuwslezeressen uit Dallas waren verreweg het meest Dallas-achtig van allemaal. Grote bos haar verstevigd met haarlak, roze lippen, op maat gemaakte jurken in intense tinten rood, groen, blauw of paars, in combinatie met schoenen met plateauzolen, waardoor ze liepen als babyhertjes. Sloane had ooit eens in de *Today*-show gezien dat er een groep op Facebook bestond waar nieuwslezeressen elkaar informeerden over goede deals voor jurken die geschikt waren voor tv, en eerlijk gezegd was het zo logisch als wat.

Was het echt nog geen twee maanden geleden dat Desmond was overleden? De uitspraak 'Aandeelhouders hebben er een hekel aan om "geen commentaar" te horen', klonk nog vers in haar geheugen.

Sloane haalde steels een spiegeltje uit haar handtas en bekeek haar tanden. Zodra ze begon te lopen, kwam de dichtstbijzijnde nieuwslezeres – een vrouw met volumineus zwart haar – schuin op Sloane aflopen en sneed haar de pas af.

'Sloane? Sloane Glover?' Ze duwde de bol van een microfoon naar Sloane toe. 'Wat is uw antwoord op beschuldigingen dat u en uw mede-eisers verantwoordelijk zijn voor het feit dat een man tot het uiterste werd gedreven?'

'Ik heb niemand van de rand van een gebouw geduwd,' antwoordde Sloane, een verklaring waarvan ze hoopte dat die zowel tot nadenken stemde – nou ja, natuurlijk had ze dat niet – als pittig was. Mensen hielden wel van pit.

'Ik bedoelde het overdrachtelijk,' zei de verslaggeefster ten overvloede. Sloane zag Cliff Colgate, met de kuiltjes in zijn wangen, tegen de zijkant van het gebouw staan hangen terwijl hij een trekje nam van zijn e-sigaret, die hij vervolgens in de zak van zijn tas stopte. 'Mevrouw Glover?' De verslaggeefster boog zich haar gezichtsveld binnen.

Sloane was meteen weer bij de les en ze keek de verslaggeefster recht aan. Ze droeg echt veel te veel mascara, en het wilde wel wat zeggen als Sloane dat vond.

'Ik geef daar geen antwoord op,' zei Sloane. 'Die beschuldigingen zijn een afleidingsmanoeuvre bedoeld om te verhinderen dat we ons kunnen concentreren op de oorspronkelijke kwestie, namelijk dat een bedrijf een man als Ames Garrett de ruimte gaf om jarenlang ongehinderd zijn gang te gaan omdat er geen geloofwaardige opties waren voor vrouwen om buiten het juridische systeem om te klagen zonder angst voor vergelding.'

'Dus u denkt dat Truviv uit is op wraak?'

Sloane dacht daarover na. 'Ik denk dat deze situatie uit de hand is gelopen en ik denk dat we ons moeten afvragen hoe dat komt.'

Cliff gebaarde met zijn kin dat ze zijn kant op moest komen. Hij droeg een bril met zwart montuur en een wit overhemd zonder das. Ze vroeg zich af of het mogelijk was dat iemand van zijn leeftijd en in zijn positie nog nooit een stropdas had gedragen. Het tijdperk was aangebroken waarin ieder kind was opgegroeid met smartphones, en was informele kleding op het werk niet in zekere zin onderdeel van diezelfde trend? Ze excuseerde zich bij de verslaggeefster.

Cliff zette zich met zijn voet af tegen het gebouw, met zijn schrijfblokje in zakformaat in de hand.

'Wat wil je?'

Hij stak zijn handen in de zakken van zijn grijze chino broek. 'Vervolgartikel,' zei hij. 'Je voormalige collega, Elizabeth Moretti, is zojuist naar buiten getreden als de maker van de SKUD-lijst.'

'Wát?'

Cliff trok een potloodje achter zijn oor vandaan en schreef iets op. 'Niks naars zeggen over mijn gezicht.' Ze zwaaide met haar vinger heen en weer naar het opschrijfboekje.

Hij grijnsde en knipoogde, en ze vroeg zich af of ze ooit iemand zou kunnen zien knipogen zonder dat ze aan Ames moest denken.

'Een tijdschrift was een artikel aan het voorbereiden. Daarin zou worden onthuld dat zij het was. Ze loopt op de zaken vooruit. Zij noemde jouw naam.'

Kantoorgebouwen: gek genoeg volkomen verstoken van plekken om buiten even op een bankje te zitten, besefte Sloane.

'Dus ik neem aan dat ik ervan uit kan gaan dat jij niet wist dat zij het brein achter de spreadsheet was?'

Ze keek hem zonder een woord te zeggen streng aan.

Hij stak zijn handpalmen omhoog. 'Ik zeg niets naars over je gezicht.' Sloane had zich niet meer zo duizelig gevoeld sinds Abigail op de kleuterschool van het klimrek was gevallen en de school haar een e-mail had gestuurd – een é-mail nota bene – om haar te laten weten dat haar dochter op de Spoedeisende Hulp was, en dat pas werd vermeld dat ze een gebroken arm en niet, bijvoorbeeld, een gebroken nek had nadat Sloane in het ziekenhuis was aangekomen en met een van de zeer competente en geduldige artsen had gesproken.

Haar gedachten wervelden door haar hoofd. Alles in aanmerking genomen zou ze misschien niet zo geschokt hoeven zijn, als je zag wat er allemaal gebeurd was, al die dingen in deze wereld die belangrijker waren dan het feit dat Elizabeth Moretti een spreadsheet had opgesteld.

Maar ze had het haar wel even kunnen vertellen.

'Wil je daar commentaar op geven?' De punt van zijn potlood, scherp geslepen voor de strijd, stond in de aanslag.

Alles wat ze op dit moment zou zeggen, zou absoluut niet verstandig zijn. Ze haalde diep adem. 'Ik zal je aan het eind van de middag een verklaring sturen. Ik heb je kaartje.'

Zijn mondhoeken zakten omlaag, maar hij draaide het potloodje om zodat de stompe kant naar beneden wees. 'Goed dan.' Ze maakte aanstalten om weg te gaan, om zich los te maken van het circus waarin ze ofwel de spreekstalmeester was, ofwel de clown. 'Ik heb mijn bron bij de politie van Dallas gesproken, Sloane.' Ze verstijfde en bleef doodstil staan. 'Ze denken dat ze nieuwe informatie hebben over Ames' dood.'

'Ames' zelfmoord,' verbeterde ze hem.

Cliff keek uit over de straat. De zon fonkelde op zijn brillenglazen. 'Ames' dood. Iemand die iets wist, die misschien iets heeft gezien. Iemand. Ik weet het niet.'

'Wie?'

Hij krabde met het potloodje aan zijn slaap. 'Dat is alles wat ik heb.'

Sloane trok haar handtas – zwaar van de gebroken crackers, natte doekjes, chequeboekjes en tien verlopen creditcards – hoger op haar schouder. 'Dat is belachelijk. Ames is van een balkon gesprongen. Dat weet iedereen.'

Dat was natuurlijk niet waar. Zelfs zij wist het niet zeker. Het was alleen maar: lieve hemel, kan er verder nog iets misgaan? En dat was geen uitdaging.

Sloane was al met al een goed mens. Over het algemeen. En ze had vriendinnen. Veel vriendinnen. Ze zou niet verwikkeld moeten zijn in een... een moordonderzoek.

Waarom had geen van haar vriendinnen een ovenschotel langsgebracht?

'De dame verzekert te veel, dunkt me.'

'Dat komt uit *Hamlet*,' antwoordde ze. 'Je... je hebt in elk geval gelijk dat het een tragedie is.'

Sloane duwde tegen de glazen draaideur.

'Stuur me een e-mail!' Hij zette zijn handen aan zijn mond om haar na te roepen. 'Ik ben heus een goeie vent, Sloane.'

Ze zette haar gewicht tegen de deur zodat hij achteruit begon te glijden en ze bijna werd omhuld door een cilinder van glas. 'Weet je zeker dat dat geen oxymoron is?' riep ze terug.

Sloane ramde haar vuist tegen het kussen dat Oksana vasthield en een scherpe pijn vlamde op in haar schouder. Directe stoot, opstoot, hoek en weer een directe stoot. Ze volgde het patroon, de ene stoot na de andere en de andere, terwijl haar adem uit haar longen werd geperst.

Bij elke stoot flitste het beeld van Ames voorbij. Bloed vloeide uit zijn hoofd, spatte omhoog en regende neer op het trottoir, en een rivier stroomde uit het versplinterde bot in zijn been.

Ze stootte harder, sneller. Vergat te ademen. De haren onder haar paardenstaart werden vochtig van het zweet. Stel nou dat ze wel verantwoordelijk was? Dat dit allemaal de schuld van Sloane was? Ze stootte. Pijn vlamde op in haar elleboog. Haar spieren stonden in brand. Iemand wist iets of had iets gezien. Of iemand. Het zou Grace kunnen zijn – waarom had Grace nooit eerder gezegd dat ze met Ames sigaretten had gerookt op dat balkon? Het zou Ardie kunnen zijn – had Ardie gelogen over het moment waarop ze de handtekening van de salarisadministrateur ontving, en zo ja, waarom? Of Katherine – waarom had ze haar verhaal zo plotseling veranderd?

Wat wás deze nieuwe informatie? Zou die zelfs... naar haar kunnen wijzen?

Oksana verklaarde dat het genoeg was en Sloane zonk ineen. Ze liet haar hoofd tussen haar knieën hangen. Oksana drapeerde een schone handdoek om haar nek en Sloane veegde ermee over haar gezicht.

'Een tien voor inzet vandaag,' zei Oksana.

'Ik heb een broodje gegeten. Met het brood.'

Oksana stootte Sloane aan met de teen van haar sportschoen met het Truviv-logo erop om haar in de plankhouding te duwen, die ze zelf ook aannam omdat ze een sadomasochist was. Of tenminste, dat was waarschijnlijk de reden.

'Ames stond met rood aangegeven in het afsprakenboek.' Sloane tilde nauwelijks haar hoofd op omdat haar bovenlichaam het gevaar liep in tweeën te splijten. 'Geen van de vrouwelijke trainers wilde nog met hem werken.'

Toen er een druppel op de yogamat onder haar plofte, wist Sloane niet of het een druppel zweet was of een traan, alleen maar dat het wel passend leek dat ze ze niet meer kon onderscheiden. Ze had de controle verloren over vrijwel al het andere in haar leven: haar huwelijk, haar dochter, haar vriendinnen, haar carrière. Ze wist negenennegentig procent zeker dat ze had geprobeerd te doen wat goed was toen ze die rechtszaak aanspande. Maar er bleef altijd die ene procent over waardoor ze zich zorgen maakte dat ze zich eigenlijk alleen maar had bemoeid met zaken die haar niet aangingen. Dat ze een verveelde vrouw van middelbare leeftijd was die zich verborg achter op maat gemaakte wollen pantalons en een chique titel, zodat niemand vermoedde hoe ontzettend saai en van middelbare leeftijd ze werkelijk was.

'Het komt allemaal wel goed.'

Maar Sloane wist niet hoeveel kracht ze kon ontlenen aan de woorden van iemand die om drie uur 's middags zo sterk naar kokos-banaanzonnebrandlotion rook.

*Cliff,*

*Hier heb je je uitspraak: 'Elizabeth Moretti gelooft in één basisprincipe: kennis is macht. Ze maakte kennis beschikbaar. Ze deelde haar macht. We proberen elkaar allemaal op onze eigen manier te beschermen en dit was haar manier.'*

*Sloane*

## Proces-verbaal van verhoor van Grace Stanton
## Deel 2

*28 april*

Aanwezig:
Rechercheur Malika Martin

Verslag:
Rech. Martin: Grace, heb je Ames Garrett gezien op de dag dat hij overleed?
Mw. Stanton: Dat heb ik, ja.
Rech. Martin: Hoe gedroeg hij zich?
Mw. Stanton: Hij leek geagiteerd, gespannen. Hij voelde zich niet begrepen. Alsof hij niets verkeerd had gedaan en dat hij wilde dat ik dat begreep.
Rech. Martin: En deed je dat?
Mw. Stanton: Dat weet ik niet.
Rech. Martin: Wat bedoel je?
Mw. Stanton: Ik was in tweestrijd. Het is allemaal niet zo zwart-wit als mensen wel zouden willen. Ik... ik weet het niet. Op dat moment was ik boos. Ik vond dat Ames me had misleid. Ik wilde dat hij wist dat ik niet het soort vrouw was dat zomaar voorbijging aan wangedrag. Ik wilde dat hij berouw zou hebben. Ik wist niet dat hij zich zo ellendig voelde.
Rech. Martin: Is er iets gebeurd waarvan je denkt dat hij daar nog meer van overstuur raakte?
Mw. Stanton: Ja.

# 48

*2 mei*

Er kwam nieuws dat Truviv de volgende ochtend een bespreking wilde. De heersende opvatting was ontstaan dat de getuigenverklaringen niet goed waren verlopen. Grace kreeg het telefoontje van Helen Yeh op weg naar haar werk. 'Ik zal je vertellen wat ik denk,' zei Helen zonder er doekjes om te winden. 'Ik vind dat we ze hun verhaal moeten laten doen. Uitzoeken waar ze nu staan. Daarna hoeven we geen overhaaste beslissingen te nemen. Maar we moeten wel...'

'Luisteren.' Grace maakte de zin af terwijl ze de afslag van Pearl Street naar de binnenstad nam. Ze was nog steeds niet gewend aan spreken in een handsfreeapparaat, dus klonk haar stem een decibel dichter bij geschreeuw.

'Precies.'

Grace controleerde haar dode hoek. 'Hebben ze geluisterd? Naar ons?'

Ze reed Main Street in, langs het park, waar in het midden een standbeeld van bijna tien meter van een oogbol stond – het meest opvallend waren de rode adertjes, de ontstellend blauwe iris en het feit dat het een onmogelijk grote oogbol was – die bekendstond als de Eye Sore.

'Ik begrijp wat je wilt zeggen, Grace, echt. Maar luister, mijn taak, als je advocaat, is om je belangen te verdedigen. Jullie zijn allemaal advocaten, maar als jullie artsen waren, zouden jullie ook niet een hartoperatie op jezelf uitvoeren. Oké?' Grace had dokter kunnen zijn, ware het niet dat er zoveel bloed bij kwam kijken. Maar kijk eens waar ze nu in terecht was gekomen. 'Ik moet jullie adviseren om dat te doen waarvan ik denk dat het op de lange termijn het beste voor jullie zal zijn. Misschien zijn ze bereid om het hele gebeuren te vergeten. Daar kunnen we op hopen. Maar jullie bevinden je allemaal in een vrije val.'

Dus dit is wat Ames voelde tijdens die laatste seconden, dacht Grace.

Vrije val.

Helen ontmoette hen op kantoor. De negentiende verdieping. Grace herinnerde zichzelf eraan dat het Helens taak was om op hen af te geven, hen erop voor te bereiden dat ze alles moesten accepteren wat hun werd aangeboden, als hongerige honden. Het was een klassieke strategie die werd toegepast op nietsvermoedende cliënten om hun het gevoel te geven dat hun advocaat een geweldige deal voor hen in de wacht had gesleept. Grace ergerde zich bij de gedachte dat Helen voor de bespreking even snel aan de telefoon een 'babbeltje' had gemaakt met Cosette: ik denk dat ik het wel aan ze kan verkopen.

Misschien was Grace onredelijk. Misschien ook niet.

Ze ging naast Ardie zitten terwijl wat Grace was gaan betitelen als de 'vaste kliek' zich verzamelde. 'Hoe gaat het met je?' mompelde ze. Ardie was minstens drie kilo afgevallen, schatte Grace in, waarschijnlijk zonder dat ze het zelf in de gaten had.

'Wel goed,' zei Ardie. 'Ik... nou, ik weet niet wat ik tegen Tony moet zeggen.'

'We weten nog niet...' begon Grace.

'Alsjeblieft.'

Grace had geen antwoord. Zíj had Liam. Zij had nog geluk. Als ze niet wilde werken, hoefde ze dat niet. Liam had dat met zoveel woorden gezegd op het moment dat Emma Kate met haar hoofd vooruit uit haar onderste regionen was gegleden. Hij zou waarschijnlijk zelfs blij zijn als ze thuisbleef. Dan hoefde die goeie ouwe Liam geen flessen meer te wassen!

Moeders hoorden alleen te werken als ze móésten werken.

Dat wist Grace. Dat was waarom ze nooit had verklapt hóé zeker hun financiën eigenlijk waren. Als ze nu opgaven, zou Grace voorgoed haar carrière opgeven. Ze kon de toekomst zich voor haar zien ontrollen terwijl ze de diamanten ring – net weer terug aan haar vinger – ronddraaide. En rond en rond en nog eens rond.

Sloane kwam binnen.

'Dank jullie wel dat jullie gekomen zijn.' Er dobberde een pepermuntje achter op Cosettes tong. 'We zullen dit kort houden. Ames is dood.' Ze vouwde haar handen op de tafel. 'We hebben een hoofdgetuige aan onze kant die onder ede heeft verklaard dat ze niet alleen geen seksuele intimidatie heeft ervaren van Ames Garrett of van wie dan ook, maar ook dat jullie drieën een persoonlijke vete koesterden tegen Ames, een soort bendementaliteit die voortkwam uit een mislukte romance tussen Sloane en Ames Garrett.' Grace zag voor zich hoe Cosette deze redevoering in de spiegel van haar hotelbadkamer oefende. 'Grace' eigen woorden ondersteunen het idee dat hij een goede, capabele baas was voor wie ze in zou staan. Ardie Valdez vond het schijnbaar niet fijn dat ze niet net als haar collega's promotie kreeg. De timing van de rechtszaak, op het toppunt van meneer Garretts promotie tot algemeen directeur, was bedoeld om een zo groot mogelijke schade teweeg te brengen, om het bedrijf tegen de muur te drukken. Geen van deze feiten is goed voor jullie. Ames Garrett heeft zich van het leven beroofd vanwege jullie ongefundeerde beschuldigingen en handelingen.'

'Je weet wel dat we het met letterlijk al die gevolgtrekkingen oneens zijn, toch?' zei Sloane.

Dit was wat Grace het meeste angst aanjoeg: Sloane. Sloane was niet de kamer binnengestormd. Ze had geen luchthartige opmerking gemaakt over het feit dat ze vijf minuten te laat was. Ze zat berustend op haar stoel. Verdoofd.

'Staat genoteerd. Maar Truviv is bereid tot het bittere eind door te vechten als het moet. De aandeelhouders, die de getuigenverklaring en de feiten van de zaak hebben gehoord, zijn bereid om dit te steunen met een fors procesbudget. Dat is financieel gezien eigenlijk ook gewoon logisch, eerlijk gezegd. Maar dit is wat ik voor jullie kan doen. Geef je aandelen op. Neem ontslag. Tref een schikking met Truviv voor vijf miljoen dollar om de kosten van de advocaten en de reputatieschade te dekken. Loop hier weg, en Truviv zal aanbevelingsbrieven schrijven en een geheimhoudingsverklaring ondertekenen waarmee het iedereen in het bedrijf wordt verboden om nadelig over jullie te spreken, hetzij persoonlijk hetzij professioneel.'

'Vijf miljóén dollar. Jij wilt dat wíj jóú vijf miljoen dollar betalen?' Ardie snoof. 'Waar denk je dat we vijf miljoen dollar vandaan moeten halen?'

Grace vertelde maar niet dat zij wel met het geld kon komen. Als het moest. Of op zijn minst haar deel ervan, misschien zelfs wel helemaal, maar dan zou ze bij haar ouders moeten aankloppen en, nou, dat was niet echt een bijzonder aantrekkelijke optie. En bovendien was het het 'ontslag nemen'-deel van Cosettes voorstel waar haar bloed koud van werd. En geheimhoudingsverklaring of niet, het zou onmogelijk zijn om het wie, wat en waarom binnen de juridische gemeenschap geheim te houden.

De ring met de diamant draaide om haar vinger, en draaide en draaide en draaide. Wat was ze stom geweest. Ze had haar eigen graf gegraven.

'We kunnen een betalingsregeling treffen. Als we moeten onderhandelen over het totaal aantal jaren voor de betaling, denk ik dat ik dat waarschijnlijk wel aan het bestuur zou kunnen verkopen.' Cosette keek over haar schouder naar de man met het dikke lijf, het bestuurslid van de onafhankelijke onderzoekscommissie, en hij kneep zijn ogen dicht en fronste: tuurlijk, tuurlijk, laten we hierop dan maar toegeven.

'Dit is wraakzuchtig,' zei Sloane. 'Het is afpersing.'

'Nee,' zei Cosette vlak. Ze was al bezig de papieren in haar koffertje terug te stoppen. 'Het is preventief. De voorwaarden zullen tot morgen op tafel liggen. Daarna is Truviv van plan zijn aanklacht tegen jullie door te zetten.'

Het was duidelijk dat als je de aderen van Cosette Sharpe opensneed, je zou zien dat ze bros waren door vriesbrand. En laten we wel wezen, wie in deze kamer zou dat eigenlijk niet willen proberen?

Iedereen verliet de ruimte, behalve Grace' team. Helen zat aan het uiteinde van de tafel met getuite lippen te wachten.

'Er is een speciaal plekje in de hel voor vrouwen die andere vrouwen niet helpen.' Sloane knarste met haar tanden.

'Madeleine Albright,' zei Ardie.

Sloane liep weg om voor het raam te gaan staan en staarde omlaag langs de gevel van het gebouw. 'Echt waar? Ik heb altijd gedacht dat het iets was wat Taylor Swift tegen Tina Fey had gezegd. Maar toch.'

Maar toch. Grace voelde een opwelling van liefde en nostalgie voor haar vriendinnen. Misschien was dit precies zo'n moment waarop mensen opwellingen van zowel liefde als nostalgie voelden. Met je nek in de guillotine, als het ware.

'Jullie zouden het proces wegens dood door schuld ontlopen.' Maar dat was alleen het proces. Het zou geen invloed hebben op het strafrechtelijk onderzoek. Maar goed, het zou al een stuk beter staan.

En als ik nu eens net zoveel van mijn baan hou als van mijn kindje? Wat nu als ik er maar een klein beetje, een heel klein beetje meer van hou?

Sloane draaide zich weer om. 'Vijf miljoen dollar, Helen.'

Helen was een kleine vrouw, met een lichaam als zo'n ruimtebesparende zak, waar het vet via een vacuüm uit gezogen was. In het weekend rende ze krankzinnige afstanden, voor de lol. 'Ik weet dat dat veel geld lijkt. Maar voor Ames Garrett is dat eigenlijk goedkoop.' Een koopje op het leven van Ames Garrett. Wat hadden ze toch een geluk. 'Als je een proces wegens dood door schuld verliest, moet je veel meer dokken. Minstens – mínstens – drie keer zoveel.'

'En Katherine?' vroeg Grace terwijl ze haar stem neutraal probeerde te houden. Al sinds ze met de politie had gesproken, had ze de hoop gekoesterd dat ze Katherine schuldig zouden bevinden aan de dood van Ames. Grace voelde zich verdorven, maar dat was de botte waarheid. Ze was verder afgedwaald van God dan ze ooit in haar leven was geweest en het zou haar niet kunnen schelen als ze Katherine aan het kruis nagelden. Ze veronderstelde dat ze in een bepaald opzicht nu allebei een judas waren.

'Ik heb begrepen dat ze een... promotie krijgt. Ik ben niet op de hoogte van de details. Sorry.' Helen haalde diep adem. 'Mijn firma zegt dat ik jullie niet op basis van no cure, no pay zal kunnen blijven vertegenwoordigen. Het spijt me. Jullie weten dat ik dat zou willen. Maar dit was niet waar ik in eerste instantie mee akkoord was gegaan.' Grace keek naar Sloane of zij reageerde, maar Sloanes gezicht was gesloten. 'In alle eerlijkheid, ik betwijfel serieus of er nog een andere advocatenfirma van hoog niveau in de stad gratis door deze hoeveelheid werk heen wil ploegen.'

Niemand zei iets. Het werd de langste stilte die Grace misschien wel ooit had ervaren met haar twee vriendinnen, die toevallig ook de slimste en meest capabele vrouwen waren die ze kende. Maar uiteindelijk draaide het niet om intelligentie of competentie. Dat was altijd al zo geweest. En daarom gingen ze verliezen.

# 49

*2 mei*

Sloane trof twee voicemails aan na die afschuwelijke vergadering.

De eerste: 'Met directeur Clark. Er is iets gebeurd op school waarbij uw dochter Abigail is betrokken. Ik ben bang dat ze een andere leerling heeft geslagen. Zou u zo snel mogelijk hierheen willen komen?'

De tweede: 'Mevrouw Glover, we proberen u al een uur te bereiken. We zouden echt willen dat u zo snel mogelijk komt vanwege... de ernst van het incident.'

De ernst! Van het incident!

Dat was twintig minuten geleden.

Sloane had van haar leven nog nooit bij de directeur hoeven komen, zelfs niet voor afkijken of een grote mond hebben of een of andere normále misstap. Onderwijzers waren dol op Sloane. Ze was vicevoorzitter van de leerlingenraad geweest. Ze had verdomme buttons gemaakt.

Abigail daarentegen had iemand geslágen. Alleen hooligans sloegen andere mensen. Groezelige kinderen met kleverige jamhandjes en met vuil onder hun nagels. De kinderen van andere mensen.

De gedachte kwam in haar op tijdens haar wilde rit erheen: was het mogelijk dat haar dochter al die tijd juist de pestkop was geweest? En dat dat de reden was waarom ze die berichtjes had gekregen? O god, stel nou dat Sloane een van die vreselijke ouders was die geloofden dat hun kind een lief engeltje was en dat ze intussen puppy's schopte en achter de rug van de leerkracht om andere kinderen kneep? O shit, o shit!

Waarom nou net vandaag, Abigail, zou ze zeggen wanneer ze haar zag. Waarom moest je dit nou net vandaag doen?

In de dubbele deur die naar het administratiekantoor leidde, keek Sloane naar haar spiegelbeeld in het getinte glas. Ze schudde haar rok goed en streek de panden van haar blazer over haar heupen toen Derek kwam aanrennen en achter haar in het vervormde beeld verscheen.

'Sloane,' zei hij buiten adem. 'Jezus, wat is er verdomme aan de hand?' Zijn hand lag op haar rug en ze voelde hoe haar mond vertrok. 'Sorry, ik had de grootste moeite om iemand te vinden die op mijn klas kon passen.'

'Ik zat in een vergadering,' verklaarde ze meelevend. 'Ik kwam meteen toen ik het hoorde.'

Toen ze Dereks gezicht zag, maakte dat het alleen maar erger. En beter.

Hij schudde ongelovig zijn hoofd. 'Onze dochter heeft iemand geslágen.'

'Onze dochter heeft iemand geslagen,' beaamde ze.

Ze hielden elkaars hand vast. Hoewel ze allebei deden alsof ze het niet merkten. En ze gingen als koppel de bespreking in.

Iedereen zat op hen te wachten. Dat was het eerste wat ze te horen kregen toen ze het kantoor van directeur Clark binnenkwamen. Iedereen zat al op jullie te wachten!

Dat leek een beetje overdreven. Directeur Clark was er. En Abigails leraar Engels, hoe heette hij ook alweer? Meneer Tawley? Tully? Derek zou het wel weten. Derek, die nog steeds stevig haar hand vasthield. En dan was er nog een moeder, van wie Sloane nooit had geweten hoe ze heette. Ze droeg ziekenhuiskleding met de naam van een dierenartsenpraktijk geborduurd boven de linkerborstzak. Een jongen, met zweterig haar in een kuif en met sportschoenen van Under Armour die je zouden kunnen verblinden, liet zijn hoofd hangen. Er zat opgedroogd bloed rond zijn rechterneusgat. En dan was er verder nog Abigail. Sloanes hart sloeg over bij de aanblik van haar dochter die zich klein probeerde te maken op een stoel in de hoek. Verse tranen stroomden geluidloos over haar mooie, sproetige gezicht toen ze haar ouders zag. Derek en Sloane liepen als vanzelf naar haar toe en gingen naast haar staan. Dit was hun dochter. Ze zouden altijd van haar houden, wat er ook gebeurde. Zelfs als ze iemand vermoordde.

'Laat me u voorstellen aan Steve Lightner.' Directeur Clark kondigde de jongen aan alsof hij een bewijsstuk was bij een rechtszaak. Steve Lightner. Ze herkende de naam van de berichtjes en voelde onmiddellijk hoe haar hart keihard werd. 'Abigail heeft Steve op zijn neus gestompt, twee keer, bij het lokaal waar ze Engels heeft.'

Het was duidelijk dat directeur Clark dacht dat hij onweerlegbaar bewijsmateriaal had gevonden. Ziet u, mevrouw Glover? Uw dochter is toch niet zo onschuldig als u dacht.

Derek raakte Abigails schouder aan, zo voorzichtig alsof hij bang was dat ze anders zou breken. 'Is dat waar?'

Abigail snikte, maar knikte.

'Hij bloedde,' zei Steves moeder. 'Het bloed stroomde uit zijn neus.' Het gezicht van de moeder was ernstig.

Sloane keek omlaag naar haar dochter, naar de knokige schouderbladen die naar achteren staken als onvolgroeide vleugels. 'Waaróm, Abigail?' vroeg ze met dringende stem. 'Waarom heb je Steve geslagen?'

Het voelde allemaal zo onheilspellend. Alsof de mogelijkheid nog bestond dat de doodstraf zou worden uitgesproken en iedereen – Sloane overdreef blijkbaar zelf ook – zijn adem inhield om te zien wat de jury zou beslissen.

Abigail slikte en keek op. 'Hij bleef maar grapjes maken over mijn onderbroek. Hij en Grady. Elke keer dat ik me bukte om een boek uit mijn tas te pakken, riepen ze: "Omaonderbroek, omaonderbroek."' Haar wangen werden roze. 'En dan schoof Steve elke keer dat het gebeurde de bovenkant van mijn onderbroek een beetje opzij en vertelde hij aan iedereen welke kleur ik die dag aanhad en dat ik geen string droeg. Ik vroeg of hij ermee op wilde houden, maar hij bleef ermee doorgaan, wel iets van drie dagen lang.' Zelfs nu, terwijl haar dochter ineengedoken zat, zag Sloane een stukje van haar onderbroek onder de band van haar korte spijkerbroek. Paars katoen. 'Dus ging ik naar meester Tully en zei ik het tegen hem, maar meester Tully zei dat ik het moest negeren en dat hij dan wel op zou houden. Dus dat probeerde ik, maar toen greep hij mijn onderbroek en...' Ze keek naar de grond. 'Hij gaf me een flinke wedgie. Het deed pijn. Dus draaide ik me om en... en toen...' Ze begon weer te huilen. 'Toen stompte ik hem. Twee keer,' mompelde ze.

Sloanes ogen werden groot. 'Ze is naar u toe gekomen?' Ze richtte de vraag op meneer Tully, die, dat moet gezegd worden, lang niet zo knap was als Derek. Deze mensen hadden haar doen twijfelen aan haar eigen, lieve kind. Sloane was woest.

Meneer Tully schraapte zijn keel en verplaatste zijn gewicht op zijn andere voet. 'We hebben liever niet dat er geklikt wordt. We denken dat als kinderen het onder elkaar uitzoeken, ze daar betere sociale vaardigheden van krijgen.'

'O, denkt u dat?' Sloane sloeg haar armen over elkaar. 'Dus mijn dochter werd blootgesteld aan ongewenste intimiteiten en ze kwam naar u toe – de volwassene die de leiding had – en uw advies op basis van uw geweldige sociale vaardigheden was om het maar te negeren?'

'Zeg, laten we niet overdrijven.' Directeur Clark spreidde zijn handen alsof hij een zegening uitsprak. De hemel helpe hem in godsnaam.

Meneer Tully krabde achter zijn oor. '"Ongewenste intimiteit" is wel sterk uitgedrukt. Volgens mij was het niet zo ernstig.'

'Goed dan.' Sloane draaide zich om. 'Laten we maar eens luisteren. Steve, wat voor sociale vaardigheid heb *jij* geleerd?'

Steves moeder – die arme vrouw – was tenminste nog zo verstandig om gegeneerd te kijken. 'Steve, ze vroeg je iets,' zei de moeder.

De mond van de jongen viel open, als een vis, zonder iets te zeggen.

'Derek?' Directeur Clark trok zijn wenkbrauwen op. 'Heb jij hier iets over te zeggen?'

Derek fronste zijn voorhoofd en deed een stap achteruit naar het raam. 'Nee, Ian. Ik, eh, geloof dat mijn vrouw dit wel alleen af kan.' Haar borst zwol op. Het leek wel of ze haar hart helemaal voelde opzwellen. Sloane was, in naam van het feminisme, lang geleden al gestopt met pijpen, maar misschien zou ze dit standpunt heroverwegen, gezien de situatie.

'Dus wat zou u zeggen dat ze had moeten doen?' vroeg Sloane aan directeur Clark en meneer Tully. 'Nadat ze hem had gevraagd om op te houden en vervolgens naar de gezaghebbende persoon was gestapt die weigerde haar te helpen. Wat was haar volgende stap? Want,' zei ze toen niemand met een suggestie kwam, 'het lijkt erop dat u het liefst had gehad dat ze het maar gewoon had ondergaan? Dat ze hem haar liet aanraken? Dat ze een jongen haar liet duwen, vastpakken, zijn hand in haar broek steken omdat hij dat grappig vond, omdat niemand hem tegenhield, omdat hij dat wilde? En dat ze zich niet zou verzetten? Heb ik het zo ongeveer goed begrepen?' Woest met haar ogen knipperend, met wijduitstaande neusgaten, de hemel zij dank dat er nu geen camera's waren die haar filmden. En Derek dan? Die was er wel, en hij zou er na afloop zeker iets over te zeggen hebben. Maar nee, want ze zag hoe hij naar haar keek, hoe hij aan haar lippen hing, met tedere, vriendelijke Derek-ogen.

'We proberen alleen maar te zeggen dat geweld nooit de oplossing is,' zei directeur Clark.

'O, nou, dat is goed om te weten. Maar geweld tegen meisjes is meer een soort grijs gebied, hè? Over het algemeen wel oké? Prima, zolang we er allemaal niet te zwaar aan tillen? Volgens mij hebt u niet begrepen wie er geweld gebruikte en wie er uit noodweer handelde. Abigail, wil je je spullen pakken alsjeblieft?' zei ze afgemeten, haar ogen niet afhoudend van de twee volwassen mannen die aan de andere kant van de kamer stonden.

Abigail klom van haar stoel en pakte gedwee haar tas en haar lunchtrommel vanonder de stoel.

Derek hield de deur open.

'Waag het niet haar ooit nog eens aan te raken.' Ze wees met haar vinger naar Steve. 'Heb je me gehoord?'

Steve kon zich er niet toe zetten op te kijken van die angstaanjagende tennisschoenen. Zijn ogen brandden waarschijnlijk.

'Ja, mevrouw,' mompelde hij.

Buiten was het asfalt van de parkeerplaats als een teflonpan die op hoog vuur stond. Sloane was aan het hijgen alsof ze zojuist een bokswedstrijd had gewonnen. Ze liep in een kleine cirkel, met haar handen op haar heupen, om de kloppende ader in haar hals tot bedaren te laten komen. Ze schudde met haar armen. 'Wat een lef hebben die gasten,' riep ze herhaaldelijk uit, totdat ze in staat was stil te blijven staan bij het kluitje dat haar gezin was. Haar hart brandde nog steeds voor hen.

'Zijn jullie boos op me?' vroeg Abigail. Haar rugzak was als een schildpadschild dat te groot en te zwaar was voor haar kleine gestalte. Ze huilde niet meer, maar haar onderlip zag er onvast uit.

'Nee,' zei Derek. 'Niemand is boos op je.' Hij woelde door haar blonde haar.

'Maar ik heb iemand gestompt,' zei ze tegen hen, alsof ze dat punt duidelijk moest maken. Ze draaide haar hand om en bestudeerde haar knokkels, die roze waren van de irritatie.

'Volgens mij heb je die impuls van je moeder,' zei hij. 'En het is een goede impuls. Meestal.' Hij stak zijn hand uit en ze gaf haar zware tas aan haar vader, die hem met gemak over zijn schouder hing.

Abigail zette behoedzaam een schuldige grijns op. 'Ik denk niet dat hij dat nog een keer probeert, pap.'

Derek begon te lachen. 'Dat lijkt me ook niet.'

Voorzichtiger dan ooit tevoren sloeg Derek een arm om Sloanes schouder en kuste haar op haar slaap.

Ze duwde haar neus in zijn hals. 'Derek.' Haar stem klonk zacht. 'Derek, ik ben bang dat ik heel slecht nieuws heb.'

## Proces-verbaal van ondervraging van Katherine Bell

*28 april*

Aanwezig:
Rechercheur Malika Martin
Rechercheur Oscar Diaz

Verslag:
Mw. Bell: Twee van mijn broers zijn politieagent.
Rech. Diaz: Mooi, dan weet u hoe het in zijn werk gaat.
Mw. Bell: Niet echt. Niet op deze manier.
Rech. Diaz: Ten minste één persoon heeft ons verteld dat Ames Garrett had gevraagd of hij u kon spreken vóór zijn overlijden.
Mw. Bell: Dat zou wel kunnen. Ik weet het niet precies meer.
Rech. Diaz: U hebt niet verteld dat u met Ames Garrett had gesproken, luttele minuten voordat hij van een balkon op de zeventiende verdieping viel?
Mw. Bell: Het zou kunnen dat hij heeft gevraagd om met me te spreken, maar ik heb hem niet meer gezien.
Rech. Martin: Waarom niet? Ik dacht dat u en Ames Garrett het goed met elkaar konden vinden? Dat is ongeveer de strekking van de verklaringen die u hebt gegeven in de rechtszaak aangaande ongewenste intimiteiten tegen Ames Garrett en Truviv, toch?
Mw. Bell: We konden het goed met elkaar vinden, ja.
Rech. Martin: Waarom hebt u hem dan niet gesproken?
Mw. Bell: Ik kon hem niet vinden.

Rech. Martin: U kon hem niet vinden... Dus, voor de duidelijkheid, hij vroeg u om met hem te komen praten, en toen u naar hem toe ging om met hem te praten, was hij er niet. Waarom zou hij dat doen?
Mw. Bell: Ik wachtte eerst een tijdje. Nadat hij het had gevraagd.
Rech. Martin: Probeerde u tijd te rekken?
Mw. Bell: Nee, nee, ik probeerde geen tijd te rekken.
Rech. Martin: Want u kon het goed met elkaar vinden.
Mw. Bell: Nee. Ik bedoel ja. Dat konden we. Ik weet niet waarom we elkaar niet hebben gezien. Het was duidelijk dat hij niet goed wist wat hij deed op dat moment.
Rech. Martin: Waar wilde Ames Garrett met u afspreken?
Mw. Bell: Dat weet ik niet zo goed. Ik geloof niet dat hij dat had gespecificeerd.
Rech. Martin: Hm. Dat zou wel raar zijn, toch? Vond u dat raar?
Mw. Bell: Ik nam aan dat hij het was vergeten. Dat komt voor.
Rech. Martin: Waar denkt u dat hij met u over wilde praten?
Mw. Bell: Dat weet ik niet.
Rech. Diaz: Mevrouw Bell, Grace Stanton vertelde dat u hoogtevrees hebt. Is dat waar?

# 50

*2 mei*

Falen was een luxe die we ons niet konden veroorloven, met z'n allen aan elkaar geketend als we waren, ons lot helemaal met elkaar verbonden. Eén geflopte film van een vrouwelijke regisseur en niemand wilde meer 'meisjes'-films, één duikeling op de aandelenmarkt van een bedrijf met een vrouw als algemeen directeur en vrouwen konden niet leidinggeven, één valse beschuldiging en we waren leugenaars, allemaal. Want als wij faalden, kwam dat door onze chromosomen, niet door een daling in de markt, een ineffectieve reclamecampagne of gewoon vette pech.

Eén misstap, zoals de uitdrukking luidde.

Ardie lag op de bank, omgeven door een uitgebreide verzameling geopende afhaalbakjes en de stank van mislukking, terwijl ze keek naar een oude aflevering van *Community*. 'Het Laatste Avondmaal' noemde ze het. De laatste avond waarop ze het zich kon veroorloven om iets door UberEats te laten bezorgen, beter gezegd. De fiscaal jurist in haar had zich niet kunnen beheersen om alles uit te rekenen. O, wat had ze dat graag willen laten! Na morgen zou ze net iets meer dan 1,6 miljoen dollar schuld hebben. Zelfs met een betalingsplan van vijf jaar zou het jaarlijkse bedrag veel hoger zijn dan haar jaarsalaris. Ze had 300.000 dollar spaargeld, wat de betaling van het eerste jaar bijna zou dekken. Daarna zou ze het huis moeten verkopen. Dat zou een deuk moeten slaan in het tweede jaar, maar Michael zou het vreselijk vinden om in een flat te wonen terwijl Tony en Braylee een heerlijk huis hadden met een achtertuin, een voetbaldoel en een zwembad. Het zou niet lang duren voordat zij een vervelend karwei werd. Ja, Michael, je moet bij je moeder langs, zou Tony zeggen, en hij zou zich er een beter iemand door voelen.

Ze zou weer voor een advocatenfirma moeten gaan werken. Dat was wel duidelijk. Ze had de pest aan het leven bij een advocatenfirma, het feit dat ze facturen moest indienen, de persoonlijke contacten met cliënten. Ze was al te oud om in aanmerking te komen als compagnon. Tegen het derde jaar zou ze niet meer in staat zijn om te betalen. Ze zou achter gaan lopen, rente schuldig zijn, en het gat zou steeds dieper worden. Ze negeerde de afgrond die zich voor haar opende en nam nog een slok cola, vol calorieën.

Op de tafel zoemde haar telefoon, onder een folieverpakking van een hamburger.

Een van de ergste veranderingen die waren ontstaan doordat ze alleenstaande moeder was geworden, was de angst voor een overgaande telefoon. Als Tony haar onverwacht had gebeld tijdens hun huwelijk, zou haar eerste reactie zijn geweest om zich gevleid en een beetje speciaal te voelen. Maar nu was het anders. Haar eerste instinct was om de telefoon te beantwoorden met: wat is er aan de hand? Het maakte niet uit wie er belde. Als er één ding verkeerd kon gaan, kon alles verkeerd gaan.

Maar het was Rosalita die belde. Ardie keek hoe de telefoon in haar hand trilde. Waarschijnlijk was het een vergissing. Of misschien belde Rosalita om nog een keer uitgelaten te doen over het feit dat Salomon toegelaten was. Ardie had het idee dat ze vanavond geen uitgelatenheid aankon. Maar toen werd het telefoontje beëindigd en een seconde later begon het weer.

'Rosalita?' Ze ramde met haar vinger op de sponzige knopjes van de afstandsbediening om het volume lager te zetten.

'Ardie? Juffrouw Ardie?' Rosa klonk alsof ze aan het hardlopen was geweest. 'Je moet me helpen Salomons studietoelageformulieren in te vullen. Alsjeblieft.'

'Oké, prima. Ik kan je wel helpen.' Ze had er spijt van dat ze de telefoon had beantwoord. Ze was niet in de stemming. 'We kunnen later in de week bij Barnes & Noble afspreken.' Dan zou ze meer dan genoeg tijd hebben.

'Nee, nu.' Rosa's accent klonk zwaar over de telefoon. 'Je moet nu komen. Ik begrijp niet wat er is gebeurd. Ik... de deadline... ik raakte in de war. Ik dacht dat ik meer tijd had. Ik weet het niet.'

Ardie haalde haar hand over haar gezicht. Ze had haar beha al uitgetrokken en ze had nog niet eens een toetje op. Als er geen wanhoop in Rosalita's stem had doorgeklonken, had ze nee gezegd. Of misschien kwam het door haar eigen, stillere wanhoop, die in de bankkussens sijpelde. Ze rolde de papieren zak op waarin warme koekjes zaten en propte hem in haar tas.

'Ik kom naar je toe,' zei Ardie. 'Stuur me je adres.'

# 51

*2 mei*

De heilige Ardie, had Tony haar genoemd. Het was niet als compliment bedoeld geweest.

Ardie kwam aan bij het appartementencomplex waar Rosalita woonde en zette de motor af. Ze zakte weg in het duister, en tegelijkertijd ging er een schakelaar in haar om die haar op de hoogste stand van waakzaamheid zette. Ze duwde de punt van een sleutel tussen twee vingers, een zelfverdedigingstactiek die ze ooit een keer had gelezen in een e-mailketting die heen en weer was gegaan tussen tientallen e-mailadressen die ze niet had herkend. Het was het soort onbewezen advies dat ze opvolgde omdat het enigszins nuttig voelde en haar een disproportioneel zeker gevoel gaf. Ze staarde door de voorruit naar de afstand tussen haar auto en Rosalita's appartement.

Het was onmogelijk om ons een tijd te herinneren voordat deze instinctieve en onmiddellijke angst voor onze veiligheid was begonnen, de behoefte om over onze schouder te kijken wanneer we een leeg parkeerterrein overstaken, om onder onze auto te kijken, om ons schrap te zetten wanneer een vreemde man te dicht achter ons liep, en om te schrikken als hij ons staande hield om te vragen hoe laat het was. Het besef dat deze angst specifiek bij ons hoorde, kwam pas later. Het besef dat wij, in tegenstelling tot de jongens met wie we in doodlopende straatjes speelden toen we klein waren, nooit de waarschuwende verhalen zouden ontgroeien. Er zouden altijd vreemde mannen zijn die ons snoep aanboden.

Ardie keek naar links en naar rechts toen ze de auto uit stapte en de metalen trap op begon te lopen die Rosalita en Salomon elke dag namen.

Ardie klopte en Rosalita deed open met een stapel papieren en een instructievel in haar hand, plus een bezorgde frons op haar gezicht waardoor ze er ouder uitzag. Ardie had nog altijd maar een heel vaag idee van hoe oud Rosalita was.

Een doorgezakte bank nam een derde deel van een betegelde woonkamer in beslag. Hij stond te dicht bij een televisie, die van een zodanig formaat was dat Ardie en Tony hem tien jaar geleden al zouden hebben weggedaan omdat hij er 'gedateerd' uitzag. Salomon zwaaide vanaf de bank. Het was al laat, maar hij was nog niet in zijn pyjama en had nog steeds zijn favoriete pet op: een blauwe Mavericks-pet met een groene klep, met een getekende cowboyhoed die als het ware over de M van het logo was gehangen. Hij was te groot voor zijn hoofd en hij tilde zijn kin een beetje op om de televisie te kunnen zien.

Hij hield zijn hand omhoog en ze gaf hem een high five. 'Ik heb drie fouten in het onderdeel rekenen,' zei hij, maar hij grijnsde. 'Maar niet in de breuken.'

'Krijg ik echt alleen maar een high five? Ik heb je niet meer gezien sinds het grote nieuws. Weet je zeker dat je me niet nóg iets te vertellen hebt?'

Hij drukte zijn vingers tegen zijn wangen en keek naar haar omhoog. 'Ik ben toegelaten.'

'Natuurlijk ben je toegelaten.' Ardie was zich er pijnlijk gevoelig van bewust dat Salomon geen bijles meer nodig zou hebben. Hij was een lief, rustig kind met een rond gezicht en een honger naar geïllustreerde boeken zoals *Het leven van een loser* en *Meneer Tijger wordt wild* die bijna niet te stillen was. Ze had hem gevraagd een lijst voor haar te maken van zijn lievelingsboeken zodat ze die aan Michael kon voorleggen als hij ouder was, en Salomon had de taak zo serieus opgevat dat hij met twee bladzijden aanbevelingen, netjes in kolommen ondergebracht, was komen aanzetten. Ze bewaarde de lijst in haar nachtkastje.

Rosalita maakte ongeduldige geluiden, en Ardie haalde haar hand van de pet van de jongen.

'Zie je?' Rosalita nam Ardie mee naar de keuken, waar boven de ontbijttafel een goedkoop ijzeren lichtarmatuur hing, waarvan de keramische tulpen het licht van de peertjes erin verstrooiden. Het tafelblad was bezaaid met papieren en gescheurde enveloppen. 'Ik begrijp het niet.' Rosalita tikte tegen de papieren. 'Ik begrijp niet wat ze van me willen. Ik kan het niet betalen. Wat moeten ze nog meer weten? Salomon moet naar die school. Ik kan het niet betalen.'

Frustratie straalde in golven van Rosalita af terwijl Ardie de taak die voor haar lag in ogenschouw nam. Ze nam aan dat Rosalita's ergernis ongeveer net zo groot was als die van haar wanneer ze probeerde een IKEA-meubelstuk in elkaar te zetten.

'Oké.' Ardie las het instructievel door, waarop stond wat er allemaal ingevuld moest worden in de genummerde vakjes. 'Dit gaat wel lukken. Geen probleem. Dit gaat lukken.' Ze draaide het formulier om, op haar duimnagel bijtend voor de concentratie. 'We hebben je belastingaangiftebiljet nodig, loonbelastingformulieren, nog wat andere belastingformulieren en je meest recente loonstrookjes. Hebben we die?'

Rosalita's handen beefden terwijl ze koortsachtig de losse papieren doorzocht die over de tafel verspreid lagen.

Ardie zette haar handen plat op de tafel en boog zich naar voren. 'Maak je geen zorgen. Ik vind ze wel.' Salomon was begonnen een bal op te gooien en te vangen, op te gooien en te vangen, en Ardie merkte wel dat dat ook een aanslag deed op Rosalita's zenuwen. 'Misschien kun je een kop thee voor ons zetten? Koffie?' stelde Ardie voor.

Rosalita streek het kroeshaar glad dat zich bij haar slapen had verzameld. 'Ik maak wel allebei.'

Nu ze in alle rust de papieren kon bekijken, ging Ardie op

zoek naar de relevante formulieren. Ze maakte wat ruimte vrij op tafel voor de papieren die ze werkelijk nodig had.

Ze wilde maar dat ze aan Rosalita duidelijk kon maken dat, hoeveel jaren iemand ook een opleiding had genoten, iedereen zich een domkop voelde wanneer het ging om het invullen van door de overheid verstrekte formulieren. Maar het was onmogelijk dat te zeggen zonder neerbuigend te klinken, en dus maakte Ardie het zich gemakkelijk op een houten stoel die helemaal niet gemakkelijk was en begon ze de vereiste informatie in te vullen in de piepkleine, uitgespaarde vakjes die daarvoor bedoeld waren.

'Hoe heet Salomons vader?' riep Ardie over haar schouder.

'Geen vader.'

Ardie draaide zich om op haar stoel. 'Het is belangrijk om precies te zijn,' zei ze zo vriendelijk als ze kon, gezien de onmogelijkheid van Rosalita's bewering. Rosalita keek streng naar haar zoon, die de bal in een langzamer tempo opgooide en duidelijk zijn best deed om het gesprek af te luisteren.

'Ga je film kijken, Salomon,' blafte Rosalita met haar handen op haar heupen. Ardie was niet gauw bang, maar als ze een kind was geweest, zou ze ook hebben geluisterd. Salomon gehoorzaamde zijn moeder met een bereidwilligheid die Michael, die een meester was in afleidingen verzinnen, nog nooit had vertoond, en ging op de bank zitten. De televisie schalde door het huis.

Rosalita zette een fluitketel op het elektrische fornuis. 'Salomons vader is dood,' zei ze zacht.

'O, wat spijt me dat. Ik had geen idee.'

Rosalita rolde met haar ogen. 'Salomon heeft hem nooit gekend. Maar ik dacht... Ik dacht dat hij misschien voor deze school zou betalen. Soms hielp hij als ik erom vroeg. Hier en daar. Niet veel. Maar toch.' Ze haalde haar schouders op.

Ardie ging weer verder met het bestuderen van de formulieren. 'Er is wel een vakje dat je kunt aankruisen als hij is overleden, maar het lijkt erop dat ze evengoed een naam willen.' Ardie had onder tafel haar hielen uit haar schoenen gehaald.

Rosalita fronste haar wenkbrauwen terwijl ze de theedoek tussen haar handen door trok. 'Hij stond niet op de geboorteakte. Hij heeft Salomon helemaal niets nagelaten. Waarom zou ik dat moeten doen?'

Ardie stak haar hand op omdat ze al voelde wat er komen ging. 'Oké, oké. Ook goed. We zullen het openlaten en maar hopen dat het goed komt.'

Ze worstelde zich door de papieren rompslomp van iemand anders' leven en probeerde er een ordelijk geheel van te maken. Ze haalde de loonstrookjes tevoorschijn en legde de laatste drie in chronologische volgorde. Ze las de bedragen in het witte vakje aan de rechterkant. En toen las ze ze nog eens.

'Rosalita.' Ze gebaarde haar te komen zonder zich om te draaien. 'Je meest recente loonstrookje is minder dan de helft van het bedrag dat je daarvóór betaald kreeg. Kijk.' Ze zette haar vinger onder het bedrag.

'Nee, dat is oké.'

Ardie draaide het strookje om en om. 'Waarom zou je loon zoveel minder zijn geworden?' Ze hield niet-begrijpend haar hoofd schuin. 'Hebben ze je gekort op het aantal uren dat je werkt? Is dit wat je in de toekomst zult verdienen, of wat je hiervoor verdiende?'

'Ik verdien dat voor de toekomst vanaf nu, denk ik. Het is oké,' zei Rosalita weer, kortaf, en toen liep ze terug naar de fluitketel, die was begonnen te fluiten.

'Nee.' Ardie beet op de achterkant van haar pen en kwam omhoog van haar stoel. 'Dit moet een vergissing zijn. Het is een te groot verschil. Ik zal met de loonadministratie gaan praten voor je, of met Personeelszaken. Dit is belachelijk.'

'Nee. Het is goed zo.' Rosalita hing de theedoek over haar schouder en haalde een witte mok uit een bovenkastje. 'Dat bedrag is het nu eenmaal.'

'Rosalita, dit is ernstig. Je kunt niet leven van...'

Rosalita schoof de lege mok op het aanrecht. 'Jij bent een rijk iemand. Jij weet niet waar ik van kan leven. Je hebt geen idee. Salomon, hou op met binnen met die bal spelen!' snauwde ze.

'Ik wilde niet...' Ardie haalde haar handen van tafel ten teken van overgave en draaide zich toen om op haar stoel om naar Rosalita te kijken. 'Ik bedoelde er niets mee.' Ardie liet zich weer op de stoel zakken. 'Vanaf morgen zullen we meer met elkaar gemeen hebben dan je denkt. Rijk? Niet zo heel erg.' Ze glimlachte slapjes.

Rosalita begon te lachen, een beetje onvriendelijk, vond Ardie, maar dat was oké, ze begreep wel waarom. Ardie had rechten gestudeerd, had kwalificaties.

Ardie haalde de koekjes tevoorschijn, die een beetje gebroken waren in haar handtas, en legde ze neer om ze te delen met Rosalita, die er in het begin niet van wilde pakken. 'Wist je dat we een kort geding, eh, een rechtszaak hebben aangespannen,' – Ardie zocht naar het woord – '*demanda judicial* tegen Truviv, het bedrijf?'

Rosalita perste haar lippen op elkaar. 'Ik weet er iets van, ja. Ik... zie dingen. Waarom?'

'Ook tegen Ames Garrett. Die man die is overleden. Van het gebouw af. Ongewenste intimiteiten. Hij behandelde de vrouwen op het werk niet goed. Het was niet juist en we besloten dat we er iets aan moesten doen.' Ze ging met een lagere stem praten en kromde haar arm in een parodie op henzelf. Er iets aan doen! Nou, en of ze er iets aan hadden gedaan. 'Zoals je waarschijnlijk al hebt geraden, was het niet zo'n heel goed idee.' Geloofde ze dat zelf? Achteraf bezien was het een vreselijk slecht idee. Maar toentertijd, met dezelfde informatie, dacht ze wel degelijk dat ze had geprobeerd te doen wat goed was. Als de SKUD-lijst er niet was geweest, als Ames niet was doodgegaan, als een van die twee dingen er niet was geweest, zou het misschien anders zijn gelopen.

Rosalita kwam naar de tafel, trok een stoel naar achteren en koos een van de koekjes uit. Er viel een kruimel op haar schoot. 'Ik zag hem in zijn kantoor met die... kort haar.' Rosalita gebaarde met haar handen om haar hoofd. 'Katherine.'

Ardie ademde snuivend uit en schudde haar hoofd. Dat ze daar nu achter kwam. Een getuige. Werd ze er nog gekker door of juist minder? 'Katherine heeft plotseling een heel ander verhaal.' Ze trok haar wenkbrauwen op en nam een hap van het koekje. 'Ze zei dat er niets was gebeurd tussen haar en Ames. We gaan verliezen. Het bedrijf pakt ons alles af. Na morgen zal ik niet eens meer bij Truviv werken.' Ze glimlachte, omdat het pas nu volledig tot haar doordrong. 'Maar je hebt mijn telefoonnummer. Je kunt me bereiken.'

'Nee.' Rosalita's voorhoofd trok samen. Ze schudde haar hoofd. 'Nee, dat is niet goed. Hoe... hoe kunnen ze dat... jóú nou aandoen?' Ze maakte een groots, begeesterd gebaar. 'Salomon!' blafte Rosalita. Beide vrouwen keken naar Salomon, die met zijn bal tegen het gestucte plafond aan het gooien was. Hij gooide de bal en die glipte weg en stuiterde van zijn vingers af. Hij maakte een sprong om hem te pakken te krijgen en de te grote pet viel van zijn hoofd.

# 52

*2 mei*

Al die tijd. Dat was ongeveer wat Ardie die eerste minuten dacht. De oorverdovende stilte in haar oren was het enige wat was overgebleven van het geluid van haar autoportier dat was dichtgeknald in de duisternis.

Ardie verwarmde altijd haar autostoel omdat het haar onderrug ontspande, maar vanavond liet de verwarming een dunne laag slijm achter en de stof van het Pink Floyd-T-shirt bleef aan haar plakken terwijl ze reed. Het was halfelf en ze overwoog Sloane of Grace of hen allebei te bellen.

Acht jaar.

Het was zelfs nog na Sloane geweest. De details deden er nauwelijks toe. Eén keer, twee keer, drie keer, meer dan wie dan ook kon tellen? Het waren allemaal maar spaken aan een wiel.

Ardie rolde haar raampje omlaag en liet haar sleutelhanger over het controlepaneel glijden zodat de metalen slagboom omhoogging. Haar zwarte Lexus helde achterover, reed omhoog door de parkeergarage van Truviv en gleed tussen twee gele lijnen door op de eerste verdieping. Ze sloeg op de vergrendelingsknop en de claxon klonk twee keer, galmend tegen de betonnen pilaren. Toen ze eenmaal in de lift van de parkeergarage stond, was er geen achtergrondmuziek meer te horen, en ze had het gevoel dat ze langs de randen van een betonnen schacht werd geschraapt in een doodskist die was vastgemaakt aan een katrol. Ze zwaaide naar de bewaker van dienst, liep door de hal en ging bij de volgende rij liften naar boven.

De airconditioning zoemde in de verlaten hallen. Om de hoek stak een jonge witte vrouw met futloos bruin haar haar hoofd om een schoonmaakkarretje en ontspande toen ze zag dat de insluiper Ardie was.

Als een kind bij een zwembad moest Ardie zich bedwingen om niet te rennen. De verwachtingsvolle spanning spoorde haar aan sneller te lopen. De kans op eerherstel... dat was misschien een groot woord, maar een dat bijna binnen handbereik lag.

Toen ze rechten studeerde, had Ardie onderzoek willen doen naar witteboordencriminaliteit en forensische accountancy willen beoefenen omdat het een aantrekkingskracht had die eigenlijk maar weinig andere banen hadden. Maar een maand na haar sollicitatiegesprekken binnen de campus had ze een baan bij een advocatenfirma aangeboden gekregen waarmee ze bijna 200.000 dollar per jaar kon verdienen. Als vijfentwintigjarige redeneerde ze dat ze nog wel strafrechtadvocaat kon worden nadat ze haar studielening had afbetaald. En zo, besefte ze, kwam waarschijnlijk menige carrièredroom aan zijn einde.

Ardie gebruikte haar sleutelpas om toegang te krijgen tot de kamer waarin de personeelsdossiers werden bewaard. Het idee dat het mogelijk was dat ze de gigantische hoeveelheid informatie die deze ruimte bevatte zou doorzoeken en niets zou vinden, gaf haar een hol gevoel toen ze op het lichtknopje drukte en de deur achter zich op slot deed.

Beige dossierladenkasten stonden aan beide kanten van de lange, smalle kamer. Banen tl-licht maakten de lucht steriel. Hierbinnen zou ze nooit weten welk deel van de dag het was. Haar telefoon had niet eens bereik.

De personeelsdossiers waren op afdeling gerangschikt. Schoonmaakpersoneel had een plek achter in de derde kast, aan de rechterkant. Op alfabet. Netjes gerangschikt om gemakkelijk te kunnen zoeken. Tot in de puntjes verzorgd. Ze waren tenslotte een beursgenoteerd bedrijf.

Het was precies het soort minutieuze analyse die van Ardie een verdomd goeie advocaat maakte. (Spiegeltje, spiegeltje aan de wand, wie heeft de saaiste superkracht van het land?) Maar het was een nuttige superkracht, en een uur nadat ze was begonnen met zoeken waren haar vingertoppen droog van het bladeren door loonstrookjes en loonbelastingformulieren. Ze liet zich met haar rug tegen de aluminium dossierkast op de vloer zakken, met de getypte en ondertekende bevestiging van wat ze al wist in haar hand gekluisterd. Nu begreep Ardie waarom ze Sloane of Grace niet had gebeld. Het was niet aan haar om dit verhaal te vertellen.

Maar Ardie had wel een ander verhaal te vertellen.

Een pianist speelde filmmuziek in de hoek van de hotelbar. Een paar minuten geleden had ze een briefje van vijf dollar in de pot gedaan en hem gevraagd om het thema van Jurassic Park te spelen.

'Nog een rondje?' vroeg Ames terwijl hij de creditcard van het bedrijf naar de barkeeper had geschoven. Ze dronken dure champagne. Ze hadden een dure deal gesloten. Morgen zou ze een hoofdpijn hebben die meer kostte dan haar handtas.

'Ik ben zo terug. Ik moet Dan even bellen,' zei ze. 'Bestel nog maar een keer hetzelfde voor me.'

Ze excuseerde zich en liep naar de hal, waar een bladerdak van klimop boven haar hoofd groeide. Ze belde haar vriendje.

'Je klinkt dronken,' zei hij.

'Dat ben ik ook.' Haar hoofd voelde aangenaam zwaar, en het puntje van haar neus en haar wangen begonnen gevoelloos te worden. 'Goed nieuws: ik heb mijn leven weer terug.' Zodra de deal ondertekend was, had ze haar lichaam onmiddellijk lichter voelen worden, alsof ze zojuist een sapkuur had afgesloten in plaats van twee maanden Thaise bezorgmaaltijden uit een piepschuimen bakje in de vergaderruimte te eten.

'Ik geloof het pas als ik het zie.' Dan lachte. Hij was een ernstige jonge analist die bij Deloitte werkte en Ardie had zich onlangs afgevraagd op welk moment ze zou weten of hij de ware was.

'Het is waar,' hield ze vol, op de prikkelbare manier van iemand die er al te veel opheeft om nog overtuigend over te komen. 'Ik ben een herboren vrouw.'

'Gefeliciteerd,' zei hij. 'Geniet ervan. Ik zie je morgen, of wie deze herboren vrouw ook is met wie ik aan het daten ben.'

Ze ging terug naar de bar en pakte de champagneflûte, waarvan de bubbels nog steeds opstegen naar het oppervlak.

'Drink op,' zei hij. 'En daarna loop ik wel even mee naar je kamer.'

# 53

*3 mei*

We hadden al lang geleden gezien welk probleem er aan de basis van alles lag: het feit dat we vrouw waren, was een handicap op het werk waarvoor we hadden geprobeerd te compenseren door onze vrouwelijkheid op precies de belangrijke punten uit te vlakken. We deden net alsof we het ermee eens waren dat belangstelling hebben voor make-up, romantische boeken en series als *The Real Housewives* veel leeghoofdiger was dan een obsessie met sport, ambachtelijk bier en computerspelletjes. We deden mee met Fantasy Football-competities. We dwongen onszelf de verhoogde tonen aan het einde van zinnen achterwege te laten en om de uitdrukking 'zeg maar' uit te bannen zodat we 'professioneler' zouden klinken, hoewel we eigenlijk alleen maar probeerden mannelijker te klinken. Aangezien seksuele intimidatie iets was wat vrouwen overkwam, geloof het of niet, wilden we niet toegeven dat we geïntimideerd waren. Dat zou betekenen dat we toegaven dat we vrouwen waren op een manier die van belang was. En dus had onze vastbeslotenheid om eindelijk voor onszelf op te komen een aanwijzing moeten zijn voor wat er zou gebeuren. Wíj zouden voortaan wel van belang zijn.

Op dezelfde manier had het feit dat Sloane geen hoopje ellende was ook een aanwijzing moeten zijn. Jezus, het was op zijn minst een wonder. Ze zat te wachten tot iemand in deze ruimte zou opmerken: Sloane, wat ben je toch stoïcijns. Hoe doe je dat toch? En o, tussen twee haakjes, mag ik het nummer van je kapper?

Maar in plaats daarvan zagen alle aanwezigen behalve zij en Grace eruit alsof ze last van hun maag hadden. Ze dacht erover om hun maagtabletten aan te bieden, gewoon om een beetje te stangen, maar ach, waarschijnlijk maar beter van niet.

Ze zaten in de vergaderkamer op de negentiende verdieping, de Belangrijke Kamer, zoals Sloane hem noemde, omdat dit de kamer was waar ze haar presentaties over juridische risico's had gehouden voor Desmond en het bestuur. Ze was zelf een juridisch risico geworden, besefte ze. Ze had onderwerp van de presentaties kunnen zijn. Het kon toch raar lopen in het leven.

Opgeblazen leren bureaustoelen stonden rond de gladde ovale tafel van mahoniehout, waaromheen Cosette, haar twee handlangers (die Sloane Sonny & Cher had genoemd zonder dat ze ooit daadwerkelijk hun namen te weten was gekomen), een ferm bebrild lid van de onafhankelijke toetsingscommissie, Al Runkin, Helen Yeh en Grace zaten. Vanuit de hoek spreidde een vioolbladplant om jaloers op te worden zijn indrukwekkend grote bladeren uit vanaf zijn stam. Hij zou waarschijnlijk vijfhonderd dollar opbrengen, iets wat Sloane door schade en schande te weten was gekomen toen ze er twee had laten doodgaan in haar eigen woonkamer.

Cosette keek met veel vertoon op haar Rolex hoe laat het was, alsof iemand echt op die manier keek hoe laat het was. Sloane dacht dat de Rolex waarschijnlijk net zoiets was als het kopen van een boot. Als je hem eenmaal had gekocht, moest je goed bijhouden hoe vaak je hem gebruikte om de kosten ervan te rechtvaardigen. 'Heb je al iets gehoord van Ardie?' vroeg ze, alsof ze zaten te wachten tot een van hun vriendinnen zou komen opdagen voor de brunch. Een mimosa zou misschien wel fijn zijn.

'Ze zal vast zo wel komen.' Sloane trommelde met haar vingers op het tafelblad terwijl de stilte die een bedreiging vormde voor Sloanes neiging tot converseren, voortduurde.

Om zichzelf bezig te houden, begon Sloane zich dingen af te

vragen over Cosette. Suffe dingen, zoals of ze het soort persoon was dat nooit vieze borden in de gootsteen liet staan. (Waarschijnlijk.) Haar appartement in New York was waarschijnlijk ge-feng-shuid, met een exemplaar van Marie Kondo's *Opgeruimd!* half uitgelezen op haar smetteloze nachtkastje, alsof haar huis zich in zo'n onberispelijke, mierenneukerige staat van ordelijkheid bevond omdat ze verlicht was en niet, pak hem beet, omdat ze vijfentwintighonderd uur per jaar factureerde.

Cosette tikte nog twee keer ten overvloede op de met diamanten afgezette wijzerplaat. 'Misschien moeten we maar beginnen en eerst de huishoudelijke mededelingen doen die deel uitmaken van deze vergadering.' Ze schoof drie stapeltjes documenten over tafel. Een voor Sloane, een voor Grace en een voor Ardie. 'We hebben alvast de papieren van de schikking in orde gemaakt. Ik heb gele tabs gebruikt om aan te geven waar jullie moeten tekenen. We wilden dit zo pijnloos mogelijk maken.' Ze tuitte haar lippen terwijl ze zich over de tafel heen boog.

'Wat attent van je,' zei Grace op een frisse-pepermunttoon.

Die arme Cosette vertrok haar gezicht met een waarderend knikje. Godsamme, dacht ze nou echt dat het als een compliment bedoeld was?

Sloane had weleens gelezen dat het onmogelijk zou zijn om iemand te doden door hem zich duizend keer aan papier te laten snijden, ondanks het oude gezegde 'Dood door duizend sneden', maar dat een miljoen keer genoeg moest zijn. Waarschijnlijk kon ze maar beter niet aan dat soort dingen denken na alles wat er gebeurd was.

'Het punt is, Cosette,' begon Sloane, 'dat je ons ook gewoon had kunnen aanbieden dat we de aanklacht in zouden trekken. Het zou kunnen dat we daartoe bereid zouden zijn geweest.'

'Sloane, ik zou wel willen.' Cosette klikte haar pen open. 'Vanwege ons verleden. Maar het bestuur had heel erg het idee – en ik was het daarmee eens, om eerlijk te zijn – dat we een precedent moesten scheppen. Om lichtzinnige rechtszaken voortaan te ontmoedigen.'

'Juist. Precedent.' Grace keek Sloane fronsend aan en haalde haar schouders op. 'Klinkt logisch.' In een andere kamer hadden Grace en Cosette voor zussen kunnen doorgaan.

Sloane vroeg zich af hoe je toch zo zelfverzekerd kon zijn dat je je niet afvroeg waarom er bij de twee vrouwen die op het punt stonden een misselijkmakende som geld op te hoesten, en daarnaast al hun aandelenopties en hun baan in te leveren, nog geen wimper verkeerd zat.

En toen duwde Ardie de deur open. Ze zette haar rug ertegenaan. 'Sorry dat we te laat zijn.'

Cosette keek op en keek vervolgens verbaasd toen Rosalita en haar zoon Salomon vóór Ardie binnenkwamen. 'Pardon.' Ze tikte op de tafel. 'Dit is een besloten vergadering. We zijn hier bezig, nu. Schoonmaken later, alstublieft.' Cosette likte aan haar vinger en sloeg een bladzijde om van de documenten die voor haar lagen.

'Hallo, mevrouw Sharpe.' Rosalita kwam tot stilstand voor de vergadertafel. 'Mijn naam is Rosalita Guillen. Mijn zoon Salomon zal op de gang wachten terwijl we praten. Salomon, kom, kom, gedraag je alsjeblieft. Zet je pet af als je binnenkomt.'

De jongen deed zijn pet af. 'Aangenaam,' mompelde hij, starend naar de grond, met rode oren, terwijl de kamer zich naar hem toe keerde.

Het was alsof er een onzichtbare atoombom was afgegaan – geluidloos, onheilspellend, steeds groter wordend – en opzwol totdat de gezichten van iedereen binnen de straal van de fall-out getransformeerd waren. De zilverachtige streep scheen als bliksem door het donkere haar van de jongen.

Ook al had ze de explosie verwacht, toch benam hij Sloane de adem.

'Cosette,' begon Sloane terwijl Ardie hielp om Salomon de kamer uit te leiden, 'de waarheid is dat we zonder jou nooit het verhaal van onze vriendin zouden hebben ontdekt.'

Cosettes lippen gingen van elkaar zodat haar tanden, zo wit als die van een haai, zichtbaar werden.

Sloane was verbaasd dat ze niet die steek van triomfantelijkheid voelde die ze had verwacht. Eigenlijk voelde ze voornamelijk een vermoeide melancholie, die steeds zwaarder werd in haar botten. Het was alsof je verklaarde dat de Eerste Wereldoorlog je favoriete oorlog was terwijl je bedoelde dat je de Eerste Wereldoorlog de meest fascinerende oorlog vond. Niemand had daadwerkelijk een favoríéte oorlog. Dus ja, zo was het ook met Rosalita. Het was een onvermogen om op te houden met staren naar de vrouw die ze zo vaak had bekeken. (Hoewel Sloane wél aardig tegen haar had gedaan op Michaels verjaardagsfeestje. Dat moest iedereen haar nageven.)

En dit was Rosalita natuurlijk ook nog eens overkomen in Ames' eigen kantoor, met het kolossale bureau en die marineblauwe leren stoel. Als ze er te lang over nadacht, zwoer ze dat ze Ames wel kon vermoorden. Maar ja...

Rosalita schoof een dunne map met documenten naar Cosette, bij wie de mond was veranderd in een speld. 'Ik ben vandaag gekomen omdat Ames Garrett me acht jaar geleden in dit kantoorgebouw heeft verkracht. Hij zei tegen me dat hij wist dat ik het wilde. Dat was niet zo. Ik heb het nooit gewild.' Sloane probeerde zich voor te stellen hoe het voor Rosalita moest zijn om voor deze kamer te spreken, zich tot deze mensen te richten – een lid van het bestuur, advocaten uit New York, een functionaris van Personeelszaken – en om hen niet alleen toe te spreken, maar om die woorden in die volgorde uit te spreken. Ames Garrett had haar verkracht.

Maar Rosalita vertoonde geen tekenen van ongemak. Ze leek zichzelf volkomen meester. Die vrouw had lef. Aan de andere kant: Rosalita had het allemaal al eens gezegd tegen Desmond Bankole, de algemeen directeur van een bedrijf in de Fortune 500, al die jaren geleden. Ze had geoefend. In tegenstelling tot de rest van hen.

'Ames Garrett was de vader van Salomon,' legde Rosalita uit.

Ardie leunde naar voren. 'Heb je weleens gehoord van het syndroom van Waardenburg? Het is een erfelijk syndroom. Betrekkelijk onschuldig, hoewel het ontkleuring van de haarlok op het voorhoofd en enige slechthorendheid kan veroorzaken. Zoals de meesten van jullie vast wel weten, had Ames het syndroom van Waardenburg.'

'Ja, maar mevrouw Guillen had met wederzijds goedvinden een verhouding kunnen hebben met meneer Garrett.' Ze keek de kamer rond om aan te tonen hoe ontzettend voor de hand liggend dit was. Maar als Cosette probeerde op deze manier het hoofd boven water te houden, dan was er niemand die haar een reddingsboei toewierp.

'Een verhouding met wederzijds goedvinden waarvoor Truviv haar meer dan twee keer haar eerdere inkomen betaalde?' vroeg Grace. 'Een verhouding met wederzijds goedvinden waardoor Desmond Bankole er persoonlijk goedkeuring aan gaf dat één enkel lid van het schoonmaakpersoneel een ongehoorde loonstijging ontving na de verkrachting? Ik geloof niet dat algemeen directeuren gewoonlijk gaan over de lonen van schoonmaakpersoneel, jij wel?'

Het had Sloane verdriet gedaan om dat te horen over Desmond. Ze had beter van hem verwacht.

'Daar komt bij,' drukte Ardie door, 'dat als je de geschiedenis van het bedrijf erop nakijkt rondom de tijd waarop de loonsverhoging plaatsvond en de tijd waarop Salomon' – ze ging zachter praten – 'verwekt zou zijn, je ziet dat Truviv op het punt stond de overname van Run Dynamics af te ronden, een proces dat toentertijd werd geleid door Ames Garrett zelf en dat, zoals voorspeld, buitengewoon lucratief is geweest voor Truviv.'

Rosalita strengelde haar vingers in elkaar en rolde haar stoel dichterbij. 'Ik hou heel, heel veel van mijn zoon.' Ze keek elk van de gezichten onderzoekend aan. 'Dat is waarom ik tot nu toe niets heb gezegd. Tot Ardie.' Ze wisselden een blik. 'Totdat Ardie en ik met elkaar spraken en ik besloot – ík besloot – dat ik naar voren wilde komen om mijn deel van dit verhaal te vertellen. Ik laat hen spreken vanwege mijn Engels. Maar ik ben hier omdat ik weet wat belangrijk is. En ik weet wat goed is. En wat u doet, dat is niet goed, mevrouw Sharpe.'

Sloanes keel voelde plotseling gezwollen. Als het Ames' bedoeling was geweest Rosalita weg te zetten, was hem dat niet gelukt.

Cosette keek alsof ze in zichzelf een strijd voerde om te beslissen of ze moest zeggen wat ze vervolgens wilde zeggen. 'Omdat je betááld wilt krijgen,' bitste ze.

Zelfs Al Runkin kromp ineen.

'Ja, het zou fijn zijn om betaald te krijgen. Zeker. Maar zij vertellen de waarheid. Ik kan hen niet hun baan en geld en alles laten verliezen omdat ze een waarheid vertellen die ook mijn waarheid is.' Rosalita drukte een vuist tegen haar hart. Sloanes ogen werden vochtig, verdomme.

Sloane schoof het stapeltje papieren terug over tafel. 'Dus, hoewel we het waarderen dat je er extra tijd in hebt gestoken om te markeren waar we moesten tekenen, gaan we dat toch niet doen. De pers is al op de hoogte gesteld. Voor het geval je ideeën had om, ik weet niet, weer tot de aanval over te gaan.'

De vrouw die Sloane Cher had genoemd koos dit moment uit om haar mond open te doen. 'Jullie hebben een geheimhoudingsovereenkomst met het bedrijf.' Ze keek opzij naar Cosette om goedkeuring. 'Jullie mogen niets zeggen. Dat zou een wezenlijke schending van die overeenkomst zijn.'

'Dat klopt,' voegde Cosette er haastig aan toe. 'Die hebben jullie.'

Rosalita tilde haar hand van tafel. 'Ik niet.'

Rosalita had vanochtend vroeg meteen Cliff Colgate gebeld. Het was hun beurt om de touwtjes in handen te krijgen over dit verhaal, en dit – Rosalita's verhaal – zou daarvoor zorgen. En bovendien zou het, zo dacht Sloane, ook nog eens een leuke primeur zijn voor Cliff. (Graag gedaan.) Hij had beloofd dat hij het artikel smaakvol en discreet zou behandelen, en als gevolg daarvan zouden ze er maar op moeten vertrouwen dat hij inderdaad, zoals hij had beweerd, een goeie vent was.

'Goed, nou, we laten het verder aan jullie over,' zei Grace.

Sloane schudde plechtig haar hoofd. 'Klinkt als een regelrechte pr-nachtmerrie.'

Er bestond absoluut geen wereld waarin Cosette niet helemaal verkrampt met haar gespierde billen tegen elkaar geknepen op haar stoel zat. 'We zullen Truviv uiteraard adviseren hoe ze hiermee het best in de publiciteit kunnen treden. Ze zijn in goede handen.'

Sloane was even stil. 'Ik bedoelde voor jullie firma... en voor jou. Vrouwen in de juridische wereld moeten voor elkaar opkomen,' zei ze. 'Bedankt voor het advies.'

# 54

Twee roze streepjes. Rosalita had op de wc gezeten, haar broek nog om haar enkels, toen ze het tweede streepje gestaag donkerder zag worden totdat er geen twijfel meer bestond wat de test had besloten: ze was zwanger.

Ze was al eens eerder in paniek geweest toen ze haar toenmalige vriendje had opgebeld en hem had verteld dat ze over tijd was. Ze dacht dat ze al wist, ergens in haar achterhoofd, dat ze niet echt zwanger was voordat ze de test had opgehouden naar het licht, haar ogen dichtknijpend om te zien of er zich zelfs maar het vaagste zweempje van een streepje vormde langs het grijzige deukje dat in de witte strook was gedrukt. Ze had de reactie van haar vriendje willen zien en een paar dagen lang was het allemaal erg volwassen en romantisch geweest, spelend met de gedachte aan een gezin met hem.

Nu was het niet nodig om haar ogen dicht te knijpen.

Ze had de test in een plastic zakje gedaan en stevig afgesloten. Druppeltjes urine bleven plakken aan de doorzichtige zijkanten. Rosalita was katholiek, maar dat was niet de enige reden dat ze geen abortus zou laten plegen. De komende negen maanden zou de vader van het kindje worden achtervolgd door de aanblik van haar groeiende buik, van haar dikke, gezwollen lichaam, dat groter en groter werd tot het zich een weg de wereld in drong. Zonder dat ze er een woord over zei, zou hij zich precies herinneren wat hij had gedaan.

Vóór die nacht was hij de man met de zijden dassen geweest, met de vreemde witte streep in zijn haar als bij een stinkdier, de vervagende blauwe tatoeage grotendeels aan het zicht ontnomen door dik, mannelijk armhaar en de rest door zijn uitgerolde overhemdsmouw, lege sigarettenpakjes in zijn prullenbak. Vóór die nacht had ze het niet fijn gevonden om onzichtbaar te zijn, had ze een hekel gehad aan de manier waarop mannen als hij recht door haar heen keken alsof het een machine was en niet een persoon die de jaloezieën afstofte en de prullenbakken leegde. Na die nacht zou ze zich nooit meer onzichtbaar genoeg voelen. Ze zou hunkeren naar het vermogen om ongezien te zijn. Maar ze zou zich altijd naakt voelen.

Hij had tot laat doorgewerkt, nacht na nacht, zoveel nachten achter elkaar dat het voelde alsof zij en de man volgens hetzelfde rooster werkten. Hij nam powernaps op een bank in zijn kantoor, waar Rosalita stilletjes van onder de indruk was geweest. Een bank in het kantoor!

Het woord 'overname' werd heen en weer geslingerd en één keer dacht ze dat ze 'miljard', eindigend op -ard en niet op -oen, had gehoord, en ze snapte niet hoe iemand überhaupt kon slapen, zelfs niet op een bank op kantoor, als hij de leiding had over iets wat meer dan een miljard dollar kostte.

In het begin had ze het gezelschap prettig gevonden, ook al spraken ze in feite nooit met elkaar. Het werd steeds later en het aantal advocaten dat zich boven heen en weer haastte naar en van de printer en sushi in hun mond propte boven hun toetsenbord werd steeds kleiner, totdat het hem elke nacht lukte om de laatste te zijn. Dit ging zo tien dagen door, misschien langer. Eén keer had hij haar wel in de gaten en had hij zijn hoofd opgeheven om te zeggen 'Hoe gaat het ermee?', op een norse toon die tot niet meer dan een gemompeld antwoord uitnodigde. Bij een andere gelegenheid keek ze hoe hij voor het raam dat van het plafond tot aan de vloer reikte naar de bodemloze put van de nacht stond te kijken, waar gebouwen hun gekartelde tanden in de donkerblauwe hemel zetten. Hij stond daar maar gewoon. Te staren.

De nacht dat het gebeurde, klonken er stemmen in de verlaten hallen. Als er een geleidelijke toename in volume was geweest, had Rosalita die niet gehoord. Voor haar klonk het als een stereo-installatie die werd aangezet, met het volume zo hoog dat het tegen de zenuwuiteinden knalde en ervoor zorgde dat de luisteraar zich haastte om de knop terug te draaien. Rosalita hield zich gedeisd en werkte zich door de rij kantoren heen, haar schoonmaakpartner ergens ver weg aan de andere kant van de verdieping.

Het feit dat ze luistervink speelde kon niet worden ontkend, maar dat was voornamelijk het gevolg van het feit dat ze oren had. Het geluid van de twee mannen die ruziemaakten, had haar net zomin kunnen ontgaan als het geluid van blaffende honden 's nachts. Hoe het ook zij, ze begreep weinig van wat er werd gezegd tussen de ene man en de andere, van wie ze concludeerde dat hij de baas van de eerste man – haar man (zoals ze hem was gaan beschouwen) – was. Ze zou het helemaal vergeten zijn, zo niet de volgende ochtend al, dan misschien over een week of twee. Ze voelde medelijden met de man die zoveel uren had gewerkt en dan nog eens uitgekafferd werd door zijn baas. Misschien was dat het probleem: haar impuls om medelijden met hem te hebben. Want ze zou zich altijd blijven afvragen wat de man die nacht in haar gezicht had gezien en ze vermoedde dat het medelijden was. Wat in haar ogen bedoeld was geweest als goedbedoeld medeleven, was in zijn ogen al uitgezaaid tot iets akeligs. Ze vermoedde dat dat kwam doordat er al iets akeligs in hem zat, zwemmend in zijn bloed als kankercellen die erop zaten te wachten om zich ergens aan vast te grijpen. Hij had een verborgen aandoening. Waar zou die zich naartoe hebben gewend als hij niet had gemerkt dat zij hem zag? Als hij de vernedering al niet in zich had voelen koken en gehoor had gegeven aan die noodlottige impuls om van zijn vernedering in plaats daarvan die van haar te maken.

*Als er in het bos een boom omvalt en er niemand is die het hoort...*

Of: *Dat is de hamvraag!*

Die zinnetjes had ze op de televisie gehoord.

De baas was net een kwartier of zo vertrokken toen Rosalita het kantoor binnenkwam, met gebogen hoofd. Ze zou een kwartier later het kantoor verlaten, nadat ze had geleerd wat het verschil was tussen onzichtbaar zijn en zich onzichtbaar voelen. Ze zou een opzwellende witte schram op haar onderarm hebben, die zich later omvormde tot een rode. Het zou nog weer negen maanden duren voordat de kras een litteken was geworden.

Tussen die twee tijdstippen zou ze eindelijk de naam op het zilveren plaatje voor zijn kantoor uit haar hoofd leren. Ze zou een onafhankelijke advocaat bellen van wie ze de gegevens had gekregen via een hulplijn, want Rosalita was niet de vrouw die hij had gegokt dat ze was. Ze zou een ontmoeting hebben met de algemeen directeur van het bedrijf. Haar zou worden verteld dat de man – haar man – de leiding had over een cruciale overnamestrategie voor het bedrijf, dat het haar woord tegen dat van hem zou zijn, dat de aandeelhouders fel terug zouden slaan. Ze zouden haar een keuze geven, wat meer zou zijn dan ze eerder had gekregen.

*Op de verkeerde plek op het verkeerde moment!*

Nog weer zo'n zinnetje.

Acht jaar later zou ze liever het geld van de man hebben dan zijn dood. Hij zou uiteindelijk toch wel doodgaan. Ze zou bij zijn vrouw op de stoep verschijnen, iets wat ze nog nooit eerder had gedaan, hoe vaak ze ook in de verleiding was gekomen. Ze zou de deur in haar gezicht dichtgeslagen krijgen, en haar zou gezegd worden dat ze weg moest gaan en haar mond moest houden. En een van die dingen zou ze inderdaad doen.

# 55

*3 mei*

'Hoi, Katherine.' Ardie aarzelde in de deuropening, met haar handen in haar ruime zakken gestoken.

Katherine staarde naar haar vanachter het geïmproviseerde bureau op de negentiende verdieping. Een privékantoor op de hoogste verdieping. Ze stijgt op de ladder, dacht Ardie, om zich heen kijkend naar de twee muren en de glazen ruit, met de jaloezieën dicht, achter haar.

'Hallo.'

Ardie probeerde zich voor te stellen dat ze Katherine in een andere context zou ontmoeten. Bij een sollicitatiegesprek, misschien. Wat zou ze dan van haar hebben gevonden? Zou ze haar hebben aangenomen? Ze vond het onmogelijk te zeggen. Er was in de tussentijd te veel gebeurd.

'Ik wilde je alleen even laten weten dat we het schikkingsvoorstel niet hebben aanvaard.' Ze zei het toonloos. Alleen de feiten. Als een onbevooroordeelde nieuwsbron, als die nog bestonden.

Het puntje van Katherines tong gleed naar haar bovenlip. 'Denk je dat dat versta...'

'Er kwam een wijziging in de zaak,' onderbrak ze haar. 'Ik denk dat je wel kunt zeggen dat we zelf binnenkort een schikkingsvoorstel zullen ontvangen. Misschien zelfs vandaag al, en dat het een flink bedrag zal zijn.'

Katherine keek haar met knipperende ogen aan. Drie rode vlekken begonnen zich te verspreiden in haar lange, keurig recht gehouden hals. Het was niet eenvoudig om in een morele strijd bij de verliezende partij te horen, vooral niet als je de pragmatische kant, degenen die aan de winnende hand waren, had gekozen, als je een deel van jezelf had verkocht om een betere kans te hebben. Katherines mond vormde een verbaasde O.

'Waarom, Katherine? Waarom heb je gelogen?' vroeg Ardie uiteindelijk.

Katherine zoog haar adem naar binnen. 'Ik... ik dacht dat dat duidelijk was. Ik had afstand nodig.'

Ardie sloeg haar armen over elkaar. 'Afstand waarvan? Van ons?'

'Nee.' Katherine masseerde haar slapen. 'Niet alleen van jullie. Van alles. Van... wat er gebeurd was.' Ze maakte een breed gebaar met haar handen om het te demonstreren. Ardie wachtte. 'Ik verwacht niet dat je het begrijpt,' zei ze. 'Bij Frost Klein kwam ik niet voor mezelf op, en kijk wat er gebeurde. En hier stond er zelfs nog meer op het spel. Ik deed wat ik moest doen. Niet alleen voor mij. Het was beter... het ís beter dat ik een goede verstandhouding heb gehad met Ames.'

Ardie bleef kalm. Ardies andere superkracht. 'Bij Frost Klein kwam er niemand voor je op. En je kwam niet gewoon maar "voor jezelf op". Je hebt geprobeerd ons te gronde te richten, Katherine.'

'Nee.' Ze keek omlaag en schudde haar hoofd. 'Nee, het was niet persoonlijk bedoeld.'

Het scheen dat niemand de schurk was in zijn eigen verhaal, en Katherine, zo wist Ardie inmiddels, kon verhalen verzinnen. Wat ze niet wist, was of ze een slappeling, berekenend of een leugenaar was of dat het mogelijk was om al die dingen te zijn, onder de juiste omstandigheden.

'Ik heb er nooit om gevraagd. Ik heb jullie nooit gevráágd om jullie werkgever aan te klagen voor mij, oké? Sterker nog, dat heb ik zelfs specifiek gezegd.' Katherine wreef met te veel agressie over haar achterhoofd.

'Oké,' antwoordde Ardie.

Katherine keek door haar wimpers naar haar. 'Het is niet zo dat... het is niet zo dat ik daar naar binnen ging met het plan om... met het plan om te zeggen wat ik heb gezegd.'

Ardie bewoog zich niet.

'Ik ging daar naar binnen, en voordat ik de kans had gehad om iets te zeggen, zei Cosette tegen me dat ik moest weten dat ze van plan waren jullie aan te klagen.' Ze was nu aan het fluisteren. 'Dat de rechercheurs een onderzoek instelden naar iedereen van wie bekend was dat hij ruzie had gehad met Ames. Ze hoopten' – ze begon een beetje te lachen – 'ze hoopten dat ik eerlijk zou zijn, want ze zagen zo'n stralende, veelbelovende toekomst voor me hier, en ze wisten dat ik in het verleden problemen had gehad.'

'En dat was dus genoeg om ons te slachtofferen.'

'Ze zouden me aan het kruis nagelen. Opnieuw. Mijn naam zou besmeurd worden in alle kranten. Ik zou misschien nooit meer als advocaat kunnen werken. Jarenlang zou iedereen die me googelde niet zien dat ik keihard heb gewerkt. Ze zouden niet zien dat ik redacteur was geweest bij *Law Review* of van hoever ik was gekomen. Ze zouden zien dat ik een man had beschuldigd van ongewenste intimiteiten en dat die nu dood was. Jij hebt Cosette niet gehoord. De rechercheurs zouden mijn hele hebben en houwen onderzoeken. En ik was niet van plan midden in dat kaartenhuis te zitten.'

Ardie dacht: Jij was niet het middelpunt; je was de wind die het omverblies.

'Ze stelden vragen, Ardie.'

'Dat weet ik.' Ardie had zich geen centimeter bewogen. 'Ze hebben mij ook vragen gesteld.'

'Jouw naam stond al op de aanklacht. Dat was al gebeurd voordat hij overleed.'

Voordat hij overleed. Goed dan. 'Dus waarom vertelde je de rechercheurs dan niet meer?' vroeg ze. 'Waarom vertelde je niet alles?'

Katherine bleef stil.

'Ames was geen goed mens,' zei Ardie.

Wat ze zich het meest zou herinneren van Ames was dat gesprek dat ze met hem had gehad in zijn kantoor, een dag of twee nadat ze terug waren gekomen van het sluiten van de deal in L.A. Het was hun laatste gesprek geweest dat enige substantie had. Spijt van de aankoop, had hij het genoemd. De druiven zijn zuur. Hij zei dat ze gewoon boos was dat hij haar daarna niet meer had gebeld. Het was een onenightstand geweest; die hadden mensen zo vaak. Hij had gelijk. Dat was zo. Alleen zíj niet. Dat wist zij. Zij. Ze was dronken geweest, buiten westen zelfs, zeker. Maar... 'Laten we wel even serieus blijven,' had hij gezegd. 'Moet je jezelf zien. Denk je nou echt dat ik sta te springen om met jou naar bed te gaan? Ik heb niks gedaan wat jij niet wilde. Jij hebt eerder mij verleid dan andersom. Hoeveel drankjes had je ook alweer besteld? Je had gewoon weg kunnen gaan als je had gewild.'

De steek van schaamte die in de loop der jaren was blijven hangen, kwam niet doordat ze hem geloofde, maar doordat ze hem had laten geloven dat ze het geloofde door het aan niemand – behalve aan die waardeloze Al Runkin – te vertellen. Ze keek terug op de jaren van ervaring en over het bureau naar Katherine.

'Misschien dat hij het af en toe probeerde te zijn,' ging ze verder, 'als het hem zo uitkwam of als het niet te moeilijk was, maar hij was het niet.'

Een bijna niet waarneembaar knikje.

'Hoe dan ook.' Ardie veegde haar handen aan elkaar af. 'Ik wilde alleen maar dat je het van mij zou horen.'

'Maar' – Katherines hals trok samen toen ze met moeite slikte – 'het is nog niet voorbij. De rest.' Ze praatte met een dun, raspend stemmetje.

'Dat weet ik niet.' Langzaam liep ze naar het raam. Het grote, glazen gat. Ze trok de jaloezieën omhoog.

Katherine kromp ineen.

'Maar jij en Ames konden het zo goed met elkaar vinden. Waar zou jij je druk om maken?'

De rode kleur was omhooggekropen naar Katherines kaaklijn, als een soort uitslag. 'Ik weet dat ze denken dat ik Ames nog heb gesproken.'

'Je hébt Ames ook nog gesproken.'

'Ardie. Wat moet ik doen?' Ze drukte de palm van haar hand zachtjes tegen de plek waar haar ribben samenkwamen. Had ze nog niet genoeg gedaan?

Ardie haalde haar schouders op. 'Wachten.'

'Ardie, ik...' Ze zag hoop in de uitdrukking op Katherines gezicht. Het knappe gezicht opgeheven, met de smeekbede erop geschreven, die Ardie vroeg om haar opnieuw te redden.

'Katherine.' Ze hield haar tegen. Want Ardie had de juiste keuze gemaakt. Ze had gekozen voor de route waarmee ze zou kunnen leven, ongeacht de uitkomst. Ze had gekozen voor haar vriendinnen. En nu moest Katherine met háár keuze leven. Of ze dat wel of niet kon, was niet Ardies zaak. Ardies enige zaak was het geheim dat ze met elkaar deelden. 'Wij zijn geen vriendinnen van elkaar.'

# 56

*4 mei*

De volgende dag kwam Rosalita weer naar haar werk. Terug naar spuitbussen, latex handschoenen, doorzichtige vuilniszakken en lege toiletpapierrolletjes. Naar de betonnen kist in de buik van een kantoorgebouw en omhoog zijn aderen in, die de verlaten gangen waren die de verdiepingen met elkaar verbonden. Het was hetzelfde als wat ze tien jaar lang had gedaan. Niemand hier wist wat er de afgelopen vierentwintig uur was gebeurd en ze dompelde zich onder in het werk omdat het van haar was en omdat ze het moest doen.

Naast Crystal vinkte ze de hokjes af, kantoor voor kantoor, terwijl om hen heen de nacht ademhaalde.

Zo nu en dan zag ze haar jonge zelf in Crystal. Zoals wanneer Crystal haar lichaam in bochten wrong om een prullenbak op te pakken. Of wanneer Crystal met haar ogen rolde bij een of ander gesprek dat zich binnen in haar hoofd afspeelde. Rosalita zag die dingen en maakte zich zorgen dat ze al soft begon te worden. Succes deed dat met mensen en Rosalita had gewonnen, en flink ook. Samen met Salomon en tegen Truviv, en hoewel ze nog steeds naar haar werk kwam, sloop het verschil er al in en kwam het hierop neer: Rosalita zou hier niet hoeven zijn. Haal dat 'hoeven' weg en alles veranderde.

Toen ze samen het venster van een vergaderruimte afnamen, vroeg Rosalita voor het eerst: 'Wanneer ben je uitgerekend?' Voor iedereen die ogen had, begon pijnlijk duidelijk te worden dat Crystal zwanger was.

Crystal antwoordde niet meteen. Ze stond op haar tenen en wreef over het raam. 'Augustus.' Ze liet zich op haar hielen zakken. Ze zwaaide een beetje heen en weer en Rosalita weerstond de verleiding om haar te stabiliseren. Toen glimlachte Crystal beschaamd. 'Ik ben in augustus jarig en ik hoop dat ze op mijn verjaardag wordt geboren. Dat lijkt me wel cool. Ik word twintig, dus zouden we precies twintig jaar verschillen.' Ze glimlachte, met een mond vol scheve tanden. Dat had Rosalita niet eerder opgemerkt.

Rosalita richtte en spoot met de ruitenspray. Twintig jaar. 'Krijg je een meisje?'

Ze ging weer verder met werken. 'Ja. De dokter heeft het me verteld toen ik ongeveer vier maanden was.'

'Heb je alles al klaar?' vroeg Rosalita. Het was goed dat Crystal een vaste baan had, maar de voorman zou haar nooit hebben aangenomen als hij had beseft dat ze zwanger was. Ze hoopte dat Crystal niet ontslagen zou worden zodra hij genoeg oplette om te beseffen dat ze dat was. Zulk soort dingen gebeurden hier af en toe nog steeds.

'Min of meer. Nou, nee. Niet echt. Haar vader kan maar niet beslissen of hij, je weet wel, in de buurt wil zijn nadat ze geboren is, dus ik zal moeten afwachten voordat ik kan nadenken over waar we moeten wonen.' Ze vermeed het om naar Rosalita te kijken toen ze dit zei.

Rosalita herinnerde zich nog dat haar eigen buik groter werd en hoe ze haar kin had opgeheven elke keer dat iemand had gekeken – altijd zo openlijk – naar haar ringvinger.

'Maak je geen zorgen. Ik wist dat ik haar wilde, hoe dan ook. Ik heb geen familie.' Crystal raakte haar buik aan. 'Nu wel.'

Rosalita gooide een papieren handdoekje in de zak die aan de achterkant van de kar hing. 'Ik voed mijn zoon in mijn eentje op. Dat is prima. Met jou komt het wel goed.' Maar dat kon niemand natuurlijk zeker weten.

Crystal kauwde op de binnenkant van haar wang. Rosalita

had het zelf meegemaakt. In haar eentje. Onzeker. Het grootste deel van de tijd boos.

Rosalita zuchtte. 'Schrijf je adres op,' zei ze. 'Op het klembord. Ik zal wat van Salomons oude babyspullen langsbrengen. Ik heb oude flessen, kruippakjes, een babybouncer en speelgoed. Ik heb zoveel spullen, je gelooft het niet. Bijna alles wat je nodig hebt.' Rosalita had alle spullen bewaard met het idee dat ze op een dag misschien nog een kindje zou willen, maar die tijd was gekomen en gegaan.

Crystal schudde haar hoofd en keerde zich af. 'Nee,' zei ze vlug. 'Nee, ik heb geen afdankertjes nodig. Ik ben geen liefdadigheidsgeval.'

Rosalita stapte dichter naar haar toe, zodat hun persoonlijke ruimten ongemakkelijk tegen elkaar aan botsten, maar ze bleef staan en bewoog zich niet. 'Hou op. Hoor je me? Hou daarmee op. Als een andere vrouw jou hulp aanbiedt, neem je die aan. Heb je dat begrepen?'

Crystal keek naar haar vanuit haar ooghoek. Rosalita trok een wenkbrauw op, wachtte en weigerde om naar achteren te stappen totdat Crystal ten slotte knikte.

# 57

*18 mei*

'Goddank zijn jullie allemaal hier.' Sloane hees haar zware handtas op de lege stoel. Dit restaurant had een thema en dat thema was planten. Ranken hingen omlaag uit terracotta potten; vetplanten stonden boven op planken van hergebruikt hout; witte miniatuurorchideeën schoten op uit handgemaakte keramische potjes die midden op de tafels stonden. Hier kwam Pinterest alles uitbraken, handelend in het soort leidmotief dat zo ongedwongen en natuurlijk leek dat het voor iedereen haalbaar moest zijn, alleen was dat het absoluut niet, en daar smulde Sloane van. 'Ik heb het gevoel alsof ik jullie al eeuwen niet heb gezien.' Ze boog zich naar voren om Ardie en Grace te omhelzen, om de beurt, voordat ze zich in een ambachtelijke vorkbeenstoel liet zakken. 'Ik heb afkickverschijnselen. Lichamelijk. Moet je mijn handen zien.' Ze hield haar hand uit, die licht trilde, al zou dat ook kunnen komen door een lage bloedsuikerspiegel.

'Het is vier dagen geleden.' Ardie keek op van een beknopte papieren menukaart die op een plankje was gespijkerd.

'En dat is het langste sinds...' Sloane wuifde met haar arm.

'Sinds mijn zwangerschapsverlof,' opperde Grace.

'Precies.' Sloane knikte plechtig. Ze pakte haar eigen plankje en ging omlaag met haar blik, op zoek naar de wijnkaart. De situatie vroeg om iets koels, wits en friszuurs. 'En we weten allemaal dat ik dat maar ternauwernood heb overleefd.' Sloane hield de serveerster staande, een vrouw helemaal in het wit met bosgroene bretels. 'Ik wil graag een glas van die Starmont-chardonnay, alstublieft. Nog iemand?'

'Hetzelfde, graag,' zei Grace.

'Ik ook.'

Sloane trok haar wenkbrauwen op. Ze had volgende week een afspraak met haar dermatoloog om daar iets aan te doen, maar voor nu... 'Een rondje, dus. Bedankt.' Sloane nam een slokje van het water op kamertemperatuur dat in een plompe weckfles zat. 'Gracie, kijk jou eens. Hebben we dan toch eindelijk de tepel bevrijd?'

Grace droeg een bloemetjesoverhemdjurk met een verzorgd gekreukt kraagje. 'Als je het per se weten wilt: ja.' Nou, natuurlijk, Sloane wilde het altíjd weten. 'Ik laat Emma Kate zelfs een speen gebruiken.'

'Schandalig.' Ardie ging met haar vinger omlaag over de lijst met voorgerechten.

'Hé.' Grace vouwde een wit servet uit op haar schoot. 'Het was een moeilijke beslissing.'

'Natuurlijk.' Sloane boog voorover om haar oversized zonnebril in haar handtas te stoppen. 'Dus. Vertel.' Ze leunde naar voren op haar elleboog. 'Was ze er nog toen je erheen ging om je laatste spullen op te halen?'

'Weet ik niet.' Grace' blik ging even naar de open keuken en toen weer terug. 'Om eerlijk te zijn: ik kon mezelf er niet toe brengen om even te kijken.'

Dus niemand had sindsdien meer met Katherine gesproken. Sloane zou kunnen denken dat ze nooit had bestaan, zo volledig was ze uit hun leven weggeknipt, afgezien van het feit dat alles was begonnen te veranderen vanaf het moment dat zij was gekomen. Drie dagen geleden had Sloane Grace en Ardie gebeld met het nieuws dat Ames' dood officieel tot zelfmoord was verklaard. Er was blijkbaar niet genoeg bewijs van boze opzet. Rechercheur Martin had haar persoonlijk gebeld, de schat. Dit was het nieuws waar Sloane op had gehoopt, maar toch liet het gemengde gevoelens achter, want er zouden altijd mensen zijn die het eens waren met Cosette en geloofden dat ze te ver waren gegaan. Dat ze niet eerlijk waren geweest. Dat ze op zijn minst gedeeltelijk verantwoordelijk waren voor het feit dat Ames dood was. En dit ondanks de schikking en de grote som geld die op dit moment op weg was door de pijpleidingen van het advocatenkantoor van Helen Yeh, die, tussen twee haakjes, tevreden haar veertig procent opstreek (rollen met de ogen).

'Derek is terug,' kondigde Sloane aan toen de wijn arriveerde, om haar gedachten te beletten over gebaande paden te blijven snellen.

'Uit de bergen?' Ardie legde haar menukaart op haar bord.

'De Appalachen. Hij heeft een baard.'

'En?' spoorde Grace aan.

'En, na een week wandelen en bonen uit blik eten – ik hoop maar dat het geen ongeluk brengt om het te zeggen – zegt hij dat hij er klaar voor is om het achter zich te laten.' Ze hoopte echt dat hij het meende. Ze had medelijden met Derek. Sinds de rechtszaak geschikt was en Rosalita's verhaal in de kranten was verschenen, waren er verzoeken geweest voor interviews, optredens bij talkshows, podcasts, en er waren zelfs een paar literair agenten komen rondsnuffelen. De mensen waren op het moment dol op bijvoeglijke naamwoorden: aangrijpend, heldhaftig, pijnlijk, dapper. En die arme Derek probeerde maar in alle rust boos te zijn op zijn overspelige vrouw. 'O,' zei ze, nu haar iets te binnen schoot. 'En Abigail heeft nu een vriendin op school. Lottie Silverman. Ze is wel drie keer bij ons geweest om te spelen, dus ik denk dat het serieus is. Zelfs haar naam klinkt leuk. Lottie. Ze doet me eigenlijk een beetje aan jou denken,' zei ze tegen Ardie. Ardie was helemaal in het zwart, wat helemaal niet paste bij het opgewekte decor, maar ja, zo was Ardie nou eenmaal.

'Ik wil niet eens weten wat je daarmee bedoelt.' Ardie draaide zich om op haar stoel.

'O, ik weet het wel.' Grace nam een grote slok wijn. Die was heerlijk. Sloane had er verstand van.

'Nou, meiden.' Sloane tilde haar eigen beslagen glas op. 'Proost. Op onze eerste officiële werklunch.' Ze klonken, zelfs Ardie, die een hekel had aan toosten. 'Eerst het belangrijkste. Wat voor soort kantoor moeten we hebben? Iets van zuidelijke chic? Mid-century modern? Is dat nog steeds cool?'

Ardie haalde een zakagenda uit haar tas. Dit gaf Sloane een veilig en verstandig gevoel, om een partner te hebben die rondliep met kleine in leer gebonden agenda's. 'Ik heb gekeken naar de ruimtes in Uptown die onze makelaar had gestuurd,' zei Ardie. 'Ze bevielen me wel, maar weten we zeker dat we in Uptown willen zitten?' Sloane deed haar mond open om iets te zeggen, maar Ardie wees met de punt van haar pen naar haar. 'En waag het niet om "Uptown Girl" te gaan zingen.'

Maar jemig, wat had het dan allemaal voor zin?

'Prima. Bieden we Rosalita een baan aan? Ik weet niet wat de juiste etiquette is en of ze eigenlijk wel een baan zal willen aannemen. Of...'

'Ja.' Ardie legde het bestek naast haar bord recht. 'We bieden haar een baan aan. Niet noodzakelijkerwijs als schoonmaakster. Maar we bieden haar iets aan. Ik weet net zomin als jullie of ze hem zou aannemen.'

Het geld van de schikking zou met zijn vieren worden gedeeld, niet met zijn drieën. Rosalita was de enige die tot nog toe bij Truviv was blijven werken. Ze wilde het geld op haar rekening zien staan voordat ze overwoog haar schepen achter zich te verbranden. Al vanaf het begin had Sloane voor zichzelf benadrukt dat ze dit allemaal deed – de lijst, de rechtszaak tegen Truviv – zodat ze daar een toekomst kon hebben. Maar uiteindelijk, toen puntje bij paaltje kwam, merkte ze dat ze niet voor het bedrijf kon blijven werken dat had geprobeerd haar te gronde te richten middels een aanklacht wegens dood door schuld, een bedrijf dat hen allemaal te gronde had geprobeerd te richten.

Grace kauwde op haar onderlip. Met haar duim en wijsvinger liet ze de steel van haar glas draaien.

'Oké, wat is er?' vroeg Sloane aan haar. 'Waarom ben je zo stil? Je hebt een hekel aan mid-century modern, dat is het, hè?'

Grace haalde diep adem. 'Oké.' Ze vouwde haar handen over elkaar op haar schoot. Sloane voelde een rilling langs haar nek omhooggaan. 'Ik wil het feestje niet bederven. Het is alleen... Ik weet dat we het allemaal superspannend vinden om onze eigen praktijk te beginnen en ik... ik weet niet of ik dat wel kan. Op dit moment, tenminste.' Ze drukte voorzichtig twee vingers op het punt tussen haar wenkbrauwen.

'Wat?' vroeg Ardie, haar stoel achteruitschuivend zodat hij luid over de grond schraapte in het serene restaurant. Lunchende dames draaiden zich om.

Grace keek een heel kort ogenblik nerveus, maar toen werd ze weer rustig. 'Ik wil met jullie meedoen, echt, maar misschien parttime? En nadat ik er een tijdje uit ben geweest. Maar' – ze nam nu echt een grote slok wijn – 'ik begrijp het als jullie door moeten zonder dat er een plekje voor mij is. Ik heb net nieuwe medicijnen gekregen en ik heb wat gezondheidsdingetjes waar ik eerst iets mee moet.' Ze praatte te snel en gebruikte haar handen als een verkeersagent.

Sloanes mond viel open. 'Je gaat dood, hè? Is het borstkanker?' vroeg Sloane terwijl ze probeerde zich op het ergste voor te bereiden. 'Het is borstkanker, hè?'

'Nee, nee, god nee. Dat is het niet. Ik heb... ik heb een postnatale depressie.' Ze zei het zacht, alsof ze voor hetzelfde geld 'lepra' had kunnen zeggen.

'O, lieverd,' zei Sloane, een blik wisselend met Ardie. Ze sprak haar vriendinnen normaal gesproken niet aan met koosnaampjes, maar misschien waren er momenten waarop het gerechtvaardigd was, en dit was er zo een. 'Waarom heb je dat niet verteld?' Maar zou Sloane het niet hebben geweten, diep vanbinnen, als ze niet zo afgeleid was geweest?

'Het leek niet bij mij te passen. Dus dacht ik dat ik dat niet had. Eigenlijk was het Ames die me erop wees.'

Ames. Die kwam hard aan. Het feit dat Sloane te zeer afgeleid was geweest, maar dat Ames Garrett het wel in de gaten had gehad.

'Hoe dan ook, het spijt me. Ik moet gewoon...'

'Alsjeblieft,' onderbrak Sloane haar. 'Alsjeblieft, je komt gewoon wanneer je er klaar voor bent en geen minuut eerder.'

Ze ontspanden zich. Sloane kon het voelen, hoe alles klik-klik-klik op zijn plaats gleed. Sloane verfoeide het idee dat het universum haar misschien iets probeerde te vertellen, dat alles gebeurde met een reden, alsof het het universum ook maar ene reet kon schelen wat blonde vrouwen van middelbare leeftijd allemaal uitspookten, maar dit wilde ze wel zeggen: het voelde allemaal goed.

'Als we dan toch bezig zijn met bekentenissen...' Ardie schoof op haar stoel.

Sloane keek haar scherp aan. 'Heb je iemand gevonden? Ik wist het. Ik voelde het.'

Ardie kneep één oog dicht. 'Nee. Wat? Nou ja, ik heb inderdaad een date. Vanavond nog wel.'

'Zie je nou?'

'O, is hij leuk?' vroeg Grace.

'Ik... ik weet het niet. Ik heb hem online ontmoet. Ik... nee, het gaat ergens anders over.' Plotseling leek ze een beetje zenuwachtig, maar vervolgens wist ze net zo snel weer kalm te worden.

Sloane had nog wel een stuk of tien andere vragen. Maar ze wist heel goed dat ze Ardie er nu niet mee moest bestoken.

'Ik moet jullie allebei iets vertellen, oké?'

Grace en Sloane waren vol verwachting.

'Ik vind dat jullie het allebei verdienen te weten, na alles wat we hebben meegemaakt, dat... Ik bedoel, ik denk dat jullie wel in de gaten hadden dat Ames en ik elkaar echt niet mochten, maar, weet je, er was meer aan de hand. Ames heeft me aangerand.' Ze leunde achteruit. Liet de informatie bezinken.

'Sorry. Wát?' Grace kneep haar mooie blauwe ogen tot spleetjes.

‘Ames Garrett heeft me aanger... hij heeft me verkracht. Ik schaam me ervoor dat het zo lang heeft geduurd voordat ik het kon toegeven, maar ik vond dat jullie het moesten weten, dus nu weten jullie het. En het spijt me, Sloane. Ik vind het moeilijk om dat te zeggen. Ik had beter mijn best moeten doen om je te waarschuwen.’

‘Wan... wanneer? Wat?’ Sloane voelde hoe die blinde, niet-ziende blik haar ogen overnam, verwarring en boosheid, op zoek naar een plek om zich te nestelen. Maar die plek was, helaas, dood.

‘Ik was dronken,’ zei Ardie, hardop deze keer. ‘Echt heel dronken. Weet je nog dat ik terugkwam uit L.A. vlak voordat jij hier kwam? Nadat we die helse deal met Fiter hadden beklonken waar iedereen het over had? We overnachtten zelfs in hetzelfde hotel als waar jij en ik verbleven toen we een paar jaar geleden aan Matrix Band werkten.’

‘Dat hotel met de klimop aan het plafond?’

‘Ja, dat.’

Dat feitje beviel Sloane maar niets. Ze kreeg plotseling een aanval van misselijkheid. Alsof de kamer was begonnen te draaien.

‘Hoe dan ook, ik kan me er niet alles meer van herinneren. Ik wilde het gewoon achter me laten en vergeten wat er gebeurd was. Mijn vader zei altijd dat de beste manier om een geheim te bewaren was door net te doen alsof je geen geheim had, dus...’

‘Dus vervolgens ging ik met hem naar bed?’ Sloane schreeuwde het bijna.

Ardies blik ging snel de ruimte rond. ‘Sloane. Ik weet het. Ik...’

‘Maar... maar... Ardie, je moet me hebben gehááť,’ onderbrak Sloane haar.

Nu begon Ardie oprecht te lachen. ‘Ik heb het geprobeerd,’ gaf ze toe.

‘Nee, echt.’ Sloane greep de rand van de tafel vast en leunde met haar borstkas naar voren, sissend tegen Ardie. 'Je moet een ontzettende pesthekel aan me hebben gehad.'

Sloane voelde haar gezicht warm worden, alsof ze ziek begon te worden. Ze had nog een weckfles met water nodig. Sterker nog, Ardie schoof die van haar naar Sloane toe, en die nam een slok.

Toen ze haar dorst had gelest, liet Sloane zich op haar stoel zakken, neergedrukt door de last van die woorden – Ardies woorden – en ze voelde zich volkomen uitgeput, en dat ondanks het feit dat het niet eens haar eigen woorden waren.

'Het was ingewikkeld,' zei Ardie. 'Ik had gehoopt dat je meteen vanaf het allereerste begin een hekel aan hem zou hebben. Op dat moment was hij zo afstotelijk voor me dat ik dacht dat iedereen dat als vanzelf zo zou zien. En vervolgens, een paar maanden lang, dacht ik dat ik misschien wel een uitzondering was geweest. Misschien was het een misverstand. En jij probeerde zo hardnekkig mijn vriendin te worden.'

'Niet waar.' Sloane bette haar mond met haar servet, waardoor ze er per ongeluk roze vlekken op maakte. 'Goed dan, dat probeerde ik wel. Het klinkt als iets wat ik zou doen.' Ze glimlachte huiverend. 'Waarom heb je later niets gezegd? Toen dat met Katherine aan de orde was, bijvoorbeeld?'

'Het voelde alsof het te laat was. Alsof het eerder zou lijken alsof het wel goed uitkwam dan dat het nuttig was. Onder andere.'

Ardie aarzelde even, en ze fronste haar wenkbrauwen. 'Grace, gaat alles goed met je?'

O god. Arme Grace. Ze zat te huilen. Natuurlijk moest ze huilen. Dit was te veel voor haar. Hormonen. Postnatale depressie. Ze zou dit allemaal niet moeten aanhoren. Niet geschikt voor kinderen onder de twaalf! Ze moesten het gesprek censureren voor Grace.

'Het gaat prima met me,' verzekerde Ardie haar. 'Echt.' Hoe zou Sloane nu ooit nog kunnen weten of dat wel of niet waar was? 'Waarom ben je zo van streek?'

'Omdat hij je dat heeft aangedaan. En omdat ik me zo schuldig voel. En dan voel ik me weer schuldig omdat ik me schuldig voel.' Grace onderdrukte een snik. Het zag eruit alsof het lichamelijk pijn deed. 'Hij is dood, en nu ik dit heb gehoord, zou ik blij moeten zijn. Toch?' Ze drukte haar knokkels tegen haar neus. Van hen drieën had Grace het er duidelijk het moeilijkst mee om zich aan te sluiten bij het haten van Ames, bij het geloven van Katherine, maar waar het om ging was dat ze het wel had gedaan. Ze had ervoor gekozen om hen te geloven. Ze was te streng voor zichzelf. 'Het punt is,' zei ze. Toen ze slikte, zag het eruit alsof haar keel pijn deed. Ze deed haar ogen dicht. 'Ik heb Ames gedood.'

# 58

*18 mei*

Grace heeft Ames gedood. Had Ardie haar verkeerd verstaan? Grace. Grace had gezegd dat ze Ames had gedood. Sloane had haar wijn als een walvis uitgeproest, en Ardie kon dat niet eens afdoen als een overdrijving van Sloane, want Grace Stanton had opgebiecht dat ze Ames Garrett had gedood. Wat natuurlijk helemaal niet waar was. Had Grace zichzelf eigenlijk weleens gezien?

'Waarom zeg je dat?' vroeg Ardie voorzichtig.

Grace' ogen waren een beetje ongefocust, alsof de wijn dubbel zo hard aankwam. 'Omdat het zo is. Ik was de laatste persoon die Ames heeft gezien,' zei ze. 'Ik... o...' Het woord ontsnapte haar als een armzalig kreuntje. Een dier dat de strijd opgeeft.

'Grace, het slaat nergens op wat je zegt.' Sloanes borst rustte tegen het tafelkleed terwijl ze probeerde met haar lichaam zo dicht mogelijk bij Grace te komen.

'Ja, dat doet het wel,' zei Grace. 'Eindelijk zeg ik eens iets zinnigs.' Ze kneep even haar kin omlaag en vermande zich. 'Ik was zo kwaad op hem om het feit dat hij me had wijsgemaakt dat hij echt om me gaf. Of misschien was het gewoon mijn gekrenkte trots dat hij dacht dat ik beetgenomen kon worden. Hoe dan ook, dat heb ik al aan Sloane verteld. Maar toen... maar toen die ochtend – de ochtend waarop hij overleed – stuurde hij me een berichtje, iets belachelijks, om me uit de tent te lokken: "Ik dacht dat we vrienden waren." Dat is wat hij heeft geschreven. Dat had ík tegen hém moeten zeggen, weet je? Dus ging ik naar boven.' Ze liet nu heel even haar hoofd naar achteren zakken en staarde omhoog naar de kale balken van het plafond. 'Toen ik hem niet in zijn kantoor kon vinden, wist ik dat hij op het balkon stond te roken. En ik zweer je dat ik gewoon dacht: ik ga hem alleen even zeggen wat ik ervan vind. Nou ja, dat dééd ik ook. Daar was ik in elk geval mee bezig, en ik was aan het roken en ik voelde me heel evenwichtig. Ik bedoel, ik was wel een beetje aan het trillen, maar ik voelde me goed. Sterk. Jullie zijn altijd zo goed geweest in voor jezelf opkomen en ik wilde gewoon...'

Ardie barstte in lachen uit. 'Echt waar? Na wat ik je zojuist heb verteld? Denk je dat?'

Grace keek ernstig. 'Ja. Dat weet ik.'

En in reactie daarop perste Ardie alleen maar haar lippen op elkaar en voelde ze haar hart onkarakteristiek samentrekken, omdat ze zichzelf nooit zo zouden zien als ze elkaar zagen, en dat was een geschenk. 'Hoe dan ook, ik was aan het praten en hij boog zich min of meer naar me toe om zijn sigaret aan die van mij aan te steken en – ik weet het niet – ik raakte in paniek. Ik vond het zo griezelig. Ik kreeg een vreemde stuiptrekking en ik weet niet hoe, maar mijn ring bleef haken aan zijn wenkbrauw. Een van de pootjes was losgekomen.' Ze bekeek het glinsterende steentje aan haar linkerhand, dat helder schitterde in het natuurlijke licht. Ardie miste het om een ring te dragen. Ze had de diamant verkocht en wenste dat ze dat niet had gedaan. 'Jemig, er zat zo'n helderrood spoor van bloed op zijn gezicht.' Ze bedekte haar ogen met haar handen terwijl ze eraan terugdacht. 'Echt, het druppelde omlaag.'

Ardie vroeg zich af: had zíj een snee bij zijn oog gezien?

'Hij veegde het af met zijn duim en smeerde het aan de reling en hij noemde me... hij noemde me een bitch. Niemand heeft me ooit eerder een bitch genoemd. Tenminste niet in mijn gezicht. Ik weet nog steeds niet wat me bezielde. Het was net alsof ik iemand anders was. Het werd zwart voor mijn ogen. Ik zei: "Val dood." Wie zegt dat nou? Op een balkon?' Grace veegde het laagje tranen vanonder haar ogen weg. 'Ik was bang dat Katherine ons daar buiten misschien had zien praten, me hem had zien slaan. Toen vertrok ik. Nou ja, hoe dan ook, de rest van het verhaal kennen jullie.'

Ardie wel. Maar niet hetzelfde verhaal als Grace kende.

Sloane had haar wijn niet aangeraakt sinds Grace was begonnen met praten. 'Dat kun je jezelf niet kwalijk nemen, Grace,' zei ze. 'We hebben geen idee wat er door zijn hoofd ging.'

'Sloane heeft gelijk.'

'Geloof me, ik...'

'Je was niet de laatste persoon die Ames zag,' zei Ardie.

Sloane keek snel op, de vraag duidelijk op haar gezicht geschreven: wat was er op de zeventiende verdieping gebeurd?

Ardie wist alleen zeker wat er met haar was gebeurd, als gevólg van haar, en wat er misschien zonder haar was gebeurd, nadat ze, bij toeval, in de lift was gestapt bij Katherine en haar eruit had zien stappen op de zeventiende verdieping.

Ze wist alleen dit: een loonadministrateur zou bevestigen dat Ardie rond 13.30 uur een handtekening had ontvangen op een loonbelastingformulier, hoewel de loonadministrateur niet de exacte tijd had gecontroleerd, wat zou verklaren waarom ze, kort na Ames' dood, in de lift zou zijn gezien en gevrijwaard zou zijn van alle verdenkingen van een misdrijf. Zelf wist Ardie echter dat ze de handtekening van de loonadministrateur eerder om 13.25 uur had ontvangen, een verschil van vijf minuten.

Wat was er in die tussenliggende minuten gebeurd voordat Ardie zichzelf bij het tafereel introduceerde? Ze stelde zich voor hoe Ames over het balkon ijsbeerde, trekkend aan het uiteinde van een sigaret, een beeld dat niet moeilijk voor de geest te halen was omdat Ardie het eerder had gezien, hoewel dat nu jaren geleden was. Ze stelde zich voor hoe Ames zichzelf probeerde te rechtvaardigen tegenover Katherine en probeerde uit te leggen dat hij nooit iets had gedaan wat iemand niet zou willen dat hij deed. Een toespraak die ze ook al eerder had gehoord.

Ardie had zich ongemakkelijk gevoeld zodra Katherine de lift uit was gestapt, en ze had aan Sloane gedacht toen ze de levensveranderende beslissing had genomen om zelf ook op de zeventiende verdieping uit te stappen. Ze was van plan geweest om haar geweten te sussen. Om alleen even te kijken. Ze keek door de glazen schuifdeur, aangetrokken door de stemmen die zich verhieven, of beter gezegd, de stem die zich verhief, die van Ames.

Ames haalde een hand over zijn gezicht. Katherine probeerde zich langs hem te wurmen, maar hij stak zijn arm uit en hield haar tegen.

De klap kwam als een schok. Elektrisch. Polariserend. Ardie trok geschokt haar kin terug, op hetzelfde moment als Ames. Katherines hand was uitgeschoten als een adder.

Als Sloane was beschuldigd, of als Grace of zelfs Katherine was beschuldigd, had Ardie de volgende versie van de gebeurtenissen verteld. Ze zou hebben gezegd dat het allemaal zo snel was gegaan. Dan zou ze naar de politie zijn gegaan, ook al was het te laat. Ze zou alles hebben verteld.

Maar dat was niet gebeurd. Iets geniepigers had de plaats ingenomen van die mogelijke gebeurtenissen. In plaats daarvan had Grace zichzelf in haar eigen hoofd de schuld gegeven, zich steeds dieper in haar eigen schuld wentelend, en dus werd de vraag: wat moest Ardie nu doen?

'Heb jij Ames gezien?' vroeg Sloane, en het voelde alsof het restaurant om hun tafel heen ophield te bestaan. Grace huilde niet meer. Ze staarde.

'Ik niet alleen,' antwoordde Ardie langzaam.

En dat was het moment dat de serveerster de bestelling kwam opnemen. Ardie stelde zich voor hoe ze moesten overkomen op deze arme vrouw met de groene bretels. Het vreemde aan het brengen van slecht nieuws was dat het zelden nieuwe informatie was voor de boodschapper. Ardie moest haar woorden dus zo overbrengen dat ze een air van onthulling hadden voor Sloane en Grace. Ze moest kiezen wat ze moest zeggen. Zorgvuldig.

Ze bestelde de dichtgeschroeide regenboogforel met sobanoedels en taugé.

Ondertussen hielden Sloane en Grace hun adem in totdat de serveerster vertrok. Ardie was van plan geweest om haar waterglas nog eens te laten bijvullen.

'Wat wil je daarmee zeggen?' Grace wikkelde haar vinger strak om haar halsketting met het kruisje.

'Ames had Katherine gevraagd om een gesprek met hem te hebben en daar had ze gehoor aan gegeven. Toen ik daarachter kwam was ik, begrijpelijk, bezorgd.'

Er was een fascinerend nieuwtje dat Ardie ooit had gehoord: vrouwen liepen de wereld rond in voortdurende angst voor geweld; de grootste angst van mannen was om voor paal te staan.

'En je weet zeker dat dit gebeurde nadat ik met hem had gesproken.' Grace trok een rimpel in haar voorhoofd. Er lag een nieuwe uitdrukking op haar gezicht: hoop.

In werkelijkheid gebeurde het niet zo snel als Ardie zou hebben gewild. Toen Ames' handen rond Katherines keel zaten en hij tegen haar aan het schreeuwen was, waarbij het spuug in Katherines wimpers vloog, moesten er woorden zijn geweest, maar Ardie kon zich niet herinneren welke. Katherines ogen puilden uit als van een in het nauw gedreven hert, met haar rug tegen de betonnen barricade van het balkon. Ames' verhitte gezicht liep paars aan.

De glazen schuifdeuren gingen van elkaar en het geluid sneed als een mes.

'Ames.' Ardie pakte hem bij de kraag van zijn overhemd, greep zijn elleboog en trok hem van haar af. Waar dacht hij in godsnaam mee bezig te zijn? Ze herinnerde zich, ook al kende ze Ames, dat ze zich op dat moment door hem had laten verrassen. Iets van: o, en daartoe is hij ook nog in staat. Katherine drukte haar handen tegen haar luchtpijp en haar borst zakte in.

En in de volgende seconde voelde Ardie hoe ze vanbinnen ontplofte. Ze vroeg zich af wat hij in die laatste seconde van zijn leven zag. Blinde woede, ontblote tanden, nieuwsgierigheid, een kille opzet of opgekropte frustratie. Ze wist wat ze in zijn ogen zag: haat, dierlijke woede en een hoe-dúrft-ze. Ze voelde de worsteling. Voelde zijn armen op haar. Voelde zijn kracht en die van zichzelf en het feit dat ze zich allebei nét een beetje inhielden, vanuit een of ander instinct dat hen nog met fatsoenlijkheid verbond.

En toen kwam de gedachte bij haar op: van dit moment was geen terugkeer mogelijk.

Dat punt waren ze voorbij. Het moment waarop ze hem van Katherine af had getrokken.

Ze duwde weer tegen hem aan, deze keer met haar schouder tegen zijn borst. Grommend van verbazing struikelde hij. Eén been kwam van de grond terwijl hij de grootste moeite had om zijn evenwicht te bewaren. En toen... en toen... loste zijn gewicht eenvoudig op.

Weg, met door de lucht maaiende armen achterover door de ruimte.

Katherine zat op haar knieën, hijgend, op de plek waar zijn voeten eerst hadden gestaan, en het leek bijna onmogelijk, te vergezocht om te geloven wat ze zojuist had gezien: Katherine – een vrouw in een smetteloos zwart mantelpak – die Ames standbeen greep en... hem optilde.

Ze probéérde daadwerkelijk hem over de rand te gooien. Zijn zwaartepunt te ver omhoog te duwen.

En Ardie begreep dat Katherine dezelfde openbaring had ervaren. Geen weg terug.

'Dank je,' had Ardie gefluisterd, met haar handen op haar knieën terwijl ze zelf op adem kwam. Het zweet stond op haar voorhoofd.

De waarheid was: Ames hád zichzelf misschien kunnen tegenhouden. Of Ardie, met haar handen vol met zijn overhemd, hád hem terug kunnen trekken. Ware het niet dat die ene laatste duw er was geweest.

Daarna hadden ze de trap genomen.

'Ik weet het absoluut zeker,' zei Ardie.

Grace begon te praten en hield zich toen in.

'O,' was het enige wat Sloane wist uit te brengen.

Een bom ontploft en de stukken vliegen allerlei onvoorspelbare kanten op, vernietiging aanrichtend in allerlei verschillende gradaties. Bijkomende schade.

Als ze het verhaal maar vaak genoeg herhaalde, kon ze zich er bijna van overtuigen dat hij er uiteindelijk voor had gekozen om te springen. Sloane stak haar hand uit over de tafel en kneep in zowel Grace' als Ardies hand, en Ardie voelde een beetje medelijden met mannen omdat zij elkaars handen nooit mochten vasthouden.

# Epiloog

We waren geprogrammeerd om geheimen uit te wisselen. Ons toonaangevende deodorantmerk beloofde het niet door te vertellen. Onze tijdschriftomslagen verkochten ons de geheimen voor een zuiverder huid, beter haar, gespierde benen en langere orgasmen. Onze moeders gaven recepten door met geheime ingrediënten. Zelfs ons feminisme – van de tweede golf, ingekleed in ons vrouwelijke aura – voelde doelbewust (sluw) gehuld in geheimzinnigheid.

Ons motto was lang geweest: hou het onder ons.

En dat deden we. Generatieslang. Ouwewijvenverhaaltjes doorgevend, elkaar vertellend hoe je krampen kon verzachten, elkaar waarschuwend dat je nooit een drankje onbeheerd moest laten staan, dat je je haar niet in een paardenstaart moest doen, dat je de deur niet voor vreemden moest opendoen, dat je niet alleen in één kamer moest zijn met hem. Onze tactiek was vermijding, om landmijnen te markeren en elkaar aan te moedigen eromheen te stappen zodat niemand BOEM ging.

Het was niet alleen de waarschuwing zelf die ons beschermde, maar ook ons vermogen om die waarschuwing stil te houden. Net als geheim agenten die achter de vijandelijke linies opereerden, konden we het ons niet veroorloven om gepakt te worden. En toch namen we het risico. Met gedempte stemmen legden we contact met elkaar om onze kennis te delen. We probeerden het. Omdat we altijd het beste wensten voor al onze vriendinnen.

We wilden dat ze die loser zou dumpen. We wilden dat ze

eens ophield met zich zorgen maken over dat ze drie kilo moest afvallen. We wilden haar vertellen dat ze er fantastisch uitzag in die jurk en dat ze hem absoluut moest kopen. We wilden dat ze het sollicitatiegesprek geweldig zou doen. We wilden dat ze ons een berichtje stuurde zodra ze thuis was. We wilden dat ze zou zien wat wij zagen: iemand die slim, dapper en grappig was en het waard om liefde, succes en rust te hebben. We wilden iedereen die haar in de weg stond vermoorden.

We begonnen ons af te vragen: Van wíé waren die geheimen eigenlijk die we bewaarden door te fluisteren, van ons of van hen? Van wie beschermden we uiteindelijk de belangen met ons stilzwijgen?

Het antwoord drong slechts mondjesmaat tot ons door. Terwijl we onze panty uittrokken, meer geld gingen vragen en met een roze pet op marcheerden en een megafoon vasthielden. Terwijl we digitale platforms bouwden, naar *The Handmaid's Tale* keken en eisten dat modehuizen reclame zouden maken voor maten waar onze lichamen in pasten. Terwijl we meer en meer ruimte innamen.

Terwijl we het fluisteren zat werden, want wat hadden wij nou eigenlijk te verbergen? We hadden verhalen, wij allemaal. Zou het ons duur komen te staan als we onze stem lieten horen? Misschien. Maar misschien zou het hun ook duur komen te staan.

En als een van ons dus haar stem liet horen, dan was het nooit alleen voor zichzelf. Dan was het voor óns. Zo mogelijk was ze bereid zichzelf voor de goede zaak op te offeren. Nog weer een stuk hout op het vuur dat werd opgestookt door ons, door onze verhalen, onze stemmen. En we stonden klaar om de vlammen aan te wakkeren. De waarheid te verspreiden. Ons bij het koor aan te sluiten. Het allemaal tot de grond toe af te branden. De aarde te verschroeien als het moest. Op gelijke grond opnieuw te beginnen.

Onze erfenis zouden onze woorden zijn. Luid geschreeuwd.

Zodat iedereen het kon horen. We hadden er genoeg van om te smeken om geloofd te worden. We waren er klaar mee om te vragen om het voordeel van de twijfel. We vroegen niet om goedkeuring. Wij waren aan de beurt.

Luister.

# Dankwoord

Ik ben gezegend met een ongelooflijk netwerk van mensen die hebben geholpen dit boek tot werkelijkheid te dromen.

Een luid en warm 'dank je wel' aan mijn agent, Dan Lazar, voor het feit dat hij de overdrachtelijke deur als een echte heer voor me heeft geopend (en opengehouden). Na talloze doorlezingen, briefjes, telefoontjes en e-mails heeft Dan mijn woorden precies in de juiste handen gegeven, en daar ben ik hem eeuwig dankbaar voor.

Natuurlijk behoorden twee van die handen toe aan mijn geweldige uitgever, Christine Kopprasch, die de slimste vragen stelde, op de vriendelijkste manieren denkbaar en al vanaf de eerste bladzijde begreep hoe dit boek moest voelen als het eindigde (en hoe ze me kon helpen om de route ertussenin uit te stippelen). Verder prijs ik me gelukkig dat ik ben beland bij Flatiron Books, vanwege de gelegenheid om met voortreffelijke mensen te werken als Amy Einhorn en Amelia Possanza. Mijn dank gaat ook uit naar Bryn Clark, Robert Van Kolken, Nancy Trypuc, Katherine Turro en de rest van het team van Macmillan.

Ik heb heel veel waardering voor de input en het harde werken van mijn filmagent, Dana Spector. (Jij en Dan vormen een formidabel koppel.) En aan Jon Baker, omdat hij opkwam voor mijn boek (en geduldig bleef toen ik per ongeluk recht op Astoria afging...)

Hetzelfde geldt voor mijn agenten op het gebied van de buitenlandse rechten, onder wie Maja Nikolic en Peggy Boulos Smith, die over de hele wereld plekken hebben gevonden waar

*Fluisternetwerk* terechtkon. Over 'over de hele wereld' gesproken: ik ben vooral veel dank verschuldigd aan de Australische teams van Sphere and Hachette, met speciale dank aan mijn grootste fans en gewiekste uitgevers, Cath Burke, Robert Watkins en Rebecca Saunders, evenals aan Maddie West, Ed Wood en Louise Newton.

Ik heb vriendinnen die me geweldig hebben gesteund en die proefversies hebben gelezen en er commentaar op gaven: Wendy Pursch, Julia Jonas, Emily O'Brien, Lisa en Joyce McQueen, Charlotte Huang, Lori Goldstein en Shana Silver; ik zou niet goed weten wat ik zonder jullie had gemoeten. Daarbij komt dat ik ongelooflijk geluk heb met de vrouwen in mijn boekenclub, die de belichaming zijn van zusterschap en van vrouwen die vrouwen steunen (en boeken!). Dank aan Jeremy Coffey, Elizabeth Stork en Hue M. Flex voor het beantwoorden van mijn researchvragen. En aan de vele, vele vrouwen die hun verhalen aan me hebben verteld; het schrijven van dit boek heeft zijn eigen pseudofluisternetwerk gecreëerd en ik heb genoten van de kans om mee te luisteren.

Ik zou tekortschieten als ik niet zou vermelden dat ik werk bij een advocatenkantoor met geweldige advocaten, die zo aardig zijn geweest om me de tijd en de ruimte te geven om te schrijven: dank jullie wel.

En ten slotte gaat mijn grootste dank uit naar mijn echtgenoot Rob. Een werkende moeder zijn is vrijwel onmogelijk zonder de volledige steun van een partner. Jij blijft steeds inspringen zodat ik mijn dromen waar kan maken.

# Opmerking van de auteur

Lezer,

Ik heb de vruchten geplukt van mijn eerste fluisternetwerk toen ik beginnend advocaat was en in de zomer stage liep bij een advocatenkantoor. Tijdens een evenement met het werk gaf een oudere compagnon me een ongemakkelijke hoeveelheid aandacht. Terwijl de andere advocaten vertrokken, moedigden deze compagnon en zijn vrienden me aan om bij hen aan de bar te blijven zitten. 'Hoe oud ben je?' vroegen ze. (Vierentwintig destijds, terwijl zij over de vijftig waren, voor het geval je dat wilt weten.) 'Val je op oudere mannen?' Het was een verraderlijke situatie – als je in de zomer advocaat-stagiaire bent, doe je je best om een vaste aanstelling te krijgen, en netwerken is daarbij cruciaal. Maar op dat moment voelde ik me meer een doelwit, iemand van wie ze hoopten – beter gezegd, aannamen – dat ik 'het spel mee zou spelen'. Ik voelde dat ik vriendelijk bleef kijken en gemaakt lachte, zoals we op zulke momenten allemaal doen. Ik wilde weggaan, maar ik wilde ook een baan hebben. En ik wilde ervoor zorgen dat ik deze man... hoe zal ik het zeggen, tevreden hield? In elk geval wilde ik hem niet het gevoel geven dat ik hem afwees.

Maar ik herinner me veel minder van deze mannen dan van de vrouw die me, met veel meer finesse en sociale vaardigheid dan ik in die tijd bezat, uit deze situatie bevrijdde. Ze had een charmant zuidelijk accent en een schitterende brede glimlach, en toen ze zich bij het groepje voegde, legde ze een arm om mijn schouder en zei zachtjes tegen me: 'Ga jij maar, ik handel dit wel af.' Dus luisterde ik naar haar en liet haar begaan. De volgende dag vroeg een oudere advocaat die een versie had gehoord van wat er was gebeurd, of ik met Personeelszaken wilde praten. Antwoord: absoluut niet! Tuurlijk, hij had zich vreselijk gedragen, maar – het spijt me – deze zeer invloedrijke compagnon stond op het punt invloed uit te oefenen op het besluit of ik wel of niet zou worden aangenomen. Later kwam ik erachter dat ik niet de eerste jonge vrouw was die zo'n soort aanvaring had gehad, maar door de vriendelijkheid van een paar wijze vrouwen heb ik – en heeft mijn carrière – het er ongeschonden vanaf gebracht.

Zo gaat het al zolang ik me kan herinneren. Vele jaren geleden was ik de enige vrouw in het mannenroeiteam van mijn universiteit. Ik was de stuur (oftewel de persoon die tegen de roeiers schreeuwt en die de boot bestuurt). Als enige vrouw in het team was ik er heel erg mee bezig om ervoor te zorgen dat ik erbij zou horen. Ik zorgde er wel voor dat ik me nooit door iets liet raken of beledigen. Echt niet! Ik niet! Op een dag zat ik ergens samen met het team. Toegegeven, ik had in de weken daarvoor een beetje ruzie gekregen met een van de jongens en om onbekende redenen ergerde hij zich aan mij. Ik wilde een stuk pizza pakken en deze jongen – die 1 meter 95 was – schopte me hard tegen mijn kaak, waardoor mijn tanden met een enorme knal op elkaar klapten. Hij lachte venijnig. De anderen zaten er nogal beduusd bij, maar ze zeiden niets. Ik voelde me, hoe gek het ook klinkt, beschaamd. Terwijl mijn ogen prikten van de tranen dacht ik alleen maar dat ik niet 'meisjesachtig' wilde reageren: ik wilde me niet laten kennen. Ik klampte me wanhopig vast aan het idee dat ik het soort meisje was dat met de jongens mee kon doen. Dus stond ik stilletjes op, ging naar een andere kamer en zei er verder nooit meer iets over. Wist ik veel dat versies van deze gang van zaken op grotere en kleinere schaal bij zoveel vrouwen voorkwamen, en dat de weerklank ervan me mijn hele professionele leven en dat van iedere andere vrouw zou blijven achtervolgen: *Speel het spelletje mee! Trap geen scène!*

Drie jaar geleden heb ik een kindje gekregen. Het moederschap gaf aanleiding tot een heel nieuw arsenaal aan uitdagingen thuis en op het werk. Twaalf weken na de geboorte van mijn dochter ging ik weer aan het werk. Op de eerste dag dat ik terug was, vroeg een nieuwe compagnon of ik wilde overwerken. Om een uur of zeven 's avonds, toen ik hem wat dringender vertelde dat ik nu toch echt mijn pasgeboren baby moest voeden, zei hij, een vader van drie kinderen: 'Hoe oud is je dochter?' Ik zei: 'Ze is drie maanden.' En hij antwoordde: 'Nou, dan is ze niet echt een pasgeboren baby meer.' Ik legde uit dat ze toch moest eten. Hij gaf me heel gul twintig minuten vrijaf, zich totaal niet bewust van het feit dat 'voeden' borstvoeding inhield. Die avond reed mijn echtgenoot een halfuur om onze dochter naar mijn werk te brengen, en ik gaf haar de borst in de parkeergarage.

Dit zijn het soort dingen die ik bespreek met mijn vriendinnen, terwijl ik tijdens de lunchpauze met hen langs Town Lake wandel, of op de boekenclub of als ik aan het sporten ben. Ik merkte dat ik het zo vaak over deze verhalen had, dat ik *Fluisternetwerk* begon te schrijven. Terwijl het verhaal groeide, besefte ik dat het boek een koor verdiende, een stem voor de verzameling vrouwen die verder reikte dan de vrouwen van mijn roman en verder dan mij. Ik belde mijn beste vriendin van mijn rechtenstudie, die me vertelde over een kliklijn die klachten vaak rechtstreeks verbindt aan de persoon over wie geklaagd is. Ik sprak met een vriendin die toen ze terugkwam van zwangerschapsverlof meer dan tweeduizend e-mails had omdat niemand was ingevallen terwijl ze weg was. Ik sprak met een advocate met vruchtbaarheidsproblemen die plompverloren van een mannelijke compagnon te horen had gekregen dat vrouwen niet meer bruikbaar zijn voor de firma als ze eenmaal kinderen hebben gekregen. Al die vrouwen werden de 'we'-verteller van het boek, een middel om het over de ervaringen van de werkende vrouw te hebben, waarvan seksuele intimidatie zeker een onderdeel is, maar niet het ENIGE onderdeel.

Terwijl ik dit boek schreef, was ik – en dat ben ik nog steeds – hoopvol over hoe onze houding tegenover seksuele intimidatie aan het veranderen is. Het interessante is dat een van mijn beste vriendinnen me belde terwijl ik de eerste kladversie aan het afronden was en vroeg of ik een goede advocaat kon aanraden om een aanklacht van seksuele intimidatie voor haar op zich te nemen. Ze vertelde me dat er een incident had plaatsgevonden bij een conferentie en dat ze, hoewel ze geen details wilde prijsgeven, hoopte dat ik haar met iemand in contact kon brengen. Ik schaam me te zeggen dat mijn eerste reactie was: 'Weet je zeker dat je dit wilt doen?' Ik voelde me vreselijk. Ik ben een advocate en een schrijver die talloze uren heeft doorgebracht met nadenken over uitkomen voor seksuele intimidatie, maar ik gaf ook om haar welzijn en wist dat het je nog steeds duur kon komen te staan als je je uitsprak. Vooral als een vrouw geen platform of een andere zichtbare vorm van bescherming heeft, of als ze nog andere identiteiten heeft die minder snel geaccepteerd worden. Maar dingen veranderen. Langzaam, absoluut niet gelijkmatig, maar ik geloof echt dat ze aan het veranderen zijn, voor een groot deel dankzij de vele dappere vrouwen die zijn opgehouden met fluisteren.

Naarmate meer vrouwen hun verhalen met me deelden, werd het schrijven van *Fluisternetwerk* zelf een pseudofluisternetwerk. Ik kijk ernaar uit om dit boek te delen met lezers, van wie ik hoop dat ze het netwerk op nieuwe manieren zullen uitbreiden.

Met hartelijke groet,
Chandler